# 국문학을 넘어서

김 철 지음

국학자료원

머리말

    인생의 매혹을 말하기에는 나는 너무 늦었거나 너무 이르다. 모든 깨달음은 아무리 하찮은 것이라 할지라도 언제나 이미 늦다. 늦지 않으면 깨달음이 아니다. 인생의 이 환각적인 시차(時差)를 피할 길은 없다. 저것이 나인가, 내가 쓴 글을 보면서 자문한다. 내가 나를 배신할 수 있을까, 그럴 수 있다면, 하고 간절히 원한다.

    주말이면 반드시 산에 간다. 아무 생각없이 걷기를 원하면서 산에 들지만 잘 되지 않는다. 산에서 나오면서 내가 돌아 갈 저자가 눈에 보일 때, 돌아서서 산을 바라본다. 내가 거기서 나왔다는 것이 믿기지가 않는다. 온몸 끝 마디마디마다 그 흔적이 생생하건만 뒤돌아 바라보는 산은 언제나 낯설고 또 낯설다. 꿈이었단 말인가, 탄식해 보아도 알 수 없고 알 수 없다. 가만히 혼자서 읊조리며 스스로를 위안한다. 가련하구나 나여, 너는 아직도 용서를 배우지 못하였고나. 하물며 사랑을 말하랴…….

    잔인한 나날을, 다른 방법이 없으니까 그냥 견디면서, 이 글을 쓴다.

2000년 가을

김 철

차 례


I

'국문학'을 넘어서 / 9
김동리와 파시즘 / 31
민족―민중문학과 파시즘: 김지하의 경우 / 60
친일문학론: 근대적 주체의 형성과 관련하여 / 92

II

길 위의 소설, 소설 위의 길 / 115
외설(猥褻)의 공포(恐怖) / 126
깨진 거울: 현실의 미로(迷路)와 소설의 난반사(亂反射) / 152
일상성의 두 얼굴 / 163
{모래시계}의 위험한 허무주의 / 166

III

'단절' 또 '고리': 냉전체제의 고착과 50년대 문학 / 171
순수의 정체 / 184
말의 숙명 / 195
소외의 고통, 소통의 열망 / 207
대지적(大地的) 상상력의 역사화 / 217

IV

저 슬픈 장엄한 고개 너머 / 227
나는 너다 / 241

# I

"이 공허 — 이 지극히 강렬한 공허 속에서 나는 우리의 가슴을 잡
아뜯는 육체적인 것을 느낀다.
누구인가, 과연 이 공허를 안고 넓은 들을 혼자 헤매지 않는 젊은
인테리겐차를 볼 수 있었음은!"

— 김남천 (1935)

# '국문학'을 넘어서<sup>*</sup>

— 국문학 연구 방법론에 대한 하나의 제안

우리는 단지 출발점에 서 있을 뿐이며, 우리의 통찰이 아직 기록을 갖지 못한 선사 단계에 와 있을 뿐이다.
— 이매뉴얼 월러스틴, 『사회과학으로부터의 탈피』

1924년 경성 제국대학 문과에 조선어문학 전공이 개설된 이래 '제도로서의 국문학 연구'의 역사가 시작된 지 70여 년의 세월이 흘렀다. 또는, 해방 이후 4년제 대학이 급증하고 거의 모든 대학들에 국어국문학과가 설치되기 시작한 때로부터 계산해도 50년이 넘는 셈이다. 이제 국문학 연구는 하나의 역사이면서, 그 자체로 복잡다기한 현상들을 내포하는 거대한 구조 내지는 제도가 되었다.

이것은 오늘날의 국문학 연구자에게는 행운이면서 동시에 불운이다. 어떤 한계나 제약이 있었든 간에 50년 내지 70년의 세월이란 그 나름의 '전통'이나 '관습'을 확보하기에는 충분한 시간이며, 거기서 축적된 양적인 성과와 기술적 방법들은 후대의 연구자가 일단은 안전하게 의지할 수 있는 최선의 발판이 된다. 국문학 자체의 대상과 범주, 방법조차도 막연한 상태에서 그 모든 것을 일일이 새롭게 정립하고 개척하지 않으면 안 되었던 시절의 연구자에 비하면, 언제든지 조회할 수 있는 일련의

* 이 논문은 1998년 5월 23일 평택 대학교에서 열린 한국문학 연구회의 정기 심포지움에서 「한국문학 연구 방법론의 반성」이라는 제목으로 발표된 것을 수정, 보완한 것이다. 이 심포지움에서의 약정 토론자였던 조정래 교수와 그밖의 많은 동료들이 제기한 날카로운 지적과 비판이 이 글을 수정, 보완하는 데에 큰 도움이 되었다. 이 자리를 빌어 감사드린다.

'권위'들이 풍부하게 존재하는 토양 위에서 출발할 수 있는 후대의 연구자란 이미 행운을 타고 난 자들이다. 게다가 오늘날의 국문학 연구가 지니는 제도적 안정성, 연구 영역의 확대, 방법론의 다양화 등을 생각하면 국문학 연구자로서의 우리는 정말이지 지극한 행운아가 아닐 수 없다.

그러나 정말 그럴까? 이 행운은 오히려 오늘날의 국문학 연구가 처한 엄청난 압력 또는 심각한 위기를 말해주고 있는 것은 아닐까? 국문학 연구의 방법을 총괄적으로 반성하고자 하는 이 자리는 우선 우리가 처한 이 위기의 실체를 논의의 정면으로 끌어내는 작업으로부터 시작되어야 한다.

후대의 연구자가 활용할 수 있는 선행 연구의 양적인 축적이란 물론 언제나 양면성을 지니고 있다. 앞서 말했듯 그것은 '안전한 발판'이 되면서 동시에 '고정 관념의 온상'이 되기도 한다. 그것이 무엇인지, 그것을 어떻게 넘어설 것인지가 이 글의 중요한 관심사이다. 그러나 이 문제를 논하기에 앞서 "국문학 연구의 제도적 안정성, 연구 영역의 확대, 방법론의 다양화" 등과 관련된 문제를 먼저 논해야 하겠다. 이것은 지금까지의 국문학 연구 방법론에서 한 번도 논의되지 않았던 문제들이다. 그러나 얼핏 보면 비본질적인 것처럼 보이는 이 문제들이 사실은 국문학 연구의 한 가운데 있으면서 그 방법적 틀을 다시 생각하게 만드는 문제들일 수도 있을 것이다.

## 1. 제도로서의 국문학 / 그것이 초래하는 위기 / 새로운 주제들

국문학 연구의 제도적 안정성이란 그것이 상당한 정도의 연구 인력과 학문적 재생산의 물적 기반을 가지고 있음을 말한다. 알다시피 국문학 연구, 특히 현대문학 연구는 70년대 이후 급속한 양적 성장을 보여 왔다. 이러한 양적 성장을 부정적으로 볼 까닭은 물론 없다. 연구 영역이 확대되거나 연구의 수준이 제고되거나 방법론이 다양화, 정교화되는 등의 긍정적인 현상들은 물론 양적인 성장 없이는 불가능한 일이었기 때문이다. 그러나 국문학 연구가 제도적으로 안정되고 연구 인력이 증가하고 논문이 활발하게 생산된다고 해서, 그것이 곧 국문학 연구의 영역과 대상, 방법에 대한 의심할 바 없는 정체성의 근거가 될 수 있을까?

나는 그렇게 생각하지 않는다. 사태는 그 반대일 수도 있다.[1] 거의 대부분 작가·작품론, 문학사(론) 등으로 이루어지는 한국 현대문학 연구는 ‘인문학 분야의 한 분과 학문으로서의 국문학’이라는 제도적 경계를 기정 사실로서 전제한 상태에서 진행되고 있다. 그러나 국문학 연구의 ‘내용’이나 ‘방법’이 아니라, 그것의 ‘제도적’ 또는 ‘제도사적’ 측면에 초점을 맞추면 전혀 다른 문제들이 제기된다.

우선, 이 제도적 경계는 과연 얼마나 타당한 것이며 어떤 배경을 지니고 있는 것인가? 한국문학의 연구와 영문학 연구, 불문학 연구, 독문학 연구 등등을 구분하는 기준은 무엇인가? 그 구분 속에서 그들 각자가 지니는 독자적인 영역이란 과연 무엇인가? 또 그렇게 구분됨으로써 ‘문학 연구’란 어떤 것이 되었는가? 나는 이런 문제들이 대단히 의문스럽다. 다행히, 이 의문에 대해 지금 명료한 해답을 얻는다 치자. 그렇다면 그 해답의 유효 기간은 얼마나 될까? 내 생각으로는 유효 기간이 이미 끝났거나, 얼마 남지 않았다.

이런 의미에서 나는, 우리 연구가 ‘국문학이란 무엇인가’라는 최초의 근원적인 질문을 다시 제기해야 한다고 생각한다. 그렇지 않고 ‘기존 제도로서의 국문학’, 또는 전통적인 ‘국문학과’에서의 연구가 제시하는 방법과 영역 속에 안주하는 한, 우리는 풍부한 가능성들을 담고 있는 많은

---

1) 오히려 제도적으로 덜 안정된 시기일수록, 다시 말해 초창기로 갈수록 국문학 연구의 정체성과 목표의식, 방법론적 일관성은 더욱 명료한 것이었다고 말할 수 있다. 안자산의 『조선문학사』나 임화의 『개설 신문학사』를 비롯한 일련의 문학사 서술, 김태준의 『조선소설사』, 고정옥의 『조선민요연구』, 정노식의 『조선창극사』, 조윤제의 『국문학사』등이 그러하다. 이것은 초창기의 연구자들이 지금의 연구자들보다 뛰어난 방법적 틀을 구사하고 있었다는 의미에서 하는 말이 아니다. 제도적 안정이 연구방법의 안정을 의미하지는 않는다는 것을 말하기 위함이다.

주제들을 스스로 포기하는 결과를 낳을지도 모른다.

예컨대, 한국문학 또는 문학의 '전문가'나 '전문성'이란 무엇인가, 문학의 '과학적' 연구란 무엇인가, 문학 연구는 '지식'인가[2] 하는 따위의 문제는, 별로 새로울 것도 없는 진부한 주제이지만, 내가 알기로 한국문학의 연구에서 본격적으로 거론되고 논의된 경우가 아주 드물다. 그런가 하면 한국문학에서의 이른바 '정전(正典)'의 문제라든가[3], 이것과 연관된 사안들, 예컨대 지배 이데올로기와 국가 및 교육기구가 '문학의 형성'에 어떻게 작용하고 있는가 하는 문제도 현대문학 연구의 중요한 주제로서 부각될 필요가 있다. 더 나아가 아주 구체적이고도 현실적인 주제, 예컨대 한국 대학에서의 국문과의 역사와 배경, 학문적 연구와 현실권력과의 관계, 대학 국문과의 커리큘럼의 편성, 초·중등학교의 문학 '교과서'와 문학교육의 역사적·이데올로기적 분석, 대학 '인문학'의 분과와 그 역사적 배경 같은 것들이 한국문학 연구의 영역에서 활발하게 논의되어야 한다. 이 문제들이야말로 '한국 현대문학의 연구란 무엇인가'라는 가장 근원적인 주제에 직결되어 있기 때문이다.

---

2) 문학연구에서 '전문성'과 '과학성'이란 무엇인가, 또 문학연구나 비평이 '지식'인가 하는 문제는, Richard Ohmann, Working in English in America, ca. 1965, *English in America : A Radical view of the Profession*, (Oxford Univ. Press, 1976, 3∼25쪽)에서의 논의가 매우 유용한 참조가 될 수 있다. 한편 문학의 연구는 전통적으로 '인문학'의 핵심적인 범주로 이해되어 왔다. 그러나 '인문학'이 지향하고 있는 바의 이른바 '전인성(全人性)'과, 자본주의적 분업에 기초를 두고 있는 '전문성' '전문가'의 개념이 어떻게 매끄럽게 조화를 이룰 것인지, 그 모순을 어떻게 설명할 것인지에 대한 깊이있는 성찰은 찾아보기 어렵다. 예컨대, 마르크스가 『강요 *Grundrisse*』나 『도이치이데올로기』에서 말하는 바와 같은 낭만적 설명("인간의 창조적인 기질의 절대적 함양"이라든가, 낮에는 고기를 잡고 밤에는 시를 쓰는 전인적 인간상 같은 유토피아적 전망)으로 이 모순이 봉합될 수 있다고는 생각되지 않는다.

3) '무엇이 올바른 지식인가'가 아니라 '무엇이 그것을 지식이게 하는가'의 문제는 푸코의 작업이 물론 대표적인 것이겠지만, 문학의 영역에서 이것이 정전 비판론으로 연결된다는 것은 잘 알려진 일이다. 문학과 이데올로기, 그 생산의 사회적 성격, 교육기구나 제도와의 관련 등에 관한 연구는 한국문학 연구의 경우 아직 시작되지 않았다.

이러한 발언에 대하여 예상되는 즉각적인 반론은 대체로 다음의 두 가지일 것이라고 나는 생각한다. 첫째, 위에서 예로 든 이러저러한 주제들은 이미 외국문학 특히 영미문학의 경우 아주 많은 선례들이 있다. 그러니 이러한 문제제기야말로 또 하나의 서양추수주의가 아닌가 하는 비판이다. 이 비판의 일부는 사실이다. 영미문학의 경우 이러한 문제들은 일찍이 자국문학 연구의 매우 중요한 주제로 떠올랐고 그 성과도 상당한 수준에 이르렀다.4) 그리고 이 글은 그러한 외국문학 연구의 성과를 크게 참조하고 의지하고 있다.

그러나 그 점을 서양 추수주의라든가, 한국문학의 독자성을 몰각한 관점이라고 비판한다면 그것에는 승복할 수 없다. 서양이든 어디든 귀담아 들을 만한 말이 있으면 부지런히 찾아 듣고 생각을 다듬는 것이야말로 연구자의 기본 자세이니 문제될 것이 없으려니와, 무엇보다도, 서양적인 것과 동양적인 것의 근거 없는 대비나 대립을 절대적인 전제로 내세우는 최근의 일부 담론들이나, ‘한국적인 것’, ‘동양 정신’, ‘우리 것’ 따위를 만능의 해결사처럼 신봉하는 논의들이 지닌 감상적 / 반지성적 관점이야말로, 오히려 진정한 의미에서의 ‘한국적인 것’의 탐구를 위해 하루 빨리 벗어나야 할 맹목이기 때문이다. 이 점에 관하여는 다음절에

---

4) 문학의 제도화에 관한 급진적인 분석으로는 Richard Ohmann의 앞의 책이 대표적이다. 오만의 이러한 논의에 대해 적절한 비판을 가하면서 제도로서의 문학(교육)의 비판적 가능성을 열여 놓는 논의로는 Gerald Graff, *Literature against itself*, (The Univ. of Chicago Press, 1979) 중에 제4장 English in America 를 참조하라. Leslie Fiedler & Huston A Baker, Jr. (eds) *Opening up the Canon*, (The Johns Hopkins Univ. Press, 1981) 역시 이 문제를 집중적으로 다룬 책이다. 국내에서는 송무, 『영문학에 대한 반성』, (민음사, 1997)이 이 문제를 본격적으로 다루었고, 영미문학연구회가 내는 학술기관지 『안과 밖』에도 같은 주제의 글들이 있다. 보다 일반적인 접근은 테리 이글턴, 『문학비평 : 반영이론과 생산이론』, (까치, 1986) ; 테리 이글턴, 『문학이론입문』, (창작과 비평사, 1986) ; 레이먼드 윌리엄즈, 『문화사회학』, (까치, 1984) ; 피에르 마슈레, 『문학생산이론을 위하여』, (백의, 1994)를 참조할 수 있다. 한편 제도로서의 문학에 관한 논의는 아니지만, 사회과학의 분과와 그 역사성, 그러한 분과 학문의 작위성과 폐단을 논증하는 글로 이매뉴얼 월러스틴 외, 『사회과학의 개방』, (당대, 1996)이 있다.

서 다시 논의할 것이므로 여기서는 생략하겠다.

두 번째로, 이러한 논의는 한국문학 연구의 내용이나 방법에 관해서가 아니라 그 제도의 측면을 문제 삼음으로써, 부차적인 것을 중요한 것으로 오도하거나, '학문외적'인 문제, 즉 정책(政策)이나 행정(行政)의 수준에서 논의될 문제와 문학연구의 문제를 혼동하고 있다는 비판을 예상할 수 있다. 우선, 나는 위의 논의에서 '제도로서의 국문학' 연구가 중요한 의제로 설정될 필요가 있다는 정도의 제의를 했을 뿐, 정작 그 연구의 결과를 제시한 것은 아니다. 그러니 그러한 연구가 부차적인 것인지 중요한 것인지는 연구의 결과를 보고 판단할 일이다.

그러나 그보다 더 심각한 것은, 이 문제가 과연 '학문외적'인 문제이겠는가 하는 점이다. 나의 대답은 '절대로 그렇지 않다'는 것이다. 좀더 분명하게 말하면, '국문학'이라고 하는 학문적 영역이나 내용이 미리 있고 그것을 보완하기 위해 이러저러한 제도가 형성된 것이 아니다. 실상은 그 반대이다. 이른바 '근대학문'의 체계와 방법이 그 자신의 '순수한' 내적 필요와 동기에 의해 형성된 것이 아니라, 오히려 전적으로 학문외적인 상황과 조건들에 의하여 틀 지워지고 그 내용이 채워진 것이라는 점은 새삼스럽게 입증을 요하는 사안이 아니다. 한국문학 연구에 있어서도 그 점은 조금도 다르지 않다. 그런 의미에서 한국문학 연구의 '학문사' '제도사'를 비롯한 '고고학적 탐구' '지식사회학적 연구'는 시급하고도 절박한 것이다.

이러한 연구들의 축적은 국문학 연구자로 하여금 국문학 연구의 영역과 대상을 그 '바깥'에서 바라볼 수 있도록 도와 줄 것이고, 그 결과는 한국문학 연구의 새로운 영역과 방법의 개척으로 이어질 것이다. 이것이 매우 시급한 까닭은, 동어반복의 혐의가 있긴 하지만, 우선적으로 국문학 연구를 둘러 싼 최근의 사회적 환경에서 비롯된다.

50년 이상을 유지해 온 기존의 대학 국문과의 울타리와 그것을 뒷받침하고 있는 모든 형식과 내용이 조만간 폐기되고 뒤바뀔 것임은 이미 현실로서 나타나고 있다. 연구 인력의 생산과 직업으로서의 국문학 연구의 산실인 전통적 국문학과의 소멸과 그에 따른 국문학 내용의 전면적인 변화는 우리의 상상보다 훨씬 빠른 속도로 다가올 것이다. 이 자리에 참석해 있는 우리들은 아마도 자신의 연구자로서의 수명이 존속하는 기간 안에 그 변화를 실제로 겪을 것이다. 그렇다면 무엇을 할 것인가? 이것은 대단히 현실적인 과제이면서 우리가 몸담고 있는 학문의 가장 민감한 부분을 건드리는 문제이다.

이러한 변화는 당연히 기존의 연구 영역이나 경계의 엄청난 변화(예컨대, 학제간 연구나 비교연구의 확산과 보편화에 따른)를 불러일으킬 것이다. 방법론의 다양화는 이미 우리가 충분히 경험하고 있는 바이지만 그 속도가 더욱 빨라질 것이다. 이렇게 되면 굳이 그것을 '한국문학 연구'라고 고집할 이유가 딱히 없는 그런 수준에서 한국문학 연구 성과의 대세나 주류적 경향이 결정되는 그런 날이 조만간 올지도 모른다. 요컨대, 한국문학 연구의 '정체성'과 '고유성'이 전혀 모호해지는, 아예 그런 것이 문제조차 되지 않는, 이를테면, '모든 단단한 것이 흔적도 없이 녹아서 사라지는' 그런 현상이 학문의 영역에서도 실현되는 날이 곧 올 수 있다는 것이다.

이러한 생각이 어느 정도 근거를 지닌 것이라면, 나 자신은 이러한 장래를 특별히 비관적으로 생각하지는 않는다. 앞서 말했듯 변화는 학문내적 필요에 의해서가 아니라 사회적 요구와 강제에 의한 것이다. 돌이켜 생각하면 '제도로서의 국문학' 역시 특정한 역사적 시기와 당대의 이념이 작용한 결과로 탄생한 것이다. 그러니 그것의 변화가 역시 또 다른 사회적 요구에 따른다는 것은 하등 이상한 일이 아니다. 중요한 것은, 이러한 변화를 수동적으로 기다릴 것이 아니라, 연구의 영역에서 적극적·능동적으로 주도하고 활로를 개척해 나가는 자세를 가질 필요가 있다는 점이다. 극단적으로 말한다면, 한국문학 연구의 기존 개념과 범주를 모두 해체하고 재구성하는 사태도 얼마든지 고려할 수 있는 것이다.

그러기 위해서는 우선 국문학 연구의 영역에 존재하는 일체의 고식적·작위적 관습들과5) 몇 가지 고정 관념들을 깊이 재검토할 필요가 있다고 생각된다. 새로운 연구 주제들의 개척과 기존 연구에 대한 반성은 물론 별개의 사안이 아니다. 그러한 작업의 일환으로서, 이 논문에서는 우선 한국 현대문학의 연구자라면 누구도 비켜갈 수 없는 주제, 즉 이식문화론 / 전통단절론의 논의들을 검토하고자 한다.

## 2. 전통단절론 / 이식문화론

### 1) 전통단절론과 전통계승론에 대하여

오늘날 한국 현대문학의 연구자들을 사로잡고 있는 가장 큰 강박관념 또는 그의 연구를 지배하는 일종의 '형이상학적 전제'는 무엇일까? 그것은 한국 근(현)대문학의 '전통'과 '연속성'에 대한 강박관념이라고 나는 생각한다. 한국 신문학의 역사는 이식과 모방의 역사라는, 수많은 현대문학 연구자들을 괴롭혀 온 명제는 대체로 다음과 같은 관념들을 낳았다.

1. 한국의 근대는 식민지적 조건에서 강제된 것이기 때문에 근본적으로 왜곡되고 기형적인 것이며 비주체적인 것이었다. 이러한 조건이 '이식문화론' 같은 식민사관적 사고를 낳았다. 또한 이러한 사고의 연속이 '전통단절론'을 낳았다. (김현·김윤식의 『한국문학사』(1973)가 이러한 논의의 대표적인 사례이다).

2. 그러므로, 한국 근대의 자생적 / 내재적 발전 코스를 입증하는 것이 식민사관을 극복하는 길이다. (알다시피, '자본주의 맹아론'의 입

---

5) 이 관습들이 가장 잘 드러나는 예로는 국문학과의 커리큘럼, 학문내의 장르 구분, 필수과목과 선택과목의 분류 등등이 있을 것이다. 보다 개별적인 사안들, 예컨대 교수와 수업의 방식, 학위논문의 제출과 심사의 절차, 일반 논문들에서 행해지는 관례 등등도 모두 이 관습들의 강력한 영향 속에 있으며 대학에서의 학과별 구분도 그러하다. 이 모든 것들은 전면적으로 철저히 검토되고 반성되지 않으면 안 된다. 국문학 연구 방법론의 반성 역시 이 문제들을 건너 뛰고서는 공론이 되고 말 것이다.

각점이 이것이었다). 한편, 이식문화론을 극복하기 위해서는 한국 문학의 내재적 연속성과 전통을 입증해야 한다. 민족문화의 '고유성'과 '독자성'도 부단히 발견되고 재현되어야 한다. 문학의 차원에서 이것은 민족 전통 속에 살아 있는 풍부한 문학적 유산들을 발굴하고, 전대(前代)문학과 현대문학 사이의 연속과 변화를 입증함으로써 한국문학 전체를 하나의 일관된 유기체로 재구성하는 작업으로 이어질 것이다.

3. 그럼으로써 근대화＝서구화의 등식과 그 등식으로부터 유래된 한국 현대문학의 오랜 컴플렉스와 주변성을 벗어날 수 있을 것이다.

지금까지의 한국 현대문학 연구 성과 중에 이러한 논리의 구도를 벗어나는 것이 얼마나 될까? 나는 이제 이 논리가 하나의 '신화'에 지나지 않으며, 그렇지 않다면 이제는 유효성을 잃은 과거의 잔재일 뿐이라고 생각한다. 아주 성급하게 결론부터 말하면, 이 논리들의 어떠한 것도 근대를 넘어서는 계기를 포함하고 있지 않다. 넘어서기는커녕 이 논리들은 최대한 실현돼 봤자 '근대 따라잡기'나 '맹목적 근대 추구' 이상이 될 수가 없다.

한국의 근대가 식민지적 불구성과 기형성을 지닌다는 것은 사실의 차원에서 적확한 것 같지만, 동시에 '한국의 근대＝불구 / 서구적 근대＝정상'이라는 인식으로 자연스럽게 연결된다. 서구적인 것을 선망의 눈으로 바라보는 사람들이 아니라, 오히려 민족적 독자성과 주체성을 강조하는 논자들에게서 이러한 논리가 더욱 많이 발견되는 것은 아이러니한 일이다. 그러나 한국의 근대와 서구적 근대는 결코 '기형 / 정상'의 구도로 인식될 것이 아니다. 그러는 한 기형적인 현재의 상태를 극복하는 길은 너무나 뻔한 것, 즉 '정상'이 되기 위한 끊임없는 노력, 정상적인 모델을 부지런히 따라잡고 베끼는 것 (근대화론), 또는 자국의 역사 속에 자생적으로 형성된 '정상적' 근대의 요소들을 발굴하고 조명함으로써 주변성을 벗어나는 것 (자본주의 맹아론) 뿐이다.

그러나, 어떤 것이 '정상'이라고 말할 것은 아무 것도 없다. 가령, 서구적 근대에 대해서 우리가 갖고 있는 역사상(像) 역시 매우 허구에 찬 것임을 월러스틴은 다음과 같이 밝히고 있다. 조금 길지만 인용해 보기로 하자.

> 근대 세계에 대한 기본적인 이야기는 19세기 중엽 이전에 이미 아주 확고하게 자리잡았다. [……] 이 기본적인 이야기란 무엇인가? 그건 비교적 단순하다. 옛날 옛적에 유럽은 봉건적이었다. 그것은 '암흑시대'였다. 대부분의 사람들은 농민이었고, 대부분의 농민들은 많은 땅을 소유한 영주들에게 지배당했다. (어떻게 그리고 정확히 언제인가는 여전히 논란거리이지만 여하튼). 어떤 과정을 통해 중간계층들이 나타났으며, 이들은 주로 도시주민이었다. 새로운 사상이 등장하거나 재등장했으며 (일종의 르네상스), 경제적 생산이 팽창하고 과학과 기술이 번성하였다. 이는 마침내 '산업혁명'을 불러일으켰다. 이 거대한 경제적인 변화와 더불어 어떤 정치적 변화가 일어났다. 부르조아지가 이런저런 식으로 해서 귀족계급을 타도했고 그 과정에서 자유의 영역을 확장시켰다. 이 모든 변화들은 함께 진행되었다. 하지만 그것들이 모든 곳에서 동시에 일어난 것은 아니었다. 어떤 나라들은 다른 나라들보다 먼저 진보를 성취했다. 이 선두다툼에서 가장 촉망받는 후보자는 진작부터 영국이었는데, 이는 세계경제에서 영국이 거머쥔 헤게모니의 후광 밑에서 움터나온 신화의 맥락으로 봐도 자연스러운 것이었다. 다른 나라들은 더 '후진적'이거나 덜 발전된 상태였다. 하지만 이 이야기 바탕에 깔린 기본적 낙관론에 비추어볼 때 전혀 낙담할 이유가 없었는데, 왜냐하면 뒤쳐진 국민들은 앞장 선 또는 진보적인 국민들을 모방할 수 있었기 (또 모방해야 하기) 때문이며, 그럼으로써 같은 진보의 열매들을 또한 맛볼 수 있었기 (또 맛보아야 하기) 때문이었다.[6]

---

6) 이매뉴얼 월러스틴, 성백용 역, 『사회과학으로부터의 탈피』, (창작과 비평사, 1994), 71~72쪽.

월러스틴이 '구성신화'라고 부르는 이 "근대 세계의 연극"이야말로 우리의 뇌리에도 깊이 박힌 (정상적인) 근대의 모습이다. 그러나 이 연극에는 세 가지의 오류가 있다고 그는 설명한다. 첫째는 근대국가를 분석단위의 원초적 틀로 생각하는 것, 둘째 등장인물의 배역이 이중으로 허위조작 되었다는 점 (귀족과 부르조아지를 대비되는 독자적인 배역으로 생각하는 것은 전적으로 오류다. 부르조아지가 귀족 계급을 타도하기는커녕 오히려 귀족이 부르조아지가 되었다), 셋째 무엇보다도 기본 줄거리가 잘못되었다. 근대 세계는 봉건제를 타도한 것이 아니라, "통제된 이행", 즉 "직접 생산자로부터의 잉여착취가 낡은 체제에서 그랬던 것보다 좀더 간접적이고 표면에 잘 드러나지 않을, 그런 또 다른 생산양식"으로 이행했을 뿐이다.7)

우리의 주제로 돌아 가서 다시 이 문제를 살피면 초점은 명료해진다. 계몽주의, 부르조아 혁명, 산업혁명, 자본주의의 정착 등을 근대의 '정상적 지표'로 상정하고, 그에 비추어 우리 자신을 '왜곡된 근대'로 추상화하는 것은, 월러스틴의 저러한 지적을 받아 들인다면, 사실의 차원에서도 애초부터 성립이 되지 않는 것이다. 그렇다고 해서 내가 "우리의 근대도 정상이었다"고 말하려는 것으로 오해하지 말기 바란다. 정상/왜곡의 구도 자체가 잘못된 것일 뿐만 아니라, 그 구도로는 어떻게 해서도 근대를 극복할 계기나 비전을 확보할 수가 없다는 것이 내가 말하고자 하는 것이다. 60년대 말의 이른바 자본주의 맹아론의 함정은 거기에 있었다. 논의의 초점을 '자생성 / 타율성'에 맞춤으로써 이 이론은 스스로를 충실한 근대화주의자로 만들고 말았다. 그럼으로써 사실은 그가 극복하려고 했던 식민사관과 그 내적 본질에서는 별다른 차이가 없는 것이 되고 말았다. (그런가 하면, 최근의 식민지 근대화론과 수탈론의 논쟁 역시 이러한 현상을 다시 반복하고 있는 것이 아닌가 생각된다).

이 자본주의 맹아론 / 자생적 근대화론의 문학사적 변주의 대표적인

---

7) 위의 책, 77∼78쪽.

예가 50년대 말~60년대 초의 '전통계승론'이나 김현·김윤식의 『한국문학사』에서의 '18세기 기점설' 등임은 잘 알려진 일이다. 이제 그것을 살펴 보자.

자본주의적 발전의 '후진성'과 그에 기반한 근대문학의 유치한 성장, 또는 이식문학적 성격을 '전통'의 발견이나 '민족문학의 면면한 연속성'으로 보충하거나 극복하려는 모든 노력은 결국 '근대 따라잡기'의 함정을 빠져 나올 수가 없다. 어째서 그러한가?

아다시피, 단일한 시―공간 안에서 공동의 역사적 체험을 지닌 유기적 연속체적 집단으로서의 '민족'이라든가, 그 민족을 정서적으로 연결하는 '전통'이라든가 하는 것은 전적으로 역사적 상상물이고 하나의 이미지이며, 무엇보다도 근대의 산물인 것이다. 한편 띠냐노프에 따르면, 전통이란 개념은 "하나의 체계 속에서 어떤 용도와 역할을 갖고 있는 하나 또는 여러 개의 문학적 요소들의 부당한 추상화에 지나지 않는 것"일 뿐이다.8) 다시 말해, '민족' '전통' '고유성' '단일성' 등의 수사에서 우리가 떠올릴 수 있는 바의, 시간적·공간적으로 매끄럽게 연결된 유구한 생명적 유기체로서의 어떤 고정불변의 집단, 공동의 체험과 기억으로 연결된 집단적 삶의 형태, 이것은 근대 세계가 만들어낸 하나의 이미지 내지는 이데올로기에 지나지 않는 것이다.

그것이 이미지일 뿐이라서 아무 가치가 없다거나 힘이 없다고 말한다면 잘못이다. 힘이 없기는커녕, 너무나 강력해서 탈이다. 그것은 '후진성'과 '기형성'으로 채색된 자화상을 일거에 씻어 버리고 자신을 근대 세계의 당당한 주체로 탈바꿈시키는 튼튼하고도 유일한 동아줄이 된다. '민족 전통' '민족 고유의 문화' '민족 문학의 연속성' 등을 하나의 확고 불변한 실체로 상정하면서 그 실체적 존재를 규명함으로써 자국문학의 근대적 완성태, 자생적 발전 경로를 입증하는 것이야말로 서구 중심주의

---

8) 띠냐노프, 「문학의 발전에 관하여」, 쯔베탕 또도로프 편, 김치수 역, 『러시아 형식주의』, (이대출판부, 1988), 129쪽.

를 벗어난 주체적 학문의 새로운 관점으로 자리잡는다. 한국 현대문학 연구의 비약적 성장을 주도한 기본적 테마는 바로 이것이었다.

그러나 그것은 얼마나 성공적이었을까? 그러한 관점과 방법은, 근대 체제의 구조를 현실주의적 관점에서 파악하고 그것을 넘어서는 비전을 마련하는 데에 실질적으로 유용한 것이었을까? 오히려 그것을 새로운 출구로 생각하고 그리로 빠져나가는 순간, 이른바 ‘유럽중심적 반유럽중심주의’ *Eurocentric Anti-Eurocentrism*의 함정, 또는 ‘근대주의적 반근대주의’의 딜레마가 기다리고 있었던 것은 아닐까?

그렇다고 본다면 예의 ‘전통 단절 / 계승 논쟁’도 문제의 본질에 육박하는 논의는 아닌 것이다.[9] 이 논쟁을 ‘단절론＝모더니즘 / 계승론＝민족문학 (또는 리얼리즘)’의 구도로 파악하는 경우도 있지만 이것은 잘못된 것이다. 문제는 모더니즘과 리얼리즘의 대립이 아니었다. 이른바 단절론자와 계승론자는 겉보기로는 확연히 다른 태도를 드러내고 있었지만, 전통을 확고부동한 하나의 구체적 실체로 상정하고 있다는 점에서는 오히려 동일한 관점을 공유하고 있었다. 전통 단절론자가 기대고 있는 엘리오트의 전통 개념이 이미 철저하게 역사적 연속성과 일종의 정신적 발전론에 입각해 있는 것이라는 점[10]에서 단절론의 논의는, (엘리오트의 전통론이 지니는 이데올로기적 한계는 차치하고라도), 그러한 전통 개념이 지니는 근대적 사유의 한계를 비판해 내기에는 처음부터 역부족이었다.

전통계승론의 경우에는 실로 모더니스트의 면모가 약여하다. 특히 우리 문학의 전통을 ‘은근과 끈기’(조윤제), ‘한’, ‘멋’(이희승) 따위로 설명하는 노력들이 여기에 해당한다. 이러한 설명의 타당성 여부는 여기에서

---

9) 50년대 말～60년대 초의 이른바 전통논쟁은 한수영, 「1950년대 한국 문예비평론 연구」, (연세대 국문과 박사학위 논문, 1995) 의 71～88쪽에 잘 정리되어 있다.

10) 엘리오트, 최창호 역, 「전통과 개인의 재능」, 『엘리오트 신문학론』, (양문사, 1961). 엘리오트 전통론의 비판은 한수영, 위의 글, 75쪽 참조. 그러나 본문에서 엘리오트의 전통관을 역사적 연속성과 발전론의 시각으로 해석한 것은 필자의 생각이다.

의 관심사가 아니다. 바로 그러한 것들로 전통을 추상화, 개념화 하고 그것에 하나의 안정처를 구하는 행위야말로 그대로 모더니즘의 한 면모인 것이다. 조윤제와 이희승은 정치적 / 사회적으로는 민족주의자이면서 문화적 또는 미학적으로는 철저한 모더니스트들인 것이다. 그들은 경성제대 1회와 2회 입학생들이다. 그들이 배운 것은 '근대 학문'의 방법이었다. 학문적 대상이 무엇이었든간에 그 방법의 근대성은 모더니스트로서의 이들의 면모를 설명하기에 충분하다. 전통의 존재가 모더니즘의 활력의 원천이 된다는 패리 앤더슨의 지적도[11] 이 대목에서 상기할 만하다. 꼭 그런 지적이 아니더라도, 흔히 생각하듯 전통과 모더니즘은 서로 대립하거나 배척하는 것이 아니다. 오히려 그것은 동전의 양면만큼이나 같은 뿌리를 지닌 것이기도 하다. 최첨단의 모더니스트야말로 가장 열렬한 전통주의자일 수 있는 비밀이 여기에 있다.[12]

전통계승론은 현대문학 연구의 관점에 지대한 영향을 미쳤다. 그러나, 식민사관을 벗어나야 한다는 정당한 의도, 서구문화와는 다른 자국문화의 특수한 요소들과 구조들을 발견해야 한다는 열정, 더 나아가 박정희식 개발독재의 전통 파괴에 대한 저항[13]이라는 긍정적 측면에도 불

---

11) 패리 앤더슨, 「근대성과 혁명」, 『창작과 비평』 1993, 여름. 참조.

12) 논의의 맥락에서 벗어나는 것이기는 하지만 이 점에 관한 한, 이상과 이태준의 비교는 많은 것을 시사한다. 이상의 철저한 전통부정과 이태준의 철저한 전통주의를 어떻게 보아야 할 것인가. 지금까지의 논의들은 이 두 작가를 다 모더니즘의 범주로 설명해 왔다. 전통에 관한 태도를 지렛대 삼아 다시 본다면, 안티 모던의 정신이 이상만큼 투철했던 작가는 달리 없었던 것으로 생각된다. 그에 비하면 이태준은 천상 근대주의자이다. 그러므로, 이상을 순전히 모더니즘의 범주로만 설명하는 것은, 안티 모던을 모더니즘의 중요한 계기로 규정한다면 모를까, 이상에게는 좀 억울한 일이다.

13) 70년대의 반체제 운동은 박정희 군사정권의 개발 독재가 민족 전통의 민중적 생명력을 파괴하고 단절시켰다는 문제의식으로부터, '전통의 재발견'을 운동의 주요한 실천과제로 삼았다. 대학가를 중심으로 한 탈춤 운동이나, 김지하의 풍자시 등이 대표적 사례일 것이다. 서구적 근대화의 역사 속에 매몰된 '민족 고유의 정서'나 '동양적 특수성'을 되살리고 선양하는 것은 개발독재의 기반을 공격하는 유효한 전략으로 보였다. 그러나 이제 와서 돌이켜보면, 그들은 그들이 적으로 삼았던 개발론자들, 근대화론자들과 얼마나 먼 거리에 있었던 것일

구하고, 이 전통주의는 한국문학 연구에 매우 심각한 고정관념을 심어
놓은 것으로 생각된다. 이른바 ‘동양정신’으로의 회귀나 발견을 새로운
대안으로 삼는 최근의 논의는 그러한 사례 중의 하나이다.

　　마르크시즘의 무력화, 구조주의에 뒤이은 해체론 등으로 문학을
논하기에는 이들의 논리가 급속히 퇴색하고 있을 뿐만 아니라 급변
하는 현상을 설명하기에 급급한 문학의 논리들이 거대한 혼란에 빠
져 있다고 판단되는 이즈음 필자는 이러한 혼란을 극복하기 위해
동양의 사상적 기반 위에서 하나의 시학 이론을 구축해 보고자 한
다. 여기서 동양사상이란 동양의 고전적 경전에 근거하여 형성된

---

까? 박정희 정권의 개발독재는 한편으로는 일사불란한 근대화를 하나의 지향
으로 하면서 또 한편으로는 ‘민족주의’ ‘전통주의’를 핵심적인 이데올로기로
하고 있었다. 박정희 정권의 초기 구호였던 ‘민족적 민주주의’나, 이순신의 성
인화(聖人化) 작업으로 대표되는 ‘충효사상’의 교육 등이 모두 전통의 이름으로
행해졌다. 그런가 하면 ‘새마을 운동’의 경우가 잘 보여주듯이, 그들은 전통적
공동체의 기본 구조와 질서를 완전히 파괴하였다. 물론 이것은 박정희 정권에
서 시작된 것이라기 보다는 오히려 식민지적 유산이었다. 그러나 박정희 정권
은 이러한 현상을 더욱 강화하고 가속시켰다. 어쨌거나 박정희식 개발독재의
이러한 성격은, 가장 급진적인 근대주의자가 또 한편으로 가장 열렬한 전통주
의자라는 우리의 논의를 입증하는 사례이다. 그런데, 이러한 사태에 대한 하나
의 대항담론으로 출현한 민중문화운동은, 박정희 정권이 전통을 파괴하거나
‘잘못된 전통’을 강화하고 있다는 사실에만 주목하였을 뿐, 이른바 ‘전통주의’
‘전통계승론’이 근대주의의 쌍생아라는 사실에는 별다른 관심을 갖지 않았다.
그러는 한 그 공격은 ‘어떤 것이 바람직한 전통이냐’ 정도의 싸움일 뿐, 개발독
재의 기본적 세계관을 허무는 공격이 될 수는 없었다. 그것의 부정적 결과는,
내 생각에는, 80년대의 학생운동에서 가장 선명하게 드러났다. 파쇼 통치에 맞
선 학생운동의 한 이론적 지주는 강력한 민족주의였고, 학생집회의 여러 가지
상징물들, 예컨데 검은 색 두루마기의 한복이라든가 사물놀이 등은 집회와 시
위의 열정을 고양시키는 주요한 도구들이었다. 80년대 학생운동의 헌신적 열정
과 희생은 길이 기억되어야 한다. 그러나 그것이 진정한 의미에서의 ‘반체제운
동’이기 위해서는 그들은, 자신들이 기대고 있는 이데올로기와 문화가 한편으
로는 ‘적’의 그것이기도 하다는 사실을 통찰했어야 했다. (전두환 정권 초기의
이른바 ‘국풍’(國風)을 상기하자. 그것은 한국의 파시스트와 반파쇼 운동 진영
이 동일한 문화적 이데올로기를 지니고 있었다는 사실을 입증하는 하나의 사
례이다). 그 사실을 간과하는 한, 그 많은 헌신과 희생에도 불구하고 그것은 하
나의 ‘정치운동’일 뿐 ‘반체제’ 운동이 될 수는 없었다.

것이다.14)

  '거대한 혼란을 극복하기 위한 동양의 사상적 기반'이 구체적으로 무엇을 가리키는 것인지는 이 말만으로는 물론 알 수 없다. 그러나 이러한 관점들이 근거를 지니고 실천적 유효성을 지니기 위해서는 다음과 같은 질문들에 답해야 한다 : 서양과 동양을 구분하는 근거는 무엇인가. 서양과 동양이 단일한 개념으로 설명되고 구분될 수 있는가. 서양적인 것은 무엇이고 동양적인 것은 무엇인가. 그것은 지리적 범주인가, 역사적 범주인가, 경제적 범주인가, 문화 / 사회적 범주인가, 심리적 / 정신적 범주인가, 아니면 그 전부인가. 지리적으로나 역사적으로는 서양적이면서, 나머지에서는 동양적인 지역은 서양인가, 동양인가. (그 반대의 경우도 마찬가지이다). 서양(적인 것)과 동양(적인 것)을 일률적으로 구획하고 그 우열을 논하는 것은 결국 '오리엔탈리즘'적 사고에서 얼마나 벗어난 것인가.
  '동양 정신'의 회복과 발견을 새로운 대안으로 내세우는 논의들이 이러한 의문에 대하여 설득력 있게 답하지 못할 때, 그것은 후진적 열패감을 과도한 허세로 호도해 보려는 안쓰런 몸부림이거나, 아니면 감정적 국수주의나 집단주의에 호소하여 또 하나의 중심을 형성하고자 하는, 진부한 패권주의에 지나지 않는다. 더더구나 동양정신의 발견이라는 구호가 전혀 새로운 것이 아님은 일제 말엽의 이른바 '근대초극론'이 웅변으로 보여주고 있지 않은가. 이 시기 일급의 문학지식인들이 근대초극론에 깊이 경도되었던 것은 결코 강제에 의한 것이 아니었다. 근대초극론이 그 이론적 지주의 하나로 삼고 있는 '동양정신'의 발견이라는 명제는 한국의 지식인들에게 그만큼 매혹적이었던 것이다. 그러나 이미 그 당시에도 이것을 경계하는 논의가 없지 않았다. 1941년에 김기림은 이렇게 쓰고 있다.

---

14) 최동호, 『하나의 도에 이르는 시학』, 고려대학교 출판부, 1997. (유성호, 『한국 근대시 연구 방법론에 대한 반성적 검토』, 32쪽에서 재인용).

또 하나의 감상주의가 있다. 오늘 와서 서양은 돌아 볼 여지조차 없는 것이라 속단하고 그 반동으로 실로 손쉽게 동양 문화에 귀의하고 몰입하려는 태도가 그것이다. 그것은 관념적으로는 매우 하기 쉬운 일이고 또 경솔한 사색 속에 즉흥적으로 떠오르기 쉬운 아름다운 포즈이기는 하다. [……] 서양 문화가 일정한 거리에까지 물러선 것처럼 동양 문화도 한 번은 어느 거리 밖에 물러가서 우리들의 새로운 관찰과 평가에 견디어야 할 것이다.15)

이 글은 물론 그 전체적인 논지에서는, 역시 서양문화의 파탄과 동양문화의 '과학적 재발견'이라는 명제를 유지함으로써 일정한 한계를 드러내고는 있지만, 동양을 턱없이 신비화 하고 그것으로 귀의하는 태도들에 대한 신랄한 비판으로서는 보기 드문 사례이다. 최근에 이루어진 다음과 같은 비판 역시 문제의 정곡을 찌르고 있다.

"동양은 도덕, 서양은 기술"이라고 할 때의 그 도덕이나 "동양은 정신, 서양은 물질"이라고 할 때의 그 정신으로 동아시아를 파악하는 것은 온당치 않다. 그러한 생각들이 근대 초기에 어떤 역할을 했었으며 오늘날은 어떤 역할을 하는가는 차치하더라도 그것은 사실의 어느 한 측면에 대한 극도의 과장일 뿐 전혀 특수성의 파악이 아니다. [동아시아적인 것을 – 인용자] 서구적 근대와 대립되거나 그것과 다른 것에서 찾지만 이는 오류를 범하기 쉽다. 서구적 근대의 이원론적이고 대립적인 세계관과는 아주 다른 일원론적이고 통일적인 세계관을 동아시아의 전통에서 발견하고 그것을 동아시아적인 것으로 파악하는 예를 보자. 우선 당장, 그러한 일원론적이고 통일적인 세계관은 근대 이전의 서양에도 존재했었고 존재했었을 뿐만 아니라 상당히 활성화되어 있었다는 사실에 직면하지 않을 수 없다. 문학의 경우 서양 근대문학의 좁은 문학 개념과는 달리 동아시아의 전통 문학은 그 개념이 아주 넓었다는 점 (이른바 교술 장르가 그 대표적 예로 제시된다)을 중시하여 동아시아 문학의 특수성을 파악하는

---

15) 김기림, 「'동양'에 관한 단장」, 『문장』, 1941. 4. (최원식·백영서 편, 『동아시아인의 '동양' 인식 : 19∼20세기』, 문학과 지성사, 1997, 256쪽에서 재인용).

것 역시 똑같은 문제에 부딪힌다. 서양 역시 근대 이전에는 문학 개념이 아주 넓었으며 교술 장르가 거의 중심적인 위치에 있었던 것이다. 그렇다면 이러한 차이는 동서의 차이가 아니라 고금의 차이가 아닌가.[16]

이 글의 논자는 '서양＝이원론적 대립적 세계관, 동양＝일원론적 통일적 세계관'이라는 따위의 고정관념이 사실의 차원에서도 잘못된 것임을 논증하고 있거니와, 최근의 '동양정신'으로의 회귀를 주장하는 논의들이 과연 이러한 고정관념을 얼마나 벗어난 것인지는 지극히 의심스럽다. 한국문학 연구가 전통주의, 동양주의 등을 자신의 중심적 방법론으로 삼을 때, 그것은 결국 또 다른 형태의 서구 추종, '근대 따라잡기'의 형국을 벗어나지 못할 것이다. 이제, 무엇보다도 나 자신을 포함하여, 현대문학 연구자의 다수가 빠져 있는, '한국문학의 역사적 연속성의 회복' '전통과의 연결'이라는 강박으로부터 거리를 두지 않으면 안 된다.

## 2) 이식문화론 ; 임화 다시 읽기

한국문학 연구의 경향을 유달리 강하게 지배하는 이 전통주의는, 우선 임화의 '이식문화론'에 대한 극복이라는 차원에서 진행되었던 것으로 보인다. 그러나 한국문학의 연속성을 입증하고자 하는 시도들 중에는 때로 임화의 이식문화론이 마치 전통의 단절을 불러 온 것처럼 말하는 경우도 보인다. 그러나 임화에게로 일단의 책임을 돌린다면, 그것은 축구 시합에 졌다고 축구 해설자를 비난하는 것과 같은 일이 아니겠는가. 오히려 나는 임화를 다시 읽기를 제안한다.

『개설 신문학사』의 첫회에서 이미 임화는 조선 '신문학'을 과거의 '문학'과 혼동하지 말 것을 전제하고 있다.[17] 과거의 '문학' 이란 당연히 경

---

16) 전형준, 「같은 것과 다른 것」, 위의 책, 288쪽.
17) 임화, 「개설 신문학사」. 이 논문에서 사용하는 텍스트는 임규찬·한진일 편, 『신문학사』, (한길사, 1993)으로 한다.

서(經書)를 의미하는 것이니 ‘신문학’의 대상인 신소설이나 신시가 이것
과 아무 관련이 없을 수 밖에 없다는 얘기를 하는 것이다. 너무나 당연
하고 상식적인 이야기라서 연구자들도 별 관심이 없이 넘어가는 부분이
지만, 사실 이것을 무심히 넘김으로써 일어나는 의식적 – 무의식적 착각
과 오류는 매우 크다.18)

　임화는 이러한 지적으로서 근대 ‘문학’과 전근대 ‘문학’ 사이에 존재하
는 날카롭고 깊은 단절과 심연, 그 둘의 용어가 지시하는 내포와 외연의

---

18) 우리 문학의 연속성을 입증하고자 하는 논의들이 ‘문학’이라는 용어에 대해서
거의 아무런 관심을 보이지 않고 있다는 것은 놀라운 일이다. 한마디로, 근대
이전의 ‘문학’과 근대의 ‘문학’은 전적으로 다른 것이다. 근대 이전의 ‘문학’이
오늘날의 문학을 가리키는 것이 아니라 유학의 경전을 대상으로 하는 ‘학문(學
問)’을 가리키는 것임은 잘 알려진 사실이다. 이 어휘론적 분별을 분명히 하지
않을 때 일어나는 의식적, 무의식적 착각과 오류는 대단히 크다. 이것을 같은
것으로 전제했을 때, 남는 문제는 근대 이전의 ‘문학’과 근대의 ‘문학’을 ‘연결’
하는 것뿐이다. 그러나 전적으로 다른 것을 어떻게 연결할 수 있단 말인가. 이
문제에 관한 탁월한 분석으로는 황종연, 「‘문학’이라는 역어(譯語)」 (문학사와
비평 연구회 심포지움 발표문, 1998)를 참조하라. 가령 다음과 같은 논증들은
문제의 소재를 밝혀주는 유용한 통찰이다. “문학이라는 역어의 동아시아적 일
반화를 비롯한 번역, 번안, 전유와 그밖의 ‘통(通)언어적 실천’ *translingual practice*
은 그러한 근대화의 과정에 필수적인 절차였다. [……] 개항 이후 특히 애국계
몽기에 활발하게 나타난 신학문의 보급이란 서양에 스스로를 적응시키는 통언
어적 실천의 사례에 속한다. 애국계몽기에 새로운 지식의 광장 구실을 했던 많
은 학보들은 따지고 보면 근대 일본에서 만들어진 허다한 서양어의 역어들의
실험실과 다를 바가 없다. [……] 문학을 두고 말하자면 그것을 서양 학문 분류
법에 따라 이해한 흔적이 애국계몽기의 학보에 나타난다. [……] 문학을 리터
래처의 역어로 전제함으로써 이광수가 문학에 대한 관념과 지식에 초래한 변
화는 지금까지 알려진 것보다 훨씬 심오한 것이다. 그가 행한 바와 같은 통언어
적 실천은 하나의 새롭고 유력한 문학의 정의를 제공하는 것이지만 결과적으
로는 문학에 대하여 사고하고 언술하는 방식을 창안하는 것이다. 역어로서의
문학을 말하는 방식은 당연히 새로운 어휘, 개념, 범주들을 일정한 규칙에 따라
가동시키며, 그렇게 하여 형성된 언어적, 담론적 관행은 문학을 종전의 유교적,
한학적 전통 속에서 인식된 문학과는 판이한 것으로 만든다. 「문학이란 하오」
의 문학론은 요컨대 ‘신문학’론일 수밖에 없는 것이다. 이광수의 통언어적 문학
론이 근대적이라면 그것은 바로 문학이라는 역어에 수반된 근대적인 담론의
가능성을 열어놓았다는 데에 있다. [……] 문학이라는 역어를 준용함으로써 달
라지는 것은 문학에 대한 논법이라기보다 문학의 개념 그 자체이다.”

완연한 차이를 이미 드러내고 있는 것이다. 이 분명한 차이는 차이대로 드러내면서 그러한 조건 아래서의 신문학을 하나의 "비약"으로 서술하는 데에서 임화의 리얼리스트로서의 면모가 살아난다. 이 차이나 단절을 전통적 '요소'나 '구조'의 '동질성'으로 봉합함으로써 한국문학의 '내재적 연속성'을 입증하고자 하는 시도는 한갓 주의주의(主意主義)의 변형이며 근대 이후의 비전을 도저히 생산해 낼 수 없다.

오히려 근대의 수립이라는 관점에서 보면, 전근대와의 단절이 크고 깊고 충격적일수록 바람직한 것이다. 서구에서조차 봉건에서 근대로의 이행은 혁명적 단절이 아니라 '통제된 이행'의 상태, 말하자면 억압적 체제의 '신장개업' 형태로 이루어진 것이다.[19] 연속을 바람직한 것으로, 단절을 비정상적인 것으로 생각하는 관념은 버려야 한다. 오히려 우리로서는 비록 외적 강제에 의한 것이었다 할지라도, 아니 외적 강제에 의한 것이었기 때문에 그 단절이, 다시 말해 봉건과의 결별이 보다 철저하게 전면적으로 이루어지지 못한 것을 아쉬워해야 한다. 실제로 일제의 식민지화란 다른 한편으로는 봉건의 또 다른 존속이며 강화였지 않은가. 식민지적 한계란 연속을 단절시킨 데 있는 것이 아니라, 단절을 단절답게 하지 못하게 제약한 데 있었던 것이다.

조선 신문학의 기본적 생장 조건을 이렇게 날카로운 단절의 관점으로 파악하는 것이야말로 문학사가로서의 임화가 지닌 냉정한 현실감각을 보여주는 것이다. 중요한 것은, 이러한 조건 속에서 조선 신문학이 어떻게 새롭게 자신을 형성해 나가는가에 대한 실제적 분석과 서술일 터인데, 임화가 이 저술에서 실학의 전통과 자본주의 맹아론의 관점, 개화파의 자주개혁 정신, 개화기의 교육제도와 학교 현황에 대해 많은 지면을 소모해 가면서 실증적 논구를 행하고 있는 것을 보면, 후대의 속류적 해석이 왜곡하듯 속빈 사대주의자로서가 아니라, 당대의 문화적 에너지의 동향을 면밀하게 따라잡는 성실한 문학사가로서 그를 대접해야 옳다.

---

19) 월러스틴, 앞의 책.

이러한 관점이 있었기에 조선 신문학을 둘러싼 환경은 일본 명치―대정기의 문학이라고 말하는 한편, 같은 글의 '전통' 항목에서 "문화이식이 고도화되면 될수록 반대로 문화 창조가 내부로부터 성숙된다"라고 말할 수 있었던 것이다.[20]

그러나 1946년 전국 문학자 대회에서 발표된 「조선 민족문학 건설의 기본과제에 관한 일반 보고」는 성실하고 균형잡힌 문학사가로서의 임화의 이러한 면모가 형편없는 수준으로 타락한 사례이다. 이 글의 1, 2절은 일찍이 카프 시절에서도 나타난 바 없었던 성마른 정치주의의 노골적 표현, 보다 직접적으로는 부르조아 민주주의 혁명이라는 남로당 정치강령의 리플렛에 지나지 않는다. 이렇게 된 저간의 사정을 짐작 못할 바는 아니나, 『개설 신문학사』의 서술에서 발휘된 조선 근대의 특수성에 대한 날카로운 현실적 안목이, 해방 직후의 과도한 흥분 속에서 범용한 사회혁명론의 밋밋한 일반론에 가리워지고 만 것은 실로 안타까운 일이다. 그러나 이러한 사실이 임화가 보여준 한국 근대문학의 형성에 관한 객관적인 시각을 훼손하는 것은 물론 아니다. 전통주의의 강박으로부터 벗어나 우리 자신을 세계체제의 관점에서, 그리고 진정한 의미에서의 주체적인 관점에서 인식하기 위해서 임화를 다시 읽을 필요가 있다는 말이다.

## 3. 결론을 대신하여

이 글의 첫머리에서 나는 '제도로서의 국문학' 연구가 새로운 연구의 영역이 될 수 있으리라는 희망과, 동시에 그것이 종래의 국문학의 정체성과 근거를 송두리째 뒤집는 자기파괴적 행위가 될지도 모른다는 우려를 표명하였다. 아무런 현실적인 대안이나 구체적인 방법 없이 다만 재래의 학문 내용과 방법이 용도 폐기의 절박한 시점에 와 있는지도 모른

---

20) 임화, 「조선문학 연구의 일 과제」, 앞의 책, 381쪽.

다고 하는 것은, 대단히 무책임한 발언으로 비칠지도 모르겠다. 실제로 그러한 비판이 나온다면 과연 어떻게 대답해야 할지는 나 자신 막연한 상태이다. 그러나 우리가 살아 왔고 살고 있는 이 근대 세계가 엄청난 '혼란의 활력'21)에 의해 추동되고 있다는 것, 이 활력이 우리로 하여금 이 세계 안에 영속적이고 단단한 것은 절대로 없다는 것을 끊임없이 확인시켜 주고 있다는 것은 사태를 크게 왜곡하는 것은 아닐 것이다.

지금으로서는 아무 구체적인 대안도 제시할 수 없겠지만, 이 덧없는 모더니티 속에서 다만 분명한 것은, 근대 이후를 꿈꾸는 어떤 비전들이 근대의 기획을 그대로 접수하는 태도에서 보다는 그것의 전제들을 송두리째 의심하고 뒤집어 보는 데에서 나올 수 있으리라는 것이다. 그렇다면 근대문학의 연구에서도 사정은 마찬가지이다. 그 결과가 무엇이 될지는 아무도 장담할 수 없다. 월러스틴이 프리고진의 주장을 빌어 말하고 있듯이, "우리는 단지 출발점에 서 있을 뿐이며, 우리의 통찰이 아직 기록을 갖지 못한 선사단계에 와 있을 뿐"인지도 모른다.

어디로 갈지, 무엇이 우리를 기다리고 있을지를 자신있게 말할 수 있는 자는 없다. 다만, 근대를 폐기하고 그 이후를 꿈꾸는 실천적 노력만이 우리가 할 수 있고 해야 하는 일일 것이다. 현대문학 연구의 방법론을 지배하는 모든 전제들의 자명성을 의심하고 해체하는 것으로부터 그 일은 시작될 수 있지 않을까? 우리가 딛고 선 땅은 그렇게 단단한 것이 아닐지도 모른다.

(『현대문학의 연구』 11집, 1998).

---

21) 신형기, 『변화와 운명』, (평민사, 1997), 237쪽.

# 김동리와 파시즘
### — 「황토기」를 중심으로

## 1.

이 글은, '**한국의 근현대사는 본질적으로 파시즘의 자기 전개 과정 및 그것과의 길항의 역사**'라는 명제에 기초해 있다. 파시즘은 하나의 영향력 있는 정치적 이데올로기로서만이 아니라, 근대의 삶과 문화 전반에 걸친 하나의 양식으로서 존재해 왔고, 여전히 존재하고 있다. 그러나 파시즘을 간단히 정의하거나 그 본질을 개념화 한다는 것은 생각만큼 쉬운 일이 아니다. 파시즘을 단순히 하나의 정치 체제나 이데올로기가 아니라, 모더니티의 양상 중의 하나로 이해한다면 그것의 분석은 결국 모더니티 자체를 분석하는 것과 동일한 일이 될 것이다. 아닌 게 아니라, 파시즘에 관한 연구서 몇 권만을 살펴 보아도 그 점은 대뜸 확인된다. 파시즘 연구의 방법은 그것을 연구하는 학자의 수만큼이나 다양한 것이 아닌가 하는 느낌이 들 정도이다. 그러다 보니, 그 분석의 결과도 일관되거나 공통된 형태로서가 아니라, 오히려 상호 모순되는 것으로 제시됨으로써, 커다란 혼란을 안겨 주기도 한다.

그러나, 파시즘에 관한 새로운 정의를 제시함으로써 기왕의 논쟁에 참여하는 것은 전혀 우리의 관심사가 아니다. 우리의 목적은, 파시즘의 자기 전개 과정으로서의 한국의 근대사와, 그것의 한 문화적 / 문학적 사례로서 김동리의 문학을 분석하는 것이다. 이 작업만 해도 대단히 방대한 양이 될 것이다. 더구나 이러한 관점으로 김동리의 문학을 분석한 경우는 여태껏 거의 없었다고 해도 과언이 아니다. 그만큼, '파시즘과 김동리'라는 주제는 낯선 것이며, 또 그만큼 부담스러운 것이기도 하다. 이 글은 그 작업의 첫 번째 장이다. 따라서 극히 제한적이고 압축적이며 암시적이 될 수 밖에 없다.

우리는 우선 파시즘의 개념과 그 본질에 관한 기왕의 논의들을 검토하면서 파시즘에 관한 다양한 이해의 방법들을 제시할 것이다. 그 다음에 짚어야 할 문제는 '한국적 파시즘의 특성'이다. 이 논의를 위해서 반드시 거쳐야 할 관문은 '일본 천황제 파시즘의 특성'에 관한 논의이다. 한국의 파시즘은 '일본 파시즘의 굴절된 형태로서의 특수성'을 지니고 있기 때문이다. 이러한 예비적 고찰을 바탕으로 우리는 김동리의 문학을 분석할 것이다. 그의 소설이 한국 근대소설의 한 정점을 표현한다면, 그때 표현되는 것은, 한국의 역사와 한국인이 근대 이래로 전개해 온 파시즘의 역사, 그리고 파시즘적 욕망인 것이다.

### 파시즘의 개념과 본질

정치경제학적으로 파시즘 체제는, 독점 자본주의의 위기 상황에서의 중하층 계급의 정치적 대응의 결과로 설명되곤 한다.[1] 물론 이러한 설명 자체는 사태의 극히 일부분만을 드러내는 것이다. 파시즘 체제를 독점자본의 대리인 *agent*으로 보는 제3 인터내셔널의 정치적 오류가 비판되기도 하고[2], 중하층 계급의 허위의식 보다는 대자본의 적극적 지원이라는 성격이 강조되기도 한다. 그러나 실상은 이 모든 것의 총합이라고 보는 것이 더 정확할 것이다. 한편 파시즘은 임박한 사회혁명에 대한 공포로부터 발원한, 본질적으로는 "반혁명"으로서의 보수주의로 말해지기도 한다.[3] 파시즘의 정치적 원리는 흔히 전체주의, 권위주의로 설명되

---

1) 앙리 미셸, 유기성 역, 『세계의 파시즘』, (도서출판 청사, 1978) 참조.
2) 마아틴 키친, 강명세 역, 『파시즘』, (이론과 실천, 1988) 참조.

기도 하지만4), 한편으로는 전체주의적 설명 방식은 '냉전체제의 산물'로서 비판되기도 한다.5) 정치 이데올로기로서의 파시즘의 신화적 핵심을 '인민주의적 초국가주의 *populist ultra-nationalism*의 재생 형태'로 보는 견해도 있다.6)

이러저러한 설명을 종합하여 우리는 파시즘의 정치적 본질을 일단 다음과 같이 정의한다.

> 정치적 체제로서의 파시즘은 사회적 위기와 혼란 및 그것의 역동적 – 혁명적 열정을 '의사(擬似) 혁명론'으로 유도함으로써, 이른바 인민적 (또는 대중적) 지지를 획득하면서, 궁극적으로 그리고 실제적으로 자본의 이해에 조응하면서 어떠한 개혁도 거부하는 체제 유지 및 강화의 메카니즘이다.

정치적 이데올로기로서의 파시즘이 드러내는 특징들은, 국수적 민족주의, 국가지상주의, 반(反)자유주의, 반개인주의, 인종주의, 배외주의, 동양주의7) 등으로 요약될 수 있다.

---

3) 마루야마 마사오(丸山眞男), 김석근 역, 「파시즘의 제문제」, 『현대정치의 사상과 행동』, (한길사, 1997) 참조. 이 논문은 서동만 편역, 『파시즘 연구』, (거름, 1991)에도 「파시즘의 본질」이라는 제목으로 실려 있다.

4) 淺沼和典 外 編, 『比較ファッズム硏究』, (東京, 成文堂, 1981), 7～27쪽.

5) 파시즘을 '전체주의'로 환원시킴으로써 일어나는 오류에 대한 지적은 경청할 가치가 있다. 모든 파시즘은 전체주의일 수 있지만 모든 전체주의가 파시즘인 것은 아니다. 이 차이를 무시하는 것은, 파시즘 비판을 전체주의적 사회주의 비판으로 연결시킴으로써, 사회주의와 파시즘 사이의 명백한 차이를 지우는 것이다. 동시에, 파시즘의 자본주의적 본질을 은폐함으로써 냉전적 사고에 기여하는 정치적 의미를 지닌다. 마아틴 키친, 위의 책, 참조.

6) Roger Griffin, *The Nature of Fascism*, (Routledge, 1991), p.26.

7) 동양주의 *Orientalism*는 일본 파시즘만의 특징이 아니다. 나찌즘은 독일 민족의 신화를 고취하면서, 그것을 서구로부터의 탈피라고 주장하였다. "[독일 국가주의의] 반서구적인 이데올로기는 기원(起源)에까지 거슬러 올라가고 동방과 슬라브인, 러시아와 도스토에프스키와 직접적으로 연결될 때 비로소 본원적인 의미를 갖는다. 도회민 또는 부르조아지, 그리고 서방인과 진정으로 대립되는 것은 사신과 악마 사이에 선 기사도 아니고 기독교의 병사도 니체의 금발 야수

한편, 파시즘은 특정한 시기의 역사적 현상인가, 인간의 보편적 태도인가에 대해서도 논의가 분분하다. 파시즘의 발생 원인과 대두의 배경에 대한 논의가 이 문제를 직접적으로 다루고 있다. 파시즘을 특정한 역사적 단계에서의 특정한 역사적 실체로 파악할 경우, 파시즘은 하나의 정치적 체제로서 이해되고, 따라서 그 특정한 형태, 즉 이태리 파시즘, 독일 나찌즘, 일본 천황제 파시즘, 기타 세계 각지의 파시즘 체제가 연구의 대상으로 떠오르고, 각 나라의 특수한 역사적 상황이 분석의 대상이 된다. (이 경우에 대한 자세한 설명은 이 글에서는 생략하고, 다만 일본 파시즘의 경우는 다음 절에서 필요한 부분에 한해 설명하기로 한다).

파시즘을 특정한 역사적 체제 또는 일시적인 현상으로서가 아니라, 인간 보편의 심리적인 문제 또는 근대 사회의 한 속성으로 파악할 때에 논의는 매우 다양한 방식으로 펼쳐질 수 있다. 파시즘과 같은 야만이 도대체 어떻게 가능했는가? 질문은 이곳에서 시작된다. 그러나 실은 이 질문조차도 이미 잘못 제기된 것일 가능성이 크다. 이런 식의 질문은 파시즘을 '야만'으로 규정함으로써 그것을 '야만적인 (즉, 비인간적인)' 인간들의 '야만적인' 일탈 행위로 돌려 버린다. 여기서 파시즘은 면죄부를 얻고 '과거의 사실'로 사라진다. 그러나 파시즘이 과거일까? 그것은 '인간적'인 것이 아닌가?

빌헬름 라이히 Wilhelm Reich의 『파시즘의 대중심리』와 에리히 프롬 Erich Fromm의 『자유로부터의 도피』가 파시즘에 관한 사회심리학적 접근의 고전적 기초를 놓았다는 데에는 의심의 여지가 없다. 속류 마르크스주의의 경제결정론을 비판하면서 마르크스의 정치경제학과 프로이드의 정신분석학을 결합시킨 라이히의 연구는, 권위주의적 억압의 재생산 공장으로서의 가부장적 가족과 성적 억압이 파시즘의 기본적 사회심리를 이루고 있음을 밝혀 내었다. 라이히에게 있어서 파시즘은 수천년 동안 억압되어 온 보통 사람들의 비합리적 성격 구조의 표현이다. "파시

---

도 아닌 동방인과 농민, 이상화된 제정(帝政)시대의 농민, 특히 신앙적인 인간이었다.", J. F. 노이로르, 전남석 역, 『제3제국의 신화』, (한길사, 1981), 264쪽.

즘은 권위주의적 기계문명 속에서 억압된 인간의 정서적 태도이며 기계론적이고 신비주의적인 생활개념이다. 파시스트 당을 만든 것은 현대 인간의 기계론적이고 신비주의적인 성격이지 그 역은 아니다."8)

신비주의가 파시즘의 핵심적 본질임은 다른 연구자들도 많이 지적하는 것이다. 로저 그리핀 Roger Griffin에 따르면, 파시스트 이데올로기의 핵심은 정치적 신화인데, 이 신화는 다만 파시즘의 정책을 정당화 하기 위해 동원되는 역사적 신화만을 가리키는 것이 아니다. 신화, 또는 신화의 조작을 통한 파시스트 이데올로기의 신비주의적 속성은, 모든 이데올로기의 불합리성의 원천이 된다.9)

라이히의 견해에 따르면, 파시즘은 수천년간의 억압으로부터 폭발한 하나의 병리적 현상이다. '순수한 혈통', '단일민족', '아리안의 피', '위대한 대지' 등등으로 구호화 되는, '피'와 '땅'에 대한 거의 신경증적인 집착은 독일의 경우에서만 찾아 볼 수 있는 특징이 아니다. '고국'(＝아버지)과 '고향'(＝어머니)을 가족적 친밀감으로 연결시키고 신화적으로 이상화하는 것 역시 마찬가지다. 파시즘은 '모성'을 신화화 하고, '민족'의 영원한 순결성과 위대함을 거기에 연결시킨다. '어머니날'도 같은 맥락에서 제정된다. 병적인 남성주의 *masculinism*10)에의 집착과 여성혐오증 *misoginy*, 비합리적 감정과 충동에의 이끌림 등, 파시즘 사회가 보이는 심리적 특징들은 모두 그러한 병리적 현상의 사례들이다.

에리히 프롬은 자본주의의 고도화에 따라 개인과 사회를 잇는 '원초적 유대'가 상실되었고, 그 원초적 유대를 재발견하려는 시도가 파시즘

---

8) 빌헬름 라이히, 오세철 · 문형구 역, 『파시즘의 대중심리』, (현상과 인식, 1986), 17쪽.

9) Roger Griffin, 위의 책, 27쪽.

10) Klaus Theweleit, *Male fantasies*, (University of Minnesota Press, 1987). 이 책은 나찌즘과 남성주의가 얼마나 긴밀히 연결되어 있는가를 풍부한 사례를 통해 입증하고 있다. 파시즘의 정신구조는 강인한 남성성의 구현이라는 명분 아래 남성의 공격성과 잔인성을 제도적으로 강화하는 것이었고, 상대적으로 여성을 대상화하고 착취하는 것이었다. 이것은 학교와 가정과 사회기구 전반에서 꾸준히 지속되었다.

의 심리적 기반임을 말한 바 있다. 이러한 시도는 파시즘이 외면적으로 취하는 반(反)자본주의, 농본주의, 반도시(都市), 반산업주의 등의 태도를 설명하는 근거가 될 수 있다. 파시즘은 많은 경우 대중의 전원주의와 자연주의에 호소한다. 파시즘 문학이나 예술은 '흙'과 '농촌예찬'을 흔히 드러낸다. 그것은 '농본주의'의 이데올로기를 기반으로 하기도 한다. 이렇게 보면, 파시즘은 외양상 반도시주의와 반산업주의를 강렬하게 지니고 있는 듯이 보인다. 그러나 그것은 겉모습일 뿐이다. 파시즘은 실제로는 근대화 지상주의와 연결되어 있다. 파시즘이 공격하는 것은 근대의 '퇴폐성' *decadence*이며, 이때 파시즘은 이 퇴폐적인 근대를 극복하고 '새로운' 도덕과 윤리로 '새로운' 근대를 건설한다는 '재생의 신화'를 그 이데올로기로 한다. 따라서 파시즘은 근대화를 거부하는 게 아니라 '대안적' 근대를 표현한다. 파시즘의 이 이중적 속성은 파시즘의 심리적 근저에 이른바 '능동적 허무주의' *active nihilism* 또는 '창조적 허무주의' *creative nihilism* 가 자리잡고 있다는 분석을 낳기도 한다.[11]

그런가 하면 이 점은 흔히 파시즘의 '혁명성'에 관한 논쟁을 불러 일으키는 요인이 되기도 한다. 파시즘을 '혁명성'과 연관시킬 수 있는 요인은 세 가지가 있다. 첫째는, 파시즘의 '행동주의'이다. 강령이나 원칙 따위에 얽매이지 않는 무쏘리니 식의 '행동지상주의'는 파시즘을 '혁명적인 것'처럼 보이게 하는 요인이며, 파시즘 스스로는 자신을 "미래를 향한 혁명의 추진력"으로 생각했던 것이다. 둘째는, 파시즘의 폭력과 파괴에도 불구하고, 독일의 경우 그것이 그런대로 공업의 발전과 사회의 근대화 및 평준화를 이룩했다는 것이다. 이 점에서 파시즘은 '2중혁명'으로 분석되기도 한다. 셋째는, '새롭게 대두하는 중간계층'의 '혁명주의'와 파시즘이 연결되어 있다고 보는 관점이다. 이러한 견해에 어느 정도의 타당성이 있는가 하는 것과는 별도로, 파시즘을 단순히 역사적 반동이나 일시적 일탈로 규정지음으로써 실제로는 파시즘에 대한 올바른 인식

---

11) Roger Griffin, 위의 책, 47쪽.

도, 효과적인 대응도 할 수 없게 하는 관점에 비하면, 이러한 견해는 그 나름대로 유용한 것이 될 수 있다.[12)]

융 C. G. Jung의 이론 역시 파시즘 이해에 유용한 관점을 제공한다. 그에 따르면 우리 모두는 어떤 집단 무의식으로 연결되어 있는데, 그 무의식은 어두우면서도 때로는 창조적인 힘마저 포함하고 있는 것으로서, 그것은 극도로 문명화된 현대의 개인을 어떤 원시 사회의 이미지와 연결시키는 것이다. 그런데 이 힘을 인식할 수 있고 이것을 상상력으로 건설적으로 활용할 수 있을 때 사람은 건강하지만, 이 힘이 억압되고 개인의 의식생활에 진입하지 못할 때, 그 힘은 아주 위험한 것이 되고 정신적 질병과 파괴를 불러 일으키는 것이 된다. 융에 따르면, 서구 사회는 18세기와 19세기에 걸쳐 종족주의와 종교적 경건성 및 사회적 권위 등을 통해 이 힘을 몹시 심하게 억압하기 시작했다. 결국 유럽인들은 자기들이 정복한 아시아와 아프리카의 나라들에서 실로 매혹적인 원시성을 발견하는 한편, 파시즘과 같은 강력한 파괴적 행동에서 이 집단적 힘의 억압을 벗어날 수 있었던 것이었다.[13)]

그러나, 파시즘에 관한 정신분석학적 설명을 통하여, 파시즘을 일종의 비정상적인 일탈이나 왜곡, 그것도 잠시 동안의 돌발적인 일탈로만 이해한다면 그것이야말로 또 하나의 왜곡이다. 파시즘은 '정상적'이거나 '이성적'인 어떤 것의 왜곡이나 일탈이 아니다.[14)] 그것은 모더니티의 가

---

12) 淺沼和典 外 編., 위의 책, 30~34쪽 참조. 그밖에 파시즘이 '혁명적'인가 '반동적'인가에 관한 논의는 Roger Griffin, 위의 책, 48쪽. 파시즘의 '의사(擬似) 혁명'에 관한 분석은 마루야마 마사오(丸山眞男), 위의 글 참조.

13) H. R. Kedward, *Fascism in Western Europe 1900~1945*, (New York University Press, 1969), 191~192쪽.

14) 파시즘에 대한 정신분석학적 접근은 파시스트 '지도자'들의 '비정상적'인 성장과정을 분석하고, 그것을 통하여 파시즘 체제의 공격성을 설명하기도 한다. 이런 설명에 따르면 파시즘이란 '비정상적'인 인간의 일시적인 충동이나 일탈에 지나지 않는다. 그러나 그것은 사태를 크게 왜곡한 것이다. 예컨대, 유태인에 대한 '최종적 해결'을 지휘했던 나찌 S. S의 지도자 히믈러 Heinlich Himmler 같은 사람은 어느 모로 보나 지극히 정상적인 교양인이었다고 한다. 우리가 정신분석학적 이론에서 경청해야 할 부분은, 이와 같이 '결코 비정상적이지 않은'

장 핵심적인 속성이며, 현대 정치의 본질을 가장 잘 보여주는 정치적 형식이다. "파시즘은 근대 전체의 역사와 연결되어 이해되어야지 어떤 부패의 성장, 또는 일시적인 악몽으로 간주되어서는 안된다. 파시즘은 자유주의나 공산주의가 그런 것처럼 근대 유럽의 한 유기적 부분인 것이다."15) 마루야마 마사오(丸山眞男)에 따르면, "반혁명의 전체적인 조직화로 향하는 이른바 무한한 운동"으로서의 파시즘은 "근대적 사회에서의 '능동적 니힐리즘'의 궁극적인 숙명인 것이다."16)

그러므로, 파시즘을 하나의 병리적 현상이나, 억압으로부터 기인한 돌발적 충동으로 이해하는 것은 심각한 오해를 낳을 수가 있다. 이러한 이해는 우선 '정상 / 비정상, 자유 / 억압(권위), 개인 / 집단' 등의 단순한 이분법에 기초하고 있다. 이런 이항대립 속에서 파시즘이 한쪽의 영역을 차지하는 것으로 이해되는 한, 그 반대의 영역, 즉 억압이 사라진, 순수한, 자유로운 정상적 상태라는 것이 가정될 수 밖에 없다. 그것은 물론 또 하나의 신비화에 지나지 않는다. 그리고 이런 식의 신비화, 즉 순수한 자연상태라든가, 신비적이고 원시적인 것에의 동경 같은 것이야말로 파시즘의 주요한 심리적 자질을 이루는 것이기도 하다.

파시즘 사회가 보여주는 폭력적 충동 또는 가학적 공격성 등은 정신분석학의 주요한 분석 대상이 되어 왔거니와, 또 한편 정신분석학은 매우 역설적인 방식으로 파시즘이 현대문화에 내면화 되는 통로가 되기도 하였다. 나찌의 휘장이 남녀의 성교 자세를 표현한 것이라고 본 라이히의 견해나 히틀러의 성생활을 추적한 숱한 연구들에서 보듯, 파시즘에 관한 정신분석학적 연구들은 파시즘을 주로 성도착이나 폭력적 리비도

---

사람이 보여주는 '비정상적인' 공격성과 잔인성, 많은 '정상적인' 사람들이 히틀러나 무쏠리니를 지지한 까닭에 대한 설명이다. 그런 점에서, 라이히, 융, 프롬 등의 정신분석학적 연구들은, 특히 라이히의 경우에는 더러 지나친 성과학적 *sexological* 환원론으로 경사되는 약점이 있긴 하지만, 근대 사회와 문명에 내재한 파시즘의 사회심리적 원천을 규명하는 데에 매우 유용한 통찰을 제공한다.

15) H. R. Kedward, 위의 책.

16) 마루야마 마사오, 위의 글, 317쪽.

의 분출과 연관된 현상으로 해석하였다. 그 결과, 학문적인 연구에서뿐만 아니라, 문화의 모든 영역에서 파시즘을 성적인 것과 연관시키는 관념들과 그러한 관념에 기초한 작품들이 생산되었다. 20세기의 서구 문학은 그러한 관념을 자기의 문학적 자양으로 삼는 많은 작품들을 낳았다.

이와 같이 파시즘을 성적 담론으로 환원하는 *sexualize* 정신분석학적 연구 방법은, 반(反)파시즘의 정치선전과 함께 그러한 관념을 확산시켰다. 일차대전 시기의 정치선전은 독일인들을, 고삐풀린 가학―피학적 *sadomasochistic* 폭력으로 퇴행한 야만적인 '독일놈들'('*Huns*', 불어의 '*boche*')로 묘사하였다. 이 관념은 이차대전 시기에 다시 나타났다. 많은 작가들은 독일 및 이태리의 파시스트 적(敵)에 대한 정치선전의 묘사와 정신분석학에서의 무의식에 대한 묘사 사이에서 하나의 유사성을 발견하였으니, 민주사회에 대한 적개심으로 가득 찬 파시즘은 곧 리비도적인 폭력적 욕망의 저장고라는 것이었다. 작가들은 그러한 관념을 소설의 소재로 삼았다.[17] D. H. 로렌스, A. 헉슬리, 버지니아 울프 등의 비 *non* 파시스트 작가들의 작품에서 나타나는 관능적인 파시즘의 이미지들이야말로, 20세기 서구문학이 오히려 얼마나 깊숙이 파시즘에 침윤되어 있는가를 보여주는 하나의 역설이면서[18], 파시즘에 관한 정신분석학적 연구의 한계를 명료하게 보여주는 하나의 사례라 할 것이다.

성적 담론으로의 일방적 환원을 경계하는 한편으로, 파시즘의 집단 심리에 내재하는 모더니티의 근본적 속성(또는 그 역)에 대하여는 더욱 더 정교한 분석을 가해야 한다. 파시즘은 흔히 비합리적 충동과 감정의 분출을 찬양하고, 이른바 '생의 본능'이나 활력 *vitality*을 강조하며, '육체

---

17) 위의 견해들은 Laura Catherine Frost, *Fascism and Fantasy in Twentieth-Century Literature*, (Columbia University, 박사학위 논문, 1998)을 따른 것이다.

18) 위의 논문은, 에즈라 파운드나 윈담 루이스, 예이츠 등과 같이 파시즘에 동조한 작가가 아니라, D. H. 로렌스, 버지니아 울프, 조지 오웰 같은 비 *non* 파시스트 작가들에게서 나타나는 파시즘적 속성을 분석하고 있다.

적 강인함'이나 '힘'을 숭배하는 남성주의 및 영웅주의적 경향을 강하게 드러낸다고 말해진다. 그런가 하면 파시즘은 새롭게 등장한 현대 대중의 욕망에 호소하는 것으로 분석되기도 한다. 벤야민의 설명에 따르면, 기술복제 시대의 대량복제 기술은 대중을 복제한다. 대중은 촬영기술의 발전에 힘입어 그들 스스로의 모습을 다시 마주 대하게 된다. 파시즘에서의 '정치의 미학화'는 당연한 역사적 귀결이다. "지도자의 숭배라는 명목으로 모욕과 수모를 강요 당하는 대중의 강간"[19]은 파시즘 문화의 그러한 특징을 잘 보여준다. 그것은 '숭고의 미학'이다. 거대한 기념비, 위압적인 건물, 대규모의 군중 집회, 축제와 스포츠 행사, 더 나아가 전쟁 등과 같은 장관(壯觀, spectacle)을 통해 집단적 카타르시스 내지는 숭고의 감정을 고취함으로써, 그것을 지도자와 체제에 대한 복종과 존경의 넘으로 연결시키는 파시즘 문화의 속성은 널리 알려져 있다.[20]

그런가 하면 파시즘의 대중선전은, 흔히 '민족'과 '국가'를 하나의 가족 공동체 내지는 혈연적 관계로 묘사함으로써 일체감을 강화한다. 지도자는 '엄격한 아버지'나 '자애로운 부모'로 표상되며 전 사회성원은 가족적 위계 질서 속에 놓인다. '국민의 윤리'는 가족의 의무와 동궤에 놓이며, 국가에 대한 '충성'은 부모에 대한 '효도'와 같은 것이다. 마루야마 마사오는 일본 파시즘의 가장 중요한 이데올로기적 특질로서 '가족주의적 경향'을 지적한 바 있다.[21] 시간적으로나 공간적으로 '민족'은 순수한

---

19) 발터 벤야민, 반성완 편역, 「기술복제 시대의 예술 작품」, 『발터 벤야민의 문예 이론』, (민음사, 1983), 229쪽.

20) 전쟁과 기계에 대한 찬양을 그로테스크한 관능적 수사로 표현했던 마리네티 등의 이태리 미래파 시인들이 가장 대표적인 사례로 분석되곤 한다. 이 점에 관한 가장 최근의 논의로는 Graziella Marchicelli, *Futurism and Fascism : The politicization of art and the aestheticization of politics* (The University of Iowa, 박사학위 논문, 1996). Melisa Ragona, *A Genealogy of Spectacle: Fascism, Consumerism and the Mimetic Body* (University of New York, 박사학위 논문, 1997) 등이 있다.

21) "일본의 국가구조의 근본적인 특질이 언제나 가족의 연장체로서, 즉 구체적으로는 가장(家長)으로서의, 국민의 총본가(總本家)로서의 황실과 그 '적자'(赤子)에 의해 구성된 가족국가로 표상된다는 것 [……] 단순히 이데아로서 추상적 관념으로서가 아니라 현실에 역사적 사실로서 일본국가가 고대의 혈족사회의

혈통에 의해 유지된 고귀한 집단으로 신화화 되며, 위대했던 민족의 과거는 끊임없이 고취된다.

이런 담론화의 과정에서 파시즘은 독특한 시간관을 드러낸다. 파시즘의 '세속주의'는 '역사'를 거부하고 과거 – 현재 – 미래의 시간적 계기를 부정할 수 밖에 없다. 파시즘은 급격한 단절, 순간적인 비약에의 충동이다. 그것이 그를 '혁명적'인 것처럼 보이게 하는 요인이다. (주12 참조). 요컨대, 파시즘 속에서 '시간'은 존재하지 않는다. 그러나 그것은 '미래'의 '이상'을 '과거'의 '영광'을 통해 투사시킴으로써 기묘한 '시간적' 환상을 불러 일으킨다. 하지만 '미래'는 결코 오지 않으며 언제나 지연되거나 연기된다. 그것은 '종말론'에서 '종말'이 언제나 연기되는 것과 같다. 그런 점에서 파시즘의 유토피아니즘은 '거꾸로 선 종말론'이다.

파시즘의 세계관에서 '현재'는 언제나 타파되어야 할 대상이다. 파시즘의 '현세주의'22)에도 불구하고, 현재는 '영광된 과거'나 '언젠가 올 미

---

구성을 그대로 보존 – 유지하고 있다는 식으로 주장되고 있다는 것.” (마루야마 마사오, 「일본 파시즘의 사상과 운동」, 위의 책, 78쪽). 마루야마는 가족주의적 경향을 일본 파시즘만의 고유한 특질로 말하고 있지만, 꼭 그럴 것인가는 의문이 든다. 사회 전체를, 군주를 중심으로 하는 하나의 가족 형태로 보는 것은 동양적 봉건 전제 사회의 일반적 속성이라고 할 수 있고, 충효의 이데올로기 역시 일본만의 특징은 아닌 것이다. 한편 서구 파시즘에서도, 정도의 차이는 있지만 그러한 경향은 드물지 않게 나타난다. 가령, 파시즘의 '가족주의'는 흔히 적대자를 자기 '가족'에 대한 위협자로 표상함으로써 대중의 분노를 조직한다. 나찌의 반유태 선전문 중 하나는 “독일의 벗들이여, 당신들은 알고 있는가? 유태인이 당신의 아이를 강간하고, 당신의 아내를 욕보이고, 당신의 누이를 욕보이고, 당신의 애인을 욕보이고, 당신의 부모를 살해하고······ ” 운운의 문장으로 이루어져 있는데, 이 선전문은 '당신의 아이를' 등의 목적어를 오른쪽에, '강간하고' 등의 동사를 왼쪽에 배치함으로써 시각적으로도 아주 자극적으로 꾸며져 있다. 파시즘의 전사회적 가족주의가 지닌 기능을 잘 보여주는 예이다. (H. R. Kedward, 위의 책, 206쪽).

22) 에른스트 놀테 Ernst Nolte의 유명한 정의에 따르면, 파시즘은 “초월에의 저항 *resistance to transcendence*"이다. 파시즘은, 현존의 조건을 넘어서 절대의 영원으로 이르기 위한 '이론적 초월'이나, 인간 관계를 전통적인 유대로부터 해방시키고 인간 집단의 힘을 배가시키는 '실천적 초월' – 이것들은 자유주의적 부르조아 사회에서 실현되는데 – 에 대한 거부이다. 보수주의는 이론적 초월을 지향하고 실천적 초월을 부정하며, 볼세비즘은 실천적 초월을 지향하고 이론적 초월을

래'와 대비될 뿐 결코 의식의 중심에 자리잡지 않는다. 극단의 보수주의 (과거)와 극단의 이상주의(미래)만이 있을 뿐, '지금―이곳'을 사유의 중심에 놓는 현실주의는 자리잡지 못한다. '현재'는 언제나 유보된다. '현재' *present*는 결코 '실현' *realization* 되지 않는다.

즉, '재현' *representation*이 부정되고, 서사적 구성물로서의 '역사' 또한 부정된다. "시간과 공간은 어제로 죽었다!"라는 미래주의의 선언이나, 재현의 가능성을 부정하는 포스트모더니즘의 문예이론은 바로 이 순간 파시즘과 긴밀한 내적 친연성을 맺는다.[23]

## 2.

마루야마 마사오는, '국가가 윤리적 실체로 가치내용의 독점적 결정자가 되는 울트라 *ultra* 내셔널리즘'을 일본 근대국가의 이데올로기적 특성으로 말한 바 있다.[24] 유럽의 근대국가는 중성국가 (中性國家, *neutral state*)의 특징을 지녔다고 말해진다. 곧, 진리나 도덕 같은 내용적 가치에 대한 판단은 어디까지나 교회나 개인의 양심의 영역에 속하는 것이며, 국가는 그런 문제에 관한 한 중립의 입장을 취하는 것이다. 따라서, 국가 주권이나 공권력의 기초는 순수하게 형식적인 법기구 위에 수립되면서, 권력과 권위, 공적인 것과 사적인 것 사이에 엄격한 분리가 일어난다. 이에 반해 메이지(明治) 이래 일본의 근대국가는, 개인의 내면 세계를 지배하는 교회가 존재하지 않음으로써, 이른바 '교육칙어'에서 보듯이, 국가가 개인의 윤리와 도덕적 가치의 궁극적 의존처가 되는, 다시

---

부정한다. Ernst Nolte, Leila Vennewitz, (Tr). *Three Faces of Fascism*, (New York: Holt, Reinhart and Winston, 1966). 놀테의 이러한 정치철학적 분석은 그 개념의 자의성이나 이데올로기적 편향 때문에 신랄한 비판을 받기도 한다. 마아틴 키친, 앞의 책, 59~71쪽을 보라.

23) 이 점에 관해서는 Andrew Hewitt, *Fascist Modernism*, (Stanford University Press, 1993) 참조.

24) 마루야마 마사오, 「초국가주의의 논리와 심리」, 위의 책, 45~64쪽.

말해, 권력과 권위가 하나로 통합되는 국가의 형태, 즉 초국가주의의 형태를 갖게 되었던 것이다. "윤리가 권력화 되고 권력 역시 끊임없이 윤리적인 것에 의해서 중화되는" 이러한 "윤리와 권력의 미묘한 교착현상"에서, "권력의 지배는 심리적으로 강한 자아의식에 기초하고 있는 것이 아니라, 오히려 국가 권력과의 합일화에 기초하고 있는 것"이 된다.[25)

"그리하여 모든 국가질서가 절대적 가치인 천황을 중심으로 하여 연쇄적으로 구성되고, 위로부터 아래로의 지배의 근거가 천황으로부터의 거리에 비례하는"[26) 천황제 파시즘의 독특한 양태, 즉 어느 누구도 자신의 행위에 대해 책임을 지지 않는 '무책임의 체계'가 형성되는 것이다. 이태리나 독일의 파시즘이 '위대한 지도자'의 지도 원리에 의해 통솔되고, 그의 몰락에 따라 쇠퇴하는 것과는 달리, 천황제 파시즘은 '책임의 끊임없는 전가'에 의해 그 구조가 지속될 뿐 아니라, 그 기원의 모호함 또는 은폐를 통하여 더욱 깊숙이 내면화되는 것이기도 하다.

한편 일본 파시즘만의 특징은 아니지만, 파시즘의 야만성을 설명하는 하나의 기제로서, 마루야마는 '하사관적 체제'를 든다. 일반적으로 파시즘은 권력에의 복종과 권력에의 갈망이 복합적으로 뒤엉킨 심리구조로 설명된다. '하사관'은 자신보다 높은 배후의 권력에 강하게 억압 당하는 한편으로, 오히려 자기를 억누르는 그 권력을 배경으로 자기 보다 낮은 계급의 인물이나 집단에게 그 권력을 행사한다. 이것이 이른바 '억압의 이양'이다. 이때 그가 행사하는 권력의 가혹함과 무게는 그가 전체 구조 속에서 어디에 위치해 있는가에 달려 있다. 말할 수 없는 '온순함'과 말할 수 없는 '잔인함'이 하나의 인격 속에 공존하는 까닭은 이것으로 설명될 수 있다. 마루야마는 조선과 중국 등에서의 일본의 야만적 행위를 이러한 구조로 설명한 바 있거니와, 라이히 식으로 말하자면, 이것은 이른바 '오르가즘에 이르지 못하는 권위주의적 성격 구조'라고 말할 수 있을 것이다. 마루야마는 이러한 '억압의 이양'이 일본 파시즘의 한 특성이며,

---

25) 위의 글, 54~55쪽.
26) 위의 글, 59쪽.

일본 사회 전체가 이러한 '억압의 이양' 체제로 이루어져 있다고 말한다. (천황조차도 이 억압으로부터 벗어날 수 없다. 천황은 이 억압 체제의 정점에 있지만, 그의 배후에는 이른바 '열성조(列聖祖)'가 버티고 있다. 결국 천황에게도 자신의 행위에 대한 책임은 없다).

파시즘의 '능동적 니힐리즘' 또는 '창조적 니힐리즘'과 관련하여 파시즘의 강한 '정신주의적 경향' 역시 주목해 보아야 할 요소이다. 파시즘은 흔히 자본주의와 맑스주의를 둘 다 부정하는 형태를 취한다. 자본주의와 맑스주의에 대한 비판의 근거는 그것이 모두 '물질주의'라는 것이다. 그러나 이러한 물질주의에 대한 대안으로서 파시즘이 내세우는 '정신주의'는 "실상은 대중의 눈을 사회기구의 근본적 모순으로부터 돌리게 하고, 현실의 기구적 변혁 대신에 인간의 머릿 속에서의 변혁, 즉 사고 방식의 변혁으로 메우려 한다는 의미를 지니고 있는 것"으로서 "결국 독점 자본의 이해에 봉사하는 역할"을 하는 것에 지나지 않는다.27) 정신주의적 경향은 일본 파시즘만의 특질은 아니지만, 일본 파시즘의 경우 그 정도가 매우 심했다는 것은 사실일 듯하다. 특히 일본 파시즘의 교조라고 하는 깃타 잇키(北一輝)나 오오카와 슈메이(大川周明) 등이 보이는 극단적인 정신주의 내지는 종교적 태도나, 2·26사건의 주모자들이 보이는 극단의 관념적, 공상적 태도 등은 아무래도 일본 파시즘의 특질이라고 하지 않으면 안된다.28)

## 1) 한국 민족주의와 파시즘의 제조건

식민지 이래 지금까지 한반도에서의 사회적 삶이 강력한 파시즘 체제의 지배 아래 놓여 있었다고 보는 것은 우리의 경험에서 크게 벗어난 일은 아닐 것이다. 그러나 운동으로서의 파시즘이든 체제로서의 파시즘

---

27) 마루야마 마사오, 「일본 파시즘의 사상과 운동」, 78쪽.
28) 『일본개조법안대강』을 저술한 깃타 잇키가 지닌 카리스마와 종교적 태도, 그의 제자인 니시타(西田稅)와 2·26사건의 주모자들이 보이는 정신주의적 태도에 대하여는 堀眞淸, 「西田稅と北一輝」, (淺沼和典 外 편, 위의 책, 139~176쪽), 또는 송택구, 『파시즘 비판』, (청구출판사, 1964), 74~122쪽 참조.

이든 한국의 파시즘에 관한 연구는 거의 전무한 상태라 해도 과언이 아니다. 가령 한국 사회의 성격에 관한 탐구열이 한껏 고조되었던 80년대의 이른바 사회구성체 논쟁에서마저도 파시즘이 논의의 중심 의제가 되었던 적은 한번도 없었다. 아마도 그것은 너무나 당연하고 간단한 것이어서 분석의 대상으로 인식조차 안 되었던 것인지도 모른다. 그러나 한국 사회의 성격과 그 변혁의 방향을 논하는 데에 있어서 한국적 파시즘의 형태와 그 특질이 거의 고려되지 않았다는 것은 참으로 이상한 일이 아닐 수 없다. 지금에 와서 돌이켜 보면 그것은, 80년대 사구체 논쟁을 이끌었던 한국의 좌파 이론가들이, 파시즘이란 '독점 자본의 대리인' *agent*에 불과하며 따라서 자본주의의 붕괴와 함께 자동적으로 소멸할 것이라는, 제3 인터내셔널 수준의 파시즘관을 넘어서지 못한 데에서 기인한 것이 아닌가 생각된다. 다시 말해, 파시즘에 대한 분석과 이해는 한국 자본주의에 대한 분석 속에 매몰되었던 것이다.

그러나 한국적 파시즘의 문제는 그렇게 간단한 문제가 아니다. 우선 한국의 경우 어떤 것을 파시즘 체제라 할 것인가. 박정희 정권, 특히 1972년 이후의 이른바 유신체제는 명백하게 파시즘 체제라고 할 수 있겠지만, 그 이전의 체제를 그렇게 단정지을 수 있을지는 의문이다. 그렇다고 파시즘 체제가 어느날 갑자기 하늘에서 떨어진 것이 아님은 물론일 것이다. 그렇다면 파시즘 체제가 등장하기까지의 역사적 / 사회적 연원은 무엇인가 하는 것이 문제로 되지 않을 수 없다. 요컨대, 한국 사회에 이른바 '원형 파시즘' *proto-fascism*이라고 할 만한 것들이 있다면 그것은 무엇이며 또 그것이 형성되는 배경은 무엇인가 하는 것을 물어야 한다. 또 북한 사회는 파시즘 체제인가, 특수한 사회주의 체제인가, 그것의 형성 배경은 무엇인가 하는 것도 외면할 수 없는 문제이다.

역사적 연원을 따지자면 논의는 자연히 식민지의 체제로 거슬러 올라갈 수 밖에 없을 것이다. 그렇다면 식민지 파시즘은 어떤 특성을 갖는가, 식민지에 강제된 천황제 파시즘은 한국 파시즘의 형성에 어떤 영향을 끼쳤는가, 하는 문제가 논의되지 않을 수 없다. 그리고 알다시피 이 문제들에 관한 한 우리는 완전한 논의의 공백 상태에 있다고 해도 과언이 아니다. 우리는 이러한 문제들이 한국의 근대와 근대성을 해명하는 데에 가장 핵심적인 관건이라고 주장할 생각은 없다. 그러나 적어도, 이 문제들을 비껴가는 논의가 한국 근대의 역사적 / 사회적 본질을 그 현실의 한복판으로부터 들어올리는 수준의 내용을 갖출 것으로 기대하기는 어렵다는 것 역시 사실일 것이다.

대단히 거친 시론적 형태로나마 우리는 이 문제에 접근하는 하나의 디딤돌로서, 한국에서의 민족주의[29]가 갖는 독특한 성격을 논의해 보고자 한다. 마루야마의 표현에 따르면, "일본은 내셔널리즘에 대해서 처녀성을 이미 잃어버린"[30] 국가이지만, 한국의 경우 민족주의는 오히려 그 지나친 무구(無垢)함이 문제가 되는 것이 아닐까 한다. 이 무구성은, 민족주의가 무소불위의 위력을 지닌 절대의 이데올로기로 화하는 근거가 되면서, 동시에 한국의 민족주의가 지니는 극도의 관념성의 근거가 된다. 그리고 이것은 한국적 파시즘이 자리잡는 가장 긴요한 기반이 된다.

식민지 체제 아래서 억압받는 민족의 자기 방어적 이념으로서의 민족주의가 서구적 의미의 시민계급의 적극적 정치 이념으로서의 민족주의와 그 실체적 내용을 달리 할 것임은 자명한 일이다. 피억압 민족의 저항 민족주의가 언제나 자민족의 '순결'과 '무구함'의 이미지에 호소할 수밖에 없는 것은 현실적인 정황에 비추어 보아도 필연적인 과정이다. 혈통의 순수성에 호소하는 '단일민족'의 신화는 논리 이전에 강력한 감성 *sentiment*으로 내재화되며, 특히 '민족적 위기'의 시점에서는 더욱 강한 응집력을 발휘한다.

민족의 무구성은 이 위기가 걷히기 전까지는 결코 반성되지 않는다.

---

29) 이 글에서의 '민족주의'는 nationalism의 역어로 쓴 것이다. 따라서 민족주의, 국가주의 등의 개념을 모두 포함한다. 의미의 정확한 전달을 위해서는 nationalism을 쓰는 것이 타당하겠으나, 통상적인 용례를 따라 민족주의라는 용어 안에 전체를 포괄하기로 한다.

30) 마루야마 마사오, 「일본에서의 내셔널리즘」, 위의 책, 199쪽.

식민지 이래 한국 근현대사의 전개에서 이 위기의 담론이 사라진 적은 한번도 없었다. 결국 민족이 절대화, 이상화되고 민족주의에는 어떠한 이의도 걸 수 없는 민족지상의 논리는, 이미 논리 이전의 어떤 선험적 충동 혹은 감성으로 내면화된다. 동시에 어떠한 행위도 민족의 이름으로 수행될 수 있는 심리적 기반은, 제국주의 국가의 민족주의와는 다른 형태로, 피억압자의 억눌린 욕구를 자극하는 측면을 다분히 지니면서 하나의 집단적 형태로 자리잡는다. '피해자'로서의 자신을 순결하고 무구한 것으로 형상화 하는 심리가 끊임없이 지속되는 것이 한국 민족주의의 특성이라 할 것이고, 그것은 이미 근대의 출발부터 극점으로까지 성숙되어 있었다고 보인다. 이것이 파시즘으로 화하는 것은 다만 시간과 계기의 문제일 뿐 사회적 발전 단계의 문제가 아닐 것이다.

그러나 민족주의가 하나의 관념적 이데올로기로 그치는 것이 아니라 현실에서의 구체적 실현을 목표로 할 수 밖에 없는 것이라면, 이른바 민족국가 *nation state*의 구체적 실현을 매개로 하지 않는 민족주의란 어디까지나 허망한 관념이나 공상에 지나지 않는다. 이 점이 식민지의 민족주의를 극도의 관념성으로 몰아 넣는 기본적인 요인이다. 예컨대, 식민지 아래서 '국권의 회복'을 외치는 민족주의자 *nationalist*의 머리 속에 들어 있는 '국'(國, *nation*)의 실체는 무엇인가. 이것은 간단한 문제가 아니다. 저마다 다른 형태를 그릴 수 있고 또 실제로 그러했다. 그리고 머리 속에 어떤 '국가'의 개념을 갖고 있든 모두가 '민족주의자'일 수 있는 것이다. 예컨대, 사라진 '조선 왕조'를 회복해야 할 국가의 실체로 생각하고 있는 자도 내셔널리스트이고, '천황폐하'를 받드는 '일본국가'를 생각하는 자도 내셔널리즘의 외피를 얼마든지 쓸 수 있는 것이다.[31] 이렇듯

---

31) 가령 1926년경에 등장하는 이른바 '국민문학파'의 경우 여기에 사용되는 '국민'이라는 용어는 무엇을 가리키는 것인가. 널리 사용되었던 '조선'이라는 단어 ― 실제로 시조부흥론의 경우 '조선심' 같은 용어가 쓰이기도 하는데 ― 를 두고서 굳이 '국민'이라고 했을 때 그것이 지칭하는 실제적 내용이 무엇인지, 그것이 의도적으로 사용되었는지, 무의식적인 것이었는지 등이 분석될 필요가 있다.

민족주의의 구체적 현실태로서의 민족국가가 부재한 상황 속에서 민족주의가 극도로 관념화되고 추상화되는 것, 이것이 한국 민족주의의 또 다른 특성이다. 요컨대, 구체적 실체를 찾을 수 없으므로 개념이 지극히 공소해지고 추상화 될 수 밖에 없다. 그러나 한편, 실체가 없는 이념 그 자체란 또 얼마나 순수하며 무구한 것인가.

　이러할 때에 민족의 '현존'은 연기된다. 민족은 '메시아적 숭고'의 형태로, "순수한 인간이 오고 있는가? 지도자는 오고 있는가?"라는 질문의 형태로만 제시된다.32) 민족주의가 그것에 상응하는 구체적 실체를 실현시키지 못하는 식민지의 조건 속에서 민족주의는 이와 같이 관념화, 이상화 되면서 오히려 더욱더 강력한 욕망의 형태로 집단적으로 내면화된다. 그것은 몸 속에 깊이 간직된 채 밖으로 분출되지 못하는 욕망, 라이히 식으로 말하면 '오르가즘 불능의 상태'로 비유될 수 있을 것이다. 그러나 그러면 그럴수록 그것은 더욱 강렬할 것이니, 한국적 파시즘은 우선 이 실현되지 않은 좌절된 욕망으로서의 민족주의에 그 뿌리를 내린다. 그것의 첫 문학적 표현은 이인직과 이광수의 소설일 것이다. 여기에서 드러나는 '의사(擬似) 제국주의'는, 저 '하사관적 체제'에서 가장 밑바닥에 처한 계층 또는 집단이 자신의 욕망을, 자기 배후의 힘이 행사되는 방식으로 해결하는 전형적인 모습을 보여준다. 그러나 이것은 물론 아직 관념의 수준일 뿐이다.

　그것이 관념이 아니라 현실로 드러나는 것은 만주사변 이후의 정세, 즉 일본 파시즘의 체제로서의 정착기에서부터이다. 실현되지 않은 욕망, 그래서 더욱 강력하고 폭발적인 이 욕망은 30년대 일본 파시즘의 개화에 가탁된 형태로 발현된다. '근대초극론'33)에의 경도는 그것의 한 예이

---

32) Andrew Hewitt, 위의 책, 184쪽.

33) 한국적 파시즘의 형태와 특질을 고찰하려면 이 '근대초극론'을 면밀히 검토해야 할 것이다. 이 글에서는 숙제로 남겨 둘 수 밖에 없다. 이 문제에 관해 참고할 만한 문헌으로는 廣松涉, 『＜近代の超克＞論』, (東京, 講談社, 1989) 및 이경훈, 「'근대의 초극'론－친일문학의 한 시각」, 『현대문학의 연구』 5집, (평민사, 1995) ; 최원식, 백영서 편, 『동아시아인의 '동양' 인식 : 19～20세기』, (문학과

다. 식민지의 민족주의는 마침내 천황제 파시즘에 의탁함으로써 자신 안에 내재한 모순과 긴장을 일시에 해소하는 한편, 자신의 욕망을 처음으로 실현시키는 기회를 만난다. 이 사례를 우리는 무수히 들 수 있을 것이다. 그러나 이 글의 주제와 관련하여 이제 우리가 살펴 보려고 하는 것은 범보 김정설(凡父 金鼎卨 1897~1966)[34]의 경우이다.

## 2) 김범보 ; 한국적 원형 파시즘 *proto-fascism* 의 한 모델

김동리의 전 생애와 그의 문학의 배후에 그의 맏형인 김범보가 자리 잡고 있다는 것은 널리 알려져 있다. 사실 그의 작품을 읽다 보면 숱한 곳에서 김범보의 흔적을 발견할 수 있다. 따라서 김동리 연구의 기본 전제는 김범보 연구라고 해도 과언이 아닐 것이다.

우리가 접할 수 있는 범보의 저서로는 세 권이 있는데, 『화랑외사』 (1954)와 강연집 『정치철학특강』(1986), 그리고 『풍류정신』(1986)이 그

---

지성사, 1997)가 있다.

34) 凡父는 '범보'로 읽는다. 父는 杜甫, 仇甫, 興甫에서의 甫와 같이 남자를 가리키는 미칭(美稱)이다. 범보의 생애에 관해서는 자세히 알려진 것이 별로 없다. 그의 저서에 나와 있는 간단한 약력과 지인들의 소략한 회고담 정도가 전부다. 그에 비하면 이 인물에 대한 후대의 평가는 터무니없이 과장되고 미화되어 있다. "하늘 아래 가장 밝은 머리"라는 서정주의 조시(弔詩)에서의 한 구절이 아무 비판없이 그대로 사실처럼 인용된다. 김동리와 그의 후학 몇 사람에 의한 지극히 주관적인 회고가 그를 '보기 드문 천재'로 미화한다. 그러나 그의 저서에서 천재성을 발견하기란 지극히 어렵다. 소박한 상식 수준의 지식과 분석력을 바탕으로 광적인 파시즘적 열망을 거리낌없이 노출한 삼류 정론가에 지나지 않는다. 문제는 물론 그가 천재인지 아닌지가 아니다. 최근에 시인 김지하는, 범보를 '때를 잘못 만난 천재'로 추앙하면서 '율려운동', '풍류', '단군정신' 등을 새로운 국민운동의 지침으로 삼을 것을 주장하였다. (『문학동네』, 1998, 겨울호 참조). 김지하를 중심으로 한 70년대 반파쇼운동 진영의 '민족전통주의'가 파시스트들과 무엇을 공유하고 있었던 것인가에 관해서 필자는 다른 글에서 짧막하게 언급한 바 있다. (김철, 「국문학을 넘어서」, 『현대문학의 연구』 11집, 국학자료원, 1998 참조). 한국문학을 파시즘이라는 분석틀로 이해하고자 할 때, 김지하가 실로 풍부한 내용을 지닌—반(反)파시스트로서가 아니라 네오 파시스트로서—작가로 첫 손에 꼽히게 되었다는 것은, 한국의 근대문학에 파시즘적 사고가 얼마나 깊이, 그리고 널리 뿌리박힌 것인지, 그럼에도 불구하고, 그것이 얼마나 철저히 은폐되어 있는지를 보여주는 사례라 할 것이다.

것이다. 『화랑외사』는 그가 구술한 것을 그의 제자가 옮겨 적은 것이며, 『정치철학특강』은 1961년에 그가 부산대학교에서 했던 강연을 이듬해 '건국정치의 성격'이란 제목으로 집필한 것이다.35) 그것이 출판되지 못하고 유고로 남았다가 그의 후학들에 의해 출판된 것이 1986년인 것이다. 『풍류정신』은 앞서 두 권의 내용과 일부 중복되는 글도 있지만, 범보의 그 밖의 글들을 수집하여 1986년에 정음사에서 간행한 책이다. 이 책들에서 우리는 한국적 파시즘의 원형이라고 할 만한 것을 찾아 볼 수 있다. 지면 관계상 여기서는 주로 『화랑외사』를 중심으로 간략히 살펴보기로 한다.

『화랑외사』에는 우리가 앞에서 검토한 파시즘의 여러 요소들, 예컨대 행동주의, 영웅주의, 군사주의, 가족주의, 국가주의, 남성주의, 광적 반공주의, 신비주의, 정신주의 등이 실로 풍부하게 함축되어 있다. "공전의 국난에 직면하고 있는 현실"에서 "국민 도덕의 원천을 밝히고", "군인의 정신훈련"과 "국민 일반의 교양을 위해서" 집필되었다는 『화랑외사』는, 『삼국사기』, 『삼국유사』에 소략하게 전해진 화랑의 일화들을 "설화체로 윤색"한 것이다.36)

여기에 등장하는 인물들은 모두 한결같이 "짝없는 영웅", "비범한 천재", "더없는 위인" 등으로 표현된다. 통일신라의 위대한 업적은 민족사의 정점으로 인식되며, 이 위업을 이룬 김유신, 김춘추 등의 화랑은 완

---

35) 『화랑외사』와 『정치철학특강』 등의 저서가 하나는 구술의 형태로, 다른 하나는 강연 원고의 형태로 되어 있다는 것은 흥미로운 분석의 대상이 될 만하다. 구술이나 강연의 형식은 말할 것도 없이 교사—학생의 관계이며 이것은 당연히 지배—피지배의 관계이다. 『정치철학특강』의 경우 애초에 강의의 형식으로 진행된 것이라 하더라도, 원고는 나중에 직접 집필된 것이다. 그러나 저자는 이 경우에도 강의의 형식을 그대로 살리고 있다. 김범보의 글이 논리적, 이성적, 객관적 논증의 형식을 띄는 것이 아니라, 감정적, 주관적, 수사적 형식에 호소하는 형태로 되어 있는 것은 이러한 사정과 무관하지 않을 것이다. 그때에 글의 내용은 검증의 대상이 되는 것이 아니라, 선언되고, 주장되고, 교시된다.

36) 김범보, 『화랑외사』, (이문출판사, 1981). 이 책의 초판은 1954년 해군본부 정훈감실이 발행하였다. 중간(重刊)은 1967년에, 3간은 1980년에 나왔다.

벽한 인물들로 재현된다. 위대했던 고대 국가는 신화로 재생되며 이 유토피아는 천년의 세월을 건너 뛰어 생생한 활력으로 제시된다. 육체적 힘이 최고도로 숭배되고 행동주의가 전편을 지배한다.

그러나 이것은 난폭한 폭력으로 그려지지는 않는다. 여기에서의 가장 중요한 특징은 바로 삶의 미학화이며 전체를 지배하는 일관된 정서는 '숭고미'이다. 영웅은 강력한 육체적 힘의 소유자일 뿐 아니라, 춤과 노래의 달인이기도 하다. 그는 살생의 순간에 앞서 칼춤을 추기도 하고 적의 명복을 빌기도 하는 '풍류' 정신의 소유자이다. 김범보야말로 이 '풍류'를 한국적 정서의 원형으로 내세운 최초의 이론가이다. 영웅 '물계자'나 거문고의 달인 '백결 선생'이 화랑이 아니면서도 『화랑외사』의 주요 인물로 등장하는 까닭은 여기에 있다. '물계자'나 '백결선생' 편의 경우, 『삼국유사』나 『삼국사기』원문의 간단한 형태와는 달리 거의 창작이라고 할 수 있을 만큼의 내용이 덧붙여진 것을 보면, 김범보의 사고에서 이 점이 얼마나 중요했던 것인가를 알 수 있다.

'국가'나 '민족'은 일종의 '메시아적 숭고'를 지닌 것으로 재현된다. 여기에서 국가는 거대한 가족 국가의 형태를 띤다. '국민의 윤리'는 개인적 덕목의 기초가 되며, 모든 인물은 수직적 / 종적 관계 속에서의 행동─주로 헌신과 희생─을 통해 국가 지상의 이데올로기를 구현한다. 우리는 김범보가 화랑의 조직 형태를 국가 및 사회 조직의 이상으로 생각하고 있었음을 쉽게 확인할 수 있는데, 그것은 파시즘적 사회 조직과 그대로 닿아 있다. 아예 노골적으로 그는 나찌의 히틀러 유겐트를 사회적 조직 모델로 거론하기도 한다.

> 다른 것은 다 잘못됐지만, <히틀러 유겐트>란 그가 만든 청년단체의 그 훈련의 위력 또 그 정신 그것만은 아직까지 분명히 살아 있다는 것이다. 이런 의미에 있어서 히틀러는 사상도 착오된 사상, 정책도 실패할 수 밖에 없는 착오된 정책을 쓴 사람이지만 일면 국민 운동의 지도자로서 그 일면을 소개하지 않을 수가 없는 것이다. 우

리는 히틀러의 사상을 배울 필요도 만무하고 그 사람의 정책을 배울
필요도 만무하나 <히틀러 유겐트> 그 조직과 훈련의 방식만은 어디
까지나 우리가 참고를 해야 할 것이라고 생각한다.[37]

『화랑외사』가 전후 국민교육 내지는 국군의 정훈 교육용으로 해군본
부 정훈감실에 의해 출판되었다는 사실이나, 김범보가『정치철학특강』
에서 5·16 '혁명 동지들'에게 '혁명 과업의 완수'를 당부하고, '국민윤
리'를 제창하면서 '5월 동지회'의 부회장에까지 나아갔던 사실은 단순한
에피소드로 그치는 일이 아니다. 국가 지상주의, 영웅주의, 군사주의, 비
합리주의, 신비주의, 야수성의 미학화, 위대한 민족사적 과거의 현재화
등, 파시즘의 전형적인 특징들은 이 두 권의 저서에 유감없이 농축되어
있다. 그러나 이 글에서 우리는 이 인물의 사고와 행적을 본격적으로 분
석할 여유가 없다. 문제는 상당한 정도로까지 이론화되고 체계화된 이
파시즘의 사고가 김동리의 소설을 통해 재현된다는 것이다.

## 3.

이 글에서 우선 검토하려고 하는 작품은 「황토기」(1939)이다. 텍스트
는 1939년 5월『문장』지에 실린 초판본과 1947년의 개작본을 둘 다 사
용한다. 「황토기」를 지배하는 정서는 물론 영웅주의이다. 여기에서 영
웅은 좌절된 영웅이며 그의 욕망은 분출되지 않은 욕망이다. 좌절된 힘
과 분출되지 않은 욕망의 인격화로서의 장수 설화가 한국인의 의식 속
에 엄청난 호소력을 지녔다는 것은 설명할 필요도 없는 사실이다.

그러나 이 사실로부터 곧바로 「황토기」의 세계를 "민중적 삶의 재현
과 전경화"로 읽고 그것을 "현실주의의 승리"로까지 평가하는 것은[38],
지나친 단순화 또는 과잉해석일 것이다. 당대에 이 작품을 접할 독자에

---

37) 김범보,『정치철학특강』,(이문출판사, 1986), 21쪽.
38) 유종호, 「현실주의의 승리」,『김동리 전집 1』,(민음사, 1995), 367쪽.

게서 예상할 수 있는 반응이란 무엇이겠는가. 장수 설화에 관한 한국인 일반의 오랜 관습적 해석과 더불어, 이 작품에서 새롭게 변용되면서 극대화된 장수 설화는 식민지 치하에서의 민족주의적 열정으로 곧바로 이입될 가능성이 아주 크다고 해야 할 것이다. 앞에서 우리는 식민지 아래서의 민족주의를 좌절된 욕망으로 해석하고 그것이 지니는 파시즘적 가능성을 검토한 바 있다.

그런데 그렇다 하더라도, 이 작품을 지배하고 있는 저 그로테스크한 야수성의 감추어진 의미는 무엇일까? "한뼘도 넘어 될 득보의 단도 날이 자기의 가슴 한복판을 푹 찔러, 이 미칠 듯이 저리고 근지러운 간과 허파를 송두리째 긁어 내어 준다면, 하는 생각과 함께 자신도 모르게 몸서리를" 치는 억쇠의 이 가학—피학적 충동은 이 작품의 전체를 지배하는 강렬한 야수성, 잔혹한 피의 향연과 함께 작품의 의미구조의 심층을 이루고 있다.

전래의 장수 설화가 민중적 심성에 깊이 뿌리 박힌 일종의 영웅대망론의 한 표현이라면, 「황토기」에서 전면화 되는 것은, 좌절한 영웅 억쇠나 득보에 대한 안타까움이 아니라, 그들의 엄청난 힘과 생명력에 대한 무한한 찬탄과 숭배이다. 그리고 「황토기」에서 드러나는 육체적 힘에 대한 무한한 찬양과 야수성에의 경도, 그 남성주의는 파시즘 미학으로의 연결고리가 된다. 김동리가 말하는 '생의 구경적 형식'이라는 것도 이 야성주의, 본능주의, 활력 *vitalism*, 남성주의와 깊은 범주적 연관 속에 놓여 있다. (이 문제에 대한 자세한 분석은 이 글에서는 생략한다).

야수성의 미학화라는 파시즘 미학의 한 특징은 「황토기」에서 매우 뚜렷하게 드러난다. 억쇠와 득보의 피비린내 나는 싸움은 물론 증오나 원한과는 거리가 먼 것이다. 그것은 끓어 넘치는 활력과 힘과 욕망을 분출시키는 하나의 축제일 터인데, 이 싸움 장면의 유례없는 잔혹성과 야수성은 놀랍게도 기묘한 서정성과 유희적(遊戱的) 감각, 즉 '풍류'의 분위기에 휩싸여 있다. 억쇠와 득보의 피비린내 나는 결투는 "흰 모래밭과 푸른 잔디와 게다가 그늘진 노송까지 늘어 서" 있는 "아늑한 산골짜기"

의 개울가에서 벌어지는데, 둘은 술잔을 주고 받으며 싸움을 벌인다. 이 혈전에 동반되는 것은 춤과 노래다.

> 득보는 주먹을 꺼떡 들어 억쇠의 얼굴을 겨누며,
> 「얼씨구 절씨구 가엾어라, 이 늙은 놈아, 내 한 주먹 번쩍하면…….」
> 아주 노래조로 목청을 뽑으며, 껑충껑충 억쇠에게로 뛰어 들어왔다 물러갔다 하는 것이었다.

> 옛날도 그 옛날에 붕새란 새가 있었나니,
> 수격 삼천리 니일니일 얼씨구야 지화자자 저 절씨구

> 득보는 입에 하나 가득 찬 피거품을 문 채 이렇게 목청을 뽑으며 덩실거리고 춤을 추는 것이었다.

> 득보는 되도록이면, 억쇠의 주먹을 피하려는 듯이 저만큼 선 채 춤만 덩실덩실 추고 있는 것이었다.

> 새야 새야 붕조새야
> 북명 바다 불조새야
> 지싱 치싱 치싱
> 지하자자 저절씨구

이 장면들이 김범보의 『화랑외사』를 모방하고 있다는 것은 주목을 요한다. 물론 시기적으로 「황토기」는 『화랑외사』에 앞선다. 그러나 그것은 출판의 시기만을 고려할 때 그렇다는 말이다. 김범보의 『화랑외사』는 이미 오래 전에 구상되고 가까운 사람들에게 자주 표현된 것이다. 그것이 김범보의 제자에 의해 출판된 것이 1950년대 일뿐이다. 「황토기」의 창작 시기에 김동리는 다솔사에 있으면서 김범보의 강한 영향 아래 있었다.

"거친 것에 대한 예찬 또는 길들여지지 않은 야성적 본능에 대한 승인"39) 등의 자연주의적 경향이 현대문화에 대한 치유책으로 제시되는 것이야말로 파시즘 문화의 한 주요한 특징인데, 우리는 「황토기」에서의 결투 장면을 그러한 관점에서 읽을 수 있을 것이다.

한편 이 결투에서의 엄청난 자기파괴적, 소모적 충동의 근저에 놓여 있는 것은 무엇일까? 전래의 장수 설화의 비극성 또는 영웅의 재림을 향한 민중적 비전과는 달리, 억쇠와 득보의 이 싸움에는 어떠한 비극성이나 비전도 관련되어 있지 않다. 거친 숨결과 넘치는 피빛의 이미지, 그리고 분이와 설희에게서 나타나는 강렬한 관능과 야수성, 이것을 통해 전면화 되는 것은 어떠한 합리적 설명도 불가능한, 파괴와 소모의 충동이며 허무에의 지향이다. 이 운명론적 허무주의, 비합리적 힘 *irrational forces*, 파괴를 통한 새로운 질서의 건설에 대한 강렬한 충동 역시 파시즘 미학의 주요한 특성이다. 소렐 Sorel은 파시즘의 이데올로기적 뿌리가 비합리적 힘에 대한 믿음에 있음을 말한다. 그에 따르면, 삶의 모든 조건 속에서 본능을 강조하는 경향이나, 인간의 욕망, 정열, 정신적 활동을 바꿀 수 있는 *reform* 즉각적인 행동에의 소망 등이야말로 파시즘 이데올로기의 한 원천이다.40) 이 파괴의 정열은 파시즘의 '창조적 허무주의' *creative nihilism*라는 기묘한 역설을 낳는다.41)

억쇠와 득보의 자기파괴적이고 소모적인 결투42), 분이와 설희를 둘러

---

39) F. J. 노이로르, 앞의 책, 289쪽.

40) Roger Griffin, 앞의 책, 27쪽.

41) "파시스트는 재건을 위해서는 …… 파괴가 필수적인 전제조건이라고 믿는다. 이것은 파시즘적 폭력의 한 종류로서의 '창조적 허무주의'라는 역설을 낳는다." 위의 책, 47쪽.

42) 억쇠와 득보의 이 싸움을 파시즘의 내적 긴장과 모순의 표현으로 읽을 수는 없을까? 들뢰즈와 가타리는 민족주의의 '영토 회복주의'와 제국주의의 '영토 확장주의' 사이의 모순을 지적하면서 제국주의를 '금기 위반'으로 설명한 바 있다. 민족주의는 '국경선 안'에 있으려 하고 제국주의는 '국경선 밖'으로, 다시 말해 국경선의 금기를 위반하고 나아가려 한다. 이 이론에 따르면, 민족주의와 제국주의는 쌍생아이면서 충돌하는 힘이다. 그리고 파시즘은 바로 이 모더니티의 내적 파열의 한 표현인 것이다. 이 점에 관해서는 Andrew Hewitt, 앞의 책,

싼 관능과 질투, 그리고 그것의 귀결로서의 살육과 파괴, 요컨대 이 작품의 인물과 사건을 둘러 싼 이 극대화된 가학적 / 피학적 세계에는 어떤 합리적, 인과적 논리가 끼어 들 여지가 없다. 이 설명할 수 없는 돌발적 충동과 우연의 세계에서 부정되는 것은 '역사'이다. 그리고 "역사가 부정될 때 현재는 절대적인 것 — 변혁이 불가능하고 따라서 받아들여야 하는 — 이 된다."43)

　김동리의 소설에서 역사가 부정되고 현재가 절대화되는 것과 관련하여 흥미로운 것은, 그의 소설이 드러내는 독특한 시간 / 공간관이다. 「황토기」를 비롯하여 그의 작품 중에서 문학적 성취도가 높은 것으로 평가될 수 있는 작품들, 예컨대 「무녀도」, 「바위」, 「산화」, 「등신불」 등에서의 두드러진 특징은, 이 작품들이 모두 설화적 시공간을 지니고 있다는 것이다. 이 작품들에서의 시간과 공간은 근대소설 특유의 구체성을 의도적으로 회피하면서 매우 막연하고 추상적인 상태로 그려진다. 시간적 배경의 추상화, 즉 과거 — 현재 — 미래의 계기성이 무너짐으로써 사건의 우연성이나 돌발성에 대한 의문은 자연히 봉쇄된다. 당연히 '역사'는 부정되고 현재만이 절대적으로 고착된다. 공간 역시 마찬가지다. 특정한 지명이 나타나기는 하나 사건의 무대가 되는 공간은 언제나 설화적 신비성이나 추상성으로 감싸여 있다. 김동리의 평판작은 전부 이 원리에 기초하고 있다.

　이것을 가리켜 김동리의 소설이 근대적 소설 기법에 못 미치는 전근대적 설화에 의지하고 있으며, 따라서 퇴행적 복고주의에 지나지 않는다고 평가하는 경우가 있다. 반대로, 그러한 전근대성을 포함하여 김동리의 소설이 강하게 드러내는 우연과 운명의 세계, 나아가 샤마니즘의 세계는 오히려 기계적 / 물질적 근대주의를 극복하는 탈근대의 세계관을 선취한 것이라고 평가하는 경우도 있다. 이 정극단의 해석을 어떻게 받아 들일 것인가.

---

제 3장, 「Decadence and Nationalism」을 참조.
43) 신형기, 「순수의 정체」, 『해방기 소설 연구』, (태학사, 1992), 191쪽.

우선 전자의 경우를 보자. 김동리의 소설 세계가 전근대적이기 때문에 퇴행적 복고주의 이상의 것이 되지 못한다는 평가는 소박한 소재주의적 비평의 한계를 여실히 드러내는 것일 뿐이다. 그것은 우선 '소설' *novel* 양식이 지닌 최첨단의 모더니티를 전혀 고려하지 못한 데에서 나온 발상이다. '소설'을 선택한다는 것은 모더니즘을 선택하는 것이다. 소설 속에서 '설화'를 그리는 작가는 모더니스트로서의 '소설가'이지, 설화의 이야기꾼이 아니다. 위에서 언급한 김동리의 평판작이 언제나 설화적 신비성이나 추상성으로 감싸여 있는 것은 사실이다. 그러나 이러한 시공간의 설정, 때로는 과거와 현재를 무시로 넘나드는 파격적인 시공간의 혼융은 당대로서는 거의 평지돌출이라 할 만큼의 전위적인 *avant-garde* 소설 기법에 속한다.44)

후자의 평가 역시 소재주의에 강하게 긴박되어 있다. 김동리의 소설에서 보이는 반이성, 반문명적 지향들은 포스트모던으로서의 그것이라기 보다는, 오히려 모더니티의 부정적 속성을 비합리적 힘과 종교적 신비주의에 대한 믿음 또는 야성적 본능에 기댐으로써 치유하고자 하는 파시즘적 사고에 깊이 연관되어 있다.

그러므로, 반근대 *anti-modern*나 탈근대 *post-modern*로 김동리의 소설을 설명하는 것은 어느 것이든 그 소설의 특성을 드러내지 못한다. 그것은 오히려 '초근대' 즉, '울트라 모더니즘' *ultra modernism*이라 할 만한 면모를 보여준다. 일반적으로 '울트라' 라는 말은, '자신을 최대한 확장시킴으로써 자기를 초월한다'는 의미를 담고 있다. 이것을 잘 보여 주는 예가 일본의 울트라 내셔널리즘 *ultra nationalism*이다.

"초국가주의는 극단적인 국가주의임에도 불구하고, 동시에 국가를 초월하는 것이었다. 그것은 때로 반조국적(反祖國的)이고, 반근대적이고,

---

44) 위대한 과거, 찬란한 고대를 부활시키는 파시즘적 역사관에서 과거와 현재는 필연적으로 뒤얽히는데, 한편 이것은 전위예술의 주요한 기법이 됨으로써 파시즘과 아방가르드의 내적 친연성을 확증하는 근거가 된다. Andrew Hewitt, 앞의 책, 참조.

반중앙집권적이고, 반관료적이고, 반자본주의적이고, 반민족주의적이기조차 했다."45) 이러한 일본적 울트라 내셔널리즘의 구체적 실현이 바로일본 제국의 괴뢰국으로서의 '만주국'이었다. 한편 로저 그리핀에 따르면, 울트라 내셔널리즘은 전제 군주적 내셔널리즘과 의회 민주주의를수립하려는 자유주의적 내셔널리즘을 모두 초월하는(따라서 거부하는), 내셔널리즘의 형태로서 완벽한 *integral* 내셔널리즘, 근본적 *radical* 내셔널리즘으로도 이해된다.46) 막스 웨버의 견해에 따르면 그것은 카리스마적 정치 체제를 위해, '전통적'인 체제든 '합법적 / 이성적'인 체제든 모두거부하는 것이다.47)

이 초국가주의는 제국주의와 어떻게 다른가. 제국주의는 내셔널리즘의 연속이며 확대일 것이다. 민족주의에서 제국주의로의 전화는 연속선상에 있으며 제국주의 안에 민족주의는 보존되어 있을 것이다. 그러나울트라 내셔널리즘의 경우는 내셔널리즘이 확장하고 팽창하여 질적인전화를 이룬 상태, 다시 말해 그 안에서 민족이나 국가가 이미 초월되고부정된 상태, 또는 그런 상태로 이르려는 욕구를 말한다. 일본 제국주의의 팽창이 단순히 자민족국가의 양적인 팽창을 목표로 한 것이 아니라, 언제나 이러한 상태를 꿈꾸고 실천하고 있었다는 점에서 그것은 전형적인 울트라 내셔널리즘의 형태였다.

이런 개념을 원용하자면 울트라 모더니즘은, 전근대로의 복귀를 통해모더니티를 부정하고자 하는 안티모던이나 모더니즘과의 단절을 통해그것을 벗어나고자 하는 포스트모던과는 달리, 모더니티를 그 극점에까지 확장, 팽창시킴으로써 그것을 초월하고 부정하고자 하는 욕구라고정의할 수 있을 것이다. 이런 개념을 통하여 김동리의 소설을 읽으면, 앞에서 말한 두 편향이 교정될 수 있을 것이다.

김동리의 소설이 보이는 상호 이질적인 것들, 모순적인 것들의 동시

---

45) 松本健一,「ファシズムと文學」, 淺沼和典 外 편, 위의 책, 413쪽.
46) Roger Griffin, 앞의 책, 37쪽.
47) 위의 글, 같은 곳.

적 공존은 전근대적 복고주의나 포스트모더니즘의 일면적 개념으로는 설명될 수 없다. 모더니티에 대한 강렬한 매혹과 그것에 대한 강렬한 부정을 동시에 야기하는 것이야말로 모더니티의 근본적 역설이 아니겠는가. 이 역설을 극단에까지 밀어붙임으로써 그것으로부터 도피하거나 초월하려고 했던 것, 그러나 실제로는 그것을 더욱 공고히 하고 마는 데에 그쳤던 것, 파시즘의 정치와 모더니즘의 문화가 공유했던 것은 바로 그것이었다. 그리고 그 점에서 김동리의 소설은 대표적인 사례로 남아 있다.

(『현대문학의 연구』 12집, 1999).

# 민족 – 민중문학과 파시즘 : 김지하의 경우

> 인간이 자신의 혈통에 안주하는 것은 그 속에 존재하는 잔혹한 장난
> 을 보지 않는 것이다.
>
> — 가라타니 코오진(柄谷行人)

70～80년대 민족－민중문학론의 그 숱한 '논쟁'들을 지금 다시 읽어
보면, 선뜻 답이 떠오르지 않는 의문에 부딪치게 된다. 알다시피, 논쟁은
민족문학의 (소)시민성을 벗어나 그 중심을 민중성으로 전이시켜야 한
다는 논의로부터 촉발되어, 노동자 계급의 당파성을 핵심적 잣대로 내
세우는 이론을 거쳐, 우리 민족이 여전히 식민지적 굴레에 묶여 있다는
인식 아래 민족해방의 대의에 복무할 것을 주장하는 이론으로까지 분화
되어 나갔던 것이다. 그런데, 그 논의들의 방대함과 산만함, 그리고 엄청
나게 교조적이고 이론 편향적인 태도에도 불구하고, 정작 그 논의들의
공통적인 출발점이라고 할 수 있는 '민족'이나 '민중'에 대해서는 어떤
원론적인 논의도 찾아보기가 어렵다. 민족문학의 개념을 정초하는 데에
는 백낙청 교수의 다음과 같은 언급이 아마도 하나의 고전적 경구로 기
억될 수 있을 것이다.

민족문학은 민족의 주체적 생존과 그 대다수 구성원의 복지가 심
각한 위협에 직면해 있다는 위기의식의 소산이며 이러한 민족적 위
기에 임하는 올바른 자세가 바로 국민문학 자체의 건강한 발전을 결
정적으로 좌우하는 요인이 되었다는 판단에 입각한 것 [……] 민족

> 문학의 개념은 철저히 역사적 성격을 띤다. 즉 어디까지나 그 개념
> 에 내실을 부여하는 역사적 상황이 존재하는 한에서 의의있는 개념
> 이고, 상황이 변하는 경우 그것은 부정되거나 보다 높은 개념 속에
> 흡수될 운명에 놓여 있는 것이다.[1]

이 글은 "따라서 …… 민족이라는 것을 어떤 영구불변의 실체나 지고
의 가치로 규정해 놓고 출발하는 국수주의적 문학론"과 자신을 "근본적
으로 다르다"고 말한다. 여기서 민족문학은 '반식민 – 반봉건 의식'을 내
용으로 하는 '근대문학'으로 정의된다. 그런데 정말 민족문학(론)에서의
'민족'은 '민족을 영구불변의 실체로 규정하는 국수주의'와 '근본적으로'
다른 것이었을까?

앞으로의 논의의 공평성을 위해서는, 우선 민족문학의 개념이 이와
같이 천명되는 70년대 한국 문학의 '역사적 상황'이 감안되어야 할 것이
다. 이 시기의 민족문학론은, 식민지 시대 이래 저항의 역사 속에서 성
장해 온 한국 문학의 전통을 '민족문학'이라는 개념으로 수렴시키면서,
동시에 그것을 바탕으로 당시의 현실, 즉 박정희 정권의 유신 통치에 맞
선다는 정치적 요구를 담고 있는 것이었다. 따라서 이때의 '민족문학'이
라는 용어가 가리키고 있었던 것은 이광수, 최남선 류의 민족우파 또는
타협적 민족주의자가 말하던 '민족문학'은 분명히 아니었다. 그것은 염
상섭 등의 중도파나 한용운, 이상화 등의 비타협적 – 저항적 민족주의,
그리고 당시에는 강력한 금기로 존재했던 카프 중심의 프로레타리아 문
학의 진보적 전통, 나아가 해방 직후 문학가 동맹의 '민족문학 건설'의
테제까지도 암묵적으로 감싸 안으면서, 가장 가까이는 60년대의 이른바
'참여문학'의 전통을 자신이 계승하고 있는 역사적 실체로 선언하는 것
이었다. 이것이 70년대 민족문학(론)의 역사적 상황이었다.

또 한편, 이 역사적 상황이라는 것에는 진보적 이념의 논의나 실천이

---

1) 백낙청, 「민족문학 개념의 정립을 위해」, 『민족문학과 세계문학』, (창작과 비평
  사, 1974), 125쪽.

원천적으로 봉쇄되었던 한국의 정치적 상황, 즉 극우 반공주의의 현실이라는 것도 포함되어 있었다. 요컨대, 극우 민족주의나 국가주의와 '공통의 용어'나 개념을 사용하면서 한편으로는 그 국가주의와 정면으로 부딪쳐야 했던 것이 한국 민족문학의 피할 수 없는 한 현실이었다는 점, 이것은 민족문학의 이러저러한 개념상의 한계나 모순을 지적하는 자리에서도 늘 염두에 두지 않으면 안 되는 문제인 것이다. 이러힌 역시적 상황을 감안한다면, 한국의 민족문학이 국수주의나 국가주의와의 혼동의 위험에도 불구하고 그 개념을 통하여 한국 근대문학의 최량의 전통을 수호하고 견지하려 했던 역사적 사실은 그것대로 평가되어야 할 것이다.

그러나 그렇다고 해서 민족문학론이 안고 있었던 개념의 혼란과 그로부터 빠져 들어간 자폐적 함정이 해소되는 것은 물론 아니다. 우선 위의 인용문으로 되돌아가 논의를 시작하자.

이 글은 민족문학의 개념을 '민족의 주체적 생존이 심각한 위협에 직면해 있다는 위기의식의 소산'으로 파악하고 있다. 이러한 언명은 이른바 '민족'의 탄생과 '민족의식'의 형성이, 내부로부터 온 것이든(영국, 프랑스) 외부로부터 온 것이든(유럽 제국, 일본, 한국, 중국) 전통적 공동체의 질서에 대한 심각한 붕괴의 위협에서 시작된 것이라는 일반적 상식에서 크게 어긋나 있는 것은 아니다. 그러나 이 글은 이러한 일반적 정의로부터 곧바로 한국 민족주의의 특별한 성격을 강조하는 방향으로 나아간다.

그 점을 논하기에 앞서, 민족문학론은 "역사적 상황의 변화에 따라 부정될 수 있는 것이기 때문에 국수주의의 그것과는 다르다"고 말하는 것은 해결될 수 없는 형용모순임을 먼저 밝히고 넘어 가도록 하자.

"민족문학이 부정되고 더 높은 개념에 흡수되는 상황의 변화", 즉 "민족문학의 개념에 내실을 부여하는 역사적 상황의 변화"란 무엇인가. 그것은 아마도 민족문학 개념의 토대가 되었던 민족적 위기의 소멸일 것이다. 다시 말해, '민족적 위기의 소멸⇒민족주의 및 민족문학 개념의 소멸'인 것이다. 그런데 사실상 민족적 위기와 민족주의란 이렇게 선명한 선후관계에 있는 것이 아니라 같은 사물의 다른 측면에 지나지 않는다. 전근대적 삶의 질서와 체계에 대한 위협으로부터의 방어의식이 '발견'해 낸 것이 '민족'이었다면, 민족적 위기가 민족주의를 낳은 것이 아니라 민족주의를 통해서 민족적 위기를 자각한 것이다. 달리 말하면, 민족주의란 이미 언제나 민족적 위기의식을 포함하고 있는 개념인 것이다. 따라서 '민족적 위기의 소멸⇒민족문학 개념의 소멸'이라는 구도는 마치 거울을 마주 세워 놓은 것 같은 형태로서 여기서는 그 어느 것도 소멸되지 않고 영구히 반복될 뿐이다. 이것이 '민족을 영구불변의 실체나 지고의 가치로 규정'하는 국수주의와 어떻게 '근본적으로' 다를 수 있을까?

　다시 앞서의 논의로 돌아가서, 이 글이 민족 개념의 일반적 정의로부터 한국 민족의 특수성을 강조하는 방향으로 나아간다는 것에 대해 살펴보자. 이 글은, 민족문학이 곧 근대문학이며 우리의 경우 그것은 일제의 침략에 맞선 반식민―반봉건 운동과 직결되는 것임을 말하고 나서, 이러한 외부적 자극에 의해 근대나 민족의식의 자각이 이루어졌다고 해서 그것이 일종의 민족적 열패감 또는 민족허무주의로 귀결되어서는 안 될 것임을 다음과 같이 말하고 있다.

　　이것은 한국에는 본래 <근대적인 의미에서의> 민족의식이 없었고 따라서 일본을 통한 서양의 영향으로 비로소 근대적 민족의식이 싹트고 근대적 문학이 생겨났다는 이야기와는 근본적으로 다른 발상이다. 한국에서의 민족의식 발달에 끼친 서양문물의 영향을 부인하려는 것은 아니나, <민족주의> 또는 <민족의식>의 문제를 항상 서구의 <민족국가 *nation state*>를 기준으로 논한다는 것은 우리의 역사적 현실과 동떨어진 이야기로 시종하기 쉽다. 그것은 우리도 만시지탄이 있으나 하루 속히 영국이나 프랑스가 일찍이 가졌던 민족국가의식을 배우도록 해야겠다는 부질없는 조바심이 아니면, 선진국의

> 역사에서 이미 과거지사가 된 것을 이제 새삼스레 해서 무엇하랴는
> 식의 민족주의 무용론을 낳기가 십상이다. 그리고 이들 중 어느쪽으
> 로 기울든 간에 그 밑바닥에는 반만년 역사 운운하면서도 우리는 <
> 민족의식> 하나 제대로 못가진 민족이었구나 하는 일종의 민족허무
> 주의가 자리잡고 있는 것이다.[2]

서구의 민족국가를 기준으로 민족주의나 민족의식을 논하다 보면 결국 선진국을 빨리 따라 잡아야 한다는 "부질없는 조바심" 아니면 민족주의 무용론으로 이어진다는 이 글의 주장에서 강하게 감지되는 것은, 이른바 '이식문화론' 또는 '타율적 근대화론'에 대한 강한 거부감, 그리고 이러한 거부감을 바탕으로 새롭게 등장한 '자본주의 맹아론'과 '자생적 근대화론'의 초조한 자기 정립의 욕구이다. '민족', '민족국가', '민족의식'은 물론, 당연히, '근대'의 산물이며 또 무엇보다도 서구의 경험에서 나온 것이라는 사실은 여기서는 무시 또는 회피되고 있다. "민족이 민족주의를 낳는 것이 아니라 민족주의가 민족을 낳는다"[3]든가, '민족'이란 인쇄 자본주의의 발전이라는 물질적 기초를 토대로 상상된 근대의 산물에 지나지 않는다[4]는 연구 결과도 이런 주장 앞에서는 무언가 불순한 저의를 숨기고 있는 것처럼 보인다. 또한, 타율성 이론에 맞서 자생적 주체성이나 특수성을 강조하는 행위 자체가 이미 서구적 근대를 절대의 보편으로 상정하고 있는 것이라는 사실도 아직 자각되지 않는다. 결국, '한국에는 본래 <근대적인 의미에서의> 민족의식이 없었고 일본을 통한 서양의 영향으로 비로소 근대적 민족의식이 싹텄다'는 이야기는 서구를 기준으로 하는 것으로서, 우리의 역사적 현실과는 동떨어진 것이라는 것이 이 글의 주장이다.

그러나 민족, 민족국가, 민족주의를 논할 때에 그것을 어디까지나 '서구적 근대'의 의미에서 논하는 것은, 무엇보다도 우리의 역사적 현실을

---

2) 위의 글, 126~127쪽.

3) Ernest Gellner, *Nations and Nationalism,* (Oxford: Basil Blackwell, 1983), p.55.

4) Benedict Anderson, *Imagined Communities,* (London & New York : Verso, 1991).

있는 그대로 보기 위해서, 그럼으로써 불필요한 민족적 열패감이나 허무주의를 갖지 않기 위해서, 또 동시에 근거없는 국수주의를 배격하기 위해서도 절대로 긴요한 일이다. 다시 말해, 서구적 근대를 유일하게 완성된 모델로 상정하고 그것에 비추어 '미달'된 자신의 모습을 개탄하는 '부질없는 조바심'에 가득찬 열패감이나, 혹은 그와 정반대의 태도(이것 역시 실은 동일한 심리구조의 산물이긴 하지만) 즉, 자신이 본래부터 남다른 근대적 면모를 충분히 갖추고 있었다는 하는 자기과장, 또는 자신의 '특수성'을 강조함으로써 스스로 서구적 보편으로부터 벗어났다고 주장하는 것 등은 실제에 있어서는 모두 서구 중심적 근대주의의 내부를 결코 벗어날 수 없는 논리일 뿐이다. 서구와는 달리 자기 자신이 얼마나 특수한가를 끊임없이 확인하고 그것을 통해 자신의 동일성을 증명하고자 하는 이 욕구야말로 사실은 가장 뿌리깊은 서구 중심주의의 한 변형인 것이다. 사카이 나오키(酒井直樹)는 이른바 보편주의와 특수주의가 이율배반의 관계가 아니라 사실은 상호보완하는 것임을 말하고 나서 일본의 예를 들어 그것을 다음과 같이 지적하고 있다.

> 일본이 서양과 얼마나 다른가를 고집하는 것도 실은 타자의 시각에서 자기를 보고자 하는 억누를 수 없는 충동으로부터 오는 것이다. 물론 이것은 서양의 시각에 따라 일본의 동일성을 정립하는 것이며, 그렇게 함에 따라 보편적 대조항으로서의 서양의 중심성을 확립하게 되는 것이다.[5]

우리의 경우에도 예외가 아니다. 이미 서구적 경험과 기준에서 도출된 민족, 민족주의, 민족국가의 개념을 자신의 논리적 근거로 삼으면서, 또 한편으로는 언제나 '우리의 민족주의는 서구와 다르다', '서구의 기준으로 우리의 민족주의를 평가하면 안된다'는 식의 이상한 어법이 아무런 회의없이 통용되어 온 것만큼 한국 민족주의의 혼란과 착종 — 그러

---

5) 酒井直樹, 『死産される日本語・日本人』, (東京, 新曜社, 1996), 23쪽.

나 그 실제에 있어서는 가장 강하게 서구중심주의에 사로잡힌, 이른바 '서구중심적 반서구중심주의' *Eurocentric Anti-Eurocentrism*의 전형 — 을 잘 드러내는 사례는 달리 없을 것이다.[6]

그런 의미에서, 민족, 민족국가, 민족주의 등이 '서구에서조차' 18세기 후반 내지 19세기에나 형성된 하나의 우연적 / 인위적 구조물에 지나지 않는 것일 뿐만 아니라, 무엇보다도 그 민족주의의 역사적 전개가 보여주는 바, 타자의 억압과 배제를 통한 자기동일성에의 강한 집착이 사실상 근대적 질곡의 핵심을 이루어 왔음을 확인하는 것이야말로, 바로 그 근대적 질곡을 온몸으로 겪고 있는 한국인의 근대적 삶을 해방하는 하나의 길이 될 수 있는 것이었다. 그렇다면 민족 구성원 대다수의 삶과 나아가 세계문학에의 기여를 기획하는 70년대의 민족문학론에 내장되어 있는 이 민족주의는 민족문학론이 해결해야 할 하나의 이론적/실천적 모순이 아닐 수 없었다. 그리고 민족문학론이 '보다 높은 개념으로

---

6)  다음과 같은 글은 그러한 혼란과 착종이 얼마나 거칠고 극단적인 자기 중심주의의 위험 앞에 노출되어 있는지를 보여주는 하나의 표본적인 사례로 기억될 만하다. "민족 또는 민족주의에 관련된 많고 많은 논의의 대부분은 한국사회의 특성이나 역사적 구체성을 고려하지 않고 다민족국가인 미국, 인종과 문화의 교배가 극심했던 구라파를 토대로 생산된 이론들을 차별없이 한국의 민족이론이나 민족주의 담론에 적용해왔다는 특징을 갖는다. 특히 민족주의에 대한 비판적 이론가들은 "민족주의야말로 국제적으로나 국내적으로나 인종이라는 억압과 배제, 집단적 학살과 전쟁을 야기하는 원천"이라고 비판하는 홉스봄류의 민족주의 부정론에 논거를 두는 것이 보통이다. 이러한 발상에는 의심스러운 바가 한 두 가지가 아니지만 무엇보다도 한국 민족주의가 억압과 배제, 집단적 학살과 전쟁을 야기하는 원천일 수 있겠는가 하는 점이다. 나치 민족주의가 "학살과 전쟁을 야기한 원천"이었던 사실은 역사적으로 경험했던 것이기도 하지만 그런 사례로 모든 민족주의를 일반화할 수 없다는 것은 실로 자명한 일일 것이다. 한국이 '민족'이라는 말을 통해서 정치적 영향력을 형성하기 시작한 것은 국권상실기인 19세기 말에서 애국계몽기시대였다. 그리고 식민지시대가 이어지고, 민족분단을 맞게 되면서도 민족주의 논의는 그치지 않았다. 한국의 민족주의는 타민족을 침략하고 지배하는 데 목적을 둔 것이 아니라 상실한 국권을 회복하자는 것이고 와해 위기를 맞았던 민족을 되살리자는 것이었고 자신의 언어와 문화와 역사를 지키자는 것에 뜻이 있었다. 공격적 침략적 파괴적 민족주의가 아니라 수세적 방어적 자기보존적인 민족주의의에 불과했던 것이다." (홍기삼, 「민족어와 민족문학」, 한국 현대문학 100년 심포지움 발제문).

흡수'되는 것은 바로 이 모순의 지양을 통해서 가능했을 것이었다.

그러나 사태는 전혀 그렇지 못했다. 민족적 위기가 지금도 여전히 존재하고 "그 어느 때보다 심각한 것"이기 때문에, 민족주의는 오히려 이 글을 이끌고 있는 가장 강력한 정서가 되며 민족주의에 대한 어떠한 의심이나 경계도 거부된다.

> 이것은 (민족허무주의 – 인용자) 전혀 역사적 사실과 부합되지 않는 생각이다. [……] 우리에게는 삼국통일 이후의 주어진 역사 속에서 우리 민족의 독자적 생존을 지켜 줄 만한 민족의식은 여하간 있었다. 또 그랬기 때문에 오늘날 우리가 한국인으로 살면서 민족의식을 논하고 민족문학을 말할 수 있는 것이다.[7]

이 말을 '민족을 영구 불변의 실체로 규정하는 국수주의적 민족주의'와 구별하기는 지극히 어렵다. '근대 이전의 민족의식'이라는 개념의 비약도 문제이지만, '오늘날의 한국인'을 아주 당연하게 '삼국 통일 이후의 주어진 역사 속에서의 민족'과 동일시 하는 이러한 발상이야말로 단일 민족의 신화나 민족 유기체설에 강박된 국수주의로부터 그리 멀리 있는 것이 아니다.[8] 그러나 이 글은 식민지의 경험을 겪은 우리가 국수주의를 과도하게 경계하는 것은 일종의 허장성세라고까지 말한다.

> 진정한 민족문학은 여하한 감상적 또는 정략적 복고주의와도 양립할 수 없으며 그것은 또 결코 국수주의에 흐를 수도 없다. 아니, 식민지 또는 반(半) 식민지 상황에서 국수주의의 위협을 과도히 경계하는 것 자체가 그릇된 현실감각의 소산일 수 있다. 엄격한 의미의 국수주의는 히틀러의 독일이나 뭇솔리니의 이탈리아 및 군국 일본 등 스스로가 열강의 틈에 낄 수 있는 정치, 경제적 독자성 위에서만 가능한 것이지 식민지 통치자 또는 이른바 다국적 기업의 이해관

---

7) 백낙청, 앞의 글, 127쪽.
8) 이 점에 관하여는 이 전, 『우리는 단군의 자손인가?』, (한울, 1999), 참조.

계에 어긋나지 않는 한도내의 국수주의란 일종의 허장성세에 지나
지 않는 것이다. [……] 그 올바른 극복의 길은 오직 참다운 민족주
의의 실현뿐이다. 국수주의를 두려워 한 나머지 민족주의 자체를 경
계하고 민족문화 — 민족문학의 이념 자체를 부인한다면 이는 본말을
뒤집는 꼴이며, 사이비 민족주의자들에게 그럴듯한 반론의 구실이
나 주어 민중의 정신을 더욱 산란케 하고 민족적 각성을 지연시키는
결과나 가져올 뿐이다.9)

한국의 민족주의는 피해와 억압의 기억을 자신의 정체성 확립의 주요
한 심리적 기제로 삼아 왔다. 요컨대, 피해자로서의 역사적 경험과 기억
은 한국의 근대민족 구성에 핵심적인 정서적 자질이었다고 할 수 있다.
마루야먀 마사오(丸山眞男)는 일본의 민족주의를 가리켜 "처녀성을 잃
은 민족주의"라고 말한 바 있지만, 한국의 민족주의에서는 그 반대의 이
미지, 즉 자신을 한없이 순결하고 무구한 것으로 형상화 하는 심리가 끊
임없이 지속되어 왔다. 이러한 민족주의는, 제국주의 국가의 민족주의
와는 다른 형태로, 피억압자의 억눌린 욕구를 자극하는 측면을 다분히
지니면서 하나의 집단적 형태로 자리잡는다.10)

그것은 내부의 갈등과 모순을 민족 지상의 감상 *sentiment*으로 봉합하
면서 강제적 통합의 유용한 도구로 작용하는 한편, 외부에 대하여는 일
종의 보상심리의 성격마저 띠는 배타적 공격성으로 드러나기도 한다.
피학대의 경험과 기억이 민족주의와 국가주의의 외피를 쓰고 더욱더 잔
혹한 배타적 공격성으로 드러나는 사례는 얼마든지 있고, 그것은 피해
자나 약자로서의 위치로 면죄될 수 있는 것이 아니다. 한국의 현대사에
서 그런 실례는 얼마든지 발견할 수 있다. 굳이 이런 피학대의 경험이
왜곡된 형태의 가학성으로 나타나는 경우를 들지 않더라도, 한번도 '제
대로 된' 민족국가를 가져 보지 못했다는 역사적 박탈감 같은 것은 한국

---

9) 백낙청, 앞의 글, 136~137쪽.
10) 이 점에 관한 보다 상세한 분석은 김철, 「김동리와 파시즘 — 「황토기」를 중심
    으로」, 한국문학연구회, 『현대문학의 연구』 12집, (국학자료원, 1998), 참조.

의  민족주의가 유난히 관념적이고 신성불가침의 이데올로기로 화하는 주요한 요인이 되었다고 보인다.[11] 이런 시각에서 보면, 식민지 또는 반식민지 상황에서의 국수주의는 허장성세에 지나지 않는다거나 그것에 대한 과도한 경계가 그릇된 현실감각의 소산이라는 것이야말로 근거없는 단정이며 그릇된 현실감각의 소산일 수 있는 것이다.

도대체, '민족'이란 무엇인가, 그것으로 지칭되는 대상의 외연과 내포는 무엇인가, 더 나아가, '민족'은 실체인가, 그것을 중심으로 사유하고 실천한다는 것은 무엇인가, 하는 질문은 이른바 민족문학 진영의 내부에서 심각하게 제기된 적이 없다. '민족'은 의문의 여지가 없는 것으로 전제되어 있고, 어디까지나 문제가 되는 것은 '민족문학'을 어떻게 확대하고 그 중심을 어디에 세울 것인가 하는 것 등이었다. 앞서 말했듯이, 70년대라는 시점을 생각하면 이것은 전혀 이해 못할 바도 아니다. 진보적 이념의 논의나 실천이 원천적으로 봉쇄되어 있는 현실에서는, 차라리 '민족'의 개념을 일종의 공백으로 남겨놓던가 아니면 탄력적이고 유연한 상태로 비워 놓고 그때 그때의 현실적 요구에 맞추어 나가는 것이 '전략적' 효과를 지닌 것일 수도 있었다.

그러나 그렇다 하더라도 언제까지나 그런 상태를 계속할 수는 없는 것이었다. 현실적 필요에 의한 임시변통의 용어라 하더라도 시간이 흐르면 그것은 독자적인 내용을 갖는 하나의 개념틀이 되거나, 혹은 그렇게 되기를 요구하는 사태에 이르기 마련이다. 민족문학론은 어떻게든 이 요구에 답했어야 했다. 그러나 민족문학론은 그 제일급의 이론가조차 처음부터 그것을 '민족주의적'으로 고착시키고 실체화 하고 있었다.

---

11) 같은 글, 참조. 한편 최근에 한국 민족주의의 이러한 성향에 대한 진지한 의문과 문제제기들이 이루어지고 있어서 주목된다. 역사학과 인류학의 분야에서는 이 전, 앞의 책과 임지현, 『민족주의는 반역이다』, (도서출판 소나무, 1999)를 보라. 또한 국문학의 경우에는 한수영, 「민족주의와 문화」, 고미숙, 「18세기에서 20세기초 민족담론의 변이양상」, (한국문학연구회 주최, 학술심포지움 『한국문학과 민족주의』, 1999) 등이 있다.

단일민족의 신화나 연속적 유기체로서의 민족관념이 지닌 허구성, 그러한 관념이 반성되지 않고 실체화 될 때의 위험성에 대한 경고는 민족문학론자들에게서는 전혀 제기되지 않았다.[12) 가라타니 코오진(柄谷行人)식으로 말하자면 '민족문학'의 '기원'은 '은폐'되고 말았던 것이다.

이 은폐 혹은 민족주의의 강화가 어디로 귀착하고 있는가를 최근의 논의를 사례로 살펴 보기로 하자. 일본의 문예잡지『批評空間』(1998, II-17)은 가라타니 코오진과 백낙청, 최원식 등의 좌담「한국의 비평공간(韓國の批評空間)」을 그 첫머리에 싣고 있다.[13) 가라타니의 소개에 따르면,『民族文化運動の狀況と論理』(백낙청, 일어 번역판)의 서문에서 저자는, 민족주의의 양면성이나 그 해악의 가능성 때문에 제삼세계 민족운동이 전지구적 해방운동의 중요한 전제임을 간과해서는 안된다고 말하면서 "한국의 민족운동과 연대하려고 하는 일본의 친구들이 그러한 태도를 계속해서 지니는 한 [……] 일본 민중 가운데 여전히 무시할 수 없는 현실로 남아 있는 민족감정, 민족의식을 처음부터 간단히 국수주의자에게 양도하고 과연 얼마나 실질적인 일을 해낼 수 있을까 의문"이라고 말한다. 그 자신의 설명에 따르면 이것은 "일정한 민족적 특성과 민족적 감정을 지니고 있는 일본의 대다수 대중을 바람직한 방향으로 이끄는 대안을 찾아야 한다"는, 일본 지식인에 대한 "주문"인 것이다.

결국 일본의 진보적 지식인에게 민족주의적 관점의 강화를 요구하는 이 발언은, '태평양 전쟁에서 죽은 300만 일본의 사망자를 2,000만 아시아 사망자보다 먼저 애도해야 한다'는 카토 노리히로(加藤典洋)의『敗戰後論』(한국어판,『사죄와 망언의 사이에서』, 창작과 비평, 1998)에서의 주장에 대하여, "저는 오히려 신선한 느낌을 받았습니다. 애도한다고 하는 의식(儀式)의 선후관계가 아니라, 인간의 마음의 작용을 기준으로 말한

---

12) 이 문제에 관한 유일한 의미있는 문제제기는, 내가 알기로는, 정과리의「민중문학론의 인식구조」,『스밈과 짜임』,(문학과 지성사, 1988)에서 이루어졌을 뿐이다.

13)「共同討議, 韓國の批評空間」,『批評空間』,(東京, 1998), 6~34쪽.

다면, 역시 허무하게 죽어간 혈족에 대한 비통함이 먼저 일어나지 않는 상태에서 어떻게 타인에 대한 속죄의 마음이 성립될 수 있겠습니까?"라는 발언으로 이어진다.[14)

　그러나 이렇게 말하는 한 민족주의의 해악이나 국수주의에 대한 그간의 경계란 사실 의미없는 허사에 지나지 않는 것이 된다. '일본 민중 가운데 여전히 남아 있는 민족감정'을 국수주의자에게 양도하지 말고 '바람직한 방향'으로 이끌 것을 요구하는 '주문'의 실체가, 결국은 혈연적 민족감정을 바탕으로 전쟁의 책임 및 가해자 / 피해자의 구분을 은폐하면서 새로운 민족주의의 부활을 꿈꾸는 저러한 논리와 부합하는 것이라면 그러한 민족주의가 어떻게 "전지구적 민중 해방운동의 중요한 전제"일 수 있을까?

---

14) 이 발언에 대한 비판은 코오모리 요우이치(小森陽一), 타카하시 테츠야(高橋哲哉) 엮음, 이규수 옮김, 『국가주의를 넘어서』, (도서출판 삼인, 1999) 그리고 윤건차, 「한국의 일본 지성 수용의 문제」, (『역사비평』, 1999, 가을) 등에서 충분히 정확하게 이루어졌으므로 여기서 더 이상 되풀이 하지 않는다. 다만 백낙청, 최원식 등 민족문학론의 대표적 논자들이 카토 노리히로를 비롯하여 가령 다케우치 요시미(竹內好) 같은 아시아론자에게 보이는 특별한 호의적 시선에는 모종의 '비틀림'이 있음을 지적하고자 한다. 다케우치의 '방법으로서의 아시아' 론이 극우 제국주의자들과는 일정한 거리가 있다 하더라도, 그 아시아론이 과연 아시아의 진정한 연대에 값할 만한 것인가는 지극히 의문이다. 윤건차 교수의 설명에 따르면, 다케우치는 1941년 12월 태평양 전쟁의 발발에 대하여 "역사는 이루어졌다. 세계는 하룻밤 사이에 변모했다"면서 놀라 기뻐하는 등의, 이른바 '근대 초극론'의 전형적인 행태를 보였을 뿐만 아니라, 일본의 전쟁 책임에 대하여도, 일본이 아시아의 운명의 타개를 의도하고 그것을 실행에 옮긴 것이라고 생각하다가 패전 후에야 그것이 침략이었음을 깨달았다고 하는 정도의 인식을 보이고 있다. 그뿐 아니라, 침략에는 '연대감의 왜곡된 표현'이라는 측면도 있으며 "침략을 통해 나타나고 있는 아시아의 연대감까지를 부정하는 것은" 부당하다고 말한다. (윤건차 저, 하종문·이애숙 옮김, 『일본 ― 그 국가, 민족, 국민』, 일월서각, 1997). 침략을 인정하지만 한편으로 거기에서 '연대감의 왜곡된 표현'을 발견한다는 이 어처구니없는 논리와 '일본인 사망자에 대한 애도 이후에야 아시아의 피해자에 대한 사죄가 있다'는 뻔뻔함 사이를 가로지르는 공통의 기반은 이른바 국민적 내셔널리즘이다. 이 내셔널리즘과 한국의 '진보적' 민족주의가 만나서 꿈꾸는 아시아의 진정한 연대란 대체 무엇인가.

한국의 현대 사상사에서 마르크시즘이 하나의 강력한 금기였던 것과 마찬가지로 민족주의 역시 다른 의미에서 금기였다고 할 수 있다. 전자는 말하면 안 되는 금기였고, 후자는 말할 필요도 없이 당연한 것으로 전제되었다는 점에서 금기였다. 민족문학론은 하나의 금기에 도전하면서 내부에서는 또 하나의 금기를 스스로 강화하고 있었다. 여기에서 민족문학론의 이론적 질곡이 시작되었다. 그러나 질곡은 그것만이 아니었다.

> 다음으로 이러한 민족문학은 민중에 기초한 민중문학에 의해 구체화 되는 것이다. 그 생활상 대외종속적이고 불균형한 분단의 사회구조와 외세의 가장 직접적이고 집약적인 피해자로서 그것에 대해 가장 대립적일 수 밖에 없고 그런 만큼 가장 민족적인 존재라는 맥락에서 민중이야말로 민족 해방의 주체가 되기 때문이다. 부연하자면 민족 구성원들의 인간다운 삶의 요구와 이를 저지하는 외세와 파행적 사회구조 간의 대립―갈등이 민중의 패배로 귀결되면서 가장 직접적―집약적으로 드러나고 있는 민중의 삶의 현실이야말로 오늘의 가장 전형적인 민족적 삶의 현실이며, 그 현실 속에서 인간다운 삶을 속박 내지 박탈 당하고 있는 민중들이야말로 오늘의 가장 전형적인 민족적 존재이므로 민족문학은 주어진 사회적 틀 속에서 비인간적 삶을 강요 당하는 민중들의 삶의 현실을 토대로 그러한 삶의 한복판에 응어리진 민중들의 고통과 요구를 형상화 해내는 민중문학으로 구체화 될 때 참 민족문학으로 설 수 있다는 것이다.[15]

"~이야말로", "가장 직접적", "가장 집약적", "가장 전형적", "가장 대립적", "가장 민족적" 등의 어사가 끊임없이 반복되고 강조되면서 80년대의 가파른 현실을 타고 넘는 이 글에서 전면에 드러나는 것은 '민중적 이상'에 대한 쉼없는 열정과 헌신의 자세이다. 이 열정에 대한 인간적 경의와는 별도로, 우리는 여기에서 한국 민족문학론의 기본적 구도, 즉

---

15) 채광석, 「민족문학과 민중문학」, 『민족, 민중 그리고 문학』(지양사, 1985), 88쪽.

민족주의＝낭만주의＝민중주의 (인민주의 *populism*)의 밀접한 연관을 읽을 수 있다.

　민족-민중문학은 흔히 리얼리즘을 그 창작방법으로 하면서 이른바 낭만주의와는 대립되는 것으로 여겨져 왔다. 그러나 창작의 미학적 원리를 무엇으로 하든 간에, 민족-민중문학(론)을 이끈 강력한 정서적 자질은 낭만주의였으며 이 사실은 지금까지 그다지 강조되거나 분석된 적이 없다. 이사야 벌린 Isaiah Berlin은 낭만주의를 영구불변의 인간적 태도로서가 아니라, 아직까지도 우리에게 영향을 미치는 특정한 역사적 변화로 이해해야 한다고 말한다. 그는 낭만주의를 1760～1830년에 걸쳐 유럽인의 의식에 일어난 갑작스러운 단절과 변화로 설명한다. 가장 큰 변화는 내면적 삶의 발견이라고 할 수 있었다. 신념을 위한 희생(순교), 가치에 대한 헌신 같은 것에 최대의 중요성을 부여하는 삶의 방식이 등장했고, 이것은 주정주의 *emotionalism*로의 거대한 전환, 원시적이고 먼 것에 대한 갑작스런 관심, 국가에 대한 숭배, 초인, 천재, 영웅에 대한 찬미, 심미주의 등을 불러 일으켰다.16) 80년대의 한국 민중문학이 이러한 낭만적 열정에 깊이 이끌리고 있었다는 것은 크게 사태를 왜곡하는 것은 아닐 것이다.

　한편 가라타니 코오진은 리얼리즘이 실은 낭만파적인 전도에서 비롯된 것임을 밝히면서17) 리얼리즘과 낭만주의의 대립이란 무의미한 것이라고 말한다. 그에 따르면 일본 근대문학에서의 '상민(常民)'의 발견도 사실은 이와 같은 전도에 의해 보이게 된 풍경이다. 마르크스주의 문학에서의 프로레타리아의 발견 역시 마찬가지이다. 내면의 발견, 즉 내적 인간의 등장이 풍경을 발견하게 하고 그 풍경 속에 프로레타리아도 포

---

16) Isaiah Berlin, *The roots of romanticism* (Princeton University Press, 1999), 1～20쪽.

17) "풍경이 일단 눈에 보이게 되면, 그것은 곧바로 원래 외부에 존재했던 것처럼 보인다. 사람들은 그러한 풍경을 모사하기 시작한다. 그것을 리얼리즘이라고 부른다면, 실은 그것이 낭만파적인 전도에서 비롯된 것임을 알아야 할 것이다." 가라타니 코오진, 박유하 옮김, 『일본 근대문학의 기원』, (민음사, 1997), 41쪽.

함되는 것이라는 맥락에서 본다면, 낭만주의와 민중주의 그리고 민족주의의 밀접한 관계는 보다 선명하게 이해될 수 있을 것이다. 요컨대 그것들은 서로가 서로를 비추는 거울인 것이다.

민중문학(론)의 낭만성 및 주정적(主情的) 성향과 연관하여 그 인민주의적 속성도 앞으로의 논의를 위해서 지적되어야 하겠다. 절대 다수의 소박한 인민들 속에, 그리고 그들의 집단적 전통 속에 선(善 virtue)이 존재한다고 믿는 인민주의는 하나의 특정한 원리라기 보다는 어떤 신드롬으로 설명된다.[18] 인민주의의 사고 속에서 모든 악의 근원은 근대의 산업화이며 이방(異邦)의 음모자들이다. 기계와 문명이 공동체의 조화로운 삶을 파괴했으며 외부의 음모자들에 의해 순박한 삶의 질서가 교란되었다는 현실인식은 모든 인민주의적 사고의 공통 기반이다. 이러한 파괴와 야만이 존재하지 않았던 시대로의 회귀를 꿈꾸는 원시주의 primitivism, 회복되어야 할 이상적 공동체로서의 농촌을 모범으로 삼는 농본주의 등은 인민주의를 이끄는 핵심적 정서가 된다.

따라서 인민주의는 특정한 정치적 강령이 아니라 오히려 반(反)정치적인 운동이며, 인민들 사이의 우애와 협조 및 공동체에의 귀속의식을 통해 공동체의 재건을 목표로 삼는 운동이다. 그러므로 품성론(品性論 theory of personality)이야말로 인민주의의 전형적인 특징이 된다. 결국 인민주의는 정치나 경제 심지어는 사회에 대한 것도 아니고 인간의 도덕 감정, 인격에 관한 것이 된다. 이데올로기로서의 인민주의는 완결성이 있는 것도 아니고 정교한 체계를 갖춘 것도 아니다. 인민주의는 그자체로서는 아무런 힘을 발휘하지 못한다. 문제는 그것이 다른 이데올로기와 결합했을 때이다. 그것은 자주 민족주의와 결합하고 또 더러는 마르크시즘과도 결합한다.[19] 물론 파시즘으로 전화하기도 한다. 그리고

---

18) Peter Wiles, A Syndrom, Not a doctrine, *Populism*, (G. Ionescu & E. Gellner (ed.) London, Weidenfeld and Nicolson, 1969), 166쪽.

19) 이상의 설명은 Donald MacRae, Populism as an Ideology, 위의 책, 153~165쪽, 참조.

그러한 사례는 무수히 많다.

　민족-민중문학(론)의 핵심적 이념이었던 민족주의, 민중주의 그리고 그 낭만주의는 민족-민중문학 '운동'의 역사 속에서 거의 객관화 되지 않았다. 그 이유는 무엇이었을까? 그것이 특별히 객관화 될 이유가 없었다고 하는 것이 아마도 이유일 것이다. 한국 사회의 일상적 삶의 직접성으로부터 얻어지는 '체험적 실감'이야말로 더없이 훌륭한 교과서였으니, 필요한 것은 그 현실의 한 복판을 뒤집는 직접적 실천의 동력을 끌어 모으는 것이었을 뿐 그 힘의 연원이 어디이며 그 정체가 무엇인가는 특별히 중요하지 않았다. 파시즘의 가혹한 탄압에 맞서는 인간적 고투의 문학적 실현이었던 민족-민중문학 운동에 있어서도, 의심의 여지 없는 실체로서의 '민족'(의 영원성, 단일성, 그리고 그것의 회복)과 '민중'(의 순결성, 무구성(無垢性), 위대함)에 대한 믿음이야말로 이론과 실천의 유일한 원천이었던 것이다. 그러나 상대방을 움직이는 힘 역시 민족과 민중이었다는 사실은 심각하게 의식되지 않았다. 파시즘적 국가 권력과 이에 맞서는 지식인 엘리트 사이에는 뛰어 넘을 수 없는 차이가 있는 것으로 생각되었다. 그러나 정말로 그러했을까?

　내가 말하고자 하는 것은 이 차이가 전혀 없었다거나 착각이었다는 것이 아니다. 다만 민족-민중문학(론)의 논리와 실천의 구조가, 지금까지 보았듯이, 완고한 민족주의 및 인민주의적 낭만성에 기초하고 있는 한, "탈식민지 국가의 권위주의와 민족주의적인 지적 엘리트 사이의 공범관계가 내셔널한 문화의 본질주의와 배타성을 강화하도록 작용"[20]하는 것에 대한 자각과 경계는 거의 이루어질 수 없었다는 사실이다. 그리고 이러한 자각이 부재한 곳에서 파시즘에 대한 저항이, 외적인 전선(戰線)의 형태와는 상관없이, 그 내부에서 파시즘과 뒤섞이고 그것과의 진정한 차이를 모호하게 하는 사태 역시 언제나 가능한 것이었다. 결국 파

---

20) 강상중 지음, 이경덕·임성모 옮김, 『오리엔탈리즘을 넘어서』, (도서출판 이산, 1997), 13쪽.

시즘이 민족－민중주의 내부에서 자신의 거처를 마련하는 전략과 방법, 그 구조와 계기에 대한 성찰과 자각이 부재했던 데에서 한국의 민족－민중문학은 그 자신의 고단한 역사에도 불구하고 헤어날 길 없는 모순과 배리에 빠지고 말았던 것이다.


## 2.


그리고, 그 모순과 배리의 한 극점에 김지하가 있다. 자신의 명망과 문화적 '권력'을 최대한 활용하여 최근의 김지하가 펼쳐내 보이고 있는 것은, 놀랍게도 그 자신이 오래 동안 맞서 싸워 왔던 파시즘 바로 그것이다. 한국 민족－민중문학의 깊이와 높이를 보장하던 시인이 스스로 파시즘의 총화로서 그 모습을 드러내고 있는 여기에 민족－민중문학이 걸어 온 모순과 배리의 한 귀결점이 있다.

이 글의 목표는 김지하를 파시스트로 '고발'하는 것이 아니라, 민족－민중문학과 파시즘의 결합지점을 밝히고 그 결합의 방식을 탐구하는 것이다. 다시 말해, 민족－민중문학(론)에서 지양되지 못한 폐쇄적 민족주의와 인민주의적 낭만성이 어떻게 파시즘의 담론으로 화하는지를 밝히는 것이다. 먼저 다음의 인용을 보자.[21]

> 일본의 타카하시 이하오라고 ……. 그 사람 얘기를 들어보면, 그 사람이 조선사를 공부하면서 놀랐다는 거예요. 그 사람이 보기에 성배 민족이 있다는 거라. 로마시대에는 이스라엘 민족이었죠. 그런데 현대에는 새로운 성배 민족이 동아시아에서 나온다는 거예요. 이 민족은 굉장히 영적인 민족이지만 오래 고난을 받고 그 고난 속에서

---

21) 이 글에서 사용되고 있는 자료는 『사상기행』 1, 2권, (실천문학사, 1999) 및 최근에 김지하가 여러 신문이나 잡지 등에서 행한 대담 기록들이다. 『사상기행』의 제1권에서 기록되고 있는 것은, 출간연도와는 상관없이, 1984년 겨울의 일이며 제2권은 1998년 11월에 행해진 시인 황지우와의 대담 기록이다. 이 사실은 우리로 하여금 김지하의 '사상'을 연속성의 관점에서 바라볼 수 있게 해 준다. 다시 말해 그의 이러한 행위들은 갑작스러운 '돌출'이 아니라는 뜻이다.

잉태된, 새 세계에 대한 꿈을 가진 민족이라는 거죠. 그런데 가만 생
각해 보니까, 일본 민족은 아니라는 거야. 일본 민족은 침략을 했잖
아요. 그런데 조선사를 읽다 보니까, 동학을 읽다 보니까 '아, 이 민
족이다' 이렇게 됐다는 거야.

— 『문학동네』, 1998, 가을, 31쪽.

우리 민족은 사명과 과제를 가진 민족이에요. 뛰어난 전통, 영적
인 전통을 가지고 있지만 오랜 고난 아래서 수난만 당해 온 고난의
민족이라고. 한 문명의 쇠퇴기에는 반드시 인류의 새 삶의 원형을
제시하는 민족이 나타나는데 이 민족을 성배(聖盃)의 민족이라고 그
래요. 로마가 지중해 세계를 지배했을 때는 이스라엘 민족이었죠. 오
늘날은 한민족이라구.

— 『사상기행』 2, 62쪽.

공자가 한국사람이다, 한문은 우리가 만들었다, 주역도 우리가 만
들었다, 이게 사실은 사실이거든요.

— 『사상기행』 2, 90쪽.

확신에 찬 파시스트란, '민족갱생이라는 극도의 신화적 이데올로기에
대한 친화성 속에서 자신의 내적 혼돈을 벗어날 수 있는 표현을 발견한
자'이다.[22] 자민족의 위대했던 고대사를 상기시키는 한편으로 그 영광
의 재현은 자신들만을 통해서 이루어진다는 선민의식을 강조하는 것 역
시 이태리, 독일, 일본, 영국, 프랑스 등의 국가를 막론하고 파시스트들
의 상투적인 역사이해 방식이었다.[23] 김지하의 파시즘적 결합점이 가장

---

22) Roger Griffin, The Nature of Fascism, (Routledge, 1991), 9쪽.
23) 다음과 같은 글은 흥미로운 대조를 제공할 것이다. "…… 우리가 오늘날 인류
   문화로서, 즉 예술, 과학 및 기술의 성과로서 눈앞에 보는 것은 거의 모두 전적
   으로 아리안 인종의 창조적 소산이다. 바로 이 사실은 아리안 인종만이 시초부
   터 고도의 인간성의 창시자이며, 그렇기 때문에 우리들이 '인간'이라는 말로 이
   해하고 있는 것의 원형을 만들어냈다는, 근거가 없다고 할 수 없는 귀납적 추리

두드러지게 나타나는 곳은 이러한 민족 재생 신화에 기초한 신인간론이다. 위의 인용문에서 보듯, 김지하에게 있어 우리 민족은 "성배의 민족"이며 "고조선의 신시(神市)는 깨달은 사람들의 공동체"이다. 그들은 "신이면서 인간, 신선, 깨달은 사람, 수련한 사람들로서 신적인 우주적 지혜를 가지고 우주와 소통하는 생활, 즉 정신적 생활을 중심에 두었"던 사람들이었으며 우리는 그런 민족의 후예인 것이다. 단군사상이란 무엇인가? "유학과 유태교와 기독교와 힌두교와 불교 이 모든 것을 가지고 있는 게 신선도, 더 정확하게는 단군사상과 풍류도"라는 것이다. (『사상기행』 2권, 80~81쪽). 그런데 현대는 병이 깊이 든 시대로 이 병을 치유할 길은 "원시반본"의 정신, 즉 단군사상을 되살리는 것이다.

현대는 쇠퇴의 정점에 와 있으며 근본적인 혁신을 필요로 하고 있다는 이러한 재생신화는 파시즘의 기본적 에토스로서 줄곧 사용되어 왔다. '새로운 인간'이라는 개념은 파시즘 운동의 중요한 신화적 요소였다. 이것은 낡은 영웅신화의 정치화된 버전으로서의 신인간론, 의식혁명론 등을 낳는다.[24] 다음의 인용을 보자.

> …… 새로운 시작을 어디서 할 것이냐? […] 율려가 필요한 것
> 아니냐? 거기에서부터 음악, 예술로 발전하고, 새로 나타난 문화에

를 허용하는 것이다. 아리안 인종은 어느 시대에나 그 빛나는 이마에서 항상 천재의 신성한 섬광을 번쩍이고, 또 고요한 신비의 밤에 지식의 불을 밝히고, 인간으로 하여금 이 지상의 다른 생물의 지배자가 되는 길을 오르게 한 그 불이 항상 새롭게 피어 오르게 한 인류의 프로메테우스이다." (아돌프 히틀러, 서석연 옮김, 『나의 투쟁』, 범우사, 1989, 300쪽). 한편 케드와드 Kedward는 "사실상 아리안 인종 같은 그런 것은 없다"고 말한다. 아리안이란 고대 인도에서 쓰이는 언어의 하나였다. 그런데 19세기에 아리안의 행위와 미덕에 관한 대중적 이야기들이 아리안을 하나의 인종으로 탄생시켰다. 아리안의 신화는 이렇게 해서 독일인의 의식 속에서 성립되었다. 아리안 인종주의는 일종의 원시주의 운동으로 간주된다. 안개 속에 가려진 과거와 막연한 대지, 역사적으로 잘 알려지지 않은 사람들에 대한 신화와 영웅주의가 원시적 생명력에의 동경, 독일 국가주의, 초자연적 신비주의와 결합하였다. (H.R. Kedward, *Fascism in Western Europe 1900~1945*, New York University Press, 1969, 참조).

24) Roger Griffin, 앞의 책.

의해서 새로운 사회이론, 사회 정치 경제 도구가 나타날 때 동양, 동
북아시아로부터 새로운 문화운동이 시작돼 금융자본주의의 폐해,
문명 말기에 처한 세계의 위기를 극복하기 위한 대안을 내놓아야 할
것이 아닌가.

― 『문학동네』 인터뷰, 30쪽.

이 인용문에서 자연스런 독서를 방해할 정도로 집요하게 반복되는 어
휘는 '새로운'이라는 형용사이다. 위의 대담에서 김지하는 끊임없이 "새
로운 변혁", "새로운 질서", "새로운 인간", "새로운 음악", "새로운 시
작", "새 문화", "새로운 이론", "새로운 삶", "새로운 문명", "새로운 풍
류", 심지어는 "새로운 신인간주의" 등의 어휘들을 반복한다. 그런데 과
연 무엇이 '새로운' 것일까?

파시즘은 언제나 스스로를 타락한 현대에 대한 대안적 문화로 상정하
면서 자신을 인간혁명, 정신혁명, 도덕혁명의 담당자로 정의해 왔다.[25]
서양 기계문명의 몰락이 눈앞에 다가 왔으며 새로운 빛은 동방에서 온
다는 담론 역시 독일과 이태리 및 일본 파시즘의 공통된 주장이었다. 이
태리 파시즘은 자신을 로마제국의 계승자로 선언하면서 서구 제국과 일
정한 구분을 지었으며 독일의 나찌 역시 독일 민족의 신화를 고취하면
서 그것을 서구로부터의 탈피 혹은 극복이라고 불렀다.[26] 슈펭글러의
『서양의 몰락』은 1차대전 이후 페시미즘으로 가득찬 유럽 특히 독일의
절망적인 기분에 일치했고 나찌는 이러한 분위기를 자신의 집권에 적절
히 이용했다. 30년대 일본 파시즘의 이론가들도 '서양의 몰락'이라는 담

---

25) Zeev Sternhell, Fascist Ideology, *Fascism : A Readers Guide*, Walter Laqueur ed.
    (University of California Press, 1976), 337쪽.
26) "[독일 국가주의의] 반서구적인 이데올로기는 …… 동방과 슬라브인, 러시아와
    도스토에프스키와 직접적으로 연결될 때 비로소 본원적인 의미를 갖는다. 도회
    민 또는 부르조아지, 그리고 서방인과 진정으로 대립되는 것은 기사도 아니고
    기독교의 병사도 니체의 금발 야수도 아닌 동방인과 농민, 이상화된 제정(帝政)
    시대의 농민, 특히 신앙적인 인간이었다." J. F. 노이로르, 전남석 역, 『제3제국
    의 신화』, (한길사, 1981), 264쪽.

론을 통하여 '일본 정신, 일본 전통으로의 회귀'라는 국수주의적 인식의 계기를 발견하면서, 태평양 전쟁을 서양 제국주의에 대항하는 동양의 성전(聖戰), 이른바 '근대의 초극'으로 규정하였다.[27]

1984년 겨울 김지하와 그의 일행이 "서세동점의 어둠 속에서 빛처럼 등장했던 최수운과 강증산의 주체적 민중사상"의 흔적을 찾아 남도를 여행하는 기록물『사상기행』(1권)에서의 지배적인 정서 역시 그와 유사하다. 이제 과학과 물질 위주의 서양 문명은 그 한계에 달했으며 인류 문화의 새로운 출발을 알리는 '개벽'이 한반도의 남쪽(남조선)에서 시작된다는 희망과 낙관이 이들의 발길을 이끈다.[28] 서양과 동양을 구분하는 기준은 대체 무엇인가, 이런 초보적인 질문조차 물론 발해지지 않는다. '우리 것', '우리 전통'에 대한 배타적 우월감, '민중적인 것'에 대한 무조건적 이상화 역시 거의 제어되지 않는다. 위대한 고대사에의 집착과 민중적 저항에 대한 영웅신화적 해석, 거기에다 넘치는 애국주의는 이 책의 첫 장면, 즉 '백제의 서울' 부여에 도착하면서부터 시작된다. (이 부분은 기록자 이문구의 서술이다).

> 국토와 민족을 최초로 유린한 외세는 유서깊은 고도에 도독부를 두어 식민통치를 기노하였으나, 유민늘의 결사적인 저항에 밀려나면서 이 문화선진국의 문물을 철저히 소각하고 깨뜨리고 도둑질 하여 종국에는 사료(史料)의 폐허화를 이룩하고 말았다. [……] 당군에게 짓밟혀 7주야를 두고 불탔던 당시의 부여는 12만 1천3백호에 70만 인구의 대도시였다. 오랑캐가 성을 깨뜨리자 도성의 부녀자들은 부소산성의 막다른 벼랑에 이르러 금강에 몸을 던짐으로써 깨끗이

---

27) 竹山護夫,「日本ファシズムの文化史的背景」, 淺沼和典(外) 編,『比較ファシズム研究』, (東京, 成文堂, 1981), 314~370쪽.

28) 극단적인 쇠퇴와 타락의 담론으로부터 재생의 신화를 거쳐 광적인 문화적 낙관주의로 나아가는 것은 일찍이 유럽 파시즘의 한 전형적인 경로였다. 기존의 체계와 가치관이 붕괴했다는 위기감을 극복하는 재생의 신화들은, 예컨대 밀교나 카톨릭 부흥운동, 슬라브 민족운동 같은 것들을 통해 표현되었다. Roger Griffin, 앞의 책, 참조.

삼한의 절조를 지켰다. 어찌하여 유독 궁녀들만이 몸을 던지고 그 인원도 겨우 3천을 헤아려 마감하였겠는가. 왕실과 귀족과 백성의 신분을 떠나 수만의 여인이 오로지 한번 죽어 당의 노예로 살기를 거부하였으리라는 것은 아이들도 능히 알 만한 일이었다

— 『사상기행』 1, 33~34쪽.

나— 당 연합군의 당을 '외세'나 '식민통치'로 보는 것이야말로 20세기적 국가개념으로 고대사회를 바라보는 전형적인 시대착오이다. 7세기의 부여가 '인구 70만의 대도시'였다고 하는 근거없는 과장도 문제려니와, '어찌 3천명뿐인가. 수만명의 여인이 당의 노예로 살기를 거부하여 강물에 몸을 던져 절조를 지켰다'는 대목의 전원옥쇄(全員玉碎)식 국가주의의 태연한 발설도 이 여행의 전과정이 막무가내의 주관과 감정에 이끌려 진행될 것임을 예고한다.

여행은 『정감록』, 『토정비결』 등의 "예언"을 민중시대의 도래와 민중적 소망의 표현으로 해석하면서 이어진다. 풍수사상이나 『정감록』 등의 비결(秘訣)에 심취하는 신비주의적 태도는 이미 그 자체로 파시즘과의 폭넓은 접점을 드러내는 것이지만[29], 그보다도 주목할 것은 이것이 보여주는 자연관이다. 민족을 연속적인 유기체로 보고 그 안에서 민족의 '원형'이나 '고유성'을 발견하려는 사고는, 인간의 정신과 본질이 자연 환경의 직접적 반영물이라는 사고와 깊이 연결되어 있다. 인간은 자기를 둘러 싼 산천의 '기'를 벗어날 수 없으며 그것이 그를 결정하는 것이다. 민족적 원형, 민족적 고유성에 대한 확고한 믿음은 이러한 사고의 확대된 형태이다.

한편 인간과 자연의 분리불가성 (분리됨의 불행, 일치됨의 평화)에 대한 굳은 신념은, 자연으로부터의 일탈, 자연의 파괴가 모든 불행의 원천이며, 동시에 자연과의 일치와 조화, 생명존중의 삶만이 그 해결책임을 역

---

29) 신화, 또는 신화의 조작을 통한 파시스트 이데올로기의 신비주의적 속성은 모든 이데올로기의 불합리성의 원천이 된다. Roger Griffin, 앞의 책, 27쪽.

설한다. 그런데 정말 인간은 자연과 일치할 수 있을까? 자연과 하나가 되는다는 것은 자연과 인간 사이에 조화로운 관계를 수립한다는 것인데, 그것은 자연 그 자체와는 대립하는 것이다. 왜냐하면 자연 그 자체는 대립과 갈등을 원리로 하고 있기 때문이다. 역설적으로 말하면, 자연과 대립할 때에 우리는 자연과 '하나'되는 것이며 그 원리를 자기 것으로 하게 되는 것이다.30) 요컨대, 원리상 불가능한 '자연과의 하나됨'이라는 이상을 상정하는 이 자연관 속에서는, 자연의 타자성 자체가 인식되지 않을 뿐 아니라 그럼으로써 주체 / 객체, 자아 / 타자의 필수적인 경계마저 무화되는 상태에 이르는 것이다. 그러므로, 자연과 인간의 일치라는 관념적 이상이 표현하는 자연주의, 인간의 '자연스런 삶'이란 사실상 인간의 시선 아래 자연을 복속시키는 전도된 인간중심주의에 지나지 않는다. (문학 양식으로서의 '기행문'도 이러한 사고를 잘 보여주는 양식이다. 그것은 자연 사물이나 풍경을 여행자(관찰자)의 주관과 시선 아래 복속시키려는 욕망의 산물이며 그런 의미에서 가장 근대적인 문학 양식의 하나라고 할 수 있다. 바흐친 식으로 비유하자면 가장 '단성적'인 문학이기도 하다).

　이러한 자연관의 구체적 현실에서의 기능은, '인간 대 인간'의 문제가 곧잘 '인간 대 자연'의 문제로 환원된다는 것이다. 그것은 인간적, 사회적 삶의 있을 수 있는 모순과 분열을 은폐하면서, 그것의 치유를 자연적 조화의 이상, 유기체적 전체의 아름다움 등에서 구하게 만든다. 생명이 약동하는 삶의 아름다움, 원시적이고 자연적인 생의 찬미, '구경적 삶의 형식'(김동리), '몸'의 강조 등, 이른바 삶의 미학화라는 파시즘 특유의 원리들은 바로 이런 자연관에서 유래하는 것이다.31)

---

30) Andrew Hewitt, *Fascist Modernism,* (Stanford University Press, 1993), 141쪽.

31) "인간이 자연의 철칙에 반항하기를 시도하면 그 자신 인간으로서의 존재를 전적으로 힘입고 있는 원칙과 투쟁하는 처지에 빠지게 된다. 그래서 자연에 반대하는 인간의 행동은 자기 자신의 파멸로 귀착될 수 밖에 없다. [……] 인간은 어떠한 점에 있어서도 자연을 정복한 일은 없으며 기껏해야 자연의 영원한 수수께끼와 비밀을 덮어 감추고 있는 엄청나게 거대한 베일의 이쪽 끝, 혹은 저쪽 끝을 잡아 들어올리고 있는 데 지나지 않는다." 이것은 히틀러의 『나의 투쟁』의 일절이다. 히틀러의 이 말은 물론 다위니즘을 기초로 곧바로 인종주의로 비

그런데 이 자연관 혹은 생명사상이 민족주의와 결합하면서 보이는 극도의 배타주의나 적개심은 상상을 초월한다. 『사상기행』의 다음과 같은 장면을 잠시 읽어 보자. 금산사에 들른 일행은 '우리나라가 세계를 지배할 수 있게 해 주는 미륵보살님을 모셔야 한다'고 주장하는 노파를 만난다.[32] 일행은 그 노파에게서 일제 때 일본 총독이 금산사 경내에 기념식수한 은행나무 때문에 미륵님의 기운이 빠졌다는 얘기를 듣는다. 은행

---

약하는 것이지만, 이러한 자연주의적 사고는 파시즘의 원시주의, 본능주의, 직관주의, 생기론(生氣論) 등의 바탕을 이루었다. 이성보다는 감성, 논리보다는 직관을 중시하는 사고는 또한 육체를 중시하는 사고를 낳았다. '건전한 신체에 건전한 정신'이라는 구절 역시 히틀러의 이 책에서 사용된다. 육체에 대한 숭배와 파시즘의 관계는 H. B. Segel, *Body Ascendent*, (The Johns Hopkins University Press, 1998)을 참조하기 바란다. 파시즘이 엄격한 규율과 권위주의로 육체에 가하는 억압 역시 육체 숭배의 다른 표현일지도 모른다. 그러나 파시즘은 또한 극단적인 정신주의적 성향을 띠기도 한다. 이 점에서 보면 파시즘은 서로 상반되는 성향들의 종합이라는 견해가 타당한 것이겠다.

32) 무려 20 페이지에 걸쳐 이루어지는 이 '노파'와의 대화 장면은 이 책 전체에서 아마도 가장 비이성적이고 무분별한 기록일 것이다. "옛날에는 우리 대한민국이 세계 가운데 대한민국인데, 앞으로 미륵님 세상은 대한민국 가운데 세계라고 봐야 해요. 그렇게 우리나라가 좋아져요.", "스님들도 대한민국 사람들이니까 '미륵'하고 나오면 불 일어나듯 일어나야 할 텐데 전부 석가세존만 부르니 석가세존 가지고 되느냔 말이야"라는 노파의 말에 김지하는 "너무 심각하네. 썩을 대로 썩어서 악취가 나는군요"라고 대꾸한다. "여기는 문수가 아녀. 여기는 전부 토착불교야. [……] 전부 한국 부처님이야 [……] 단군은 한국 사상밖에 안되고 '미륵'해야 세계를 하나로 놓고 통일하는 거지. 우리는 역사 이래 남의 나라한테 죄지은 게 없거든. 침략만 당했지. 이제 우리가 세계를 지배할 수 있는 세상이 바로 미륵님 덕택으로 온다 이거요. 인제는 미륵님 세상이야"라는 말에는 "참 좋네요. 우리나라가 세계를 지배하다니 [……] " 라고 대답한다. 이 대답은 의례적인 맞장구 아니면 비아냥의 뜻으로 읽히지는 않는다. 그만큼 이 노파와의 대화는 시종일관 진지하다. 그 뿐 아니라, 무언가 정상적인 정신상태로는 보이지 않는 이 노파의 광신적 애국주의에도 일행은 심각하게 반응한다. 다음의 대화에서 '민중적'이란 대체 무슨 뜻일까?
"스님들은 인도식으로 믿고, 나는 한국식으로 믿으니까 암말도 말라고, 그래서 막 크게 읽어. 『현무경』한권 다 읽어." // "현무경 참 어려워요." // …… // "무조건 믿고서 현무경을 다 외우는 거라. 그래야지, 현무경 이치를 다 알려고 그러면 안 되는 거야." // "진짜 민중적인 것 같습니다." (『사상기행』 1, 226～245쪽).

나무를 제거해야 할텐데 방법이 없다는 노인의 한탄에 김지하는 이렇게
말한다.

> 나무 껍질 조금 벗겨 가지고요. 농약방에 가면 나무 죽이는 약이
> 있어요. 그걸 주사기로 뽑아 가지고 몇 군데 주사를 놓으면 뿌리까
> 지 바싹 말라 죽어요. 그래가지고 없애 버리는 게 낫죠.
>
> —『사상기행』I, 241쪽.

아무렇지도 않게 행해지는 이런 말 속에서, 모든 것을 자신의 시선 아
래 복속시키는 자연관으로부터 기인한 철저한 자기중심적 민족주의를
읽기는 어렵지 않다. 한편, 자민족의 위대한 과거를 상기시키고 그 영광
된 부흥을 위한 신화를 현재화 하기 위해서라면 그것이 꼭 단군이어야
할 필연성은 어디에도 없다. 그리고 그것이 근대 이래의 파시스트들이
언제나 사용한 방법이었다면 김지하가 불러 낸 단군 역시 전혀 새로운
것이 아니다. 새롭기는커녕 그것은 신화를 사실화 하려는 욕구 속에서
오히려 신화적 상상력을 제거하고 세속화 시킴으로써 우리가 그 신화를
통해서 키울 수 있는 모든 문화적, 문학적 가능성을 질식시켰다. ('북한의
단군릉 조성을 배워야 한다'고 김지하는 밀한다. 단군의 뼈와 두개골이 발견되
었다고 하는 마당에 무슨 상상력이 발동하겠는가?). 일찍이 70년대에 박정희
정권은 충무공 이순신의 성인화 작업을 벌였다. 그것을 통하여 파시즘
권력은 자신의 부당성을 은폐하는 한편으로 민중 스스로의 상상력에 의
한 역사의 발견을 가로막았다. 그러한 작업을 통하여 소외된 것은 당연
히 이순신 자신과 민중의 역사적 상상력이었다. 이순신의 그런 박제화
를 비판하는 희곡『구리 이순신』의 작가가 김지하였다.
  김지하가 일본 극우파의 위험을 경고하는 것도 심한 자가당착에 속한
다. 한 인터뷰에서 그는 다음과 같이 말한다.

> 일본 극우파가 종전 50년 동안 숨어서 국수 교육을 해왔다는 게

속속 드러나고 있다. 최근 일본을 재무장하는 법률이 하나둘씩 제정
─통과되면서 문화쪽에도 그 영향이 일파만파로 번지는 추세다.
[……] 한 일본 지식인 친구가 내게 앞으로 여섯달 뒤, 내년 중반기
에 들어서면 그 위험이 더 가중될 것이라고 경고했을 정도다. 물론
내가 주장하려는 단군정신이 일본이 펴고 있는 공격적 민족주의와
같은 선상에서 논의될 수는 없다. 우리 민족담론은 그보다 훨씬 높
다. 이 세계와 우주의 미래를 걱정하는 보편성을 띤 것이다.

   ─「신시로의 긴 여행을 떠나자」, 『한겨레 21』, 1999. 9. 16.


일본 극우파가 50년 동안 "숨어서" 국수 교육을 해 왔다? 김지하의
화법의 중요한 특징인 근거없는 허언(虛言), 무책임한 방언(放言), 터무
니없는 과장벽 등은 나중에 논하기로 하자. 그는 자신이 말하는 단군정
신이 일본의 공격적 민족주의와는 다르며, '우리 민족 담론은 그보다 훨
씬 높'고 '보편적'인 것이라고 한다. 그 근거는? 나로서는 잘 모르겠다.

오히려 그가 말하는 단군정신이 일본의 극우 민족주의와 아주 유사하
다는 것은 일본 극우파에 관한 약간의 상식만 있어도 쉽게 발견할 수
있다. "영성으로 가득 찬 신선과 선인들의 세계인 신시(神市)"의 주인공
이었던 우리 민족은 "천손족(天孫族)의 후예"이며 그것은 『환단고기』,
『천부경』등의 역사서에 의해 증명되는 것이니, 이제 남은 것은 "민족을
넘어 아시아 전체를 휩쓸었던 이 문명에 대해 관심을 가지는 것"이라는
말과33), 천손강림(天孫降臨)의 신화를 바탕으로 '아마테라스오오미카미
(天照大御神)'의 신칙에서 유래한 '황통연면(皇統連綿)'의 천황을 중심으
로 '신주(神州)' '신국(神國)'의 영원성을 『일본서기』, 『고사기』등의 사서
로 보증하면서, 나아가 '아시아 전체를 하나'로 하는 '팔굉일우'(八紘一

---

33) "국가를 창건하는 목적을 홍익인간, 이화세계에 두는 민족은 없어요. …… 이
런 목표를 가지고 세워진 민족이고 국가이기 때문에 우리 민족은 이미 민족을
넘어가는 거죠. …… 아니 우리는 한걸음 더 나가야 해. 환인, 환웅까지도 다
인정해서 아시아 전체를 휩쓸었던 이 문명에 대해 관심을 가져야 해요."(『문학
동네』 인터뷰).

宇)의 대업을 이룬다는 일본 극우 민족주의의 말들34) 사이에 대체 무슨 차이가 있을까?

모든 파시즘이 공통적으로 보여주는 머나먼 고대 신화에의 집착에는, 현재의 타락의 직접적 원인인 최근의 과거와 급격하게 단절하면서 동시에 '진정한' 과거와의 연결을 통하여 '새로운' 재생을 꿈꾸는 심리적 메카니즘이 투영되어 있다. 이것은 파시즘을 그 외양상 한편으로는 복고적 보수주의로 또 한편으로는 신생의 기운으로 가득 찬 혁신주의로 보이게 한다. 그리하여 파시즘은 철저한 반(反)근대적 태도와 급진적 근대 지향의 태도를 동시에 지닌다. 근대 사회가 전통적 공동체의 가치와 유대를 파괴했다는 인식은 파시즘의 대중적 기반이 된다. 이때에 파시즘은 급진적 반근대의 선봉이 된다. 그리고 그 대안으로서 (그러나 물론 실질적 대안은 전혀 되지 않는) 민족 전통과 신화에의 회귀를 내세운다. (그러나 실은 그것이야말로 백퍼센트 근대의 산물인 것이다). 그런가 하면 이태리 미래주의의 예에서 보듯, 파시즘은 현대의 기계문명과 과학에 대한 무한한 믿음을 표현하기도 한다.

그러나 실현되는 것은 아무 것도 없다. 있는 것은 끊임없는 혁신의 충동과 그로부터 나오는 예측할 수 없는 돌발적인 행동뿐이다.35) 김지하는 "1만 4천년 전의 마고(麻姑)를" 찾는 한편 "5만년 후의 미래를 보고 있다"고 말한다. 아득한 과거와 미래를 향한 이 시선에서 실종되는 것은

---

34) 윤건차, 「내셔널 아이덴티티의 탐구—요시다 쇼인론」, 앞의 책, 18~54쪽 참조.
35) 이 끊임없는 혁신충동은 파시즘의 이상주의나 청년적 열정에의 호소라는 특징으로 나타나거니와, 그것은 동시에 파시즘의 즉각적 행동주의, 비합리적 충동의 기반이 되기도 한다. 김지하는 젊은이나 아방가르드에 대한 기대를 자주 내비치거니와, 그의 끊임없는 혁신충동은 가령, "나를 쫓아오던 사람들은 내가 닿을 만하면 도망간다고 해요. 한참 좋아가면 다른 것을 하고 있고 ……. 나는 항상 개척하는 사람에 속합니다"라든가(『문학동네』 인터뷰), "난 지금도 뭐가 될지 몰라. 난 럭비공이야. 늘 모험하는 사람이니까, 구도자니까. 난 머물면 썩어 ……."(월간 『말』 인터뷰, 1999, 9)라는 그 자신의 말에도 잘 나타나 있다. 물론 이 말들은 일종의 과대망상, 또는 자기도취로 읽힐 소지도 충분하지만.

물론 현재이다. 미래를 향한 끊임없는 혁신의 충동과 아득한 신화의 실재화라는 이 기묘한 이중주가 실제로 드러내는 것은 '현재'의 '끊임없는 지연'이라는 파시즘의 독특한 시간관이다. 타락의 정점으로서의 '현재'는 '위대했던 과거'의 빛에 견주어 부정되고, '언젠가 올 미래'의 빛에 견주어 희생된다. 이 시간관에서 현재 *present*는 결코 재현 *re-present* 되지 않는다. 위대했던 민족의 과거가 현실에서 쉽게 실현될 리는 없다. 그것은 메시아적 숭고의 형태로, 종말론의 형태로 끊임없이 연기되면서 새로운 인간, 새로운 지도자에 대한 갈망을 낳는다.[36]

결국 아득한 과거를 상고하고 아직 도착하지 않은 미래를 전망하는 이 시간관에서 현재의 구체적 갈등이나 모순은 당연히 시야에서 사라진다. 그리하여 '역사'를 말하면서 '역사'를 부정하고, 역사의 바깥에서 역사를 전망하는 파시즘적 역사관은 이러한 시간관을 바탕으로 하면서, 현실의 고통을 과거의 영광된 기억이나 곧이어 다가올 찬란한 미래에의 기약으로 위무한다. 그럼으로써 "대중의 눈을 사회기구의 근본적 모순으로부터 돌리게 하고, 현실의 기구적 변혁 대신에 인간의 머릿 속에서의 변혁, 즉 사고 방식의 변혁으로 메우려 하는" 파시즘의 "반혁명적 본질"[37]이 실현되는 것이다.

---

36) 김지하는 그가 꿈꾸는 새로운 지배의 형태에 대해 이렇게 말한다. "초계급적인 새로운 지배가 나와야 합니다. 사카하르 같은 사람은 이렇게 얘기하는데 초계급적인 영성적인 혁명가, 즉 자기 내부에 영적이면서도 지적인 수련을 받은 사람들은 부패와 손을 안 잡아요. 자기 내부에서 행복해 하는 사람은 절대로 부패와 손을 안 잡아. 휴머니티에 대한 사명감이 있는 사람들이기 때문에. 그러니까 자기 내부에 신성과 우주를 가진 사람들은 절대로 부패하지 않는다고. 이런 사람들이 사람을 사랑하고 노동자를 사랑하고 이렇게 해서 개혁에 참가하고 교육을 하면서……."(『문학동네』 인터뷰, 39쪽). 이러한 발언의 자의성과 추상성을 따지는 것은 우스운 일이다. 다만, 일반적으로 파시즘 권력이 흔히 의지(意志)와 수사(修辭)에서는 지극히 인민주의적이면서 실제에 있어서는 권위적이고 엘리트주의적이라는 분석이 이 발언에도 적절히 적용될 수 있다는 점을 지적하고자 한다.

37) 마루야마 마사오(丸山眞男), 김석근 역, 「일본 파시즘의 사상과 운동」, 『현대정치의 사상과 행동』, (한길사, 1997), 78쪽.

한편, 김지하의 발언이 거의 전부 강연이나 대담 등의 형식으로 이루어져 있다는 것은 특별한 주목을 요한다. 강연의 형식은 전통적인 계몽의 양식이며 기본적으로 교사―학생의 모델이다. 『사상기행』은 이 형식의 극대화이다. 여기에서의 담화는 입증, 논증, 분석되는 것이 아니라 교시되고 주장되고 설파된다. 말은 그것의 내용으로서가 아니라 그것의 스타일, 분위기, 극적 효과 등에 의해 힘을 얻는다. 더 나아가 "확증, 반증, 예증 등의 자료에 얽매이는 것은 이미 문필가의 기질에 미흡한 것"(『사상기행』 1권)이라는 이상한 신념에 따라 그의 발언은 자주 근거없고 무책임한 허언(虛言), 방언(放言)들로 흘러 넘친다.

단군을 실존 인물로 본다는 그의 주장에 대한 국사학계의 반론을 그는 '이병도식 식민사관'으로 매도하면서 '상고사의 올바른 교육'을 소리 높이 외친다. 한국 사학계의 움직임에 대한 약간의 귀동냥만 있어도 한국사 연구의 현안을 '식민사관의 극복'으로 파악하는 무지는 발생하지 않는다. 이것은 그가 자신의 대학 시절인 60년대의 인식 수준에서 한치도 나아가지 못했다는 증거이다.

"요즘 우리나라 지식인들이 제일 존경하는 사람이 네 사람이야. 마르크스, 니체, 푸코, 한나 아렌트. 시민사회 운동의 이론적 배경이 한나 아렌트에게서 나와요. 이 네 사람이 다 고대로 돌아가서 배웠다고. (『문학동네』 대담 및 월간 『말』 인터뷰)". 김지하는 이들의 고대 회귀를 본받아 "인류의 시원인 1만 4천년전까지 올라가자"고 말한다. 그는 최근의 여러 대담에서도 이 말을 반복하고 있다. 마르크스, 니체, 푸코, 한나 아렌트가 고대로 돌아가서 배운 것이 그렇게 신기하고 대단한 일인가? 히틀러도 무쏠리니도 언제나 고대를 들먹였다. 그 네 사람이 고대로 돌아가서 배운 것만 보이고, 그들이 한결같이 파시즘과 전체주의에 저항했던 것은 안 보이는가? (니체의 경우는 물론 다소 논란의 소지가 있지만).

그러나 여기서 문제는 "우리나라 지식인들이 제일 존경하는 사람이 그 넷"이라는 일방적이고 주관적인 주장이다. 누가, 언제, 어떻게, 그것을 확인해 보았는가? 이렇듯 근거없는 일반화와 자의적인 재단[38], 그리

고 그것으로부터 나오는 단정적이고 선언적이고 비약적인 화법은 우주
적 규모의 공간과 5만년의 시간을 넘나드는 그의 거대 콤플렉스[39]와 더
불어 그 발언 전체를 기묘한 원맨쇼, 즉 일인극의 공간으로 만든다.[40]

---

38) 일찍이 히틀러 유겐트를 '우리가 배워야 할 조직과 훈련의 방식'이라고 말하면
서 "군인의 정신훈련"과 "국민도덕의 원천을 밝히기 위해" 『화랑외사』를 쓰고
'국민윤리'를 제창하는 한편, '5월 동지회'의 부회장으로서 '5·16혁명 과업의
완수'를 주장하였던 범보 김정설에 대해 김지하는 "때를 잘못 만난 천재, 연구
할 필요가 있는 중요한 사람"으로 추켜 세운다.(『문학동네』 인터뷰). 그런가 하
면, 이승만은 "완전히 미국 사람, 우리나라가 미국의 한 주가 되기를 바랐던 사
람"이었는데 그 이승만이 "줏대있는 사람들"을 "전부 쓸어버렸다"고 분개한다.
"서재필 못 오게 하고 쫓고 김구, 몽양, 철기 이범석, 안호상 전부 쓸어버리잖아
(『사상기행』 2권, 66쪽)." 그러나　이승만이 완전히 미국사람이라고 분개하는
그는, 이승만이 '쓸어버렸다'는 서재필이 생애의 거의 전부를 '필립 제이슨'이
라는 미국사람으로 살았으며 조선 독립운동가로 단 한번도 고난을 당해 본 일
이 없는 사람이라는 점, 3·1운동 직후 필라델피아에서 열린 한인연합대회의
의장으로서 회의의 벽두에 미국 국가를 부르게 하는 등 철저하게 미국인으로
행세하였던 사실, 요컨대 '줏대'와는 거리가 멀어도 아주 먼 사람이라는 사실을
모르고 있음에 틀림없다. (이 점에 관한 자세한 설명은 주진오, 「유명인사 회고
록 문제있다─서재필 자서전」, 『역사비평』, 1991, 가을호 참조). 한편 앞서의
김범보와 더불어 한국의 대표적인 공식 파시스트인 철기 이범석과 안호상을
높이 평가하는 대목에서는 그가 차라리 자신의 사상을 파시즘이라고 선언하는
것이 훨씬 정직한 일이 아닌가 하는 생각이 든다.

39) 그의 이 거대 콤플렉스는 파시즘의 '숭고미'와 연관하여 따로 분석될 만한 주제
이다.

40) 월간 『말』과의 대담에서 그는 91년의 이른바 '분신정국'에서의 그의 『조선일
보』기고문에 대해 언급하면서 이렇게 말한다. "그러나 이걸 또 알아줘요. 난 그
때 군부에도 채널이 있었어. 그 당시 의정부 남쪽에 3개 기갑여단이 포진하고
있었다고. 왜 그랬을까. 진압과정을 생각해 봐. 피바다라고. 개들 이미 광주사
태를 겪은 애들이라고. 기관총밖에 나올 게 없어." 나는 당시의 그의 글에 대해
서 아직도 전혀 동의하지 않지만 지금 그것을 문제삼을 생각은 없다. 다만 위의
인용문에서 그가 보이는 어처구니없는 자기과장과 허언은 반드시 기록해 둘
필요가 있다. 서울에서의 시위가 격화될 때 진압군으로 들어오기 위해 '의정부
남쪽에 3개 기갑여단이 포진'하면서 주둔한다는 것이 현실적으로 가능한 일인
가. 의정부 남쪽 어디에 전차와 보병으로 이루어진 3개 기갑여단이 주둔할 곳
이 있는가. 게다가 그만한 병력과 장비의 이동이라면 굳이 '군부의 채널'을 통
하지 않고서라도 의정부 일대의 어린애들까지 다 알 만한 사실이 된다. 이 터무
니없는 연극적 자기과장! 일촉즉발 피바다의 위기를 자신이 욕먹을 각오를 하
고 막아냈다는 식의 이 비극적 자기과장의 습관은 그의 발언 전체를 지배하는

그나마 이 일인극의 '볼거리' *spectacle*가 매우 빈약하고 초라하다는 것은 그 자신을 위해서나 다른 사람들을 위해서도 다행이다. 연극성의 모델은 스펙타클에 빠져드는 현대 대중의 존재와 그것을 이용하여 권력을 획득하고 유지하는 파시즘의 정치학으로서 주목받아 왔다.41) 현대 사회에서의 다양한 스펙타클의 활용들은, 현대의 파시즘이 전근대적 전제주의와는 달리 권력의 인격화로서의 '지도자'의 카리스마 심지어는 메시아적 숭고미에 의존하고 있음을 설명해 준다.

빈약하고 초라한 스펙타클의 구성을 지니고 있지만, 『사상기행』을 하나의 문학적 기록으로 볼 때 그것은 보기 드물게 독특하고 흥미로운 양식을 보여준다. 모든 인물과 사건과 행로가 김지하 개인에게로 집중되고 그의 판단과 해설에 따라 결정되는 이 기록에서 김지하의 '지도자'로서의 아우라는, 기록자의 빼어난 묘사력에 힘입어 그런대로 성공적인 수준으로 생성된다. 또한 앞서 말했듯이, 사물과 풍경이 관찰자의 주관과 시선 아래 전적으로 복속되는 '기행문'의 단성적 성격 역시 이 기록물의 보기 드문 내용과 형식의 일치에 기여한다. 그러나 이 일치는 물론 불행한 일치이다. 그것은 모든 차별화된 영역들을 재통합시키는 근대화의 원리, 사물을 유기체적 전체로 파악하는 전체주의의 원리, 우리의 근대적 삶에 이미 깊이 침투한 전체성의 원리를 반영하고 그것을 충실하게 따르고 있다.

그러나 읽는 것은 어디까지나 독자의 몫이고 그의 자유이다. 김지하가 꿈꾸는 대로 영광스런 고대사의 새로운 부활에 가슴 설레는 독자도 있을 것이다. 그러나, 동서고금을 종횡무진으로 휘젓고 싶어하는 거의 병적인 현학 강박증이 "확증, 반증, 예증 등의 자료에 얽매이는 것은 이미 문필가의 기질에 미흡한 것"이라는 신념과 결합하여 빚어내는 숱한 자의적인 해석이나 근거없는 확신들 그리고 무수한 자가당착들을 접할

특성이다.
41) 이 점에 관한 정치한 분석은 Andrew Hewitt, 앞의 책, 참조.

때마다, 나 같은 독자는 이 어처구니없는 예언자적 포즈에서 오히려 모종의 풍자나 패러디를 읽는다.

그리고 나는 그것이 최선의 독법이라고 믿는다. 적어도 다음과 같은 공포를 피하려면 : 황지우는 김지하와의 대담을 마치면서 그를, 아주 잠깐의 빛나던 시간을 제외하고 평생을 정신의 어둠 속에 잠겨 있던 불우한 광기의 천재 횔덜린에 비유했다. 그것은 아마 김지하의 존재를 통해서 그나마의 자부심과 희망을 간직할 수 있었던 후배 세대가 뒤늦게 바칠 수 있는 최소한의 헌사일지도 모른다. 그러나 …… 끔찍하지 않은가, 백주대로를 활보하는 광기라니. 그것이 아무리 횔덜린의 것이라도.

(『현대 한국문학 100년』, 민음사, 1999).

# 친일문학론 : 근대적 주체의 형성과 관련하여
### ― 이광수와 백철의 경우


## 1. 문제의 제기

해방 50주년을 기념하여 열리는 이 심포지움의 한 주제가 '친일문학론'이라는 사실은, 한국 근대문학의 연구자로 하여금 오히려 깊은 반성의 자세를 갖도록 촉구하는 바가 있다. 해방 이후 현대사의 파행적 전개가, 반민족 부일배의 숙정 및 민중 민주주의 권력 수립의 실패로부터 비롯되었다는 사실은 오늘날 폭넓은 동의를 얻고 있는 바이지만, 과연 이러한 사실에 대한 '연례행사적' 재확인과 강조 이외에 우리 근대문학 연구가 이 주제를 진지한 학문적 연구의 대상으로서 얼마나 깊이있게 천착했던 것인가? 실상을 돌아 보자면 실로 깊은 자괴감을 느끼지 않을 수 없다.

그러나 그렇다고 해서 친일행위 및 친일문학에 대한 지금까지의 연구 성과들이 모두 무의미한 것에 지나지 않았다는 뜻은 물론 아니다. 이 부분에 관한 연구가 해방 이후 지금까지 학문외적 상황에 의해 원천적 봉쇄를 당해 왔던 것은 새삼 말할 것도 없는 사실이려니와, 바로 그러한 사실 때문에 지극히 초보적인 성과나마 오히려 더욱 큰 빛을 발할 수도 있는 것이 그간의 실정이었다. 해방 직후 반민특위의 재판과 관련하여 출간된 소책자, 예컨대 『친일파 군상』(1948), 『민족정기의 심판』(1949),

『반민자 죄상기』(1949) 등과 김동석의 평론집 가운데 「위선자의 문학」
(1949) 같은 글 등이 이 시기 우리가 접할 수 있는 문헌들인데, 이 글들
은 친일 행위자와 그 행위 사실에 대한 매우 소략한 형태의 고발과 폭로
를 위주로 하고 있다. 민족주의적 열정과 비분강개를 바탕으로 친일행
위자를 준엄하게 규탄하고 있는 이 책자들은 당대의 급박한 정세를 감
안할 때에 그 필요성을 부정할 수 없는 것이기는 하지만, 오늘의 우리
연구가 그 수준에 머무를 수는 물론 없는 일이다.

고 임종국 선생의 선구적이고도 희생적인 작업이 『친일문학론』으로
출간된 것은 1966년인데, 그 이후 임선생의 전생애를 바친 친일파 연구
는 그 자료의 방대함과 실증의 엄밀함에서 가히 이 분야 연구의 획기적
인 초석을 놓은 것으로 평가될 만한 것이다. 그러나 임선생의 연구는,
문학과 정치적 상황에 관한 단순 대입적 사고가 모든 자료의 해석을 일
관함으로써 친일문학의 논리를 재구성하고 그로부터 진정한 극복의 실
마리를 제시하는 데에는 턱없이 부족한 것도 사실이었다.

그런가 하면 각종의 문학사가 "일제 말엽의 '암흑기'라는 전제 하에
불과 몇 줄씩으로 논급을 생략"[1] 하고 있는 것은 더욱 큰 문제다. 친일
문학은 암흑기라는 시기를 설정하여 논의를 은폐하거나 회피할 수 있는
문제가 아니다. 더욱이 그러한 명칭하에서 마치 친일문학이 우리 문학
사상의 기이한 돌연변이나 일시적 일탈로서 비친다면 그것은 문제 자체
를 크게 왜곡시키는 것이다. 또 한편 일반적으로 친일의 문제를 '훼절'내
지 '변절'의 문제로 파악하거나 '문학적 공(功) / 정치적 과(過)'의 문제로
접근하는 것 역시 아무 의미도 없는 일이다. 그밖에 『친일문학작품선
집』I, II(1986),『친일논설선집』(1987),『친일파99인』(1993),『청산하지
못한 역사』(1994) 등 80년대 이후 활발하게 간행되기 시작한 책자들은
일반 대중에게 친일문학의 작품들과 각 분야에서의 친일행위들을 알리
는 작업으로서의 의미는 있지만 학문적 연구의 성과라고 하기에는 역시

---

1) 구중서, 「친일문학」, 한길문학 편집위원회 편, 『한국근현대문학입문』, (한길
사, 1990), 163쪽.

미흡한 것이다.

이러한 한계들을 극복하고 친일문학의 내재적 특성을 규명하면서 그 것을 우리 근대문학의 전개 과정에 일정하게 위치 지우는 작업은 장덕 순, 김윤식, 구중서, 이선영, 최원식 교수 등의 논문2)에서 중요한 계기들 을 얻었다고 보인다. 그러나 역시 근대문학 연구의 다른 주제들과 비교 했을 때 상대적으로 매우 단편적인 것이라 아니할 수 없다. 이 문제에 관 한 독립적인 연구는 최근에 제출된 박사학위 논문 (이경훈, 『이광수의 친일 문학 연구』, 연세대, 1994)의 괄목할 만한 성과 외에는 거의 전무한 것이라 고 할 때, 모두에서 언급한 '자괴감'은 그리 큰 과장은 아닐 것이다.

## 2. 문제의 접근 : 근대적 주체와 친일문학

친일문학은 '민족정기 수호'의 차원에서 폭로 / 고발 / 규탄됨으로써 끝 나는 문제도 아니고 '암흑기'라는 시기설정으로 회피될 수 있는 문제도 아니다. 한편 그것은 문학외적 강제에 의한 근대문학사 상의 일시적 / 돌 연변이적 형태도 아니다. 우리는 친일문학을, **'한국의 근대사회 및 근대 문학이 그 출발의 단계에서부터 안고 있던 모순과 갈등이 특정한 역사 적 국면에서 그 자신의 개념과 실체를 갖는 하나의 분학적 현상으로 외 화된 것'**으로 그 위치를 규정하고자 한다. 이러한 규정을 통하여 우리가 입증하려고 하는 것은 문학사의 연속성이나 필연성 등의 문제는 아니 다. 우리의 목표는 한국문학의 근대성이다. 달리 말하면, 우리는 친일문 학의 이론들과 작품들을 분석함으로써 한국문학의 근대성을 규명할 수

---

2) 장덕순, 『한국문학사』, (동화문화사, 1982).
　　구중서, 위의 글.
　　구중서, 「한국 문화인 기질의 비판」, 『신사조』, 1963. 2.
　　김윤식, 『이광수와 그의 시대』, (한길사, 1986).
　　최원식, 「민족문학과 반미문학」, 『창작과 비평』, 1988, 겨울.
　　최원식, 「한국문학의 근대성을 다시 생각한다」, 『창작과 비평』, 1994, 겨울.
　　이선영, 「흙의 서사와 그 의미」, 『동방학지』, 83집.

있는 어떤 보편적인 패러다임을 얻기를 기대한다.

그러나 그러한 패러다임은 우선은, 이른바 친일문학의 다양한 논리와 양상들을 면밀하게 분석하고 비교하는 작업이 축적된 이후에야 가능할 것이다. 친일문학이 우리 근대문학의 전개 속에서 하나의 실체적 구성 부분으로 존재하는 것이 사실이라면, 그것의 논리적 기반과 그 전말을 추적함으로써 한국 문학의 근대적 특성을 규명하는 것도 충분히 가능한 일일 것이다.

그러한 작업의 일환으로서 우리는 '근대적 주체의 형성과 친일문학'이라는 주제를 통하여 이 문제에 접근하고자 한다. 근대적 '주체'라고 하면 우리는 우선, 근대 사회의 태동과 더불어 나타나는 이른바 근대적 자아나, 혹은 봉건적 신분관계로부터 해방된 자유로운 개인과 그러한 개인들의 평등한 연대로서의 시민계급의 출현이라고 하는 것을 염두에 두지 않을 수 없다. 그런데 한편 이러한 규정의 근거는 무엇인가. 두루 알다시피 그것은 자본주의 생산양식의 정착과 근대 시민사회 및 민족국가의 완성을 향한 도정에서 시민계급이 그 자신의 의지와 능력으로 그것을 추진하고 스스로를 진보의 주체로 정립하였던 역사적 사실을 토대로 하는 것이다.

그러나 적어도 1894년의 농민혁명의 좌절, 또는 아무리 늦게 잡아도 1905년의 실질적 식민 지배 이후 한국에서의 사정은 어떠한가? 이 시점 이후 식민지의 전 기간과 그 이후의 분단체제 기간 동안 한국에서의 '근대화'가 지니는 의미를 생각할 때, 한국에서의 근대적 '주체'는 대체 어떤 형태로 존재하는 것인가?

한 연구자의 지적에 따르면 "한국의 근대화는 예외없이 한국 사회의 '외부에 위치하고 사회로부터 소외된' 국가권력에 의해 추진되었다."[3] "근대화의 주체로서의 사회계급 혹은 사회내부의 세력은 존재하지 않았다."[4] '근대화'를 '공업화'나 또는 문화적 환경을 무시한 서구적 제도의

---

3) 이종오, 「해방 50년의 근대화 그리고 통일에 관하여」, 『창작과 비평』, 1995, 가을, 32쪽.

이식이라는 정도로 이해한다면 이러한 지적은 우리의 역사적 경험에서 크게 벗어나 있는 것은 아니다. 그러나 식민지 이래 지금까지 그 근대화의 추진 세력이었던 국가권력과 끊임없이 갈등하고 대립하였던 세력 — 그 세력이 '전국적 규모의 헤게모니'를 단 한번도 장악하지 못하였다는 사실5)과는 별개로 — 이 지향하고 있었던 것은 또 무엇인가?

일률적으로 말하기는 어렵겠지만 어떠한 경우에도 그것을 반(反)근대적 지향이라고 말할 수는 없을 것이다. 요컨대 한국 사회의 근대화는 '사회로부터 소외된' 국가 권력에 의한 진행과, 그 힘의 균형에 있어서는 말할 수 없는 열세이면서 언제나 그 국가권력과 대립함으로써만 자신의 존재와 노선을 증명할 수 밖에 없었던, 미약한 저항세력에 의한 '근대적인 것의 추구'라는 이중의 성격을 내포하고 있었던 것이었다. 문제는 이 '근대적인 것의 추구'가 '근대화'와 간단하게 등치될 수가 없었다는 것, 경우에 따라서는 심각한 이율배반의 관계에 놓인다는 것일 터인데, 이러한 사정이야말로 근대로의 이행을 앞둔 한국사회가 부딪친 역사적 모순이며 긴장이었다고 할 수 있다. 그 세력의 범위나 영향력이 어떠한 것이었든간에 우리가 말하는 근대적 '주체'란 바로 이 모순과 긴장을 자신의 동력으로 삼아 자신의 고유한 성격을 형성해 가는 집단인 것이다.

한국의 근대적 주체가 그 출발의 단계에서부터 안고 있었던 모순과 긴장은 분명히 서구사회에서의 그것과는 질적으로 다른 것이다. 그러므로 우리는 근대적 주체를 어떤 주어진 형태로서가 아니라, 근대사회의 산물이면서 동시에 근대사회의 요건인 존재로 이해한다. 다시 말하면, 근대적 주체는 근대사회가 완성되고 정착된 이후에 나타나는 것도 아니며, 반대로, 근대적 주체가 역사적으로 자기를 완성한 이후에 오로지 그들의 추진력에 의해서만 근대사회가 이룩되는 것도 아니다. 근대사회의 산물이면서 동시에 요건인 근대적 주체는, 그러므로 하나의 완결적 존

---

4) 위의 글.
5) 위의 글.

재라기 보다는 형성적 존재이다. 근대적 주체는, 모순과 혼돈으로 가득 찬 근대적 삶의 경험들을 답파해가는 과정 속에서 스스로를 형성해 나간다.

'친일문학'은, 한국에서의 근대적 주체 형성에 관한 '리트머스 시험지'이다. 전통적으로 한국의 문인들은 자신을 사회개혁의 한 중심으로 내세우는 데에 기꺼운 자부심을 가지고 있었고, 문학을 교화와 계몽의 수단으로 삼는 것에 대해서 아무런 회의도 지니고 있지 않았다. 이러한 전통은 식민지 치하에서도 이념의 상위나 문학적 지향점의 차이에도 불구하고 모든 문인들에게 거의 공통적으로 유지되고 있었던 정신적 기반이었다. 따라서 한국의 근대문학이 그 출발의 단계에서부터 강력한 계몽주의적 열정과 성향을 지니면서 추동되고 있었다는 것은, 반드시 서구적인 자극에 의해서라기 보다는 이미 그 자신의 전통과 깊이 관련되어 있는 것이었다. 이러한 열정과 전통에 의거하여 한국의 근대문학은 줄곧 당대의 사회변혁의 과제와 직결되곤 했던 것인데, 그렇다면 이 과정에서 변혁의 방향이나 변혁의 주체를 어떻게 형상화하고 논리화했던 것인가, 하는 점들은 한국문학의 근대성과 근대적 주체의 존재 형태를 밝히는 데에 자못 중대한 관건이 아닐 수 없다.

더구나 한국문학이 그 자신의 전통 안에 사회 변혁의 의지를 내장하고 있었다면, 그것은 무엇보다도 변혁을 가능하게 하는 강력한 주체의 결속이나 전면화(前面化)를 필요로 하는 것이고, 그것은 황민화(皇民化)와 내선일체(內鮮一體)를 그 실제적 내용으로 하면서, 일본국가를 기반으로 하는 '국민문학'의 개념으로 현상되는 이른바 '친일문학'과는 도저히 양립할 수 없는 사정에 있는 것이라고 할 수 있다. 그럼에도 불구하고 역사적 현실은 그렇지 않았던 데에서 한국의 근대문학이 보여주는 기묘한 착종과 혼돈의 모습이 있는 것이다. 대체 무슨 일이 벌어진 것인가?

### 3. 친일문학의 논리와 근대적 주체 형성의 양상

1) 이광수 : 주체의 혼돈에서 주체의 소멸로

이형식이라는 문제적 주인공의 모순과 갈등이, 교육과 산업진흥이라는 추상적 구호로 맥없이 소진되고 만 것은[6] 우리 근대소설의 역동적 전개를 위하여 크게 아쉬운 일이라 하겠거니와, 문제는 그것이 『무정』 일편에 그치는 것도 아니고 허구적 소설에만 해당되는 것도 아니라는 점이다. 근대적 질서와 가치를 향한 강렬한 열망과 자신의 발목을 묶는 봉건적 질서와의 사이에서 고뇌하는 주인공의 분열과 갈등은 시대적 전형을 창조할 충분한 가능성을 내포한 것이었고, 이것의 성공 여부는 곧 우리의 근대적 주체의 성격을 결정지을 터였다. 그러나 이형식으로 대변되는 20세기 초 한국 사회 계몽주의자들의 저 어정쩡한 타협과 관념적 화해는―그 자체가 이미, 미숙한 시민사회적 토대의 반영이기도 하려니와―이 시기 계몽적 주체의 혼란된 양상을 압축적으로 상징하는 바가 있다.

이광수의 거의 모든 작품과 논설을 일관하고 있는 이 계몽적 주체는, 처음에는 매우 상반된 성격이 하나의 인격 속에 혼재하고 있는 양상으로 드러난다. 결론부터 말하면, 그것은 '시민적(市民的)인 것'과 '신민적(臣民的)인 것'의 혼재 양상이다. 봉건적인 것에 대한 이광수의 가차없는 증오와 공격은 널리 알려진 것이지만, 이때에 그가 공격하는 봉건이란 봉건 '국가'라기 보다는 봉건적 관습이나 생활의 제도, 문물, 풍습 등에 보다 많이 관련된 것이다. 그의 개량주의가 언제나 '체제'에 대해서는 절대로 사유하지 못하면서 거의 편집적일 정도로 생활의 개량이나 풍속의 교정에만 집착하고 있는 것은 그 점에서 필연적인 것일 터인데, 이때에 보다 큰 문제는 '민족'이나 '국가'의 실체에 관한 그의 생각이다.

「부활의 서광」(1918), 「자녀중심론」(1918), 「소년에게」(1921), 「중추

---

6) 최원식, 앞의 글, 참조.

계급과 사회」(1921) 등의 글에서 이광수는 서구적 시민사회와 유사한 형태의 사회조직이 긴요함을 역설한다.

> 朝鮮民族의 中樞階級이라 하려면 全朝鮮이 民族的 生活에 대한 共通한 理想을 抱하고 이 生活의 組織을 能히 하며, 그 組織의 모든 機關을 足히 分擔하여 運轉할 만한 人格(德과 知와 體)을 備한 個人의 集合이라야 할 것입니다.
>
> ―「中樞階級과 社會」

　이광수는 이러한 중추계급이 조선에 결여되어 있음을 통탄하면서 그 계급의 육성을 강조하고 있다. 그런데 근대적 직업과 능력을 지니는 개인들과 그들로 이루어진 조직에 의해 이끌어지는 사회의 건설을 강조하는 이광수는 이러한 사회의 주체들이 실제로 활동할 수 있는 공간, "민족적 생활에 대한 공통한 이상"을 펼치면서 그 과정에서 상호 견제와 갈등을 일으키기도 하는 그러한 공간, 즉 '근대 민족국가'의 실체에 대해서는 어떻게 생각하고 있었던 것인가?

　「부활의 서광」에서 이광수는 "조선에는 정신생활이 거의 정지되어 있었다"고 하면서 그 원인으로서 조선왕조의 주자학주의와 사대주의(소중화주의)를 들고 있다. 봉건국가(이광수의 논리 안에서는 이씨조선)가 새로운 주체들로 조직된 사회의 이상적 터전이 될 수 없음은 비단 이 글에서뿐만이 아니라도 자명한 것이다. 그런데, "小中華라는 부끄러운 名稱은 實로 中國人이 미련한 朝鮮人에게 下賜한 것이니 이 名稱을 받는 날이 卽 朝鮮人이 아주 朝鮮을 버린 卒業日이라, 이때에 朝鮮人은 죽었다"라는 과격한 언사의 한편에는, "新羅人은 想像力이 極히 豊富하고 自由로왔다. 佛國寺를 보고는 金大城의 傳說을 짓고. […] 小丘를 쌓고는 巫山十二峰으로 賞翫하였다. […] 한참 勃興하는 民族의 生氣活潑한 精神力은 自由自在로 想像의 날개를 펴서 여러가지 아름다운 傳說을 造出한 것이다" 라는, '단군조선'이나 '신라' 등 고대 국가로의 정신적 귀의가 함께 자리잡고 있다. 이광수의 '고아의식 — 조부(祖父)에의 의탁'이라는 널리 알려진 정신적 기제가 이 대목에서도 여지없이 발동되는 것이겠거니와, 이미 소멸한 봉건 국가를 대신할 근대국가의 실체에 대한 사고가 이와같은 형태로 자리잡는다는 것은, 이 계몽적 주체의 내부가 매우 심한 불균형 상태에 처해 있다는 사실을 짐작케 한다.

이 계몽적 주체의 혼돈은 '근대 시민사회로의 지향'이 결코 '근대국가'로의 사유에 이르는 법이 없이 완전히 분리된 채 공존한다는 데에 있다. 그에 따라 전자는 오로지 생활과 풍속의 개량이라는 문제에만 집요한 집착을 드러내고, 후자는 '민족'이나 '국가'를 완전히 추상화, 신비화 하는 방향으로 나아간다. 1910년 8월에 쓰여진 「余의 自覺한 人生」이라는 아주 초기의 글에서 이광수는 각성된 자아의 최후의 귀착점이 '국가'임을 논하고 있다.

> 나의 個性의 榮枯와 國家의 生命과 나의 生命과는 그 運命을 같이 하는 줄을 깨달았노라. [……] 이리하여 나는 이름만일망정 極端의 크리스찬으로, 大同主義者로, 虛無主義者로, 本能滿足主義者로 드디어 愛國主義에 淀泊하였노라.

이 시점에서 그가 말하는 국가가 구체적으로 무엇인지를 묻는다는 것은 물론 무리이다. '근대적 직업과 능력을 갖춘 자유로운 개인들의 조직'이라는 시민적 지향은, 그러한 지향의 실천적 공간이 되어야 할 근대국가의 부재라는 주어진 현실 앞에서 당연히 갈등을 일으킬 수 밖에 없다. 생각컨대, 한국의 근대적 주체란 바로 이 갈등을 끝까지 추구함으로써만이 자신의 고유한 성격을 형성할 것이었다. 그러나 이광수는 이 갈등을, 다만 "조선!"을 부르짖는 것만으로 해결하려 한다.

> 靑年學徒들은 그 性의 如何, 職業의 如何, 主義의 如何를 勿論하고 共通히 念해야 할 한 가지가 있다. 그것은 무엇인가. 朝鮮이다! [……] 朝鮮人은 모두 — 男子나, 女子나, 老人이나, 少年이나, 有識한

者나, 無識한 者나 모두 朝鮮을 念해야만 한다. 오늘부터 朝鮮을 念하
는 工夫를, 練習을, 祈願을 해야만 된다.

― 「젊은 조선인의 소원」 (1928).

이 글에서 이광수는 현재의 조선은 "정치나 군사에 注重할 시대가 아
니"며 "금일의 조선인에게는 금일의 조선인에게만 특수한 문제가 있을
것"이라고 하면서 위와 같이 말하고 있다. 그런가 하면 「相爭의 世界에
서 相愛의 世界에」(1922)라는 글에서 그는 인류의 역사가 투쟁과 폭력의
시대로부터 비폭력과 무저항의 시대로 접어들었음을 설파하면서, 고난
이 중첩된 조선을 구제하는 유일한 길은 '사랑의 원리로 하나가 되는 나
라를 만드는 것'이라고 말하고 있다. 이 지점에서 우리는 이 계몽적 주
체의 근대로의 지향이 '근대국가의 부재'라는 딜레마 앞에서 '국가'나
'민족' 자체를 추상화하고 관념화 하는 장면을 읽을 수가 있다.

이러한 현상은 만주사변의 해인 1931년 이후 더욱 강화된 형태로 나
타난다. 「단결공부」(1931), 「야수에의 복귀」(1931), 「조선의 청년은 자
기를 초월하라」(1931), 「옛 조선인의 근본도덕」(1932), 장편소설 『흙』
(1932) 등에서 이광수는, 이 추상화된 관념적 '국가'를 하나의 절대적 귀
의처로 상정함으로써 자신의 앞에 놓인 딜레마를 해결하려는 모습을 보
인다.

이 논설들과 작품들이 보여주는 것은 '자기를 잊고 절대적으로 복종
할 수 있는 그 무엇'에 대한 강렬한 회구이다. "단결 훈련의 주되는 요점
은 어떻게 지도할까가 아니라 어떻게 복종할까 ……. 자기가 속한 단체
와 그의 단원과 지도자의 三寶(불교를 빌어서)를 존경하는 것"이며, "일
민족의 역사는 자기를 초월한 개인들의 힘으로 회전되고 경신되는 것"
이다. "세간의 음일한 여러 남녀들을 응징"하고 타락한 풍속을 바로잡기
위해서는 "차라리 이태리의 파시스트를 배우고 싶다"고 그는 말하며,
『흙』의 주인공 허숭은 경성역에서 출병하는 일본 병사들을 열렬히 환
송하는 일본인들을 보면서 그들의 '애국심'과 그 정열에 말할 수 없는

감격과 부러움을 느끼며 눈물을 흘린다.

근대 시민사회가 지향하는 개인주의와 민족국가가 노정하게 되는 집단주의 내지는 국가주의 사이의 긴장은, 당대의 조선 사회가 비록 피부로 절감할 수는 없었던 일이라 하더라도 논리적 추론은 얼마든지 가능한 것이었다고 할 수 있고, 바로 그 지점에서 한국의 근대적 주체는 자신의 논리와 실천의 방안을 모색했어야 할 것이었다. 그런데 이광수는 이 문제를 간단히 "집단주의에의 복귀"로 풀어 버린다.

봉건 국가를 대신할 '근대국가'에 대한 관념이 지극히 추상화된 상태에서 심각한 내부적 불균형을 이루던 이 계몽적 주체는, 결국 '시민적인 것으로의 지향'을 더욱더 생활의 개량이나 풍속의 교정 등으로 고착시키는 한편, '근대국가'의 관념을 전혀 근대적일 수가 없는 신비화된 어떤 정신적 귀의처로서 고정시킨다. '자기를 희생하면서 절대로 복종할 그 무엇'을 찾는 그것은 거의 '신민(臣民)에의 길'이다. 그러나 어디에 복종할 것인가? 그가 찾아내는 것은 "옛 조선의 정신"이다. "신라 관창의 희생정신"이며 "옛 조선의 촌락의 도덕인 집단주의"이며 "이기주의, 향락주의에 대한 '구실'주의, 봉사주의", "개인주의, 자유주의에 대한 우리주의, 단체주의, 전체주의에의 복귀"이다.

그러므로, 이 계몽적 주체에게 있어서 이제 문제는 근대의 개인주의와 국가주의 사이의 긴장이 아니라, 그 국가주의, 집단주의를 실현할 실체로서의 국가―근대적인 것이 아닌―가 존재하지 않는다는 점이다. '옛 조선'과 '신라'를 아무리 외쳐봤자 그것이 옹색할 수 밖에 없음은 자명한 일이다. 그렇다면 이 불구 상태의 '나'를 지양하는 길은 무엇인가? "英米式 개인주의에 침윤된" 근대의 정신을 일거에 벗어버리고 '옛 조선의 집단주의'를 실현할 수 있는 '국가'를 찾아내고 그것에 귀의할 수 있다면, 이 불구의 근대적 주체는 자신의 모순을 지양하고 새로운 경지(근대의 초극)로 나아갈 수 있을 것이다. 이광수에게 이것은 그리 어려운 일이 아니었다. 그것은 이미 그 자신이 개진한 바 있는 '구실주의' '집단주의' '전체주의'를 '일본국가'에 대입하기만 하면 되는 일이었다.

> [······] 自身의 健康을 增進하는 것도 그럼으로 陛下를 위한 것이다. 陛下께 구실을 잘 바치기(お役に立つ) 爲하여서 제 몸의 健康을 조심하는 것이다. [······] 子女는 父母의 것이 아니다. 陛下의 것이다 하는 것이 日本精神이다. [······] 子女를 나하서 잘 길러서 陛下께 바친다 하는 것이 正當한 日本人 父母의 思想이오 感情이오."내 자식 내 마음대로"라 함은 日本에서는 不忠한 생각이다. [······] 氏, 家, 戶主라는 것도 天皇을 中心으로 하는 制度다. 昨年중에 朝鮮人이 創氏를 하고 日本 氏家 制度가 되엇거니와 創氏時에 그 氏를 選定한 것은 各自 本人이지마는 이것을 許하신 것은 陛下시다. 그럼으로 우리의 氏는 陛下로부터 밧자온 것이다. 朝鮮民衆이 가장 至急히 取하여야 할 日本文化는 皇室中心思想과 그와 關聯된 各自 生活方式일 것이다. [······] 모든 職業은 다 구실(御奉公)이다. 우리가 平生에 經營하고 勞役하는 것은 다 陛下를 위하삽는 구실이다. [······] 陛下는 아버님이시오 皇室은 '큰댁'이라는 생각이 가장 日本의 臣民關係를 明示하는 것이다.
>
> ─ 日本文化와 朝鮮 (매일신보, 1941. 4).

앞서 예시한 글들과 이 글이 그리 먼 거리에 있지 않음은 새삼 설명할 필요가 없을 것이다. "자녀는 부모의 것이 아니요, 전종족의 것이라 하는 사상은 조선에 있어서 고창할 필요가 있다. '내 자식을 내 마음대로 하는데 상관이 무엇이냐' 하는 말은 ······ 우리 부모가 저마다 생각하는 바라 ······ 그러나 ······ 금일과 같이 민족주의가 발달된 시대에 있어서는 선량한 부모는 결코 자녀를 '내 아들'이라고 생각하지 아니하고 '내 종족의 일원'이라고 생각하나니, 자녀를 낳을 때에도 '내 종족의 일원'이라고 생각하고, ······ 그가 사회에 나설 때나 성공할 때에도 '내 종족의 일원'이라는 생각을 끊지 아니하여야 할 것"이라는 「자녀중심론」에서의 주장과, "자녀는 부모의 것이 아니라 폐하의 것"이라는 위의 글에서의 주장 사이에는, '민족' '국가' 등의 근대적 개념을 극단적으로 추상화하고 신비화 시킴으로써 혼돈과 모순에 빠져 들었던 이 계몽적 주체의 참담한 환상, 즉 불구 상태의 '나'를 완전히 비우고 소멸시키면서 그 자리에 절대의 그 무엇[7])을 채워넣음으로써 그 모순을 지양한다는 환상이 개입해 있다.

'황민화'와 '내선일체'를 주장하는 그의 숱한 논설과 작품들이 유별나게 광신적인 열정과 자기도취를 드러내고 있는 것은 그 환상의 정도를 짐작케 한다. 시민−신민의 착종과 혼재로 분열을 겪던 이 계몽적 주체는 마침내 천황중심의 일본국가를 통해 통일의 길을 발견하고 혼신의 힘을 다해 그 주제를 추구하는 것이다. '민족'이라는 '근대'는 '대동아공영권'의 '聖戰'을 통해 '초극'되는 것이다. 현재의 전쟁은 인류 '총친화'의 그 단계로 가는 동안에서의 피치 못할 과정이다.

> 우리가 이렇게 차별세계에서 생각하면 파리나 모기는 아니죽일 수 없단 말요, 내 나라를 침범하는 적국과는 아니 싸울 수가 없단 말요. 신문에서 보는 바와 같이 우리 군사가 적군의 시체를 향하야서 합장을 하고 나무아미타불을 부른다는 것이 차별세계에서 무차별세계로 올라간 경지야. [······] 나는 이것을 믿소. 이 중생세계가 사랑의 세계가 될 날을 믿소. [······] 저 뱀과 모기와 파리와 송충이, 지네, 거르마, 거미, 참새, 새매, 물, 나무, 결핵균, 이런 것들이 모두 상극이 되지 말고 총친화(總親和)가 될 날을 위하여서 준비하는 것이 우리 일이 아니오? 이 성전(聖戰)에 참례하는 용사가 되지 못하면 생명을 가지고 났던 보람이 없지 아니하오?
>
> − 「육장기」, (1939).

---

7) "예수를 믿거나, 佛教를 믿거나, 孔子를 믿거나, 또 老莊을 믿거나, 또 自然科學을 믿거나, 또는 하나님을 믿거나, 山神님을 믿거나, 또는 오직 제 良心, 또는 良知良能이라는 것을 믿거나, 무엇이나, 한 가지 꼭 믿고, 崇拜하고, 그 命令에 절대로 服從할 '무엇'을 가지고 싶습니다. [······] 한 가지를 턱 믿고, 그 믿는 바를 따라서 마음을 떡 定한 사람, 그래서 그의 一言一動이 다 그 自身의 第一原理에 맞는 사람이라야 비로소 人格自로서 信用의 主體가 될 수 있는 것입니다."
「민족에 관한 몇 가지 생각」, (1935).

이렇듯 완전히 종교적인 경지로까지 비약한 이 '同化主義'는 이제 모든 착종과 모순을 지양한 계몽적 주체가 형상화할 또 하나의 주제가 된다. 그리하여 이 계몽적 주체는 '조선 민족'의 못남과 열등함을 질타하던 이전의 계몽적 자세로부터 '조선 민족'과 '일본 민족'의 '하나됨'의 대의를 깨닫지 못하는 '일본인'의 미욱함을 질타하고 훈계하는 데에까지 이른다. 장편소설 『진정 마음이 만나서야말로』(1940), 『그들의 사랑』(1941) 등은8) 조선인에 대한 '민족감정'을 버리지 못하던 일본인이 잘못된 생각을 뉘우치고 조선인과 진정으로 하나가 되는 과정을 그리고 있다.

여전히 의연한 이 계몽적 주체는 '개인주의, 합리주의, 민족주의, 상쟁세계(相爭世界), 선천(先天), 제국주의'의 '근대'를 '초극'하고 마침내 '상애(相愛)의 후천세계(後天世界)'로 비약한다. 그것이 '제국주의에 의탁하여 제국주의를 넘어서려 했던' 환상에 지나지 않는 것임은 자명한 일이지만, 한국의 근대적 주체가 자신의 시대적 모순을 스스로의 자산으로 삼아 고투하면서 자신을 형성해 가지 못했던 그 대가는 실로 비싼 것이었다.

## 2) 백 철 : 주체의 선취(先取)에서 주체의 전도(顚倒)로

1931년 10월의 「농민문학 문제」로부터 사회주의 리얼리즘에 대한 국내 최초의 소개문인 1933년 3월의 「문예시평」을 쓰기까지 약 1년 5개월 동안 백철은 6편의 논문을 쓰는데, 이 짧은 기간에 그의 논리의 변화는 실로 눈부시다. 32년 3월의 「창작방법 문제」에서 그는 '유물변증법적 창작방법'의 정당성을 주장하면서 과거의 '프로레타리아 리얼리즘'은 수정되어야 한다는 것, 유물변증법적 창작방법의 문제제기가 "거절되는 일이 있다면 그것은 객관적으로는 문화전선에서의 XX주의적 포기를 의미하는 것"이며 "여기에 대하여 질의를 가질 아무 필요가 없으리만큼 문제는 명백한 것"이라고 주장한다. 이것은 32년 9월의 「문예시평」과 33년 1월의 「1933년도 조선문예의 전망」에서도 그대로 이어진다.

---

8) 이 작품들은 이경훈 편역, 『진정 마음이 만나서야말로』, (평민사, 1995)에 실려 있다.

그런데 두달 뒤인 3월의 「문예시평」에서 백철은, 지금까지의 "유물변증법적 창작방법이란 슬로건이 비정당하였다는 것은 다만 표면적 명사에 관한 일이요, 근본적으로는 정당한 문학적 발전이 행하였다"고 말하면서 유물변증법적 창작방법의 제창 과정을 서술한다. 그러나 그가 이것을 단순히 슬로건의 문제로만 생각하지 않았음은 같은 글의 뒷부분에서 유물변증법적 창작방법을 가리켜 "그렇다고 하여서 세계관 그것을 창작방법 그것에 대응할 수는 없는 일"이라고 말하는 데에서도 드러난다. 결론 부분에서 "그것은 세계관과 주제와 확연히 구별하여 생각할 주로 예술적 창작방법 그것에 속하는 문제다! 그러므로 그것을 어디까지든지 세계관에 속하는 유물변증법으로 대치하려는 것은 불가한 것이 아니면 아니된다! …… 창작적 슬로건으로서 유물변증법적 창작방법이라는 것이 가장 부적당하다는 것을 이해하고 싶다"라고 말할 때, 비록 "새로운 창작슬로건으로서 사회주의 리얼리즘이라는 명사에 대하여는 무조건적으로 찬동할 수 없다"고 단서를 달고 있긴 하지만, 그는 이미 유물변증법적 창작방법에 대한 종래의 주장을 철회하고 있음이 분명하다.

지금 우리의 관심은 유물변증법적 창작방법과 사회주의 리얼리즘 간의 논쟁이 아니다. 실제로는 종래의 주장을 포기하거나 바꾸면서 그것의 근거를 설득력있게 제시하지 못할 때9)에, 또는 '유변창 대 사회주의 리얼리즘'을 다만 '슬로건'이나 '명사'의 문제로 애써 환원시키면서 주저

---

9) 32년 3월의 「창작방법 문제」에서 백철은 "과거의 프로문학이 기계적, 고정적"이었으며 유물변증법적 창작방법은 "제재의 다양화, 산 인간을 그리는 것"이라고 설명한다. 그런데 사회주의 리얼리즘을 수용하는 33년 9월의 「문예시평」에서 그는 유물변증법적 창작방법은 "예술의 형상적 서술성을 무시"하였으며 사회주의 리얼리즘은 참된 의미에서 인간을 묘사하는 것이라고 말한다. 여기서도 자신의 이론에 어떤 변모가 있는 것인지 그 근거는 무엇인지 납득할 만한 설명은 주어지지 않는다. 다만 소비에트의 교과서적 설명이 그것을 대신할 뿐이다. 그렇다면 그는 다만 '유물변증법적 창작방법'이라는 '슬로건'을 '사회주의 리얼리즘'이라는 '슬로건'으로 대치했을 뿐인가? 꼭 그렇지만도 않은 것은 바로 이 시기 즉, 사회주의 리얼리즘을 자기 나름대로 해석하는 이 시기부터 그는 주체의 관념적 선취(先取)로부터 오히려 강력한 주체의식을 드러내고 있기도 하다. 그 점은 본문에서 서술하겠다.

하고 머뭇거릴 때에 드러나는 이 주체의 모습이 우리의 관심이다.

사회주의 리얼리즘의 수용에 대하여 "즉석으로 태도를 결정지을 수 없는" 까닭은, 그의 말에 따르면 "소비에트 러시아에서도 아직도 정식으로 정정 결의된 문제가 아"니기 때문이다. "그것이 정식으로 결정되고 다시 국제화 되는 경우에는 우리들은 그것에 복종하는 이외에 할 도리를 알지 못"한다. (이것을 가리켜 그가 맹목적으로 권위에 의존한다고 보는 것은 잘못일 것이다. 이 시점에서 그는 누구보다도 잘 사회주의 리얼리즘의 제창 동기를 이해하고 있었던 것으로 보인다. 그렇기 때문에 세계관과 창작방법과의 관계라는 이후의 논쟁의 방향을 이 논문에서 이미 제시할 수 있었을 것이다).

농민문학 문제에서의 안함광과의 논쟁으로부터 사회주의 리얼리즘 소개에 이르기까지, 아마도 외국 이론의 재빠른 입수에는 첫 손에 꼽힐 이 이론가가 보여주는 것은 한마디로 '프로레타리아 국제주의'에 입각한 '주체의 관념적 선취(先取)'이다. 사회주의 혁명의 주체는 이미 결정되어 있으며 "조선에서의 혁명은 토지혁명"이라는 12월 테제의 정당성은 움직일 수 없다. 이 시기 백철의 경우 이론적 쟁점의 극복과 청산은 '식민지 조선'의 현실이나 주체 자신의 문제에서 출발하는 것이 아니라 국제 사회주의의 경험과 이론적 결정으로부터 온다. 농민문학 문제에서 그는 러시아 인민파와 일본 중농파의 '반동적 농민운동'을 비판하면서 "이 역사 사실은 우리 문학운동에 대하여 어떠한 형태와 색채를 가지고 나났던가?"라고 말하는데, 이때의 '우리'는 '러시아'이다. 더 나아가 그는 이제 이러한 반동적 견해들은 "대부분 극복되었고 청산되었다"라고 말하는데, 그것도 물론 러시아와 일본의 예이다. 아주 솔직하게 그는 '혁명적 농민문학'에 대한 자신의 주장이 "내 자신의 견해라는 것 보다 일본 프로레타리아 작가 동지들 사이에 대체로 해명되어 있는 것이 사실"이라고까지 말한다.

요컨대, 프로레타리아 국제주의의 보편성과 부르조아 혁명의 단계라는 목표 아래서 좌파 그룹의 이론적 선두를 달리는 이 비평가는 그러한 목표를 수행하기 위해서는 의당 제기되어야 할 주체의 문제, 예컨대, 자기 자신을 포함한 지식 계급의 상황과 그들의 역할, 위치라든가, 주체세력으로 상정된 노동자/농민의 당대 사회에서의 계급적 역관계, 그 안에서의 문학운동의 위치 같은 것에 대하여는 거의 아무런 사고를 비치지 않는다. 이러한 문제는 이미 '해결'된 것으로 이해하고 있었다는 것이 보다 사실일 것이다. 남아 있는 것은 이론이 지시하는 바에 따라서 선취된 주체를 보다 강고하게 '조직'하는 일뿐이었을 터이다.[10] 그러나 이렇게 선취된 주체가 제대로 서 있는 것일 리 없다. 오히려 주체의 부재라고 하는 것이 더 온당한 표현이 될 것이다.

이러한 상태로부터 백철의 주체에 관한 인식은, 대단히 역설적인 사실이지만, 그의 '전향'을 전후하여 이루어지는 것으로 보인다. 관념적으로 선취된 주체는 분열을 겪을 필요도 모순을 느낄 필요도 없다. 그러나 조직의 와해와 상황의 변화는 이 주체로 하여금 보다 근본적인 문제에 마주서게 만든다.[11]

백철의 전향은 유명한 「비애의 성사」(1935. 12)를 통해 이루어지지만, 이미 사회주의 리얼리즘을 자기 나름대로 해석하면서 수용하는 33년 8월 이후 34년 5월까지의 세 편의 논문, 즉 「인간묘사시대」, 「문예시평」, 「인간탐구의 도정」 등에서 충분히 예비되어 있다고 할 수 있다. 주지하다시피 이 논문들에서 그는 사회주의 리얼리즘을 '인간묘사'의 방법으로 정의하면서 "제2의 르네상스를 실현할 수 있는", "신시대"가 왔음을 역설하고 있다. 이러한 인식이 구체적으로 어떻게 전개될 것인지는 아직

---

10) 예컨대 농민문학 논쟁에서도 초점은 농민문학 자체에 주어지는 것이 아니라, '노농통신원' 등과 같이, 혁명적 농민문학을 농민계급에게 어떻게 전파하는가 하는 '조직'의 문제로 귀결되고 있는 것이다.

11) 바로 그 점에서 우리는 카프의 주요 작가와 이론가들이 '전향'의 국면에서 보이는 주체의 재건 문제가 이 논문의 주제와 직접적으로 닿아 있다고 생각한다. 성급하게 말하자면, 이 주체 문제야말로 카프의 성원들이 그 동안의 운동 속에서 일찍이 겪지 않았던 심각한 문제였던 것이고, 그것을 어떻게 돌파해 나가느냐에 따라 각자의 친일행위의 유형도 파악될 수 있고 더 나아가 한국에서의 근대적 주체 형성의 문제도 파악될 수 있으리라고 본다. 그러나 이 문제는 다음 기회로 미룰 수 밖에 없다.

미지수다.

「비애의 성사」에서의 요점은 물론 '정치주의의 포기'이다. 달리 말하면 그것은 지금까지 견지해 왔던 마르크스주의의 포기인데, 바로 이 지점에서 그는 이전의 마르크스주의자로서는 전혀 고민하지 않던 문제, 즉 '주체'의 문제를 고뇌하기 시작하는 것이다.

예컨대 「문제의 시대성」(1936. 5) 같은 논문에서 그는, 인간묘사론 제창 이후의 자신의 입론을 서양 휴머니즘의 발전과정으로 설명하면서 "새로운 인간탐구의 경향은 사회성과 인간 주체와의 관련 문제에 집중"되어 있다고 말한다. 중요한 것은 이때에 그가 르네상스 이후 서양의 휴머니즘을 설명하면서 그 서구적 발전의 맥락을 자신의 '타자'로 설정하고 있다는 점이다. 그는 앙드레 지드류의 행동주의나 인간탐구가 "불란서라는 선진자본국가 및 그 나라의 지식계급"이나 "그 제창자 자신의 실제적 의의"를 지닐지는 몰라도 "그들이 생각하는 행동이 주체적 실천이 아니고 일종의 내면적 정신적 행위라는 것을 알게 될 때에 실망을 느끼지 않을 수 없는 것"이어서 "그대로 조선문단에 섭취될 수는 없다."고 말한다. 요컨대, 서구를 '타자'로 설정함으로써 마르크스주의자로서의 시기에는 볼 수 없었던 새로운 주체의 형성에 대한 시도를 보이는 것이다.

더 나아가, 그가 서양의 휴머니즘과 대비되는 자신의 휴머니즘론을 "생의 가능성을 찾으려는 것", "자기의 절실한 요구와 일치된 것으로 개성화되어 나타나는 것", "미래에 대한 적극적, 현실적 추구"로 설명할 때에 (「웰컴! 휴머니즘」(1937. 1)) 그것은, 그 각각의 항목이 의미하는 바를 논외로 한다면12), 전향 이후의 백철의 중요한 관심사가 바로 이 새로운

---

12) 물론 이 각각의 항목들은 일제의 논리를 수용할 준비를 갖춘다는 것을 뜻할 뿐이다. 첫째의 항목은 "어떡하면 살 수 있을까"하는 "본능적인 원소적인 주장"이며 따라서 현실의 억압에 대한 어떠한 적극적 의지도 없이 다만 숨을 죽이고 살아 남아야만 한다는 뜻이며, 두번째 항목은 대사회적 관계를 단절한 지극히 사적인 영역으로의 후퇴를 합리화하는 것에 지나지 않으며, 세번째는 서구 제국주의와의 전쟁이라는 일제의 근대초극론과 직결되는 것이다. 그럼으로써 백

주체의 형성에 집중되어 있다는 사실을 입증하는 것이다.

그런데, 서양의 근대를 '타자'로 설정한 이 주체는 서양 르네상스기의 휴머니즘을 '고대 사회에 대한 향수'로, 금일의 휴머니즘을 '미래에 대한 적극적 추구'로 설명하면서, '서구'나 '근대'를 극복할 수 있는 대안으로서 이 적극적 휴머니즘을 드는 것이다. (「문화의 조선적 한계성」(37. 4), 「풍류인간의 문학」(37. 6), 「인간문제를 중심하야」(37. 11)). 또 한편 그는 1938년 6월 3일부터 9일까지 조선일보에 연재한 장문의 논문 「지식계급론」을 통해 휴머니즘과 지성, 지식계급의 역할에 관한 광범위한 고찰을 행한다. "현실의 강요에 직면한 이때 위선 전철을 밟지 않도록 고수해 갈 것이 지성의 독자성"이라는 발언은, 물론 "그 독자성 때문에 결코 현실이 요구하는 의미를 무시하지 않는 이자합치의 사태를 택"해야 한다는 발언에 의해 정교하게 위장된 친일의 논리임이 곧 드러나기는 하지만, 그의 전향의 행로가 무작정의 감정에 의해서 진행되는 것이 아니라 매우 치밀한 이론적 보완과 발전을 향해 나아가고 있다는 것, 그리고 그 행로의 중심에는 새로운 주체를 형성하기 위한 자기 나름의 문제의식이 자리잡고 있다는 것을 보여주는 것이다.

전향 이후의 그의 친일 문필행위는 한 연구자의 분석에 따르면 1. 사실수리론, 2. 이상론, 3. 전쟁문학론, 4. 신체제론, 5. 내선일체론, 6. 국민문학론 등으로 유형화되는데13) 22~23편에 이르는 이 글들에서 우리는 일찍이 주체의 분열이나 모순을 겪지 않았던, 다만 그것을 관념적으로 선취했던 한 좌익 이론가가 전향을 통하여 오히려 주체를 형성해 나가는 매우 아이러니컬한 모습을 목격한다.

마침내 그는 중일전쟁의 발발을 두고 "지나의 모든 봉건적 성문이 함락되는 광경을 눈앞에 볼 때 우리들의 시야가 훤하게 뚫려지는 이상한 흥분이 내 일신을 전율케 하는 순간이 있다." (「시대적 우연의 수리」 38,

---

철은 이 시기 휴머니즘론이 지니는 세계사적 차원에서의 반파쇼 인민전선론의 의미마저도 크게 왜곡시키고 있다.

13) 이경훈, 「백철의 친일문학론」, 『원우론집』, 연세대 대학원, 1994.

12). 라는 발언을 거쳐, "그릇된 지방성과 특수성"을 벗어나 "보편과 인류성"으로 이르는 '이상주의'(「이상의 필요성」 38. 12, 「사실과 신화 뒤에 오는 이상주의의 신문학」 39. 1), 중일전쟁을 통하여 "동양의 역사가 세계사적 의의에까지" 고양될 수 있다는 '근대초극론'(「시국과 문화 문제의 행방」 39. 4, 「낡음과 새로움」 42. 1) 등으로 나아간다.

이 과정에서 마르크시즘의 교의를 통해 현실을 재단하던 관념적 주체는 사라지고 오히려 현실의 조건 속에서 자신의 논리를 구축하는 대단히 적극적인 주체의 모습이 등장한다. 예컨대 「시국과 문화 문제의 행방」 같은 글에서 그는, 정치의 강요에 의해서가 아니라 문화인의 자발적인 '도덕적 의무'를 짊어지고 거기에 임할 것, "맹목적으로 정치에 따라" 가거나 "정치의 명령에 응하"거나 하기 전에 어디까지나 "문화의 입장을 통해서 전진할 것"을 말하고 있다.

논리적 연속성의 차원에서 보자면, 백철의 이러한 행로는 주체의 건설을 자기 자신의 내부적 동력에서 찾지 못하고 외부의 어떤 완성태에서 찾았던 태도의 필연적인 결과라 할 것이다. 전향을 기점으로 그가 보여주었던 새로운 주체의 형성에 대한 적극적인 의지는, 그 의지가 결국 일제의 '근대초극론'이나 '황민화론'으로 안착하는 것이라는 점에서 '전도(顚倒)된 주체'의 형국을 갖게 되었다고 하겠다. 결국 자기동일성을 갖지 못했던 관념적 주체는 전도된 형태의 거짓 자발성으로 시종함으로써, 제국주의 하에서의 근대적 주체 형성에 관한 또 하나의 부정적 선례를 남긴 것이었다.


## 4. 남는 문제들 : 근대의 역상(逆像)으로서의 친일문학

누구에 의한, 누구를 위한 근대화였는가를 묻지 않는 한국에서의 근대 및 탈근대에 관한 논의란 필연코 앙상한 이론의 형해를 벗어날 수 없을 것이다. 30년대 중반 이후 한국의 문학 지식인들은 '근대적 주체를 사회계급 내부에서' 형성해 내지 못했던 자기 자신의 역사에 대해 비로소 심각한 자의식을 갖게 되었던 것으로 보인다. 이러한 사고의 진전은 예컨대, 임화의 경우 근대문학에 대한 사적 고찰을 거쳐 시민사회의 취약한 토대에 대한 반성을 낳게 했으며, 김남천의 경우 지식계급의 이중성과 분열에 대한 치열한 자기 반성의 태도를 낳게 했던 것이다. 주체의 자기동일성이란 전적으로 근대사회의 산물일 터이다. 외부로부터 주어졌든 자신의 내부에서 발아했든 간에, 근대사회란 바로 이러한 주체가 자신을 실현해 가는 과정이라고 본다면, 한국에서의 근대적 주체 역시 자신의 실현을 가로막는 외부적 조건들과의 끊임없는 긴장과 갈등 속에서 형성되고 있었던 것이다.

'친일문학'은 한국에서의 근대적 주체가 형성되는 과정에서 나타나는 한 고유한 측면이다. 식민지 이래 지금까지 한국에서의 근대적 주체는, 자기 자신과 사회를 '근대화'하는 한편으로 동시에 그 '근대화'를 부정과 극복의 대상으로 삼아야 하는 모순에 처해 있었고, 그 모순을 살아냄으로써만 근대적 주체로서의 자기동일성을 유지할 수 있었다. 친일문학은 그 실패의 기록이며, 근대적 주체 형성에 있어서의 한 역상(逆像)이다. 우리가 친일문학을 형사 법정에서의 범죄 사실 규명이나 신파적 동정론의 태도로 다루어서는 안될 까닭은 거기에 있다.

(『민족문학사연구』, 1995).

## II

"사유가 교량술이라면, 이 교량술은 언제나 심연의 사유이다. 단절과 분리와 경계가 있는 곳, 혹은 끝이 되는 곳, 그곳에서 사유는 자신의 초월론적 본성으로 되돌아간다. 초원론적 성찰은 어떤 심연 위에 매달려 있다. 그러나 언제나 공사중이다. 아슬아슬 추락하지 않고 다리를 건설하고 있다."

— 김상환 (2000)

# 길 위의 소설, 소설 위의 길



　'길바닥에 나앉는다'라는 표현은 흔히 어떤 물질적 영락을 뜻하는 말로 쓰이거니와, 한편 생각하면 이 말은 근대적 삶의 어느 한 국면을 매우 사실적으로 드러내는 말로도 읽힌다. 근대화란 무엇보다도 우선 새로운 도로를 개설하고 확장하는 것으로부터 시작되는 것이었음을 지난 한 세기의 역사는 그대로 입증하고 있다. 자고 나면 없던 길이 뚫리고, 어제까지 논밭이었던 곳이 어느새 6차선 8차선 대로로 변하는 따위야 도무지 사건이랄 것도 없는 상태가 이미 수십년이 넘도록 계속되어 오는 동안, 이를테면 '길바닥에 나앉는다'는 것은 꼭이 비유로서뿐만 아니라 실제적 상황의 표현으로도 썩 실감나는 표현이 될 수 밖에 없었을 것이다. 식민지와 전쟁과 개발의 시대를 거치는 동안 그 누가 자신이 앉고 선 이 공간이 내일도 그대로 있을 것이라고 자신할 수 있었겠는가?

　그런데, 우리의 인식과 지각이 원천적으로 자신이 처한 공간에 의해 제약되고 규정된다는 점을 감안하면, 우리가 경험한／경험하는 이 어지러운 공간의 변화는 우리의 정신구조나 심리에 얼마나 복잡한 골을 새겨 놓았을까. 그 복잡함을 따져 보자는 것이 이 글의 주제는 아니다. 내가 관심을 갖는 것은 이 공간의 변화, 보다 구체적으로는 '길'의 변화와 소설이다. 소설에 그려진 길, 길 위에 선 소설가, 길바닥에 나 앉은 주인공―그것과 그것의 변화가 나의 관심사항이다.

근대소설이 여로(旅路)의 형식, 모험의 형식을 지닌다는 것은 상식에 속한다. 그것은 길 위에 선 자, 모험을 떠나는 자, 무언가를 찾아 헤매는 자의 이야기이다. 어떤 고난이 있더라도 마침내는 보상이 약속되어 있는, 밤하늘의 별만 보고도 길을 찾을 수 있는 행복한 주인공이 아니라, 죽어라 하고 고생만 하고 결국에는 자기 자신으로 돌아갈 길 밖에는 없는, 길이 보이는가 싶자 그만 더 이상 갈 데도 없는 딱한 처지에 빠진 인물, 그런 인물의 이야기가 근대소설의 내적 형식임은 잘 알려진 일이다. 그러나 여기서의 '길'은 아직 하나의 메타포 또는 상징일 뿐이다. 내가 관심을 갖는 것은 메타포로서의 길이 아니라 우선은 구체적 현존재로서의 길, 그것이다. 몇가지만 예를 들어보자.

가령, 염상섭의 『만세전』을 문학사적 사건으로 만드는 것은, 내 생각에는, '1920년대 일본 유학생의 귀향 코스의 묘사'에 있다. 시모노세키에서 관부 연락선을 타고, 부산에 내려 경부선 열차를 타고 서울로 들어오는 그 여정(旅程)이 결국 이 소설의 전부인 것인데, 이 소설의 생생한 구체성과 박진감이 어디에서 나오는가는 자명하다. 그것은 관념 덩어리 주인공 이인화에게서 나오는 섯이 아니라, 시모노세키로부터 서울로 이어지는 '길'을 몸소 움직이면서 냉정하게 관찰하는 작가 염상섭, 또는 소설 속에서의 그 여정의 묘사에서 나오는 것이다. 그리고 여기에, 서울―부산간의 길을 『만세전』의 주인공과는 엄청나게 다른 것으로 하고 있는 독자인 우리 자신의 경험이 덧붙여지면 이 공간은 매우 풍성하고 다채로운 활기를 갖게 되는 것이다.

이런 경험적 공간이야말로 인간 기억의 원천이면서 그 재생의 가장 확실한 경로인 것이다. 그러므로 공간과 연결되지 않은 기억은 없다. 다시 말하면, 나는 내가 기억하는 공간만을 소유하는 것이다. 이러한 사례는 숱하게 많지만, 가령 박태원의 「소설가 구보씨의 일일」 역시 그러하다. 이 소설에서 나의 흥미를 끄는 것은 박태원이 여기서 재생해 놓은

'1930년대 서울 시내의 지리'이다. 소설가 구보씨가 하루 종일 어슬렁거리며 산책을 다니는 그 길들, 가령 청계천변을 지나 광교를 거쳐 종로 네거리로 종로 경찰서쪽으로 이어지는 산책로라든가, 화신 백화점 앞에서 약초정 (지금의 중부경찰서 부근)을 지나 조선은행 (지금의 한국은행)앞으로 이어지는 전차길 같은 것 등이야말로 이 소설의 진정한 주인공일 것이다.

박태순의 「바깥길」(『당대비평』 97, 가을)이라는 소설을 이런 맥락에서 말할 수 있을 것 같다. '찡그린 얼굴로 세상을 말하지 말라'고 자기 자신을 타이르는 남자가 있다. 관념적이지도 이념적이지도 않은 인물이다. 검찰청 직원으로 근무하다 본의 아니게 퇴직하여 되는 일도 없이 지내는 중년의 남자이다. '문제적 인물'로서의 조건은 애초부터 없을 뿐더러, 사건을 전지적 시점에서 장악하고 해석하고 전달하는 인물로서의 기능도 없다. "제멋대로 동거생활에 들어가 말썽을 일으키는 딸네집"이 있는 부천에 갔다가, 어느 상점 유리문에 비추어진 잔뜩 찡그린 표정의 자기 얼굴을 화들짝 놀란 눈으로 낯설게 바라보다가, 불현듯 문경에 사는 옛 친구를 만나려고 시외버스를 집어탄 남자일 뿐이다. 요컨대, 자기 자신에게나 가족에게나 세상에게나 이렇다할 기대도 흥미도 잃은 적당히 체념적이고 적당히 방관적인 인물이다. 이러한 인물답게, 그가 소설 속에서 표나게 하는 행동은 없다. 그는 다만 바라보고 전달할 뿐이다. 무엇을 보고 무엇을 전달하는가?

소설의 첫 장면에서 그가 전달하는 것은 부천 시외버스 터미널의 '썰렁함'과, 인천에서 겨우 두 명만을 태우고 이십 분이나 늦게 부천에 도착한 안동행 시외버스, 그 연착의 원인이 된 수도권의 교통 정체 같은 일상적인 정보이다. 그러나 소설 속에서 이것은 예사로운 정보가 아니라 특별한 의미를 지닌 기호로 작용한다.

1997년 한국의 경기도 부천에서 저녁 여섯시 무렵에 경북 문경으로 가려는 사람이 택할 수 있는 숱한 운송 수단과 노선들 중에 이 인물이 시외버스를 택하는 것의 소설내적 의미는 무엇일까? 이 시외버스란, "승용차들이 늘어나면서 버스 운수업 경기라는 것도 한물이 간 것에 틀림없"다는 것을, "명색은 안동행 직행버스라지만, 생극, 주덕, 수안보, 점촌, 예천 손님들을 불러모으는 것을 보면 도무지 이 노선 운행이 속빈강정이라는 것"을 알려 주는 기호이다. 요컨대 주인공과 마찬가지로 시외버스 역시 '찡그린 얼굴로 세상을 말할' 수 밖에 없는 존재인 것이다. 아닌게 아니라, 시외버스의 행로는 사뭇 고달파서, "재개발이니 재건축이니 하는 과정을 거쳐 조성된 신시가지들을 애돌며 산업도로에서 자가용 승용차들과 게으른 싸움을 벌여" 나가며 "조금이라도 덜 붐비는 도로를 찾아 시골 할아버지 헤매듯 하고 있었다."

물론 '한물 간 것'들에 대한 애잔한 감상이나 쓸쓸한 넋두리가 이 소설의 목표일리 없다. 서둘러 말하자면 이 소설의 주인공은 '길' 그 자체다. 지금―이곳에서 우리가 밟고 지나 다니는 그 길들 말이다. 서해안 고속도로라든가, 안산―신갈 고속국도라든가, 영동 고속도로라든가 하는 그 길들이다. 그 길들이 드러내 주는 것, 그 길 위에서 우리가 보는 것, 그것이 전부고 그것이 이 소설의 목표다.

그러니 "등나무처럼 엉키고 칡덩쿨처럼 틀고 꼬"인 그 길들에 대한 화자의 설명이 예민하고 자세한 것도 무리가 아니다. 그냥 '서울 외곽 고속국도'가 아니라 "경기도 북부 의정부에서 고양을 거쳐 김포 비행장의 뒤통수를 돌아 계양산을 넘어 들어오는 외곽 고속국도"이며, "군포, 의왕을 아래쪽으로 내려다보며 학의 분기점을 지나 청계산 터널을 통과해" "판교 분기점에서 경부 고속도로로 들어서" "분당 신시가지 진입로에서 밑도 끝도 없이 다리쉼을" 하게 하는 그런 길이다.

이렇게 '등나무처럼 엉키고 칡덩쿨처럼 틀고 꼬인' 이 길들이 만나는 지점에서 우리가 보게 되는 것은 무엇인가? "무슨 거대한 외계인 침략군 기지촌이 갑자기 세워진 것처럼 여겨"지는 신시가지의 고층 아파트들, "그 바람에 대탈출극이 벌어져 경부고속도로가 자동차 홍수를 불러일으키는 것 같기만" 한 숨막히는 혼잡이 우리가 이 길 위에서 보는 현실이다. 지난 몇십년의 산업화와 개발이 온 국토를 발칵 뒤집어 거미줄 엮듯이 이리 뚫고 저리 넓혀 길을 낸 결과가 어떠한 것인지는, 지금 한국에 살고 있는 사람이라면 그냥 아무 때나 길에 나가 보면 안다. 이 소설은 바로 그 길들을 소설의 한 복판으로 끌어내 보여 주는 것이다.

물론 길 위에는 사람들이 있다. 사람이 가지 않으면 길이 아니다. '시골 할아버지처럼 길을 헤매는' 이 시외버스 안에도 열명이 채 안되는 사람들이 있다. 온천 여행을 가는 할머니 일행, 기도원으로 가는 어머니와 중학생 아들과 딸, 그리고 남의 눈을 전혀 의식하지 않고 "저희들 은근짜 여행을 광고하려 하는 듯한" 50대 중반의 남자와 30대 초반쯤의 여자가 그들이다. 화자는 이 남녀에게 초점을 맞춘다.

화자가 전해주는 정보에 따르면, 이 남녀는 호주 관광 여행 중에 처음 만났다. 즉, 그들은 길 위에서 만났고, 이제 또다른 길을 떠나, 무언가를 하려고 하는데, 그 무언가는 '외도(外道)' 즉 '바깥길'이다. 그러나 물론 소설의 관심은 불륜의 음습한 현장을 엿보려는 데에 있지 않다. 그리고 정확히 말하면, 아직 이 남녀의 야합(길 위에서의 교합!)은 일어나지 않았다. 캔맥주를 마시며 허풍을 떠는 이 남자는 누구인가? "서울 근교 농촌지대였던 곳들을 대단위 아파트 단지로 개조해 놓는 이 시대 삶의 행진곡이 얼마나 역동적이냐고" 주장하며, "전국토의 수도권화, 서울화를 찬미"하는, "랭킹 50위 안에 드는 종합 건설회사의 기획 책임자"가 바로 자기임을 자랑스럽게 떠벌이는 이 남자야말로 "한국 자본주의의 산 증인", 이 길의 개발자이다.

이 남녀의 대화를 통하여, 부천으로부터 안동에 이르는 한 시외버스 안의 공간은 지난 반세기의 개발과 맹목적 질주에 대한 비판과 반비판이 이루어지는 의미심장한 담론의 장으로 화한다. 세상에 대한 관심보다는 '오로지 나에 대한 관심만을 키워가게' 되었다는 30대의 여자는 뜻밖에도 이 자랑스런 개발자의 논리에 선선히 동조하지 않는다. 여자에게 있어 개발의 논리란 언제나 '위로부터 강요된 것'이며 '불변의 진리는, 아래쪽 사람들은 항상 괴롭다는 것, 그래서 변화를 원하는 건 도리어 항상 아래쪽이었다'는 것이다. 이 '아래쪽으로부터 요구되는 변화'가 어떤 것인지에 대한 언급은 없지만, 적어도 여자가 보기에 그 변화란, "초가 지붕을 뜯어 고치고 마당에 잔디를 깔아 가든"을 만드는 그런 변화는 아닌 것이다. 그것은 "농민은 물질적으로 망쳐놓고 도시민은 정신적으로 허물어뜨리는" 것이라고 말할 만큼, 여자는 개발의 논리를 단호히 부정하는 인물이다.

그렇다면 이 남녀가 어떻게 한 길 위에서 '외도'를 꿈꾸게 되었을까? 그것은 이루어질까? 아직은 수수께끼다. 그러나 개발자의 논리에 대한 여자의 부정과 비판도 아직은 정체가 모호하다. 여자는 자기 자신을 '아래쪽에 위치한 것'으로 말하고 있지만, 그 아래쪽으로부터 요구되는 변화의 내용에 대해서는 말하지 않는다. 다만 여자는 '자기 자신에게만 관심이 있으며' '토익 점수를 7백 80점까지 올려 놓았다'는 것만을 강조한다. 이 여자가 꿈꾸는 외도, 이 길이 아닌 '다른 길'은 무엇일까? 아직은 밝혀지지 않는다.

3번 국도와 608번 지방도로가 만나는 교차로에서 버스는 지방도로를 따라 내려오던 지프차와 충돌한다. 우리는 이제 이 여정의 기록이 단순한 사실의 보고에 그치는 것이 아님을 잘 안다. 전국의 거의 모든 국도와 지방도로는 끊임없이 포장되고 확장되고 개통되며, 1천만대를 돌파한 자동차가 그 위를 질주한다. 개발과 산업화의 이데올로기를 이것처럼 명명백백하게 드러내 보여주는 현상도 없다. 이 길 위에서 후퇴란 있을 수 없다. (주행 중에 도로 위에서 후진하는 자동차를 상상할 수 있는가). 오로지 전진, 그것도 무서운 속도로의 전진만이 있을 뿐이다. 그러므로 "신호등이 바뀌기 전에 교차로를 통과할 욕심으로 오히려 속력을 돋우었던" 지프차와 "마침 신호등마저 푸른색으로 바뀌어 그대로 전진한" 버스가 충돌을 일으키는 것은 이 맹목적 질주의 세계에서는 너무나 당연하고 일상적인 일이다.

지프차에 탄 남녀가 중상을 입어 실려간 상태이긴 하나, 사건을 대하는 화자의 태도나 등장인물들의 모습에서 어떠한 긴박감이나 흥분도 찾아볼 수 없는 것 역시 이 사고의 일상성을 강조하고 있다. 마을 사람들의 소란과 흥분은 사고 지점이 지난번에 "이장님이 사고쳤던 곳"이라는 점, 그럼으로써 마을에 무슨 동티가 낀 것이 아닌가 하는 불안감에서 연유하는 것이지, 사고 자체의 비일상성으로부터 연유하는 것은 아니다.

요컨대 사고는 늘 있는 일이며 언제나 예상되는 일인 것이다. 더구나 일상적으로 존재하는 이 위험은 마을 주민들이 어느 정도 자초하기까지 한 것이다. 즉, "608번 지방도로와 3번 국도가 만나는 교차로는 원래 이곳이 아니라 3백 미터쯤 위쪽이었는데 주민들이 진정서를 넣는 등 우겨서 이쪽으로 끌어온 것"이다. '3번 국도와 608번 지방도로가 만나는 교차로'에 집약된 이 재앙의 일상적 가능성이야말로, 이 소설의 진정한 주인공인 '길'이 말하려고 하는 내용인 것이다.

아무튼 교통사고로 인해 여행은 당연히 중단된다. 흥미로운 것은 여행이 중단될 뿐만 아니라, 모든 것들이 처음부터 다시 반성되기 시작한다는 점이다. 앞서 말했듯, 이 사고의 결과 사람들은 어떤 긴박감이나 흥분에 휩싸이기 보다는 오히려 "마실 나온 기분"을 느낄 정도의 상태가 되는 것이다. 도로 위에서 차 속에 몸을 싣고 있는 한 그것은, 특별한 경우가 아니라면, 목적지까지 최단시간 내에 일직선으로 달려 가는 것을 최대의 미덕으로 삼는 행위이다. 머뭇거림, 주춤거림, 한눈팔기, 딴생각하기 등은 용납되지 않는다. 그것은 구체적인 도로, 즉 고속도로, 국도, 지방도로 등의 모든 도로 위에서의 미덕일 뿐만 아니라, 개발의 길, 개발 지상주의의 율법이기도 하다.

그러나 이 길 위에서 일어난 '사고'는 단순히 질주를 멈추게 할 뿐 아니라, 모든 사태를 뒤바꾸고 새로운 공간을 열어 놓는다. 교통사고가 벌어지고 사고의 수습을 위해 마을 주민들과 교통 순경과 버스 기사와 승객들이 한 공간 안에 모이는 장면을 주목해 보자. 이 장면에서 재앙의 근원지로서의 교차로는, 다양한 입장들과 담론들이 맞부딪치는 활발한 광장으로 놀라운 역설적 전환을 이룩한다.

오늘 밤 안으로 반드시 기도원에 도착해야 하니 대책을 세우라고 아우성을 치는 '가족팀'과, '우리 동네는 항상 바깥 것들 때문에 생난리'라는 생각을 갖고 있는 마을 주민들, 그 때문에 은근히 버스 기사에게 불리한 증언을 하는 마을 노인, "너무도 어처구니가 없어 고래고래 고함을 지르지 아니치 못하"다가, 마침내 "한달 23개 만근을 하나도 거르지 않고 먹어봤자 생계비도 안 떨어지는" 자신의 생활에 대한 푸념에 이르는 버스 운전기사, 사람들의 다툼을 소리를 질러 "꼼짝 못하게 만든" 다음, 교통사고의 전문가답게 전국 자동차의 대수와 교통사고 발생건수 사망자 및 부상자 수효 따위를 들먹이면서 "이 세상을 가장 근심하는 철학자는 바로 교통사고 전담 경찰이 아닌가 시럽"다는 촌철살인의 풍자를 내뱉는 경찰관, 그리고 난감한 처지에 빠진 채 "마실 나온 기분을 낼 수밖에 없"는 승객들이 어우러져 있는 공간은, 바로 조금 전에 사고가 났던 그 교차로인 것이다. 놀랍게도 교차로의 본질적 의미, 즉 사람들이 모여들고 무엇인가가 교환되는 장소로서의 교차로의 본질적 의미가 여기서 살아나고 있는 것이다. 분위기는 교통사고라는 불길하고도 유쾌하지 못한 배경에도 불구하고 기묘한 활력과 쾌활함으로 넘쳐 있고, 사태를 전달하는 화자의 태도 역시 느긋한 여유와 재치에 감싸여 있다.

이렇듯, 실주가 범추어진 실은 이제 사람들이 모여들고 저마다 소리를 높여 떠드는 활기찬 공간으로 바뀐다. 바뀌는 것은 길만이 아니다. 병원으로 옮겨진 승객들에게서 일어나는 것은 '목적지에 대한 회의나 부정'이다. 온천장을 간다던 할머니들은 실은 '자식들한테 얹혀 지내는 도회 생활을 견디다 못해 함께 가출한 신세'임을 고백한다. 기도원으로 가는 '가족팀'의 중학생 아들은 어머니가 자기를 "유괴하려 한다"고 큰소리로 외쳐댄다. 하나는 그럴싸하게 목적지가 위장된 경우이고, 하나는 자신의 의사와는 상관없이 강제된 행로이다. 이제 질주가 멈추어진 길 위에서 비로소 맹목의 장막이 걷히고, 그 질주의 의미와 주체 자신의 자발성이 반성되기 시작하는 것이다.

보다 심각한 의미를 지니는 반성자는 예의 그 남녀, 즉 '외도'를 꿈꾸는 50대의 남자와 30대의 여자이다. 앞서 우리는, 버스 안에서의 남녀의 대화를 통해, "한국 자본주의의 산 증인" 즉, 개발자로서의 남자와 그에 대한 일정한 비판자로서의 여자를 살펴보았다. 그런데 교통사고 이후 남자는 자신의 말이 "말짱 헛소리들 뿐이었음"을 고백하면서, 자신 역시 퇴직을 강요받고 있는 비참한 처지에 있는 사람임을 고백한다.

이 말은 그가 개발자가 아니었다는 뜻이 아니다. 그는 성실한 일꾼이었다. 그러나 이제 그는 자기 자신을 "천민 자본의 앞잡이"라고 부른다. '전국토의 수도권화, 서울화'를 찬미하고, '농촌 지대에 대단위 아파트를 건설하는 시대의 역동성'을 찬양하던 자신의 말, 그 이데올로기는 이제 '말짱 헛소리'로 부정되는 것이다. 그 이데올로기가 실현되는 길, 맹목적 질주의 길, 무한 경쟁의 길에서 그는 이제 탈락한 것이다. 강요된 퇴직과 교통사고는 그가 올라탔던 길에 대한 전면적인 반성을 수행하게 하는 것이다.

여자는 어떠한가? 앞에서 우리는 버스 안에서의 대화를 통해 여자의 입장이 남자와는 사뭇 다른 것임을 어느 정도 짐작하고 있었다. 남자가 이 질주의 길 위에서 맹목적으로 달려 온 사람이라면, '아랫쪽 사람들은 항상 괴롭다'는 인식을 표명하는 여자는 오히려 그 길 안으로, 또는 위로 들어서려는 욕망으로 살아 온 사람이다. "모든 공터에는 이미 엉터리 건물들이 빼꼭이 들어찼지만 내가 비집고 들어갈 틈새는 없었다"고 여자는 말한다. "안으로 들어갈 데가 없고 바깥으로 뛰쳐나갈 데가 없다면 무얼 어떻게 해야지요? 그래도 안으로 파고 들어가는 거 이외에는 다른 길이 없어요. 나는 두 가지를 가지려 한 거에요. 얼굴이 예쁘지 않으니 개성이라는 걸 살려야 한다는 것 하나에다가, 영어는 떨어지지 않고 지껄여야 한다는 다른 하나에요."

남자가 개발자라면, 여자는 그 개발의 필연적 산물인 소외자이다. 그 길에 들어서려는 소외자의 욕망은 당연하고도 필연적이다. 숱한 소외자의 욕망이 없이 개발의 논리가 어떻게 실현되겠는가? 아니 이미 개발이란 '욕망의 개발'이기도 하다. 그러니, 김수영의 말을 살짝 패러디해 이렇게 말할 수도 있을 것이다. '욕망은 스스로를 반성하지 않는다'.

그러면 언제 반성하는가. 욕망의 질주가 멈출 때, 그 질주에 탈이 나고 사고가 나서 어쩔 수 없이 멈추어졌을 때, 그때야 반성이 일어난다. 얼굴에 붕대를 친친 감고 응급실에 누워있는 남자 앞에서, '외도'를 향한 질주가 멈추어진 그 자리에서, 여자는 이렇게 말한다. "아까 선생님은 조국을 건설하는 데 앞장 서 왔다고 자랑을 하셨지만 이런 분들이 얼마나 이상한 세상을 만들어 놓았는가 저는 속으로 진저리를 내기만 했다는 거, 아세요?"

개발의 비인간성과 황폐함을 고발하고 폭로하는 소설은 많았다. 박태순의 이 소설도 그러한 계열에 들만한 것이다. 그러나 이 소설을 특별히 기억할 만한 것으로 만드는 것은, 지금까지 언급한 바와 같이, 이 소설이 지닌 독특한 구조 때문이다. 소설의 표면은 부천에서부터 안동으로 이르는 한 시외버스의 특정한 노선을 따라 진행된다. 그 길은 현실의 구체적인 길이기도 하지만, 동시에 심층에서 그것은, 현대 한국인의 삶을 옥죄고 규정해 온 개발의 길, 이른바 개발도상 국가에서의 불안하고 덧없는 삶의 체험을 담고 있는 길이다.

지난 계절에 발표된 소설들에서 하나만 꼽으라면 나는 난연코 박태순의 이 소설을 꼽겠다. 신인작가 한 사람이 비슷한 주제의 작품을 발표하여 흥미롭다. 『작가세계』가을호에 새로 등단한 구자명의 「뿔」이라는 작품이다. 박태순 소설의 주인공이 길 바깥에 나와 길 위를 질주하는 욕망들을 바라보며 그것을 반성하고 있다면, 구자명의 이 소설에서 주인공은 아예 길 위로 나서지를 않는다. 그는 '세상의 길'을 아예 거부하는 인물, 그 자신의 말에 따르면 '건달'의 삶을 선택한 사람이다. 외부 환경과의 교섭을 끊고 자기 자신이 구축한 세계 속에 칩거하는 이런 류의 주인공은 물론 흔하디 흔한 유형이다.

그러나 이 소설의 특별한 개성은, 결코 쉽게 얻어진 것일 리가 없는 풍자와 유머의 감각으로부터 온다. 그것은 이 소설의 주인공으로 하여금, 불필요한 무게와 포즈를 제거하고 유쾌한 활력으로 세상과 자기 자신을 돌아보게 하고 있다. 이상(李箱)의 소설 「날개」의 주인공이 이런 유형의 인물로서는 아마도 가장 최초의 형태이겠지만, 구자명의 이 소설에서 주인공은 「날개」의 주인공과는 달리, 자기 자신에 대한 연민이나 회오가 전혀 없이 스스로 선택한 이 삶의 방식을 적극적으로 옹호하고 선양하는 인물이다. 그럼으로써 이 인물은 세속적 삶이 제시하는 무한대의 욕망을 되 비추고, 그 질주하는 욕망에 편승한 삶의 덧없음을 반성케 한다. 출세와 성장의 이데올로기, 생산 제일주의의 이데올로기에 대한 적극적이면서도 개별적인 항전자(抗戰者)로서 이 주인공의 형상은 생동감을 지니고 있다.

그러나 아쉬운 것은, 이 소설의 후반부이다. "희고 늠름한 뿔을 인 사슴 한 마리가 울창한 잡목림을 헤치고 숲 저편에서 어린 과목(果木)을 심고 있는 어떤 여인을 향해 기운차게 달려가는 모습"에서 "명치께를 짓누르고 있던 정체모를 기운"의 폭발을 느끼는 이 소설의 결말은, 소설의 전반부에서 발휘된 예사롭지 않은 비판의식과 풍자의 감각이 안이하고 진부한 상상력으로 귀결되고 만 안타까운 사례이다. 이런 안이한 대안이나 결론으로의 유혹을 작가 스스로가 통제할 수 있다면, 우리는 이 신인의 앞날을 크게 기대해도 좋을 것이다

(『한국문학』, 1997).

# 외설(猥藝)의 공포(恐怖)

### ―『선택』과『인간의 길』을 읽고

## 1.

이인화의 장편『인간의 길』1, 2권과 이문열의 장편『선택』을 읽고, 나는 한편으로는 놀라고 한편으로는 두려웠다. 놀랐던 사정을 먼저 말하자. 습작기의 문학 청년도 아니고, 이미 그 이름 자체가 일종의 문화적 권력으로 화하다시피 한 두 사람의 전문 작가가 내놓은 이 '작품'들의 '부실공사'에 우선 깜짝 놀랐다. 이런 '불량상품'을 만들어 내고도 시끌시끌한 '논쟁'을 벌이게 하다니 과연 권력은 권력이다 싶었다. 결국 1990년대의 한국문화에서 이문열이나 이인화 같은 삭가들이 지닌 이 문화적 권력의 현실성을 부정하는 것은, 그들을 위대한 작가로 칭송하는 것만큼이나, 순진한 짓이라는 생각이 들었다. 어쩔 것인가, 우리가 그 안에서 숨쉬며 살고 있는 환경이나 권력이란 어차피 불공정과 불평등, 소외와 배제의 다른 이름인 것을. 또한 그것은 어느 정도까지는 우리가 만들어 낸 것이고, 따라서 영원히 이 세상으로부터 떠나버리기 전까지는 별 수 없이 감수하거나, 할 수 있는 데까지는 맞서야 할 책임마저 지고 있는 것이기도 하다.

편집자의 요구는, 이 작품들과 100만 부 이상이 팔렸다는 김정현의 『아버지』를 함께 묶어 '우리 사회의 신보수주의적 경향'을 비판해 달라는 것이었는데, 솔직히 말해서『아버지』라는 작품(?)을 읽는 동안에는 내내 웃음이 나왔다. 이건 도리가 없는 것이다. 어디 이 소설뿐이겠는가. 날이면 날마다 지치지도 않고 계속되는 텔레비전 연속극은 어떠하며, 왕년의 인기 여배우가 이제는 입담 좋은 아줌마로 변신해서 "참아, 그저 참는 게 최고야" 하고 쏟아내는 '여자의 일생'은 또 어떠한가. 기구한 인생들은 또 얼마나 많은가. 나의 노모는 아침마다 그 여배우가 등장하는 토크쇼 화면에 거의 머리를 들이밀다시피 하고서는 한바탕 눈물을 쏟고 나서야 하루 일과를 시작하신다.

이 모든 현상들에서 자본주의의 간교한 대중 조작과 가부장제의 음험한 모략을 읽어내는 것은 물론 타당하다. 그러나 또 한편 이러한 독법 자체에 이미 무언가 문화적 엘리트주의의 냄새, 엄숙주의의 가면이 은밀히 숨어 있는 것 역시 부정할 수 없다. 양반─귀족의 눈으로는 천박하기 이를 데 없었던 부르조아적 일상의 잡식성 문화가 새로운 문화를 본때있게 건설해 내었던 역사적 선례를 참고한다면, 이 부박한 말기 자본제 문화의 주변부에서 아직 자기 자신의 내용과 형식을 발견하지는 못한 채 부글부글 끓고만 있는 온갖 문화적 욕구와 에너지가 새로운 차원으로 전화하지 말라는 법도 없고, 그런 한에서는 아직 희망을 버릴 수는 없다.

물론 『아버지』라는 소설이 그렇다는 말은 결코 아니다. 이 소설이 지닌 애교스러울 정도의 단순성, 문학 이전의 감상성은 사실 정색을 하고 따지고 들면 따지는 당사자가 단박에 우스워지는 상황을 피치 못하게 되어 있다. 그렇기 때문에, 이런 소설이 대중의 값싼 감상성을 자극하면서 '부권(父權)의 회복'을 통하여 자본제의 강화에 기여한다거나 우리 사회의 새로운 보수적 경향을 반영하고 있다는 식의 논법은, 전혀 터무니없는 분석이라고는 할 수 없겠지만, 반대로 이런 소설의 유행에서 대중문화의 저력이나 새로운 가능성을 읽어내려는 따위의 과장되고 호들갑스런 반응과 그 본질에서는 별 다를 것도 없는 것이라 하겠다.

『아버지』같은 소설의 그나마의 미덕은, 역설적이지만, 그것이 위의 논리들의 그 어떤 것도 제대로 실현시킬만한 함량을 지니지 못했다는 데에 있다. 그것의 대중적 감화력은, 그 판매 부수와는 상관없이, 일회성(一回性) 유행가 정도의 것이다. 가부장제와 은밀하게 결탁한 자본의 문화상품 따위야 도처에 지천으로 널려 있고, 그 시장의 엄청난 풍성함과 회전 속도 속에서 『아버지』 같은 유치한 '상품'이 경쟁을 뚫고 지속적으로 대중의 눈길을 끌 가능성, 그럼으로써 어떤 특정한 이데올로기의 생산과 강화에 기여할 가능성은 거의 없다고 보아도 좋다.

그러나 『선택』이나 『인간의 길』 같은 소설은 문제가 다르다. '상품'으로서의 이윤을 보장하는 '메이커'의 확실성이 우선 눈길을 끌 뿐 아니라, 그 '작품성'이란 것도 사실 만만치 않아 보인다. 종횡무진의 현학과 유려한 문장들, 교묘한 사건들과 그 사건들이 벌어지는 무대의 광활함 따위들에 혹하다 보면, 어느새 이 소설들이 설치해 놓은 '뜨거운', 그러나 실은 거짓인 논쟁의 장, 예컨대 '페미니즘 대 반페미니즘', '전통 대 현대', '보수 대 진보', '친 박정희 대 반 박정희' 따위의 장으로 미끌어져 들어가는 것이다.

독자로서야 싸구려 대중소설을 읽는 게 아니라 무언가 묵직한 주제를 끌어안고 있다는 즐거운 착각을 가질 법도 하지만, 그러는 사이에 대세는 이미 기울어, 독자는 이미 작가가 마음대로 조종하는 대상으로 전락해 버리는 것이다. 왜냐하면, 앞으로 밝히겠지만, 이 소설들에서 유일한 등장 인물은 오로지 '작가 자신'이고, 이 소설들에서 유일한 담론은 오로지 '작가의 말' 뿐이기 때문이다. 이런 상황에서는, 이 소설들이 제기하는 '거짓 문제들'에서 작가의 반대편에 서서 그를 이길 독자는 없다. 오로지 작가만이 등장하는 모든 소설에서 언제나 그렇듯이. 그리고 그런 소설들은 대개 소설을 위장한 것일 뿐 진정한 소설이 아니다. 이 글의 목표도, 이것들이 어떻게 소설이 아닌가를 밝히는 것이다.

또 한편, 이 소설들이 현재 우리 대중문화의 수준에서 매우 큰 영향력을 지닌 '주류'에 속하며, 이윤 창출 효과 및 특정 이데올로기의 재생산 효과가 상당한 '상품'임을 잊지 않는 것도 중요하다. 우선 그래야 이것저것 따질 필요성도 생기려니와, 다른 한편, 그러한 상품의 생산과 유통 속에 담겨 있는 대중문학의 속성과 한계, 나아가 그 가능성까지도 타진해 볼 계기가 생길 터이니까 말이다. 나는 문학작품도 상품이라는 따위의 논리를 지지하지는 않는다. 그렇다고 문학작품을 '상품론'의 차원에서 분석하고 비판하는 작업을 못 할 까닭은 없는 것이, 가령 마르크스가 상품을 분석하는 것도 자본주의 체제를 지지하기 때문은 아닌 것과 마찬가지다.

그러나 군이 마르크스를 들먹일 것도 없이, 이 소설들을 하나의 '상품'으로 바라볼 때 우선 '소비자'로서도 '반품(返品)'을 요구할 수밖에 없을 정도로 그 내용이 부실함을 입증할 수 있다면, 그것은 이 작품이 제기하는 거짓 논쟁에 끼어들지 않으면서 이 작품들에 대한 어떤 비판의 입지점을 마련하는 것이 된다. 나아가 이런 '불량상품'을 독자대중이 즐겨 '소비'하는 것이 현실의 한 측면이라면 그것 역시 진지한 분석의 대상이 될 것이다. 이 글의 의도는 대체로 이런 것이다. 이제 본론으로 들어가자.


2.


『선택』과 『인간의 길』을 불량상품이라고 할 수 밖에 없는 가장 중요한 이유는, 이 작가들이 '소설'을 쓰는 게 아니라 무슨 '연설문'이나 '궐기문'이나 '선언문'을 쓰고 있다는 점이다. 『선택』은 17세기의 실존인물인 '장씨부인'을 화자 겸 주인공으로 내세워 자신의 일생을 회고하게 한 글이다. 작품 내의 직접적인 목소리를 삼백년전의 인물로 택한 것은, 최원식 교수의 말대로 "기발한 의장(意匠)"이긴 하였다.

그러나 이 기발함은 다만 착상일 뿐 실제 작품에서 처음부터 끝까지 나타나는 것은 오로지 작가 이문열의 생짜 목소리이다. 17세기를 살았던 장씨부인의 유려한 고어체 문장과 20세기말을 살고 있는 작가 이문열의 열에 들뜬 목소리는 아무런 장치도 없이 마구 뒤섞이고 엉킨다. 아무 데나 들쳐도 그런 사례는 쉽게 발견된다.

나는 열아홉 나던 광해 8년 영해부(寧海府) 나라골(仁良里) 재령 이씨 가문으로 출가했다. 군자의 이름은 시명(時明)이요 자는 회숙(晦叔)인데 뒷날 호를 석계(石溪)로 쓰셨다. 너희는 내가 남편을 군자로 높여 존대함을 양해하라. 나에게는 일생을 공경하는 손님처럼 대했던 분이니 아니 계신다고 어찌 함부로 이르랴.          (62쪽).

출가의 계기와 경위가 이렇듯 아담하고 단아한 장씨부인 자신의 목소리로 서술된 이후 제2부의 첫 장면은 이렇게 시작된다.

사람이 제도를 만들고 거기 참여하는 본래의 뜻은 이내몸에 이로움을 얻고자 하는 데 있다. 그러나 제도란 한 번 만들어지면 자신의 생명과 운동 원리를 가지는 까닭에 언제까지고 그 이익이 개인의 이익과 일치하지는 않는다. 특히 제도가 자기 보존의 열정에 빠져 방어 본능을 한 권리로 휘두르기 시작하면 개인에게는 치명적인 억압 장치로 변질되기도 한다.          (70쪽).

뭔가 이상하다. '제도'니 '개인의 이익'이니 '억압장치'니……. 아무래도 17세기의 부인이 쓸 말은 아니다. 그렇지, '장씨부인'의 말이 아니라 '작가의 말'이겠다. 좀더 읽어보자. 역시 그러하다. 대번에 다음 단락에 '시대 상황' '공동선' '무정부주의' '무위자연설' 따위의 말이 등장한다. 이 대목에서 작가가 잠깐 개입하여 자신의 주장을 펴는 것으로 볼 수도 있겠다. 현대소설의 관점에서는 낙제점이라고 할 수 밖에 없지만, 오히려 '낯설게 하기 수법'이란 것도 있지 않은가. 무슨 말을 하는지 들어나 보자.

여기서부터 작가는 무려 8 페이지에 걸쳐서 결혼 제도에 관한 인류사적 고찰을 행한다. (이걸 참을성 있게 끝까지 읽을 독자가 얼마나 있을까? 작가의 배짱이 놀랍다). 작가는 결혼 제도의 사회경제적 기초와 그것의 억압성을 논한 다음 "개인주의가 발달한 서구에서는 자신의 쾌락과 편의를 위해 배우자와 아이를 버리지만, 집단적 삶을 우선한 고대의 어떤 도시

국가에서는 그 국가에 튼튼한 구성원을 낳아주기 위해 자신의 허약한 배우자와 아이를 버렸다"고 말한다. (맙소사. 이게 무슨 말인가). 이어서 작가는 결혼 제도란 "그 두 극단을 정(正)과 반(反)으로 삼고 나와 내가 아닌 것의 조화라는 합(合)을 향해 진행하는 변증의 고리"라고 말한다. (이런, 이문열이 헤겔주의자인 줄은 몰랐다). "우리가 방금 겪은 것은 바로 초자아적 이념이 우세했던 단계였다. 거기에 유가의 논리로 무장한 남성의 편의주의가 가세하여 여성에게 그토록 불리한 제도의 왜곡을 가져온 것이다." (아니, 이게 왜 반페미니즘 소설이라는 거야?)

그러나 바로 그 다음 문장을 자세히 보자.

> 그렇지만 다행히도 바람의 방향은 바뀌었다. 전 시대의 억압과 질곡은 끝나고 여성들은 제도 속에 매몰되었던 자아를 찾아나섰다. 이제는 누구도 이 세찬 흐름을 되돌려놓지는 못할 것이다. 그런데도 너희를 보는 이 마음이 기껍기만 하지는 못한 것은 무슨 까닭일까. (강조 — 인용자).  (75쪽).

잠깐만. "전 시대의 억압과 질곡은 끝나고 여성들은 제도 속에 매몰되었던 자아를 찾아 나섰다"라는, 무슨 「현대여성론 입문」류의 어투로 말하는 사람(＝작가) 바로 뒤에 "너희를 보는 이 마음이 기껍기만 하지는 못하다"라고 말하는 이 사람은 누구인가? 이 작품에서 "너희들"이라고 준엄한 목소리로 독자를 꾸짖고 있는 인물은 장씨부인 이외에는 달리 없다. 그러니까 이 대목에서 화자는 순식간에 장씨부인으로 바뀌는 것이다. 온갖 현대적 지식과 어휘로 가득 찬, 무려 8 페이지에 걸친 저 지루하고 설득력 없는 궤변들을 장씨부인의 목소리로 들을 독자는 없다. 그런데 갑자기 "너희를 보는 이 마음이 ……" 어쩌고 하면서 등장하는 장씨부인에 의해 지금까지의 말들은 모두 장씨부인이 한 말이 되는 것이다. 결국 17세기의 장씨부인이 느닷없이 서구의 개인주의를 논하고 변증법을 들먹이고 하는 기괴한 상황이 벌어지는 것이다. 이 어지러운 소설작법은 이 소설의 전편에 걸쳐 계속된다. 논리의 정합성 여부를 떠나서 이런 기본적 품질불량을 도대체 어떻게 이해하라는 말인가.

이것이 기발한 양식 실험이 아니라 전적으로 작가적 불성실 혹은 오만의 소산임은, 그의 다른 작품, 예컨대 김삿갓을 다룬 중편 『시인』(1991)에서도 이미 노출된 바 있다. 이 소설에서도 18세기를 살고 있는 늙은 선비가 '기존의 지주계층', '경영형 부농', '상권을 잠식당하고', '관서라는 지역이 규정한 특별한 감정' 따위의 말을 예사로 내뱉는다. (졸고, 「도피냐, 초월이냐」, 『실천문학』, 1991 참조). 이문열의 이러한 이상한 소설작법, 등장 인물과 작가 자신이 마구 뒤섞이면서 소설의 인물은 어디론가 실종되고 갑자기 자연인으로서의 작가가 소설의 무대로 뛰쳐나와 마구 장광설을 늘어놓는 이 이상한 문체 혼란은, 아마도 소설적 전략의 하나로 잘만 사용하면 21세기 소설의 새로운 진경을 여는 기법이 될 수 있을지는 몰라도, 내가 보기에 이문열의 소설에서 그럴 가능성은 완전히 없다.

이 문체의 혼란은 이문열의 소설에서 자주 반복되는 허점인데, 그것은 특히 소설 속에서 작가가 어떤 특정한 이데올로기를 공격하고자 할 때 어김없이 발생하곤 한다. 앞서 『시인』의 경우 그것은 이른바 '민중문학'을 공격할 때에 그러했고, 이번의 『선택』에서는 페미니즘을 공격하면서 그러하다. 이 문체의 혼란 속에서 등장 인물이나 주인공은 작가의 노골적인 육성을 전달하는 하나의 인형으로 전락하는 한편, 작가는 등장 인물의 가면을 쓰고서 자신이 공격하고 싶은 어떤 특정한 이데올로기나 대상을 마음껏 짓밟고 조롱한다. 이 쉿된 공격의 목청에서 열린 대화의 가능성을 찾기란 처음부터 불가능하다. 그 목소리는 확신에 차서 들떠 있고, 언제나 단정적이고 단호하며, 때로는 가학적 쾌감에 쌓여 있기조차 하다. 『선택』에서도 예외는 아니다. 그 무시무시한 공격의 목소리를 몇 가지만 들어보자.

장씨부인(=이문열)이 보기에 여성 해방을 외치는 현대의 여성들이란, "아첨밖에는 쓸모가 없는 못난이나 무책임한 바람둥이의 성적 노리개로 젊음을 탕진하다가 쓸쓸하고 고달프게 삶을 마감하지 않기 위해서도 좀 더 많은 동성들을 부패와 착종으로 끌어들이지 않을 수가 없"으며, "자기 성취를 위해 아이 갖기를 거부"하며, "성가심과 불편함을 이유로 임신을 회피"하며, "젊음을 즐기는 데 방해가 된다고 해서 또는 몸매를 망친다는 이유로 아이 갖기를 거부"하며, '남성의 탈선을 이유로 간음을 하고 정조 의무를 포기'하며, "남편이 고함을 치면 맞고함을 치는 게 남녀평등"으로 알고 있는 것들이다.

무슨 대꾸를 하겠는가. 서구 공산주의 운동의 초기에 공산주의자들을 가리켜 "여자를 공동으로 소유하자는 무리들"이라고 비난하던 자들도 이보다는 점잖았다고 생각된다. 공격하고자 하는 대상을 잔뜩 추하게 색칠하고 왜곡함으로써 자신의 정당성을 확보하려는 이 오래되고도 비열한 마타도어식 언어의 폭력은 이미 어떤 언어적 의사소통의 장을 넘어 서 있다. 그러니 여기에 대해 무슨 말을 하겠는가.

여성해방을 주장하는 현대 여성이 저토록 흉물스러운 것이라면 장씨 부인(＝이문열)이 높이 추앙하는 '진짜 여성'의 상은 어떤 것인가. 믿기 어려운 일이지만, 남편의 죽음을 슬퍼한 나머지 같이 따라죽는 봉건시대 여인의 행위는 장씨부인이 보기에 "사람이 연출하는 아름다움 (125쪽)"의 하나다. 남편을 따라 죽은 맏동서의 의로운 행위를 상찬하면서 장씨부인(＝이문열)은 이렇게 말한다.

> 하기야 순절을 시차가 있는 정사라고 보면 오늘날의 사람들도 이해 못할 것은 없다. 모든 정사(情死)는 우리에게 아름다운 환상을 품게 한다. [……] 내게는 순절이 그릇된 이념화의 희생이라 해도 감동은 조금도 줄어들지 않는다. 역사가 시작된 이래 인간이 목숨을 바쳐온 이념이 언제나 정당하고 합리적이었던가. 인간은 영악스럽기로 이름났지만 또한 대단찮은 이념에 죽기도 하는 어리석음과 미련스러움이 있다. 그런데 바로 그 어리석음과 미련스러움이야말로 인간만이 지닐 수 있는 아름다움이기도 하다. 자신이 가장 큰 가치를 부여한 것, 혹은 가장 옳다고 믿는 것을 위해 목숨을 던지는 일은 섬뜩하

지만 또한 얼마나 아름다운가.                              (128~129쪽).

　이문열의 소설을 읽은 독자들이라면 지금까지의 그의 소설이 거의 모두 이념의 헛됨(특히 사회주의 이념이나 민중사관 따위), 그런 이념에 몸을 던지는 자들의 어리석음과 이중적 위선을 조소하고 비판하는 데에 집중되어 있다는 것을 알 수 있을 것이다. 그런데 이게 무슨 말인가? "사람이 연출하는 아름다움"으로서의 순절(殉節)이라니?

　나는 지금 '이념'에 대해서 논쟁을 하자는 것이 아니다. 그냥 한 사람의 독자로서 묻겠다. 순절이 아름답다고? 어리석기는 하지만 "자신이 가장 큰 가치를 부여한 것, 혹은 가장 옳다고 믿는 것을 위해 목숨을 던지는 일은 섬뜩하지만 아름답다"고? 그러면, 작가가 그토록 혐오하는 여성해방을 위해 어떤 사람이 거기에 가장 큰 가치를 부여하고 그것을 위해 목숨을 던진다면? 그것에 대해 작가는 뭐라고 할지 궁금하다. 또 만약, 어떤 사람이 동성애자의 권리를 위해 목숨을 던진다면, 작가는 뭐라고 말할지 듣고 싶다.

　아니, 이런 경우는 어떨까? 가령, '부모의 보호 없이 거주 지역으로부터 십리 이내를 벗어나는 미성년자 및 남편이나 애인의 보호 없이 일몰 후에 거리를 배회하는 아녀자는 영장없이 체포하여 3년 징역에 처한다'는 법률을 만드는 데에 가장 큰 가치를 부여하고 그것의 실현을 위해 어떤 사람이 목숨을 바친다면? 어떤가? 섬뜩한 아름다움이 있는가? "바로 그런 미친 놈들 때문에 이 나라가 이 모양 이 꼴이므로 그런 인간들을 모조리 솎아내서 무인도에 가두거나 아니면 그런 놈들을 육체적으로 거세시키는 법률을 만들 것, 그리고 그런 법률을 시행할 사람을 지도자로 하는 정당을 결성"하는 데에 최고의 가치를 부여하고 목숨까지 바치는 사람이 나온다면……. 어떤가? 미련하지만 아름다운가?

　해서 괜찮은 말이 있고 차마 해서는 안될 말이 있는 것이다. 아무리 봉건 이념을 예찬하고 싶어도 그렇지, 사람 목숨을 개나 도야지의 그것만큼도 여기지 않는 순절 행위를 '인간이 연출하는 아름다움'이라고까지 미화하는 이런 극단적 발언은, 제 정신 있는 사람이면 어떤 경우든 차마 해서는 안 될 말에 속한다고 나는 생각한다. 더구나 작가가 그토록 기려 마지않는 이른바 '양반 문화'는 바로 사람의 사람됨을 늘상 그러한 수신(修身)의 깊이에 따라 측량하지 않던가? 그러나, 『선택』에서의 이 맹목적 봉건 예찬에 의한 가장 큰 희생자는 누구보다도 '장씨부인' 자신이 아닐 수 없다. 봉건 조선이 낳은 걸출한 이 부인은 삼백년 후에 느닷없이 출몰한 봉건의 유령에 의해 다시 한 번 무참히 봉건의 성곽 속으로 유폐되고 만 꼴이 되었으니 말이다.

장씨부인이 온전히 작가의 수동적 인형으로만 기능하고 있는 한 이 작품은 소설이 아니라 작가 자신의 어설픈 '논설문', 또는 작가 자신이 그렇게 오해될까 봐 걱정된다고 한 '집안 자랑' 외에 아무 것도 아니다. 그렇지 않고서야 작품 후반부의 장씨부인 아들들의 구구한 출세경력이 대체 무엇 때문에 들어가는가. 널리 소문이 나고 시끌벅적한 '논쟁'을 유발한 반페미니즘도 실상은 이 작품의 주제와는 상관이 없다. 작가 자신의 페미니즘 이해가 저토록 무지하고 폭력적이어서야 무슨 논쟁이 가능한가.

그나마 이 불량상품 안에서 내가 재미있게 읽은 것은 장씨부인의 혼인담과 음식에 관한 것들 정도이다. 그러나 『선택』이 처음부터 소설이기를 거부하거나 소설로서의 '품질'을 아예 고려하지 않았다는 것은 다음과 같은 데에서도 드러난다.

> 아침저녁으로 권구(眷口)가 많을 적에는 이백이 넘고 한 끼에 익혀야 할 곡식이 말<斗>로 헤어야 할 양이니 비록 안팎 비복들이 있다지만 방간 일만으로도 하루 해가 짧았다. 거기다가 챙겨야 할 식구들의 입성이 또 만만찮아 늙은 침모만으로는 사랑채의 의대(衣帶) 수발도 바빴다.                                    (103쪽).

이 엄청난 살림을 이끌어가는 며느리로서의 수고로움은 끝없이 서술되지만, 도대체 이 살림을 가능케 하는 재물은 어디에서 나오는가? 응당 있을 법한 이 의문에 대한 답변은 어디에도 없다. (알아서 짐작하시라는 말씀인가? 양반은 원래 재물을 입에 담지 않는다는 말씀인가?) 답변 아닌 답변, 오히려 더 의문을 갖게 하는 설명 아닌 설명이 있기는 있다.

> 재물도 그렇다. 군자께서 충효당을 나오실 제 약간의 분재(分財)가 있었다고는 하지만 그마저도 대명절의(大明節義)를 쫓아 동서로 은거하심에 이르러서는 입에 담을 만한 것이 못 되었다. 그런데 손님맞이로 살림이 줄어드는 걸 난들 어찌 걱정하지 않았겠는가. 하지만 나는 믿었다. 그들에게 군색함이 없어야 내가 더 넉넉해진다는 것을, 남의 군색함을 돌아보지 않는 나의 넉넉함은 다만 재앙이요 화근일 뿐이라는 것을.                                    (139쪽).

"입에 담을 만한 것이 못 되는 재물"로 이백이 넘는 식솔을 거느리고, 손님맞이를 넉넉히 하고 게다가 흉년이 들면 구휼까지 했다는 것이다. 장씨부인의 위대함을 선양하고자 하는 작가가 이 기적에 대한 설명을 빠뜨리다니, 나는 자못 궁금하다. 하기야 '소설'을 쓰는 것이 아니라, 눈꼴 시린 여성 해방론자들에 대한 '규탄문', 자기 가문의 한 특출한 조상에 대한 '선전문'이 목적인 바에야 소설적 구성의 허술함 따위가 무슨 대수였겠는가.

작가는 이 작품을 쓰면서 다음과 같은 점을 걱정했다고 후기에서 밝히고 있다.

> 세련된 현대소설의 표현 양식에 익숙해 있는 독자들에게 불리하기 짝이 없는 방식으로 얘기해야 하는 점과 요즘 사람들의 근거없는 반의고적(反擬古的) 경향에 전혀 어울리지 않는 주제를 다루어야 한다는 점이었다.

작가의 부연 설명에 따르면, "불리하기 짝이 없는 방식이란 사건의 전개를 축으로 얘기가 진행되는 것이 아니라 주변 인물과 배경과 분위

기를 통해 사건의 전개를 추상케 하는 우리의 전통적인 애기 방식을 말
한다." 우리의 전통적인 애기 방식이 그런 것인가에 대해서는 잘 모르겠
지만, 그렇다고 하더라도 이 작품에서 "주변 인물과 배경과 분위기를 통
해 사건의 전개를 추상케 하는" 부분이 어디인가? 아무리 찾아봐도 인
물이라고는 '장씨부인' 밖에는 없고, 더 실제적으로는, '장씨부인' 마저도
몰아내고, 페미니즘에 대한 혐오와 '영남 남인 가문의 당파성'[1]으로 똘
똘 뭉친 채 아예 노골적으로 나서서 궤변을 늘어놓는 작가 외에는 없다.
소설의 이름을 빌어 봉건 윤리와 이념을 목청껏 외치는 이 '논설문' 속
에, 온 세상에 자랑하고 싶어서 활짝 펼쳐 놓은 이 '족보' 속에 무슨 "사
건의 전개"가 있다는 말인가?

> 요즘 사람들의 반의고적 경향, 특히 양반문화에 대한 적의에 대해
> 그 근거없고 비뚤어짐을 따지자면 따로이 책 한권이 필요할 정도다.
> 그것은 이 나라 거의 대부분의 사람들에게 자신의 뿌리를 부인하는
> 일이 되고 나아가서는 자기 정체성의 부인이 된다.

'요즘 사람들의 반의고적 경향'이란 게 무슨 말인가 했더니 이 말이었
다. 양반 문화에 대한 적의는 근거없고 비뚤어진 생각이고 그것은 따로
책 한권을 써야 설명된다니 그걸 기다릴수 밖에는 없겠다. 다만 어쨌든,
그걸 부정하거나 적의를 가졌다가는 '뿌리없는 인간', '자기 정체성을 부
인하는 인간'이라는 말인데, 점잖게 말해서 그렇지, 이게 속된 말로 하면
무슨 말인가 하고 생각하니 참으로 기가 막힌다.
　작가는 아마도 17세기 사대부 가문의 일상과 문화를 오롯이 재생한
자신의 작가적 능력에 크게 자부심을 갖고 있는 듯하다. 아닌 게 아니라

---

1) 이 '영남 남인의 당파성'은 이문열과 이인화의 소설에서 공통적으로 발견되는
　속성이다. 소설의 곳곳에서 영남 남인의 당파성은, '노론(老論)'에 대한 혐오감
　과 더불어, 은밀히, 때로는 노골적으로 표명된다. 한마디로 어처구니가 없다.
　'모든 권력을 남인과 그 후예들에게로!' 이들의 소설이 감추고 있는 표어는 이
　것이다.

그런 측면이 없지 않아 있다. 그러나 모처럼 읽는 재미를 선사하는 그러한 장면들도, 지금껏 말했듯이 작가 자신의 좌충우돌식 개입과 시공을 넘나드는 가히 초현실주의적인(?) 수법에 의해 소설적 파탄 외에는 아무것도 남기는 게 없다. '요즘 사람들의 근거 없는 반의고적 경향'이라는 말은, 이러한 소설적 파탄을 슬그머니 '경박하고 무식한 요즘 독자'들에 대한 꾸중으로 덮어 버리려는 잔꾀에 지나지 않는다.

'의고적'이란 것은 대체 무엇인가? 그것이 현대소설에서 의도적으로 사용될 때 어떤 효과를 내는가? 길게 설명할 것 없이 한 선배 작가의 작품을 예로 들겠다. 『선택』과 비교해 보기 바란다. 고(故) 한무숙 선생의 「이사종(李士宗)의 아내」(1978)나 「생인손」(1981)같은 작품들이다. 길게 언급할 여유가 없으므로 「이사종의 아내」에 대해서만 간단히 살펴보자.

이사종은 당대의 춤꾼으로 선전관의 벼슬을 살고 있는데 천하의 명기(名妓) 황진이와 살림을 차린다. 이 작품은 이 이사종의 아내가 친정의 외할머니에게 보내는 아홉 편의 편지로 구성되어 있다. 처음 세 편의 편지는 외할아버지의 상을 당해 일년에 한 번씩 외할머니에게 보낸 지극히 의례적인 문안 편지이다.

> 외한마님전 소(疏) 상살이
> 통곡 통곡하오며
> 외한아바님 상사(喪事)는 무슨 말씀을 알외오리까. 춘추 높으시오나 평일에 기력 강건하옵시니 환후(患候)가 비록 침중(沈重)하옵시나 회춘(回春)하옵시기 바랬삽더니 천천만(千千萬) 몽매(夢寐) 밖, 흉음(凶音)이 이를 줄 어찌 뜻하엿사오리까. 졸지에 거창하옵신 일을 당하옵시니 영년 해로하옵신 정리 차마 측량치 못하옵나이다.
> [……]
>
> 　　　　　　갑자 납월 초엿샛날 외손녀 살이

이런 식의 편지가 삼년상을 마칠 때까지 세 번 계속된다. 이후 삼년간에 걸쳐 이어지는 여섯 번의 편지는, 이 의례적 관용구로 가득찬 앞의 세 편의 문안 편지들이 단순한 호사가적 의고체의 박물지적 재현이 아니었음을, 무언가 심상치 않은 사건의 내막을 전개하기 위한 의도적인 장치이었음을 드러낸다. 풍류 남아인 남편의 뒷수발을 하는 여인으로서의 한과 원망, 천하 명기 황진이와 남편의 애정 행각에 대한 어쩔 수 없는 질투, 성욕을 지닌 인간으로서의 욕구가, 법도(法度)와 금제(禁制)의 서슬 푸른 경계선을 아슬아슬하게 건드리면서 참으로 단아한 16세기의 양반 언어로 표출되는 것이다.

오늘밤도 사랑에서는 어느 장화(牆花)를 꺾고 있사온지 귀가치 아니하옵고 존고께서는 사직골 작은 소고(小姑; 시누이)댁에 행차하시어 준행 남매만 어미와 집에 머물고 있사와 오래도록 지필(紙筆)을 대하고 있사옵니다. 곁에서 오묵이가 반은 졸며 보선 볼을 대고 있사옵고 밖은 적막칠야이옵니다. 오묵이가 문득 "나리 마님 보선은 참 야릇하게 떨어지오닛가. 볼보다 굼치가 더 많이 떨어져와요." 하옵니다. 백학같이 선인같이 춤추는 그 모습이 안전에 떠오르매 사람과 춤은 남이 보고 춤으로 하여 심히 떨어진 보선 굼치만 지어미가 다스리고 있나이다.

'사람과 춤은 남이 보고 춤으로 하여 심히 떨어진 보선 굼치만 지어미가 다스린다'는, 이 절제될 대로 절제된 표현 속에 함축된 세계의 깊이와 넓이를 보라. 이문열이 말하는 '주변 인물과 배경과 분위기로 사건의 전개를 추상'한다는 것이 이것이 아니겠는가? 『선택』의 어디에 이와 비슷하기라도 한 부분이 있는가? 남편과 시댁 식구들의 마음을 온통 앗아가는 '요물' 황진이에 대한 질투와 외로움을 토로하는 대목을 읽어 보자.

그 구미호와 살림을 갖고부터 사랑의 인품이 달라졌사오니 전에 없이 조용해졌사오며 오히려 자상해지옵고 착실해진 것이옵니다.

남편을 시앗에게 아이옵고 아내는 수발드옵는 수고가 없어졌사오니
이 허전하옴을 어찌 다 알외오닛가. 요물은 요물이어서 행전 하나
보선 하나 때묻은 것을 보온 일이 없사오며 방탕기녀로 언제 침선을
배웠삽는지 남편의 의복 일절 손수 짓는다 하오니 존고께서
  "체체하고 습습하고 상냥하고 온 그런 기집이 천하에 있겠느냐."
침이 마르시게 칭찬하오시는 것 천근으로 가슴을 누를 따름이옵니
다. [……] 사리밝고 투기 없고 체체한 시앗 가진 본댁네 마음이 어
떠하온가를 아시옵니다. 차라리 간악하고 발칙하고 방자하게 구오
면 이렇듯 외롭고 슬프지는 아니하올 것이오이다.

「이사종의 아내」는 작가가 창조한 허구의 인물이고, 『선택』의 장씨
부인은 실존의 인물이다. 그러나 허구의 인물인 '이사종의 아내'가 지닌
저렇듯 생생한 구체성과 박진감에 견주면, 실존 인물을 모델로 한 『선
택』에서의 '장씨부인'의 박제화(剝製化)와 추상성은 아예 비교의 대상이
아니다. 「이사종의 아내」에서 작가는 봉건의 윤리와 질서를 내면화한
한 사대부가(家) 부인의 인간적 갈등을 생생한 중세 언어로 재생해 냈을
뿐만 아니라, '주변 인물과 배경과 분위기로 사건의 전개를 추상케 하는'
수법으로 인물의 심리 묘사까지를 이루었다.
  나는, 봉건적 윤리의 추상같은 서늘함과 양반문화의 유한(有閑)한
고아(古雅)함이 작품의 한 축을 이루는 한편, 그것에 대립하는 인간적
욕망의 처절함과 사대부 계급의 위선이 또다른 한 축을 이루면서 이렇
게 팽팽한 긴장을 자아내는 현대 소설을 아직껏 보지 못하였다. 적어
도 이 정도는 되어야 '의고체'니 '의고적'이니 하는 용어가 무게를 지니
는 것이며, 그 가치가 빛을 발하는 것이다. 현대어와 고어가 들쭉날쭉
으로 기분내키는 대로 뒤범벅된 문장을 가지고 무슨 대단한 전통이나
재현한 양 잔뜩 목에 힘을 주고서는, 오히려 요즘 독자들의 무식함을
탓하는 『선택』 같은 '불량상품'에 짜증이 나지 않을래야 않을 도리가
없는 것이다.

## 3.

　이렇듯 『선택』에는, 독자의 눈길을 끌기 위해 일부러 더 심하게 표현한 것이 아닐까 하는 생각이 들 정도로 도착적인 사고, 극단적인 편견이 아무런 문학적 장치의 매개 없이 흘러 넘친다. 그 점에서 그것은 이미 하나의 외설(猥藝)이다. 이인화의 『인간의 길』 역시 『선택』보다 더하면 더했지 결코 덜하지 않다.

　'장편소설'이라는 표제를 달고 있기는 하지만, 그것은 이미 소설이기를 포기 또는 거부한다. 그것은 소설이 아닌 다른 어떤 것을 지향한다. 그것은 소설이라기 보다는 차라리 현대판 『신통기(神統記)』 또는 현대판 『용비어천가(龍飛御天歌)』 내지는 『왕조실록(王朝實錄)』이다. 누구의 신통기며 어떤 왕조실록인가? 그야 물론 박정희의 신통기 또는 박정희를 시황제(始皇帝)로 하는 유신왕조(維新王朝)의 실록이다. 그러므로 이 『신통기』 또는 『왕조실록』에 좀더 그럴싸한 제목을 붙이자면 아마 이 정도가 되지 않을까?

　『민족영웅구국군신유신시황제신통기(民族英雄救國軍神維新始皇帝神統記)』, 또는 『유신왕조실록(維新王朝實錄), 기일(其一), 선대왕이적기급선대왕비신출귀몰기(先大王異蹟記及先大王妃神出鬼沒記), 기이(其二), 유신시황제잠세시만난고초극복기급해내외구적척살기(維新始皇帝潛世時萬難苦楚克服記及海內外仇敵擲殺記)』

　이쯤 접어놓고 읽지 않으면, 박정희교(敎)의 전도사가 외쳐대는 저 광기 서린 주문(呪文), 열에 들뜬 국수주의의 군가(軍歌)를 참고 견딜 도리가 없다. 이 느닷없는 신판 『용비어천가』에서 대체 무슨 일이 벌어지고 있는지 잠깐 따라 가 보기로 하자.

　이 『용비어천가』에서 유신왕조의 창업군주(創業君主) 박정희의 작품 내 이름은 '허정훈'인데, 과연 『용비어천가』답게 그 첫 장은 허정훈의 아비(父) 대로부터 시작된다. 그러니까, 허정훈의 아비인 '허선영'은 이 『용비어천가』에서 이를테면 선대왕(先大王)쯤 되는 셈이다. (그나마 선대 왕쯤에서 시작했으니 망정이지, 원본 『용비어천가』처럼 5대나 6대쯤 거슬러 올라갔으면 어쩔 뻔 했는가?).

아무튼 소설은 '허선영'의 비범한 출생담으로부터 시작된다. "영남 유림이 다 아는 큰선비, 운헌 선생"이 두려움에 떨며 그 이름 짓기를 꺼리던, 임종의 자리에서 그 아비에게 "절대로 벼슬살이를 시키지 말도록" 신신당부하던 '허선영'이야말로, 때를 잘못 만나 좌절한 영웅의 전형이다. 영웅도 어디 보통 영웅인가? 그는 중국 상고시대의 전설에 등장하는 곤(鯀)의 현신이다. 곤(鯀)은 요(堯)임금의 신하로서 9년 동안이나 치수(治水)에 애썼어도 보람이 없자 그 벌로 목숨을 잃었다는 전설의 주인공이며 우(禹)임금의 아버지이다. 이런 인물이 세상에, 그것도 조선왕조 말의 난세에 났으니 그 삶이 평탄할 까닭이 없다.

이렇듯 곤(鯀)의 운명을 타고 난 허선영은 그 운명이 가리키는 바를 따라 험난한 삶의 경로를 겪는다. 그는 동학혁명에 뛰어들었다가 '우금치 전투'에서 사로잡혀 형장의 이슬로 사라질 위기에 처한다. 이 위기에서 그를 구출하는 것은 누구인가? 이 현대판 『신통기』는 이 대목에서 다시 한 번 '신(神)들의 계보'를 재현한다. 허선영의 아내 '여희'(女嬉)가 그것이다. 여희라는 이름은 전설에 나오는 '곤(鯀)의 처(妻)'의 이름을 그대로 따온 것인데, 이 여인의 비범함도 역시 사람의 것이 아니다. 그녀는 '낯 선 사람을 생전 처음 보고도 그 사람과 관련된 과거의 어떤 인물을 알아맞히거나', '현세의 사람을 가호하고 있는 조상의 귀신들과 얘기를 나누는' 그런 신령스런 사람이다.

"사람의 눈을 빨아들일 것처럼 맑고 투명한 피부, 그 위에 봉황의 눈을 연상시키는 크고 망울진 눈"의 "고혹적인 매력"을 지닌 '여희'는, 동학도의 처형을 관장하는 장교 김웅규를 만나는 순간 "내면에 숨은 신비한 통찰력"으로 김웅규의 몸에 달라붙은 역신(疫神)의 정체를 꿰뚫어본다.

"너는 역질(疫疾)에 걸렸어."

갑자기 방안에 있던 사람들이 한결같이 몸을 떨었다. 그것은 젊은 아낙네의 목소리가 아니었다. 백살도 넘은 노파가 뱉어내는 것 같은, 목이 잠겨 쥐어짜는 것 같은 탁한 소리였다. 그 어조는 무덤 속에서 울려 나오는 것처럼 음산했다.

[……]

한동안 방안에 침묵이 계속되었다. 그 동안 응규는 지옥에 떨어진 인간의 모든 공포를 한꺼번에 맛보았다. 마침내 응규는 공포에 굴복했다.

"사, 살려 주시오 …….아낙은? 다, 당신은 대체 누구요? 만신(萬神:무당)이오?"

[……]

"죄없는 사람들을 그렇게 수없이 죽이고도 네 놈은, 네 한 몸은 살고 싶단 말이지?"

"사, 사, 사, 살려 주시오."

응규는 손발을 바들바들 떨면서 미친 듯이 머리를 도리질쳤다. 이윽고 여희의 입에서 태산같은 무게를 담은 목소리가 신탁(神託)처럼 떨어져 내렸다.

"허선영이를 데려와!"

"예?"

"살려 줄테니 허선영이를 데려오란 말야. 지금 당장!"

(1권 89~93쪽).


이렇듯 중국 상고 시대의 전설적 영웅 '곤'(鯀)과 그의 처 '여희'(女嬉)는 19세기 말의 조선을 배경으로 '허선영'이라는 인물과, 같은 이름의 '여희'라는 인물로 이 소설 속에서 다시 등장한다. 이 부부의 비범함과 신묘한 행적은 이미 그 자체로 한편의 '이적기'(異蹟記)이면서, 동시에 휘황찬란한 장엄함에 둘러싸인 불세출의 대영웅 '허정훈(＝박정희)'의 재림(在臨)을 알리는 '신들의 합창(合唱)'이다.

드디어 허정훈의 탄생에 이르러 이 '신화적 상상력'은 절정에 이른다.

허정훈의 아비 허선영은 곤(鯀)의 현신이고 그 어미 '여희' 역시 그러하므로, 이 '신들의 계보' 속에서 주인공 허정훈은 당연히 '우(禹) 임금'이다. 대홍수를 다스린 우임금, 천하의 혼란을 평정한 위대한 성군(聖君)의 신화가 그대로 이 주인공의 한 몸에 현현하는 것이다. 허선영과 여희가 허정훈의 출생에 임박하여 함께 꾸는 태몽의 장면이 그것이다.

처절한 단말마의 비명과 함께 선영의 몸은 목 왼쪽부터 허리 오른쪽까지가 단칼에 두 동강이 났다. 잘려나간 몸으로부터 피가 벼락처럼 분출하며 선영은 찢겨져 땅바닥에 나뒹굴었다. 머리와 오른쪽 팔, 오른쪽 가슴만으로 잘려진 선영은 한 팔로 분수처럼 솟구치는 피보라를 헤치며 남은 자신의 몸통을 보았다. 그 순간 선영은 자신의 눈을 의심했다. 끄아아악! 도저히 이 세상의 것이라 여겨지지 않는 무서운 울부짖음과 함께 선영의 잘려진 몸통에서 뭔가 엄청나게 큰 뱀 같은 것이 꿈틀거리며 기어나오기 시작했던 것이다. 이윽고 그 괴물은 머리를 뒤틀며 발톱으로 허공을 할퀴며 하늘로 오르기 시작했다.
규룡(叫龍).
그것은 온몸이 피의 끈끈한 점액질로 뒤덮인 외뿔달린 용이었다. 동자가 없는 눈은 온통 이글이글 타오르는 불길이었고 억센 칼날같은 이빨은 검은 하늘에 흰빛을 튕기며 번뜩였다. [……] 이윽고 규룡이 한 번 몸을 틀자 폭풍이 그 날개를 활짝 편 듯 검은 먹장구름이 갈가리 찢겨졌다. 규룡이 내뿜는 엄청난 기(氣)에 선영이 걸어왔던 얼음의 광야가 쩍쩍 갈라졌다.
[……]
얼음 광야의 유계(幽界) 전체가 붕괴하고 있었다.
선영을 베어버린 불의 신 축융은 애처로운 비명과 함께 갈라지는 땅 속으로 떨어지며 조각조각 박살이 나 버렸다. 두 조각이 난 선영의 몸도 찢겨져 나뒹구는 폐허 속에 이리저리 쏠리며 땅밑으로 꺼지고 있었다. 바로 그 때 한 줄기 붉은 섬광과 함께 하늘에 수직의 획을 그으며 규룡의 꼬리가 완전히 선영의 몸으로부터 떨어져 나왔다.
대우현신(大禹顯身).

(1권 114~115쪽).

이렇듯 신화적 장엄함에 둘러싸인 주인공의 신이(神異)한 출생과, 그 출생의 신이함에 맞먹는 초인적 능력과 비범한 재주, 그리고 그의 앞길을 가로막는 온갖 환란과 고초 ……. '인간의 길'을 걷는 신(神)의 운명의 이 장엄함이여…….

보기에 따라서는 기발한 이 신화적 의장(意匠)은, 그러나 단순히 주인공의 신격화만을 불러 일으키는 것은 아니다. 오히려 그것은 보다 교묘한 작가적 전략, 즉 사실(事實)과 역사에 대한 모든 의문을 원천적으로 봉쇄하려는 작가적 전략에 관련되어 있다. '신화'에 대해, '용비어천가'에 대해 누가 그 사실성을 문제 삼고 따지려 들겠는가.

그러므로 이 소설 속에서 형상화된 이러저러한 역사적 인물들과 사건에 대해 그 근거없음과 왜곡을 따지는 것은 자칫하면 우스꽝스런 짓이 되기 십상이다. 예컨대 이런 것이다 : 허정훈 ( = 박정희)의 부친이 동학혁명에 참여하였다는 사실은 박정희 자신의 회고 (「나의 어린 시절」, 『월간조선』, 1984, 5)에 의한 것인데, 이런 자료는 역사적 사료로서는 물론 아무 신빙성이 없는 것이다. 사료로서의 신빙성이 없기로야, 박정희가 만주군 장교 시절 광복군과의 연계를 도모하고 국내 진공을 계획하였다는 등의 주장이 대표적인 예이다. 심지어는 박정희가 광복군의 비밀 공작원이었다는 주장도 있다. (장창국, 『육사졸업생』, 25~26쪽).


『인간의 길』은 사실의 차원에서는 전혀 신빙성이 없는 이러한 내용들을 오히려 서사의 기본적 골격으로 전적으로 수용하면서, 거기에 작가의 주관과 해석을 마음껏 가미하여 허정훈(박정희)이라는 영웅을 창조해 내고 있다. 동학혁명의 피끓는 열정을 선대(先代)로부터 이어받고, 피식민지인으로서의 굴욕을 '모반의 꿈'으로 전화시키며, 타고난 능력과 초인적 재능으로 만주 군관학교와 일본 육사를 거쳐 관동군의 장교로 나아가는 청년 주인공, 그의 가슴 속에서 은밀히 불타는 '조국 광복에의 원대한 꿈', 그리하여 마침내는 강대한 국가를 건설하고 모든 혼란을 수습할 운명이 지워진 '우 임금'의 현신, 이것이 우리의 주인공 허정훈( =

박정희)의 형상이다.

무엇이 문제인가? 이미 '신화'임을 선언하고, 창업 군주의 일대기임을 전제한 마당에 소소한 사실 여부를 따지는 것은 얼마나 우스꽝스런 일이겠는가? 성경의 기자(記者)나 어전(御前)의 어록(語錄) 작성자에게 부여된 왜곡과 윤색(潤色)과 미화의 특권은 이 소설의 작가에게서 최대한으로 발휘된다.

바로 이 지점에서 이 소설이 지닌 기묘한 메커니즘이 작동된다. 즉, 모든 인물과 사건은 한낱 부수적인 요소로 전락하면서, 오직 작가 자신의 관념과 주관이 소설의 모든 공간을 헤집고 설치는, 앞서 이문열의 『선택』에서 보았던 것과 동일한 현상이 나타나는 것이다. 그것의 대표적인 예는 이 소설에 등장하는 '유건희'라는 인물이다.

이 인물의 비현실성과 성격의 혼란은 도무지 요약이 불가능할 정도이다. 허정훈의 고향 선배인 이 인물은 조선인 출신으로 일찍이 대구 경찰부의 경부로 출세한 인물인데, 간부(姦夫)와 간통한 아내를 살해하고, 만주로 도피한다. 만주에서 허정훈이 우연히 그를 만났을 때 그는 거대한 아편 농장을 경영하는 대사업가가 되어 있다. 그런가 하면 그는 허정훈이 일본 육사를 다니는 동안 동경에서 체포되어 수감되었다가, 일본 헌병을 살해하고 도망친다. 허정훈이 관동군의 장교로 근무하는 동안, 그는 허정훈과 그 동료들의 지하 조직을 후원하는 지도자가 된다. 그의 최후는 온몸에 폭약을 감고 일본군 주재소 하나를 폭파시키고 산화하는 것으로 마감된다.

때로는 '악의 화신'이면서, 때로는 '숨은 지사'이면서, 때로는 '극단의 허무주의자'이면서, 때로는 '신출귀몰의 도사'이면서, 때로는 동서고금을 꿰뚫는 '박학다식의 천재'이면서, 또 때로는 '잔인무도한 살인자'인 이 요령부득의 인물은, 그러나 사실은 작가 자신의 관념과 주관을 마음껏 풀어놓기 위한 하나의 인형에 지나지 않는다. 이 인물은 언제나 허정훈이나 그밖에 다른 인물들과의 기나긴 논쟁의 장면으로만 주로 등장하는데, 그 논쟁의 내용들은 아무리 이 인물에게 '정신병자 같은 모습'이 부여되어 있다 하더라도, 지나치게 산만하고 일관성이 없다. 가령 허정훈과 그의 동료들에게 "독립운동이란 무용한 심심풀이 도박일 뿐"이라고 냉소를 퍼붓던 유건희가 격렬한 싸움 끝에 내뱉는 다음과 같은 말은, 소설내적 논리로 보아도 이 인물이 이러한 발언을 할 어떠한 계기도 마련되어 있지 않다는 점에서 말도 안 되는 비약이지만, 결국은 이것이 작가 자신이 말하고 싶어하는 것이라는 것, 따라서 이 인물이 오로지 작가의 말을 전달하는 하나의 인형에 지나지 않는 것임을 보여준다.

> 사람들은 아직도 우리 아버지들의 나라를 잊지 못해. 우리 세대들은…… 유례없는 망국의 설움 때문에 좌절과 자기비하로 조선 왕조 500년을 혐오하고 거부하지. 그러나 그것은 투정이고 갓난아이들의 응석일 뿐이야, 앞으로도 우리는 그토록 훌륭하고 균형잡힌 나라를 두 번 다시 볼 수 없을 테니까.
>
> (2권, 180쪽).

한 마디로 이 인물의 소설적 인물로서의 '성격'을 논하는 것은 불가능하다. 유건희라는 인물만 이렇게 기능하는 것이 아니다. 주인공 허정훈조차 작가의 관념을 직설적으로 대변하는 인형에 지나지 않는다. 관동군의 장교로서 오매불망 조국의 독립을 꿈꾸는(!) 허정훈은 끝없는 내면적 고뇌와 회의로부터 "독서의 세계로 도피하였다"는 것이다. 그는 "헤겔, 피히테, 슈펭글러, 히틀러의 무겁고 열광에 찬 언어로부터 푸슈킨, 네크라소프, 예세닌의 날아갈 듯 감각적인 시들까지, 후쿠자와 유끼치의 탈아론(脫亞論)부터 오카쿠라 덴신의 홍아론(興亞論)까지, 손에 잡히는 모든 책들을 게걸스럽게 읽어 치웠다"는 것이다. 이 대목에서 '박정희가 정말 그랬을까요?' 하고 묻는 독자는 바보다. 바로 다음 대목에 그 해답이 있다.

나는 누구인가. 왜놈들이 미워서 왜놈 군대의 장교가 된 이 불쌍

하고 바보같은 자는 누구인가 [……] 저 수많은 책들 중에 내가 누구
인지 말해 줄 수 있는 자는 누구인가…….

자, 이 정도니, 이 소설에 대고, "대동아 공영권을 이룩하기 위한 성전
(聖戰)에서 목숨을 바쳐 사쿠라와 같이 죽겠습니다"하고 만주 신경 군관
학교의 수석 졸업생으로서 답사를 하던 오카모토 이노부(岡本實 : 박정
희), 5·16쿠데타 직후 미국으로 가는 길에 동경에 들러, 옛 일본 육사의
은사를 모시고 최경례를 올리며 일본 군가를 부르던 박정희는 어디로
가고, 조국 광복의 원대한 꿈에 심신을 불태우는 구국 영웅 박정희만 있
느냐고 묻는다는 것은 일종의 코미디다.

물론 그것은 코미디치고는 참으로 끔찍한 코미디, 악몽같은 코미디이
다. 파시즘은 민주주의로, 전체주의는 '강력한 힘에 대한 온당한 복종'으
로 미화되는 이 어지러운 전도(顚倒)는 거의 외설(猥褻)의 수준에 도달해
있다. 이 외설의 수준에 이른 전도의 예를 한 가지만 보자. 박정희가 일
본 육사 재학 시절 청년 장교들의 쿠데타 미수 사건인 「2·26사건」에
크게 매료되어 있었고, 훗날 5·16쿠데타도 거기에서 큰 동기를 얻고
있었다는 것은 잘 알려진 일이다. 이 부분이 이 소설에서 어떻게 서술되
는지를 보자.

정훈은 "오래 전부터 숭모하던 정신의 성지"로 발길을 옮긴다. "국가
개조의 정열에 불타던 청년 장교들이 전선 사령부로 압류했던" 산노오
호텔은 "신화적 공간의 신비와 서정을 머금고 동경이라는 황혼의 황야
위에 우뚝 서 있었다." 그곳에는 "찢겨진 젊음, 그 상처받은 영혼들이 절
망을 향해 불타오른 눈송이 같은 순수가 서려 있었다." 2·26사건의 주
역들이 체포된 그 호텔을 바라보며 정훈은 "뜨거운 눈물을 뚝뚝 흘렸다."

나라가 어려운 시기에 감연히 피를 뿌려 청사(靑史)에 남긴 그대
들의 대의여. 해와 달을 꿰고 생사를 초탈한 그대들의 영웅혼(英雄
魂)이여 [……] 조선의 정기로 태어난 이 몸이 어찌 그대들에게 질

수 있으랴. 지켜 보라. 총살당한 그대들이여. 무라나까 코오지(村中
孝次)의 신령이여. 이소베 아사이치(磯部淺一)의 신령이여……내 조
국을 위해 그대들보다 더 장렬하게 죽을 이 허정훈이란 인간을.

(2권 88~89쪽).

작가의 설명에 따르면, 2·26사건은 "파시즘에 반대하는 국체원리파
(國體原理派)"의 청년 장교들이 일으킨 것인데, 이들은 "타락한 정당 정
치를 종식시키고 천황을 받드는 군사 독재 정권을 출범시켜 국가적 위
기를 타개하려 했던" 장교들로서 "일본적 민주주의를 지킬 개혁을 단
행"하려 했다는 것이다. 이들은 "군국주의자 내지 파시스트들로 오해"
되기도 하는데 그것은 이 사건이 "지극히 일본적인 역설의 정치 게임이
었기 때문"이라는 것이다. 그러니까 우리의 주인공 허정훈은 일본적 민
주주의의 수립을 꿈꾸던 비운의 청년 장교들을 조상(弔喪)하면서, 그 영
령 앞에 자신도 언젠가는 조국을 위해 그처럼 신명을 바칠 것을 엄숙히
선서 (그러나 내가 보기에는, 자신도 언젠가는 '한탕 하고야 말 것임'을 맹세)
하는 것이다.

말이나 지식도 이쯤 되면 정말이지 '지독한 역설의 게임'이라고 아니
할 수 없다. 도대체 '국체원리파'라는 게 '파시즘'이나 '국수주의'와 얼마
나 거리가 있는 것인지 의문이 아닐 수 없고, 그러니 "파시즘에 반대하
는 국체원리파"라는 게 대체 무슨 잠꼬대인지 알 수가 없다. 통제파든
황도파든, 일본내의 정치 게임이 어떻게 되었든, 2·26사건이라는 것은
갈 데 없는 파시스트 제국주의자들의 한바탕 분탕질이었으며 강력한 전
체주의적 욕구의 표현이었을 뿐이었다.

이 사건 주역들의 이론적 무기로 작용했던 깃따 잇끼(北一輝)의 『국
가 개조안 원리 대강』이라는 것만 보자. 작가는 "그 국가 개조론의 불씨
는 은둔자 간노에 의해 이렇게 새로운 주인공(허정훈－인용자)에게 전해
졌던 것"이라고 말한다. 이 책은 1920년에 깃따에 의해 발표된 이래 무
서운 침투력으로 일본의 민간 우익과 군 관계자에게 영향력을 확대하고

있었다. 이 책은 종래의 관념적인 선동서와는 달리 구체적인 행동과 목표를 제시하면서 통일국가에의 전체주의적인 프로그램까지 갖추고 있었다. "국가는, 또 국가 자신의 발달의 결과, 불법으로 대영토를 독점하여 인류 공존의 천도를 무시하는 자에 대하여 전쟁을 일으킬 권리가 있다"는 이 책의 주장의 요체는 대동아 공영권을 위한 세계 전쟁의 정당성, 그것을 가능하게 하는 천황 중심의 친정 체제의 구축 같은 것이다.[2] 이것을 '일본적 민주주의의 실현'이나 '반파시즘'으로 해석하고, 그 사건 앞에서 눈물 흘리는 조선 출신의 일본 육사생을 '애국의 화신'으로 미화하는, 이 말의 곡예와 이 곡예로부터 발생하는 어지러운 전도(顚倒)는 이미 중증에 이른 어떤 도착증세라고 밖에는 달리 이해할 길이 없다.


4.


이문열의 『선택』과 이인화의 『인간의 길』이 공통적으로 기반을 두고 있는 것은 '강력한 힘'에 대한 숭배와 찬양이다. 강력한 남성, 강력한 아버지, 강력한 국가의 이미지는 안정된 중앙 집중의 중세적 권력에 대한 향수, 그 권력의 단맛을 누렸던 귀족 가문의 영광스런 기억으로 재현된다. 그런가 하면 강력한 남성성은 유사 이래 가장 강한 권력을 휘둘렀던 한 독재자의 신화화로 재현된다. 박정희는 이 음란한 자본주의 한국의 문화 속에서 힘차게 발기한 남근(男根)의 상징으로 떠오른다. 그것은 휘발유를 선전하는 광고에서 섹시한 외국 여배우가 "강한 걸로 넣어 주세요."라고 속삭이는 것 만큼이나 노골적이고 자극적이며, 훨씬 더 가학적(加虐的)이다.

이 강력한 힘에 대한 숭배와 그 힘에 대한 철저한 복종의 찬미는, 자본주의적 일상에 찌들고 소외된 대중의 심리를 위무하면서 그 집단적 공격성과 야수성을 부추긴다. 가학의 쾌감과 피학(被虐)의 쾌감이 함께

---

2) 絲屋受雄, 稻岡道, 윤대원 역, 『일본민중운동사 1823~1945』, (학민사, 1984), 41 6~417쪽.

어우러지면서 집단적 이데올로기로 화하는 저 역사적 악몽으로서의 국수주의는 이 작품들의 모든 문면과 배후에서 넘실거린다. 현대 사회생활이 부과하는 엄청난 피로감, 사회적 현실의 온갖 부정성, 개인적 일상의 왜소함과 누추함으로부터 돌아 가 쉴 곳을 갈망하는 대중의 심리가 이 조작된 신화의 강렬한 유혹을 뿌리칠 수 있을까?

우리 대중 사회의 어떤 부문에서, 어떤 영역에서 이러한 유혹을 뿌리칠 가능성이 있을까? 그것은, 우리 사회의 어떤 영역이 개인의 자발성과 비판의식을 함양시키고, 진실된 평등에 기초한 합의의 정신을 지키면서 유지되고 있는가, 하는 질문과 통한다.

생래적으로 비관적인 나는, 이 질문 앞에서 더욱 비관적이다. 이 글의 첫머리에서 나는『선택』과『인간의 길』을 읽고 놀라고 두려웠다고 말했다. 놀랐던 이유에 대해서는 말했지만 두려움에 대해서는 아직 말하지 않았다. 솔직히 말해서 나는 두렵다. 이 소설들이 표방하는 이러저러한 이데올로기나 혹은 어떤 '뻔뻔함'에 분노가 일어나기 보다는, 오히려 이제는 두렵기조차 하다. 두려운 이유는, 방금 말했듯이, 그 질문 앞에서 자꾸 비관적인 생각이 들기 때문이다.

(『작가연구』, 1997).

# 깨진 거울 : 현실의 미로(迷路)와 소설의 난반사(亂反射)

소설은 이제 '거추장스런 옷'인가? 많은 작가들이 '그렇다'고 말하는 듯하다. 그러면 '새 옷'은 어디 있는가? 아직 모른다. 그러나 '어제의 옷'이 남루하고 불편한 것만은 틀림없는 사실인 듯하다. 어쨌든 새 옷을 찾을 때까지는 헌 옷이나마 찢고 기워서 그런대로 유지를 해야 할 터인데, 재미있는 것은 그렇게 구겨지고 헝크러진 옷이나마 아직은 옷이라는 명목을 부여받고 있다는 점이다. 달리 말하면, 아직은 옷이라는 명칭을 과감하게 떼어내 버릴 만큼은 되지 못했다는 것이다. 이 멈칫거림이 얼마나 갈지는 아무도 모른다. 그러다 그냥 끝나버릴지 아니면 누군가가 그 멈칫거리게 하는 선을 후딱 뛰어넘을지. 그러면 그때부터는 이제 아무도 어제의 옷을 입으려 하지 않을 것이다. 충분히 그럴 수 있다. 그리고, 그러면 또 어떤가?

중요한 것은 바뀐 옷의 모습에 있다기 보다는 옷을 바꾸는 마음에 있을 터이다. 어떤 마음들이 소설의 옷을 찢고 기우는 것일까? 어떤 답답함과 갑갑함이 멀쩡하던 옷자락을 걷어올리게 하고 풀어헤치게 하는 것일까? 그리고, 그렇게 찢기고 벌어진 옷의 틈새로 문득 내비치는 그 속의 살(肉), 풀어헤친 저 옷자락 사이로 마침내 드러나는 그 '속살', 그것의 의미는 무엇일까?

　오늘 이곳에서의 우리 소설의 현상을 그러한 맥락에서 말 할 수 있을까? 그럴 수 있다고 나는 생각한다. 최근에 나온 소설들 몇 편에서 나는 우리 시대의 소설들이 어떤 가위눌림으로 힘겹게 몸부림치는 것을 본다. 내용과 상관없이 그 몸부림은 그것 자체로서 이미 이 혼돈의 현실을 반영하고 있는 것으로 보인다. 그러나 그 반영은, 흠집 하나 없이 매끄러운 거울을 통한, 굴절의 각도가 고른 반영이 아니다. (하기사 그런 반영이란 어느 경우에도 없다). 소설을 통해서 이 시대와 현실은 난반사(亂反射) 된다. 어떤 빛들은 현실의 어두운 겉면을 스치다가 둔탁하게 스러지고 어떤 빛들은 깨어진 유리의 날카로운 틈새로 내리꽂히다가 화들짝 튀어오른다. 그렇게 난반사된 빛들이 어우러져 만들어내는 세계의 모습은, 지금 이곳에서의 삶의 '실체 없음', 또는 실체를 찾으려는 고단한 노력들의 허망함, 쓸쓸함을 아프게 담고 있다. 그런데, 그렇다면, 이 '실체 없음'의 '실체'는 또 무엇일까?
　우선 세 사람의 신인작가가 그려내는 세계를 읽어보자. 그 세 사람의 이름은 고종석, 유서로, 김형경 들이다. 소재와 기법의 상이함에도 불구하고 세 작가의 작품을 일관하고 있는 것은, 실현되지 않은 세계의 무한한 잠재적 가능성과 말할 수 없이 비좁고 억색(抑塞)한 현실태로서의 세계 사이에서 발생하는 방황과 우울, 비극적 정조 등이다.
　저널리스트로서가 아닌 작가로서 우리가 처음 대면하는 고종석은 그의 첫 장편『기자들』에서, 소설의 옷을 과감하게 벗어 던지고 마음대로 '논다'. 그런데 이 놀이는 그 붓끝의 경쾌함에도 불구하고, 마치 첼로의 낮고 둔중한 음으로 날렵한 왈츠곡을 연주하는 것과도 같은 기묘한 어둠과 무거움을 담고 있다. 현실의 어둠과 황폐함을 이처럼 우울을 동반한 지적, 언어적 유머로 변주하는 능력은 고종석이 가진 희귀한 재능이다.
　"슬픈 게 육체라는 낡은 아포리즘"은 작가 자신의 말이기도 하지만 동시에 이 작품의 주인공 장인철을 지배하는 관념이기도 하다. 그는 삶과 세계의 육체성을 믿지 않는다라기 보다는 그 어쩔 수 없는 숙명에 질려 있다. 그를 질리게 하는 세계의 물질성, 육신의 선재(先在)가 그를 도저한 허무주의로 인도하는 것은 그러므로 필연적인 일일 터인데, 그 허무가 파괴적 정열로 귀결되지 않을 수 있었던 것은, 책과 지식, 다양한 언어들이 이루는 세계의 무한한 가능성을 그가 믿고 있기 때문이며, 무엇보다도 이러한 세계 속에서의 인간들 사이의 연대(連帶)를 그가 또한 믿고 희구하기 때문이다.

그 점에서 그는 전형적인 인문주의자이다. 또한 그 점에서, 고종석은 80년대 이래 지금까지 한국의 젊은 지식인들이 겪어 왔고 겪고 있는 정신적 역정의 한 면모를 재현하고 있기도 하다. 그 면모 속에는, 가령 "80년대를 여린 마음으로 버텨내야만 했던 한 주변인의 심사"라든가, 87년 대선 시기에 "내가 가장 증오했던 이름은 김대중"이라든가 하는 데에서 드러나듯, 80년대의 변혁운동을 강력한 심정적 동의와 또 한편에서의 끝없는 지식인적 회의로 지켜보아야만 했던 수많은 지식분자들의 정신적 갈등, 거칠고 단순하고 소모적인 이분법적 대립 구도 속에서 그들이 겪어야 했던 정신적 피로가 담겨 있는가 하면, 자기 자신을 "정치적 우익"이라고 조소섞인 말로 규정하면서도 로자룩셈부르그의 비극적이고도 치열한 삶이나 유럽 좌익의 운명을 끊임없는 관심과 동정의 시각에서 바라본다든가, 유럽 통합의 현장을 신문기자다운 필체로 보고하면서 그것이 가져 올 결과를 절망스런 관점으로 바라본다든가 하는 데에서 드러나듯, 현실 사회주의의 붕괴 이후 이곳 지식인들을 휩쓴 참담함과 쓸쓸함, 인문주의적 정신의 종말을 관념으로서가 아니라 체험으로 겪고 있는 한국 지식인들의 절망감이나 위기감이 새겨져 있기도 하다.

또 한편, 80년대 젊은 지식계급의 보편주의로의 지향과 그것의 일정한 성취는 고종석의 소설이 담고 있는 또 다른 면모이다. 그것은 이 소설에서 외국어와 외국문화에 대한 엄청난 능력과 탐구심으로 나타나는데, 이것은 적어도 개화기 이래 한국 지식인의 골수에 박혀 온 외국어 및 외국 문화에 대한 컴플렉스가 비로소 극복되기 시작하는 것으로 나에게는 읽힌다. 주인공 장인철이 과시하는 외국어 및 세계 정세 해독의 능력에는, 가령 『무정』의 주인공 이형식으로부터 면면히 이어져 오는 '선진문화 / 후진문화'의 뿌리깊은 열등감이나 그 반대의 극점에서 보여지는 국수주의적 우월감이나 배타의식의 흔적이 전혀 없다. 그에게서 언어나 문화는 전적으로 "힘"의 문제이다. "영어 사용자는 브라만이다."

외국어와 외국 문화에 대한 이런 정도의 객관적 인식이야말로 나는 80년대의 세대가 성취한 득의의 영역이라고 생각하고, 80년대의 변혁운동을 힘차게 밀어 올렸던 동력에도 바로 그러한 성취가 크게 작용했다고 믿는다. 그 점에서 본다면 고종석의 『기자들』은 온전히 80년대의 산물이다. 그러나 또 한편 나는 그의 보편주의적 지향이 지금 이곳에서의 비좁은 현실적 가능성에 대한 유일한 관념적 대안으로 정착되는 위험을 경계해야 한다고 생각한다. 그러한 위험이 어디로 귀결되는지를 우리는 실컷 보아왔다. 그리고 작가도 물론 그러한 위험을 충분히 알고 있으리라고 나는 믿는다.

유서로의 『지극히 작은 자 하나』 역시 70~80년대의 정치사회적 환경 속에서 끝없는 정신의 내출혈을 감당해야만 했던 한국 지식인의 자기 고백이다. 이 고백을 좀더 객관적인 장으로 열어 놓기 위한 '2인칭 주인공'의 도입이라는 작가의 의도는 썩 성공적인 것으로는 보이지 않지만, 그 안에 담긴 진정성의 무게는 여러 소설적 결함을 덮을 만하다.

나는 이 소설의 의미가, 일찍이 우리 소설이 다루지 못했던 소재, 즉 '이불 속 혁명가'의 형상을 소설의 공간으로 끌어 온 데에 있다고 생각한다. 그리고 70~80년대의 사회적 환경은 그런 인물의 형상을 충분히 전형화 시킬 수 있을 만큼의 내용과 경험을 갖고 있다. 그러한 인물의 전형화를 통해 우리는 70년대 이래 한국 사회 변혁운동의 지난한 역정과 그 흐름들 속에서의 일상적 삶의 초라함, 그것의 고통들을 역으로 비추어 볼 수 있을 것이다. 바로 그 점에서 유서로의 소설은 풍부한 가능성을 내장한 소재를 다루고 있다.

그러나 그 성취가 꼭 만족스러운 것만은 아니다. 이러한 소재에 필수적으로 요구되는 형식은 풍자나 아이러니의 그것일 터인데, 이 작품에서 그것은 「빼앗긴 첫 키스」나 「청와대 면도사」와 같은 일화들, 그리고 「밤마다 불면으로」에서의 '민민운동에 내걸 구호'같은 것에서 잘 발휘되고 있다. 풍자는 아니지만 「서정없는 서정시」같은 대목도 읽을 만하다. 그러나 이러한 부분적인 성과는, 이 소설 전체를 일관하는 화자의 비분강개, 비탄, 과도한 자기 연민의 어조, 요컨대 등장인물에 대한 작가의 냉정한 거리가 유지되지 못함으로써 제대로 빛을 발하지 못하고, 결국 소설을 "40대의 문학청년"이라는 작가 개인사의 범주로 축소시키고 말았다.

사소한 것 같지만 꼭 사소하지만은 않은 지적 하나. 이 소설 아무데서건 다음과 같은 문장이 눈에 띈다.

> 당신이 내심으로 쾌재를 부르지 않을 수 없었다.
> 투표 다음날, 당신이 하루 종일 [……] 축제 분위기에 들떠 있었다.
> 당신이 [……] 피식 웃음을 삼켰다.

어디가 이상한가? 위의 문장은 외국어로 번역하는 데에는 아무 문제가 없겠지만 우리말의 어법으로는 무언가 어색하다. 우리말에서 조사 "……이(가)"와 "……은(는)"은, 문맥에 따라서 서로 판이한 의미를 지니거나 특별한 강조의 뜻을 지닌다. 위의 문장들은 문맥상 "당신이"가 아니라 "당신은"으로 하는 것이 자연스럽다. 이런 문장들이 수없이 눈에 띈다. "해방스레" "혁명스레"하는 말들도 즐거운 독서를 가로막는, 있을 수 없는 말이다.

대학시절 민중 미술운동에 투신했던 젊은이들의 방황과 좌절을 그리고 있는 김형경의 장편 『새들은 제 이름을 부르며 운다』를 지배하는 것도 이 시대를 휩쓸고 있는 절망과 황폐감이다. '순결한 영혼 / 사악한 세계'의 선명한 대립은 이 소설의 전체적인 어조를 알 수 없는 비탄과 환멸의 분위기로 이끈다. 그에 따라 소설의 공간은 흡사 아마추어 연극의 무언가 공허하고 과장된 몸짓만으로 이루어진 장면들을 연상시킨다. 왜 이렇게 되었을까? 그것은 주인공들을 절망과 피폐로 이끄는 사회적 환경이 제대로 그려지지 않고 막연하고 추상적인 분위기로만 제시되었기 때문이다. 리얼리즘은 실체를 형상화하는 것이다. 실체를 찾으려는 고단한 노력들이 허망한 패배로 끝나는 것도 오늘 우리가 이 삶 속에서 마주치는 하나의 진실일 수 있다. 리얼리즘 작가의 진정한 승리는 그 허망한 패배의 과정을 역시 '실체'로 제시함으로써 완수된다는 것, 김형경의 소설은 그 소중한 교훈을 다시 확인시켜 주었다.

타고난 입담과 재담으로 장터에서 사람들의 귀를 모으던 이야기꾼이, 으슥한 골방에서 단둘이 마주앉아 술잔을 앞에 놓고 밤새도록 자신의 설움과 살아온 내력을 얘기할 때에 당신의 기분은 어떠하겠는가? 박범신의 중편 『그해 내린 눈 지금 어디에』(『작가세계』, '93 겨울)는 그런 상황에 비유할 만한 감동을 끌어낸다.

작가 자신을 주인공으로 삼은 이 소설은 그렇다고 작가의 일생 전부를 피력하는 자서전은 아니다. 주인공은 인기 절정의 대중작가다. 찬사와 비난이 공존하는 상황에서 그는 "작가는 창 안쪽에서 일정한 거리 너머의 창밖 세계를 그린다"는 것으로 위안을 삼는다. 80년 광주에서의 살륙 이후 그는 극도의 자기혐오에 시달린다. "창밖의 폭력적이고 암울한 세계를 등지고 북향방에 앉아 밤마다 무력한 겨울바다의 정경을 그렸던 내 자신이 가증스러웠으며", "내가 갖고 있는 문학적 재능과 감성적 수사의 능란한 기교를 나는 증오했다."

그는 어디로 갈 것인가? 광주 이후에 우리 문학이 부딪힌 아득한 절망감은 새삼스런 주제가 아니며 저런 정도의 고백 역시 특별할 것이 없다. 그의 고백의 진솔함 혹은 소설적 진실은, 자살 미수에까지 이르는 극도의 자기 혐오감 속에서도 그것을 섣부른 선언이나 성급한 자기 변모로 비약시키지 않는 데에 있다. 그는 "내 운명이며, 또 유일한 나의 사랑이라고 믿었던, 작가라는 나의 이름을 혐오"하고 "나의 모든 작품들도 부정"하는 데에 이르지만,

> 그렇다고 여지껏 살아온 내 삶의 궤적과 내 문학의 방향을 홀연히 이탈, 갑자기 시대의 전면으로 나를 끌고 갈 수도 없었다.

그는 다시 서재로 돌아온다. "그렇지만 돌아온 나의 서재에서 나는 어디로든 나아갈 곳이 없었다." 그는 다시 직업적 대중작가의 길을 걷는다. "몇 년간 나는 비교적 행복한 작가로 지냈다."

그러나 광주의 살륙과 그 원죄 의식은 그를 집요하게 따라 다닌다. 그 원죄 의식은 이 소설의 서사를 이루는 이야기 즉, 80년 겨울밤에 주인공을 찾아온 어느 여자를 매몰차게 내쫓은 기억, 그 여자가 그 밤에 동사(凍死)했을 것이라는 죄의식, 13년이 지난 후에 그 여자의 흔적을 좇는 작가의 발길 들로 형상화된다. 소설은 주인공의 다음과 같은 다짐으로 끝난다.

> 끝자(字)를 쓸 수는 없다. 나는 자신에 대한 혐오와 부정으로부터 다시 나의 오십대를 일으키려 한다. [……] 나 정영호는 그 여자를 죽음의 어둠으로 내쫓은 장본인이다. [……] 내 죄가 지금도 이렇게 무겁다. [……] 하지만 보아라, 내가 고통스런 성찰로 죄값을 짐져갈 오십대, 육십대라는 전인미답의 시간들이 내 앞에 있다. 나는 그 여자가 내 몸안에 계속 또아리를 틀고 있게 할 것이고, 그것의 고통 때문에 결코 죽지도 않을 것이다. [……] 나는 작가이다. [……] 더 이상 그 이름을 부정하진 않겠다.

이 다짐은 소설내적 필연성의 측면에서 보자면 다소 돌발적이라는 느낌을 갖게 하는 것이지만, 이 소설 속에서 토로된 글쓰기의 고통이나 대중의 갈채에서 느끼는 작가의 곤혹감이 80년 이후의 사회적 정황 속에

서 충분한 진정성을 얻고 있다는 점에서 (그것은 이를테면 이문열 류의 위악, 세상의 속을 다 보아 버렸다는 식의 가짜 '달관'의 포즈를 취하면서 자신을 은연 중에 과장하는 그런 허풍과는 질적으로 다른 바가 있다) 기대를 걸어 볼 만한 것이겠다.

　소설이 작가 자신의 체험을 바탕으로 이루어진다는 것이야 새삼 말할 것도 없는 것이지만, 그것이 소설의 전면으로 거의 노골적으로 내걸리고 그에 따라 전통적 소설의 형식들이 풀어지는 현상, 더 나아가 거의 '수필화'의 경향을 띄는 것은 비단 최근의 일만은 아니다. 지금까지 살펴본 고종석, 유서로, 박범신의 소설에서도 그런 경향이 농후하지만, 가령 조성기의 중편 「피아노, 그 어둡고 투명한」(『세계의 문학』 93, 겨울)이나 이병천의 중편 「모래내 모래톱」, 그리고 공선옥의 「피어라 수선화」 (『상상』 93, 겨울)의 경우도, 서사적 틀을 거의 개의치 않으면서 작가 자신을 강력하게 연상시키는 주인공이나 화자를 내세워 자신의 내면을 직설적으로 토로하는 자유로운 화법을 구사하고 있다는 점에서, 현단계 우리 소설의 이러한 경향을 특징적으로 보여주고 있다.
　그러한 경향을 소설 이전의 '이야기'라고 폄하하거나, 반대로, 그 자유로운 화법이 드러내는 어떤 '진정성'을 높이 사거나 하는 것은, 어디까지나 이 소설들의 '형식적' 혹은 '기법적' 측면만을 주목할 때에 가능한 논의의 구도이다. 내가 관심을 갖는 것은 기법 자체가 아니라 그것들의 '의미'이다. 이 글의 첫머리에서 말했듯이, 어떤 답답함과 갑갑함이 '소설의 옷'을 풀어 헤치는 것일까? 그 '속살'의 정체는 무엇일까? 아둔한 비평가는 잘 모르겠다. 그것이 어디로 갈지는 더더욱 모르겠다. 우선은 소설을 따라 가 볼 수밖에 없다.
　조성기의 「피아노……」에서 화자는 작가 자신인데, 그는 영화관에서 「피아노」라는 영화를 보고 있다. 영화의 전개와 함께 영화 텍스트를 분석하고 해설하는 그를 따라 독자는 그가 불러 일으키는 자유로운 연상들에 몰입된다. 지나가 버린 삶의 단편들, 실현되지 않았기 때문에 상상 속에서 더욱 커져 버린 과거의 잠재적 가능성들은, "내가 쓰는 소설이란 것도 피아노와 같은 섬세한 현실을 도끼로 찍어내는 무지막지한 글쓰기 행위는 아닌지" 하는 작가 자신의 회한과 교직(交織)되면서, 말할 수 없이 비좁고 옹색한 현실의 가능성을 침울하게 되비춘다.

'모든 완벽함의 뒤에는 침묵만이 남는 법'이라는 화자의 언명에는, 완벽함도 침묵도 현실적으로는 불가능할 수밖에 없는 예술가의 숙명적 고뇌가 어른거린다. 이 어둡고 침울한 공간을 그는 우울하게 배회한다. 당연한 일이지만, 그는 현실 바깥의 어떤 세계로도 비약하지 않는다. 동시에 그를 둘러 싼 어둡고 침울한 현실의 모습이 그 소설의 공간 속에서 정체를 보이지 않는다는 것 역시 당연한 일이다. 정체는 잘 드러나지 않으나 섬세하고 예민한 정신들을 피폐시키고 위축시키는 괴물과도 같은 현실의 막연한, 그러나 막연한 만큼 더욱 공포스런 위력과 그에 대비되는 화자의 쓸쓸한 내면은 이 소설의 안정되면서도 잔잔한 문체에 힘입어 독자의 귀를 울린다. (단 하나의 예외. "지난 시대 이념의 그늘에서 거지 노릇을 하며 피아노를 도끼로 내려치는 것 같은 비평 행위를 일삼은 평론가들 또한 제법 있었다"라는 구절은, 과연 조용한 피아노의 선율을 연주하는 듯한 이 소설의 정돈된 문체를 느닷없이 '도끼로 내려치는 듯한' 무지막지한 불상사다). 그러나 작가는 왜 그 괴물스런 현실의 모습을 전면(前面)으로 끌어 오기를 주저하는 것일까……?

이병천의 「모래내 모래톱」은, 손경목이 그 해설에 썼듯이, '기억의 양식화로서의 소설의 본령에 충실한' 작품이다. 그가 살려내고 있는 것은 60년대 서울 변두리의 고단한 삶이다. 그러나 그것은 모든 추억이 그렇듯이 아름답고 애잔하다. 이 소설의 화자는 어린아이이다. 어린아이에게 세계는 시간의 틀로 인식되지 않는다. 거기에 시간의 질서를 부여하는 것은 어른의 눈, 삶의 체험이다. 과거는 각색되고 착색(着色)된다. 그래서 소설이 쓰여지고 읽힌다. 그 점에서 이병천의 이 소설은 '모범 사례'다. 그러나 그것은 잘 짜여진 풍경화, 정물화 이상이 아니다. 그 풍경은 액자 속에 들어 있다.

이병천이 보여주는 애잔한 아름다움과는 달리, 공선옥의 「피어라, 수선화」를 지배하고 있는 것은 삶의 극도의 불모성, 황폐함이다. 공선옥 특유의 툭툭 끊어 던지는 듯한 문체는 이 소설에서는 오히려 을씨년스럽고 음산한 소설 무대의 분위기를 실어 나르는 데에 적절한 효과를 발휘한다. 그러나, 화자를 사로잡고 있는 파괴의 욕구, '살의', 공포 들은 낙태의 두려움으로부터 발원한 것임이 밝혀지기는 하지만, 전체적으로 서사의 구조가 극히 취약하고 전면에 강하게 드러나는 것은 화자 자신의 비극적 정조이다. 화자 자신의 비극적 정조만이 소설의 전면에 드러나는 이러한 구성 방식은 그동안 공선옥의 소설들이 보여 준 전형적인 방식인데, 그에 따라, 소설 말미에서의 전환, 즉 이웃집 학생의 '칼 가는 소리'를 '살인예비음모'로까지 착각하던 주인공이 오히려 그 학생으로부터 구출을 받고 생명에 대한 새로운 결단을 보여주는 전환은 소설내적 설득력을 갖기에는 미약한 것이 되고 말았다.

서사적 구조의 이완, 주관의 전면적 노출 등은 지금까지 거칠게 살펴본 소설들에서 공통적으로 드러나 있는 특징들이다. 그것이 지금 이곳에서의 삶의 '실체 없음', 실체를 찾으려는 고단한 노력들의 허망함이나 쓸쓸함을 정직하게 반영하고 있는 것 또한 부정할 수 없는 사실이겠지만, 또 한편 그것은 우리 소설의 어떤 막다른 골목을 암시하고 있는 것은 아닐까 하는 생각도 든다. 주체의 모습은 선명한데 환경의 정체는 불투명하다. 그렇다면 이러한 경향이 얻을 것은 '이야기의 자유로움'이고 잃을 것은 '객관의 형상화'일지도 모른다.

'소설' *Novel*이라는 옷이 그 전부터 내려오던 옷을 찢고 기울 때에 그때에 그 옷의 틈새로 내비치던 '속살'의 의미가, 한두마디로 말하기는 물론 어렵지만 적어도, 근대적 자아의 출현, 역사적 진보에의 신념 같은 것을 포함하고 있었다고는 분명히 말할 수 있다. 그것이 맹랑한 허구에 지나지 않았다고 생각한 사람들은 새로 만들어진 소설의 옷을 다시 찢기도 했던 것이다. 이를테면, 문예양식으로서의 모더니즘이 자본주의에 대한 극도의 혐오와 반항으로부터 출발했다는 사실은 기존의 양식을 파괴하고 해체하던 행위 속의 의미가 무엇인가를 명료하게 말해주고 있는 것이다. 그리고 오늘날 우리는 그 모더니즘의 막다른 골목이 어디였던가도 알고 있다. 나는 물론 이 소설들이 모더니즘 소설들이라고 말할 생각은 없다. 그런 것은 하나도 중요한 문제가 아니다. 이 소설들이 난반사하는 현실의 모습들을 흥미있게 또는 작가와 함께 우울하게 지켜 보면서도, 한편으로는 이러한 경향이 '주관의 전면적 노출'과 '객관 세계로의 차단'을 초래할지도 모른다는 우려를 못내 지울 수가 없으니, 완미(頑迷)한 비평가의 병집(病執)은 여기서도 어쩔 수가 없다.

(『실천문학』, 1994).

# 일상성의 두 얼굴

― 이동하 소설집 『문 앞에서』

　이동하 소설집 『문 앞에서』에 실린 소설들에서 되풀이 그려지고 있는 세계는, 평범한 소시민의 일상이다. 그러나, '소시민적 일상을 그린 소설'이라는 말은 사실 진부하기 이를 데 없는 말이다. 이 진부함을 뛰어 넘어 새로운 세계로 우리를 안내하는 이동하 소설의 힘은 어디에서 오는 것일까.

　이동하의 소설에서 '일상성'은 단순한 소재의 차원에서 다루어지거나 모사나 재현의 기술적 대상으로 취급되는 것이 아니다. 그것은 그의 소설 세계가 드러내 보이고자 하는 궁극의 대상으로 되어 있다. 다시 말해, 이 소설집에 실린 소설들에서 끊임없이 탐구되고 있는 '일상'이란, 흔히 일상의 지리멸렬함을 다룬 많은 소설들이 그렇듯이, 관념적 혐오 또는 체념적 수락의 대상으로 단순화되어 있지 않다. 아주 직접적으로 말하자면, 이동하의 소설에서 일상이란 혐오와 선망, 질서와 파괴, 공포와 기대, 안정과 혼돈 같은 양립하기 어려운 성격들이 동시에 존재하는 곳, 그 모순이 고스란히 발현되는 지점인 것이다. 그리고 바로 이 점에서 그의 소설은 일상성에 대한 예사롭지 않은 성찰과 탐색의 작업을 수행하는 것이다.

"비슷한 시간, 비슷한 구조물 안에서" "너나없이 어슷비슷한 짓거리들을 하면서 살고 있는" 일상에 대해 참을 수 없는 혐오감을 느끼는 인물은, 또 한편으로는 그 일상을 가능하게 해 주는 아파트의 삶에 대해 "저 바깥 세상으로부터 이제 돌아왔다는 기분", "그나마 이 지상에서 내가 확보할 수 있었던 나의 동굴"이라는 소시민적 안도감을 느낀다. (「성가신 죽음」). 그런가 하면, 견고하고 질서정연한 일상의 모습이 순식간에 모호하고 의심스러운 것으로 뒤바뀌는 환상을 통해, 일상의 완고한 껍데기를 파괴하고자 하는 강한 욕망이 표현되는 한편으로 (「빈강」, 「지붕 위의 산책」) 일상의 평화를 뒤흔드는 그러한 돌발 사태에 대한 모종의 두려움이 표현되기도 한다. (「가을 볕 속 잠자리떼」).

이것을 성격의 혼란이나 작가 의식의 착종으로 말할 수는 없을 것이다. 바로 그렇게 그려지는 그것이 일상인 것이다. 일상이란, 세계의 차디찬 물질성과 어두운 불안으로부터 우리를 구원하는 안정된 공간이면서 동시에 모든 생명력을 마비시키는 음습한 부패의 현장이기도 한 것이다. 이동하의 소설에서 발휘되고 있는 것은 일상이 지닌 이러한 양면성에 대한 날카롭고도 냉정한 인식이다. 이 반성적 인식이 매개될 때에 일상을 다루는 소설은 따분한 세태소설이나 비분강개류의 교훈 소설을 벗어나 소설 문학의 진면목을 드러내는 것이다. 다소 진부한 소재에도 불구하고 그의 소설에서 만만치 않은 긴장이 유지되고 있는 것은 바로 그러한 까닭에서이다.

그러나 이동하의 이 소설집은, 무어니무어니 해도 소설의 진정한 위력은 묘사에서 온다는 것을 다시 한 번 확인시켜 주었다. 정호웅 교수가 이 소설집의 해설에서 "국어 문장의 한 전범"이라고 한 것은 조금도 과장이 아니다. 그 중에서도 나는 「젖은 옷을 말리다」와 같은 빼어난 단편을 만난 것을 커다란 행운으로 생각하고 있다.

이 소설의 전편을 뒤덮고 있는 것은 '축축한 안개비'이다. 안개비의 이미지에 걸맞게 모든 사건의 추이는 모호하고 독자가 얻을 수 있는 정보는 지극히 제한적이다. 장면들은 전후 관계의 설명이나 해설없이 직접적으로 제시되며, 비유와 상징들은 소설의 전편에 은밀히 장치되어 있다. 그러나 그럼에도 불구하고, 아니 바로 그것 때문에 오히려 사건의 현실성과 충격성은 훨씬 더 증대된다. 그것은 소설의 공간 속에, 그리고 작품의 해석에 독자가 적극적으로 참여하도록 유도하는 방식이다. 이 소설은 이러한 방식이 성공적으로 수행된 흔치 않은 예에 속한다. 더불어 우리는 '배워도 좋을 단편소설의 전범' 하나를 더 갖게 되었다.

(1996).

『모래시계』의 위험한 허무주의

　텔리비젼 연속극『모래시계』가 몰고 온 열풍은 가히 미증유의 것이다. 신문은 아침마다 그 연속극에 얽힌 시시콜콜한 얘기를 전하고, 연속극이라면 소 닭 보듯하던 사람들도, 화제가 이 드라마로 옮아가는 순간 체면불고하고 말 많은 시어머니로 돌변한다. 우스개 섞어 말하자면, 이 드라마 하나로 일찍이 볼 수 없었던 '국론 분열' 내지는 잘하면 '국론 통일'의 지경에까지 이르는 게 아닌가 싶을 정도이다.
　분열이 되든 통일이 되든 원고 청탁을 수락한 바에야 말 많은 시어머니의 대열에 설 수 밖에 없긴 하지만, 이제는 '사양산업'임이 분명한 문학에 목을 매고 있는 나같은 사람의 처지에서 보면, 대중의 눈과 귀를 온통 빼앗고 있는 전파－영상 매체의 저 엄청난 위력은, 하루 이틀 겪는 것도 아닌데 번번히 입맛이 쓰고 처참하기까지 하다. 그러니 이 연속극에 대한 나의 소감이란 아마도 곳간 열쇠를 빼앗기고 이제는 골방으로 물러나 앉은 시어머니의 뒤틀린 심사 이상의 것이 아닐지도 모른다. 그러나 너그럽고 현명한 며느리라면 그런 시어머니의 푸념까지도 가려 듣는 귀가 있을 터이다. 명불허전이라고, 녹화 테잎까지 구해다 놓고 본 『모래시계』는 과연 찬탄을 금할 수 없는 장면들의 연속이었다. 최대한 절제된 대사는 이 작품의 작가가 말의 울림과 파괴력을 충분히 알고 운용할 줄 아는 사람임을 알려 주었다. 그런가 하면 영상미니 하는 것에는 문외한인 내가 보기에도, 연출자가 보여주는 '그림'과 절묘한 빛 처리, 박진감 넘치는 묘사들은 잠시도 화면에서 눈을 떼지 못하게 했고 가히 장인의 솜씨를 느끼게 하였다. 연기자들의 연기도, 주역부터 단역에 이르기까지 물 만난 고기처럼 활달하고 자재로워 보기에 좋았다. 어디 그뿐이랴. 이 작품에서 다루고 있는 이야기들이 어디 보통 이야기던가. 건드리면 바로 터지는, 아니 현대의 한국인이라면 언제라도 바로 터질 준비가 되어 있는 그런 이야기들이 아니던가. 군(軍) 당국이 유감의 뜻을 표명했다고는 하지만, 그것도 어쨌든 관심의 표현으로 본다면 정말이지 온 국민적 관심사가 될 만도 했다.

그러나 처음부터 무언가 미심쩍고 아슬아슬한 구석이 없었던 것은 아니었다. '화끈한' 폭력 장면, 암시와 상징을 통한 사건의 빠른 전개 같은 '소프트웨어'의 정교함에 비추어, 카지노 재벌의 딸이 학생운동에 투신하고 이어서 카지노 사업가로 변신한다든가, 그녀와 뒷골목 깡패 두목이 이루어질 수 없는 사랑을 나눈다든가, 그 둘은 또한 절친한 친구인 검사와 삼각관계에 있다든가, 그 검사는 마침내 자신의 절친한 친구를 법정에 세운다든가 하는, 도무지 황당하고 개연성 없는 이 '하드웨어'가 서로 어떻게 조화를 이룰지 실로 아슬아슬하기까지 하였다. 드라마의 초반에서 어렴풋이 감지되고 있었던 이 '하드웨어'의 거칠음, 그것이 가져 올 위험성은 그러나 '소프트웨어'의 충격성, 그 정교함에 가려 아직 드러나지 않고 있었다.

그러나, 그 사건의 사회역사적 본질 규명까지를 텔리비전 드라마에 요구하는 것이 너무 지나친 것이라면 그런대로 썩 성공적이고 감동적이었다고 할 수 있는 광주항쟁과 삼청 교육대의 부분 이후, 이 드라마의 작가와 연출자는 갑자기 '안면을 바꾼 것'처럼 보인다. 아니 어쩌면 그것은 예의 그 '하드웨어'의 거칠음이 마침내 본색을 드러낸 것일지도 모른다. 아무튼 70~80년대의 젊은 세대가 그의 출신 배경과 교육 정도에 상관없이 소낙비처럼 겪어야만 했던 저 포악한 세월을 그려내던 드라마는, 갑자기 엄앵란—신성일 주연의 '맨발의 청춘'과, '사나이의 의리', 음모, 배신으로 점철된 뒷골목 야화(夜話)들의 세계로 내닫는다.

이 세계들이 전면에 드러나면 날수록 흐릿한 안개 속으로 사라져 묻혀지는 것이 구체적 현실일 것임은 자명한 일이다. 광주항쟁의 격랑에 휩쓸린 주인공이 "꿈 같아……. 꿈을 꾼 것 같아"라고 내뱉는 짧막한 대사는 실제로 그 처참한 살륙을 겪었지만 차마 그것을 현실로 믿을 수 없는 인물의 심정을 적절히 표현한 것이기는 하나, 한편으로는 이제 드라마가 그 일의 의미를 더 이상 묻지 않겠다는 뜻의 표명으로도 읽힌다. 과연 여주인공과 믿을 수 없는 연애에 빠져든 주인공이 멋진 오토바이 뒤에 여자를 태우고 잔뜩 몸을 구부리고 인상을 쓰면서 앞으로 내닫는 장면에서, 이 드라마는 60년대식 '맨발의 청춘' 류의 90년대적 연속을 줄거리의 한 축으로 삼을 것임을 예고한다.

연애 사건의 결과 주인공은 삼청교육대라는 또 다른 재난에 직면하지만, 삼청교육대 현장의 야만성에 대한 폭로 효과라는 점을 제외한다면, 이 재난이 지니는 의미란 이제 드라마 내에서 본격적으로 펼쳐질 또 하나의 세계, 즉 음모와 배신으로 점철된 뒷골목의 세계를 그리기 위한 전단계의 준비에 지나지 않는다. 초반부에서 인물의 성격을 형상화하는 살아있는 연기를 펼치던 배우들의 동작과 표정도 이쯤부터 점차 인형처럼 어색해진다.

남는 것은 무엇인가? 그것은 '힘'에 대한 숭배와 그 힘의 막힘에서 오는 끝없는 허무이다. 몰락을 눈앞에 둔 카지노 재벌은 딸에게 모래시계를 전하며 말한다. "아무리 대단한 것이라도 끝이 있는 법이야." 아무렴, 그렇지……. 그런데…… 그래서……? 그러니까 그냥 저 신파와 신나는 활극이나 보면서 모래시계처럼 속절없는 인생을 지내보자고? …… 골방에 물러나 앉은 시어머니의 대책 없는 푸념도 끝이 없다.

(『노동자 신문』, 1995).

# III

"자신의 조국이 달콤하게 느껴지는 사람은 아직 미숙한 어린아이
와도 같다. 외국이 모두 자기 조국처럼 느껴지는 사람은 이미 성
숙한 어른이다. 그러나 세계가 다 외국처럼 느껴지는 사람이야말
로 완전한 사람이다."

— 에드워드 사이드 (1993)

'단절' 또 '고리' : 냉전체제의 고착과 **50**년대 문학

## 1. 50년대 사회와 소설의 조건

50년대의 한국 사회는 6·25전쟁을 통하여 정치적·경제적·문화적으로 엄청난 변화와 단절을 경험하게 되었다. 1948년 이승만 정권의 단독정부 수립으로 야기된 남북의 분단체제는 전쟁을 통하여 완전히 고착되었고, 한국 사회는 정치, 경제, 문화 등의 모든 부문에서 2차대전 이후의 새로운 세계질서인 냉전체제의 강한 영향력 아래 놓이게 되었다. 자주적 민족국가의 건설을 위한 모든 진보적 민주ー민족운동의 이념과 실천은 전쟁 이후 분단체제의 고착과 함께 거의 완전히 거세된 반면, 구식민지 아래서의 친일ー반민족 세력의 이해를 대변하는 이승만 정권의 지배력은 반공 이데올로기의 전사회적 정착과 더불어 보다 확고히 강화되었다. 경제적 궁핍상도 극에 달하였다. 전쟁으로 인한 인적ー물적 자원의 손실과 더불어 미국의 원조에 전적으로 의존하는 경제구조는 자립경제의 기틀을 여지없이 파괴하였다. 한편 이승만 정부의 독재와 부패, 전쟁으로 인한 전통적 가치관의 붕괴는 전사회적으로 일종의 정신적 공황을 불러 일으켰다.

식민지 공업화의 과정에서 자립적 기반을 구축할 수 없었던 한국의 경제구조는 해방 이후 3년간의 미군정 기간 동안 오히려 더욱더 강력하

게 미국경제의 재생산구조에 편입되는 변화를 보였다. 45년부터 48년까지 미국에 의한 대한 원조의 거의 전액은 소비재 상품에 집중되었는데 이로 말미암아 한국의 농업은 정체되고 한국은 미국의 잉여농산물과 소비재 상품 및 군수물자의 판매시장으로 전락하였다. 이러한 상황은 전쟁 이후 더욱 강화되었다. 전쟁으로 모든 시설과 기반이 파괴된 한국의 전후 복구를 위하여 미국은 운크라(UNKRA) 등의 전시 긴급원조를 비롯한 각종 원조를 제공하였다. 그러나 이는 미국 대외원조의 기준이 '민주사회의 가치가 유지될 것, 미국 국민의 번영이 촉진될 것, 미국의 안전보장이 확보될 것'임에서 보이듯, 한국의 요구와 필요에 따른 것이라기보다는 전적으로 미국 자본과 전후 세계 자본주의 재생산구조의 유지 —확대를 위한 것이었다. 결국 50년대 미국의 대한원조는 한국 농업의 희생과 토착 중소기업의 몰락을 바탕으로 한 대규모 소비재 중심 공업화의 물질적 기초를 제공하였고, 또한 이것이 정치권력과 결탁한 특정인에게 집중됨으로써 매판적이고 관료자본적인 재벌의 형성을 가능하게 하였다. 농촌의 피폐화는 거대한 인구이동을 초래하였고, 산업간 불균형은 자생적 재생산 구조의 확립을 차단하였으며, 이에 따라 대내적으로는 심각한 사회경제적 불평등, 그리고 대외적으로는 미국 일변도의 종속성이 심화되었다. (김대환, 「1950년대 한국경세의 연구」, 『1950년대의 인식』, (한길사, 1981), 참조).

한편으로, 구식민지의 관료체제와 미군정 하에서의 군사통치를 그대로 계승한 이승만 정부는 식민지의 유제를 청산할 능력과 의욕이 없었을 뿐 아니라, 오히려 파시즘의 강화를 통하여 자신의 취약한 권력 기반을 확보하는 정책을 취하게 되었다. 그리고 이것은 또한 한국을 전세계적 냉전체제 아래서 군사적 첨단기지로 활용하고자 하는 미국의 이해와도 긴밀하게 연결된 것이었다. 대통령 직선제를 위한 개헌안의 불법적인 처리에서 야기된 부산정치파동(1952)을 비롯하여 사사오입 개헌(1954), 진보당 사건(1958), 국가보안법 개정(1958) 등, 일련의 강압정책을 통하여 이승만 정권은 확고한 권력을 장악하였다. 그에 따라 사회의 전부문에 걸쳐 극단적인 반공 이데올로기만이 절대적인 영향력을 행사하였고, 진정한 민주주의의 발전을 위한 제반 사회적 토대의 건설은 그만큼 지체될 수밖에 없었다.

전쟁의 엄청난 피해와 더불어 50년대 사회의 이러한 정치－경제적 조건은 전후의 한국 사회를 새로운 방향으로 재편시켰다. 우선 전쟁의 결과 남북 양쪽은 각자 상이한 사회구성의 경로를 밟음으로써 강고한 분단체제가 고착되는 길을 열었다. 그러나 비록 자생적 재생산구조의 확립이 저해되었다고는 하나, 50년대의 경제는 한국 자본주의의 규모가 크게 확대되는 계기를 마련하였고, 또한 공업화에 따른 계급의 분화가 촉진됨으로써 한국 사회 변혁의 기초적 토대를 형성하는 것이기도 하였다. 전쟁으로 인한 인구의 이동 및 농촌 공동체의 와해는 전통적인 가치관의 붕괴를 촉진시켰고, 그러한 가치의 공백 상태를 타고 미국의 대중문화가 전사회적으로 유입되고 확산되는 한편 새로운 가치를 모색하는 노력이 드러나기도 하였다.

그러므로 1950년대는 자주적 민족국가의 완성이라는 근대적 목표가 심각하게 굴절되고 그것을 위한 사회적 에너지가 고갈되는 시기라고 할 수 있는 한편, 역사적인 견지에서 보자면 그 나름의 시대적 의미와 가능성을 내포한 시기이기도 한 것이다. 즉, 한국 전쟁의 경험과 한국경제의 세계 자본주의에의 보다 본격적인 편입 과정을 통하여 민족적 단위의 삶과 운명이 세계사적 규정력에 불가피하게 긴박되어 있다는 자각이 체화되면서, 가령 '평화통일론' 등에서 보이는 바와 같이, 분단체제의 극복을 위한 구체적이고도 현실적인 방안들이 모색되거나, 이승만 정권의 독재와 부패 및 사회적 불평등에 대한 염증이 심화되고 민주주의를 향한 염원이 확산되면서, 4·19 혁명을 예비하는 정치적 저항이 꾸준히 시도되는 것 등은 50년대 사회가 지닌 역동성의 한 단면인 것이다.

50년대의 한국 소설은 이러한 사회적 조건을 다양하게 함축하고 있다. 전쟁의 참상과 혼란으로 초래된 정신적 공황 속에서 작가들은 인간과 세계에 대한 근본적인 의문과 대면해야 했으며, 기존의 문학적 가치와 방법에 대한 전면적인 단절감을 경험해야 했다. 그러나 이러한 의문과 경험을 소설의 새로운 성과로 꽃피우기에는 50년대의 사회적 토양이 너무나 척박한 것이었으니, 앞서 살펴 본 바와 같은 극단적인 반공 이데올로기와 경직된 분단체제의 강압은 소설적 상상력을 심각하게 제약하는 것이었다. 이러한 문학외적 제약 이외에도, 전쟁을 비롯한 당대 사회의 구체적 현실을 체험의 직접성에서 벗어나 보다 객관적이고 총체적인 관점에서 소설로서 형상화내기 위한 시간적 거리가 아직은 확보될 수 없었다는 점도 50년대 소설의 충분한 성장을 가로막은 요인이었다.

이러한 상황 속에서 50년대의 소설은 전쟁의 체험과 전후의 혼란상을 세태묘사의 수준에서 반영하는 경향과, 한편으로는 일상적인 현실로부터 벗어나 관념적이고 추상적인 보편의 세계를 추구하는 경향을 띄게 되었다. 첫번째의 경향은, 총체성의 견지에서 현실을 수습하고 형상화하는 소설 문학 본래의 요구에는 미치지 못하였지만, 전쟁으로 파괴된 일상의 모습과 50년대 사회의 부정적 현실을 묘사함으로써 이후 한국소설의 리얼리즘적 발전에 귀중한 동력이 되었다고 할 수 있다. 두번째의 경향은 전쟁으로 인한 정신적 황폐감을 지적 유희나 관념으로 위무할 수밖에 없었던 당대 사회의 문학 사회학적 조건을 반영하는 한편, 한국소설의 전통에서 매우 취약한 부분인 관념소설이나 지식인 소설의 초석을 놓은 것이라고 볼 수 있다.

## 2. 세태묘사와 현실 고발 : 염상섭과 전후의 작가들

앞서 말한 바와 같이, 50년대의 사회적, 문학적 상황들은 6·25전쟁이라고 하는 미증유의 체험을 총체적으로 형상화하기에는 지나치게 열악한 것이었다. 이러한 가운데에 50년대의 작가들은 그들 스스로가 겪은 전쟁의 참담함, 전후의 피폐함, 사회적 혼란과 부조리, 생활의 궁핍 등 50년대의 사회 현실을 다양한 형태로 그려내었다. 염상섭의 장편

『취우(驟雨)』(1952)가 보여주는 바와 같은, 냉정한 관찰자의 시각을 바
탕으로 한 세태묘사나, 손창섭, 이범선 등의 전후작가들에서 보이는 바
와 같은, 일상적 삶의 묘사를 통한 현실에 대한 강한 부정과 고발의 정
신 등은 50년대의 소설이 이룩한 소중한 성취이다.

 1952년 7월부터 다음해 2월까지 조선일보에 연재된 염상섭의 장편
『취우』는 이 시기 문학에서 매우 돋보이는 작품이다. 소설은, 1950년 6
월 27일 즉 북한 인민군이 서울을 점령한 시점부터 그 해 9월28일까지,
즉 이른바 '인민공화국' 치하에서의 삶을 그리고 있다. 이 소설의 주요
인물들은 한미 무역회사의 사장이며 돈과 욕정에 눈이 먼 인간인 김학
수, 김학수의 비서이며 그의 첩노릇을 하는 강순제, 경성제대를 나온 노
총각 엘리트로서 한미 무역회사의 과장인 신영식 등이다. 소설은 이 인
물들 사이의 갈등과 욕망, 특히 강순제와 신영식 사이의 애욕이 어떻게
실현되어 가는가에 그 촛점이 맞추어져 있다. 전쟁의 그림자는 어디에
도 없다.

 여기서부터는 포탄을 맞아 이층이 무너진 데가 두세 집 눈에 띄
 었다. 을지로 사가를 바라보니, 적군 탱크에서 불을 사방으로 확확
 뿜으며 활활 시원스럽게 타오른다. 탱크를 폭파시킬 만한 성능을 가
 진 포탄이 있었다면 여기까지 끌어들여놓고 쏘았을 리 없으니, 제
 풀에 폭발이 된 것인지는 모르나, 어쨋든 인제야 전쟁터를 본 듯이
 장쾌하였다. (강조 – 인용자)

 인민군이 서울에 들어 온 첫날의 거리를 묘사하는 이 장면에서 화자
의 시점은, 비록 적과 아의 구별은 행해지고 있으나, 전적으로 무심한
관찰자의 그것이다. 그리고 이 시점은 소설의 전편에 걸쳐 계속 유지되
는 것이다. 그 대신에 소설의 전부를 지배하는 것은 일상의 욕망과 그러
한 욕망을 매개로 한 세속의 세계이다. 소설 속의 인물들에게 전쟁은

"어디서 났던지 먼날의 꿈만 같"고, 강순제와 신영식은 "전쟁터를 돌파한다는 긴장한 기분이라든지 겁을 내는 기색은 조금도 없이, 애인끼리 …… 산보나 나선 것처럼 마음까지 가볍고 유쾌"하게 밀회를 즐긴다. 전쟁의 승리를 고취하고 아군의 용맹과 적군의 비열함을 과장되게 선전하는 전시문학만이 판치던 시점에서 염상섭이 보여주는 이 냉정한 일상과 벌거벗은 욕망의 묘사는, 오히려 한 치 앞을 기약할 수 없는 전시의 삶의 무상함을 드러내는 한편으로 강요된 정치적 이데올로기의 허구성을 은밀히 폭로하고 있는 것이기도 하다.

손창섭은 1952년 단편 「공휴일」을 발표한 이후, 「비 오는 날」(1953), 「생활적」(1954), 「혈서」, 「미해결의 장」(1955), 「유실몽」, 「광야」, 「미소」(1956), 「치몽」, 「소년」(1957), 「잉여인간」(1958), 「낙서족」(1959), 『신의 희작』(1961) 등의 주요작을 발표함으로써 50년대의 대표적인 작가로 활동하였다. 그의 소설은 전후의 어둡고 황폐한 현실을 배경으로 인간에 대한 강한 혐오와 모멸을 표현하고 있다. 「비오는 날」, 「생활적」 같은 작품에서 손창섭은 전쟁으로 뿌리 뽑힌 삶의 모습들을 구체적이고 충실한 세부묘사의 기법으로 드러내었다. "이렇게 비 내리는 날이면 元求의 마음은 감당할 수 없도록 무거워지는 것이었다. 그것은 東旭 남매의 음산한 생활 풍경이 그의 뇌리를 영사막처럼 흘러가기 때문이었다"는 문장으로 시작되는 「비오는 날」이라는 소설은, "사십일이나 계속된 긴 장마"를 배경으로 젊은이들의 내일을 기약할 수 없는 고달픈 삶을 전하고 있다.

손창섭의 소설에서 주인공들은 세속적 가치와 관습을 거부하고 스스로 자폐적인 공간으로 칩거하거나 극도로 무력한 상태에 빠져 있는 인물들이다. 작가는 이러한 인물들을 통해 훼손된 삶의 현실에도 불구하고 지켜져야 할 긍정적 가치에 대한 신뢰와 전망을 강조하고 있는 것이다. 「생활적」이라는 소설의 주인공 ‘東周’ 역시 그러하다. 그는 반공포로로 석방된 인물인데, 인민재판의 끔찍한 폭력을 경험한 바가 있다. 피난지 부산의 한 판잣집에서 그는 무위한 삶을 이어가고 있는데, 거리에서 우연히 만난 옛 동창의 여동생인 일본인 ‘하루꼬’와 동거하게 된다. 동주의 옆방에는 이북에서 월남한 ‘鳳洙’가 병석에 누워 ‘밤낮없이 신음소리만을 내는’ 그의 딸 ‘順伊’와 함께 살고 있다. 봉수는 “인간이란 시대의 추이에 민감하지 않으면 안된다는 것”과, 삶의 목적은 오로지 “돈을 모으는 데에 있다는 것”을 믿고 “그렇기 때문에 자기는 지금 영어 공부를 하고 있노라”는 허풍쟁이 속물이다. 정력적이고 생활력이 강한 봉수와 ‘하루꼬’같은 인물형, 그에 반해 무력하기 이를 데 없는 동주와 죽음만을 기다리고 있는 순이 같은 인물형은 이 소설 내에서 극단적으로 대비된다. 결국 봉수와 ‘하루꼬’는 서로 눈이 맞아 음식점을 차리고 동주는 순이의 주검을 끌어 안고 눈물을 흘린다. 그 눈물을 통해서 다시 삶을 확인하는 이 소설의 마지막 장면에서 우리는 50년대의 절망과 그 절망 속에서의 힘겨운 모색을 읽을 수 있다.

> 주검 위에 무엇이 떨어졌다. 눈물이었다. 섧지도 않은데 눈물이 쏟아지는 것이었다. 자기는 분명히 살아 있다고 東周는 의식했다. 살아 있으니까 죽을 수 있다고 생각했다. 그것만은 자기가 확신할 수 있는 단 하나의 <장래>라고 생각하며, 東周는 주검의 얼굴 위에 또 한번 입술을 가져가는 것이었다.

손창섭의 소설에서 이렇게 극대화된 현실의 부정성은 그러나 새로운 가치의 수립이라는 차원으로까지는 연결되지 않았다. 가령 위의 작품에서 주인공은 자신의 훼손된 삶을 전적으로 자기 자신의 우유부단한 성격 탓으로 돌려 버리고 만다. 삶의 왜곡을 초래하는 구조적 문제에 대한 사고는 애초부터 차단되어 있는 것이다. 그리하여, 「미해결의 장」, 「유실몽」과 같은 작품들에서 극단적으로 드러나듯, 손창섭은 인간 존재 그 자체에 대한 극도의 불신과 삶에 대한 무조건적 환멸로 그의 소설 세계를 열어 간다. 이 불신과 환멸은 가령 『신의 희작』과 같은 자전적인 작품에서는 작가 자신의 "육체적 정신적 기형성"을 폭로하고 조롱하는 지경에까지 이른다. 아무런 출구도 마련되어 있지 않은 이러한 불신과 환멸은 마침내 이 작가의 절필로 귀결되는 것이지만, 그가 그려낸 어둡고 암울한 세계는 전후의 황폐한 사회상의 한 상징이었던 것이다.

이범선의 「오발탄」(1959)은 전후 사회의 궁핍과 부조리를 묘사한 이 시기 소설의 수작이다. 무엇보다도 이 작품은 분단체제의 고통을 한 소시민의 일상을 통해 실감있게 묘사해 낸 데에 그 의미를 찾을 수 있다. 해방 후에 월남한 주인공 송철호에게는 늙은 어머니와 처자, 동생등의 식구가 있다. 계리사 사무실의 직원인 그는 해방촌의 판자집에서 그 많은 식구들과 어렵게 살아가는데, 실성한 그의 어머니는 시도 때도 없이 "가자!"하고 소리를 지른다. 해방 전에 살던 이북의 고향으로 돌아가자는 것이다. 작가는 정신이상이 된 이 어머니의 절규를 배경으로 주인공의 고달픈 일상을 보여준다. 그의 동생인 영호는 생활의 궁핍을 견디지 못하여 마침내 강도짓을 벌이고 경찰에 체포되며, 여동생 명숙은 미군에게 몸을 팔기에 이른다. 그런가 하면 아내는 난산 끝에 죽는다. 이 처절한 상황에서 실성한 어머니의 "가자!"하는 절규와 대비되어 '도대체 어디로 가자는 말인가. 난 아마도 조물주의 오발탄인가 보다'라는 주인공의 방황은, 전쟁과 분단의 참담한 현실이 한 소시민의 일상과 내면을 어떻게 파괴하고 소외시키는가를 진실되게 표현하고 있다.

이렇듯이, 전후 사회의 부조리한 현실을 고발하고 비판하는 것은 50년대 소설의 중요한 흐름이며 기능이었다. 서기원의 대표작 「암사지도」(1956)는 전쟁에 참여했다 돌아 온 젊은이들의 황폐하고 암울한 내면을 그려내면서 새로운 가치의 모색을 보여주고 있다. 하근찬은 「수난이대」(1957)라는 단편에서, 아버지와 아들의 두 세대에 걸친 한국 현대사의 잔인한 상처를 생생한 장면 묘사로 드러내었다. 전후의 물질 숭배와 타락한 사회상은 박경리의 「불신시대」(1957)에서 치밀하게 묘사되었다. 송병수의 「쇼리 킴」(1957), 추식의 「인간제대」(1959) 같은 단편들 역시 전후 사회의 왜곡된 현실과 병든 개인의 내면들을 사실적으로 묘사하고 있는 소설들이다. 그런가 하면 이호철의 「탈향」(1956)이나 최일남의 「쑥이야기」(1953) 같은 단편들 역시 이 시기 소설 문학의 경향을 보여주는 역작들이다.

앞서 말했듯이, 이 경향의 소설들은 주로 단편 양식을 통하여 전후의 피폐한 현실과 혼란상을 핍진하게 묘사함으로써 이후 한국소설의 리얼리즘적 진전을 위한 소중한 동력을 제공하였다. 그러나 단편적인 세태 묘사나 체험의 직접성을 벗어나 보다 구체적이고 전체적인 관점에서 당대의 현실을 형상화 하는 소설 문학의 성과는 아직 더 많은 시간을 필요로 하는 것이었다.

## 3. 추상적 보편의 세계 : 실존주의와 탈역사적 휴머니즘

해방기의 이념 대립과 갈등, 전쟁의 참상을 겪은 뒤에 50년대 소설에 나타난 또 하나의 경향은, 구체적인 사회 — 역사적 현실로부터 떠나 추상적 보편성의 세계로 비약하는 것이었다. 이러한 경향은 한편으로는 당대의 철학사조였던 실존주의를 수용하면서 인류 문명 자체에 대한 회의와 모든 이념에 대한 혐오를 드러내는 관념소설로 나타났고, 또 한편으로는 이른바 '휴머니즘'을 표방하면서 실제로는 당대의 지배 이데올로기인 반공주의를 강화하는 소설로 나타났다.

첫번째의 경향을 대표하는 작가는 장용학이다. 「찢어진 윤리학의 근본문제」(1953), 『요한시집』(1955), 『비인탄생』(1956), 「역성서설」(1958), 「현대의 야」(1960), 『원형의 전설』(1962) 등 그의 주요 작품들은 전통적인 소설 문법을 거부하고 작가의 관념과 철학적 단상들을 노골적으로 드러내는 독특한 방식을 구사하였다. 예컨대 『비인탄생』에서의 다음과 같은 귀절을 보자.

　　손금이 손이 아닌 것처럼 人間性이 人間이 아니었다! 人間性이란
人間의 一面. 그 一面을 가지고 人間을 덮을 때 人間은 病들고 矮小해
지고, 欺瞞과 懶怠. 反人間이 된 것이다. 反人間으로 봤을 때 非人이
人間이다! 人間은 人間이 되기 위해 非人이 되어야 한다! 人間性을 破
棄하고 人間으로 돌아가야 한다! 아, 人間은 告別되어야 할 것. 거룩
한 이름이여, 나에게 人間을 告別할 힘을!


　　한자의 남용과 사변적 대사들을 소설의 공간에 마구 풀어 놓는 기법
의 독특함을 넘어서 장용학의 소설이 보여 주고 있는 것은, 현대의 과학
문명과 이데올로기에 대한 철저한 부정과 해체의 정신이다. 그것은 한
국전쟁의 체험이 당대의 작가들에게 허용한 사유의 한 영역을 보여주는
것이다.

　　장용학의 실험은 물론 성공적인 것은 아니었다. 서사구조의 완전한
해체는 그 해체에 값할 만큼의 다른 깊이를 내보이지 못한 채 지루한
요설로 떨어지기 일쑤이고 어설픈 사고나 생경한 관념이 그대로 노출되
기도 한다. 또한 장용학을 비롯한 50년대의 신인 작가들을 휩쓴 실존주
의의 열풍은, 사실상 실존주의가 무엇보다도 역사 앞에서의 '인간 주체'
를 강조하는 것이었음에 반하여 오히려 '주체의 실종' 내지는 '소멸'을
보여주는 것이라는 점에 비추어 볼 때, 실존주의와는 거리가 먼 것이었
기도 하다. 전쟁 이후의 허무주의가 실존주의라는 외피를 쓴 것이라는
평가도 가능하다.

　　그러나 어찌 되었든 그것이 50년대의 작가들에게 주어진 현실이었다.
한국전쟁의 체험은 한국의 작가들을 인간과 세계의 보편성에 대한 탐구
로 유도하였고 그것은 한국의 근대문학의 역사에서 아직 본격적으로 수
행되지 않았던 작업이었다. 구체적이고 개별적인 형상화를 통해 소설로
써 육화되는 데에 커다란 한계를 지닌 것이기는 하지만, 장용학의 소설
은 그 보편성에의 탐구가 한국 소설의 영역에 하나의 흐름으로 자리잡
기 시작했다는 의미를 갖는다.

김성한의 소설도 같은 맥락에서 말할 수 있다. 그의 소설이 탐구하는 것은 '자유와 권력'의 문제이다. 장용학처럼 관념적이기는 하지만 김성한의 문학적 특성은 '풍자'의 기법을 주로 사용한다는 것이다. 이때 그의 풍자의 대상은 물론 50년대의 왜곡된 현실이다. 15세기 영국의 종교재판을 빌어 개인의 신념과 권력과의 갈등을 다룬 「바비도」(1957) 같은 작품에서 작가의 관심은 물론 영국 역사가 아니라 50년대 당대의 한국 현실이다. 개인의 양심과 신념을 억누르는 정치 권력에 목숨을 걸고 저항한다는 작가의 메시지는 50년대의 소설 문학에서 보기 드문 주제이다. 그러나 김성한의 소설 역시 추상적 보편의 세계로 비약하는 이 시기 소설의 일반적 결함을 벗어나지 못한다. 그 결과 정치적 자유와 신념의 옹호라는 소중한 주제는 인간 자체에 대한 혐오와 허무주의의 세계로 귀결되고 만다.

> 불행의 시초는 도대체 인간 세상에 태어났다는 사실에 있다. 누가 이 세상에 나고 싶다고 했더냐? [……] 힘이다. 너희들이 가진 것도 힘이요, 내게 없는 것도 힘이다. 옳고 그른 것이 문제가 아니라 세고 약한 것이 문제다. 힘은 진리를 창조하고 변경하고 이것을 자기집 문지기 개로 이용한다. 힘이여, 저주를 받아라.

굴복하여 살아 남는 길보다는 죽음을 택하는 바비도가 도달하게 되는 이러한 심정은, 결국 모든 상황의 원인을 힘의 유무라는 불가항력으로 돌림으로써 그가 지키고자 했던 신념 자체를 무화시키는 한편 자신의 주체적 실존조차도 무력화시키는 것이다. 그러나 그것은 보편성에의 탐구를 구체성과 결합시킬 수 없었던 50년대의 조건이 빚은 결과일 것이다.

추상적 보편성으로의 비약이 낳은 또 하나의 경향은 '탈역사적 휴머니즘'의 경향이다. 50년대 한국 사회의 역사적 체험 속에서 휴머니즘은, 종래의 한국 소설이 견지하고 있었던 이념적 지평이 와해된 이후의 공백을 메꿀 만한 대안으로 보였다. 그러나 이때의 휴머니즘이란 인간을 초역사적—몰계급적 관점에서 파악하는 것으로서, 구체적 현실의 형상화를 목표로 하는 소설 문학의 이론적 자양분이 되기에는 너무나 미약한 것이었을 뿐만 아니라, 분단시대 한국 사회에서 최대의 정신적 억압인 반공주의의 비인간적 성격을 호도하는 하나의 가면으로 작용하였을 뿐이었다.

선우휘의 「불꽃」(1957), 이범선의 「학마을 사람들」(1957), 김동리의 「흥남철수」(1956), 박영준의 「빨치산」(1951), 황순원의 『카인의 후예』(1953), 오상원의 「모반」(1957) 등이 여기에 속하는 작품들이다. 모든 이데올로기의 허구성을 주장하면서 인간성의 회복을 설파하는 이 작품들은 그 실제에 있어서는 오히려 강한 이데올로기적 지향을 드러냄으로써 스스로 모순에 빠져든다. 그런가 하면 역사적 사건과 체험을 '우연한 수난'으로 돌리고 그 상처로부터의 회복을 막연한 심정적 화해나 주술적 해결에 위탁함으로써 역사적 허무주의의 면모를 드러내기도 한다.

## 4. 50년대 소설의 문학사적 의미

다른 시대에도 마찬가지이지만, 50년대의 소설 역시 그 시대를 규정하는 제반 사회적 조건의 산물이다. 50년대는 전쟁으로 인해 사회 전체의 질서가 붕괴되고 혼란된 시기였으며, 분단체제가 고착되는 시기이기도 하였다. 50년대의 소설 역시 이러한 사회적 조건을 벗어날 수 없었다. 작가들은 전후의 사회세태 묘사를 통해 당대의 현실을 고발하고 비판하는 작품들을 써냈다. 이러한 경향은 훼손된 삶의 모습을 그림으로써 진정한 가치를 추구하고자 하는 소설 장르 본래의 요구에 값하는 것이었다. 한편으로 실존주의의 영향을 받은 전후의 신인작가들은, 전쟁의 체험으로부터 보다 보편적인 인간과 세계의 문제를 탐구하기 시작했으며, 그것은 소설의 새로운 형식실험으로 나타나기도 하였다. 싫든 좋든 한국 사회는 세계사의 강한 규정력 속에 놓이게 되었으며, 전쟁의 체험은 한국의 작가들로 하여금 자신의 문제를 세계 전체와 인류 문명에 대한 근본적인 반성의 토대 위에서 사고하게끔 했다. 전후의 관념소설이 그 소설적 성취의 미흡함에도 불구하고 지니는 문학사적 의미는 바로 그것이다. 그러나 그것들은 모두 하나의 단초 내지는 계기에 지나지 않는 것이었다. 그러한 경향들이 원숙한 소설적 성취를 이루는 것은 아직 나중의 일이었다. 그런 점에서 50년대는 '단절'이면서 동시에 하나의 '고리'였다.

(『민족문학사 강좌』, 1995).

# 순수의 정체

— 붓과 칼의 일치 : 조연현론

사람의 생각이나 사상은 주어진 환경과 조건에 따라 자주 바뀐다. 심지어는 한 순간에도 여러 다른 생각들이 혼재하여 우리를 갈등과 번민에 휩싸이게도 한다. 그것이 사람이다. 아무리 형편없는 사람이라도 우리가 끝내 그의 사람됨을 믿고 포기할 수 없는 까닭은 사람의 그런 다양한 생각들, 변화의 가능성을 믿기 때문이기도 하다.

그러나 다음에 인용된 4편의 글을 보면 우리의 그런 믿음은 흔들린다. 다음의 글들은 해방 이후 남한 문단의 대부(代父)로 군림했던 평론가 조연현의 글이다. 그 격심한 논리의 곡예와 뒤집기에서 우리는 차라리 서글픔을 느낀다.

(1) 지금 아세아의 전체 민족은 오까구라가 외친 '전(全) 아세아 공통의
　　상속재산'인 '그 구극과 보편성에 내재하는' '사랑'에 의하여 하나로
　　맺어지고, 더 나아가 구극적으로 그것을 고양하지 않으면 안됩니다.
　　여기서 또 주의해야 할 것은, '하나'인 아세아의 중심은 일본이어야
　　한다는 사실입니다 [……] "일단 같은 조건 밑에 평등한 위치에 있
　　으면서, 일본민족의 정신적 순결을 끝까지 옹호하는 작업으로부터
　　출발하여 그리고 적당한 방법으로 주위의 친근 민족을 점차적, 자발

적으로 일본정신에 동화시킬 수 있는 한에서만, 그들에게 우리의 민족적 동포로 참여하는 일을 허용한다는 것으로 되지 않으면 안된다." 이처럼 사이또우씨가 「전후의 사상」에서 언급한 바와 같이, 그렇게 함으로써 비로소 우리는 동아공영권을 가능케 할 수도 있고, 아세아는 '하나다'라는 이상도 실현될 수 있을 것입니다 [……] 전국의 청년학도 제군! 자각과 복수의 마음으로 불타며 아세아 공영권의 건설에 매진합시다. 아세아 부흥의 새벽은 떠오르는 태양처럼 온 세계의 경탄과 공포 가운데서 나타날 것입니다.

이 글은 1942년 6월 『동양지광』에 일본어로 발표된 「아세아 부흥론 서설」이라는 꽤 긴 분량의 글 중 일부분이다. 1920년 경남 함안 출생인 그가 이 글을 쓸 때에는 겨우 스물두살의 청년이었는데, 그의 연보에 따르면 그는 1940년에 혜화전문(현재의 동국대)에 입학하였다가 "1941년 학생사건으로 연좌되어 혜화전문을 중퇴하고 어려운 나날을 보내다가 1944년 절에서 도피생활을 하다 고향에서 면서기가 되었다"고 한다. (『조연현 문학전집』 1, 어문각, 1977).

이 행간에서 생략된 사실들은 무엇일까? 분명한 것은 평론가로서의 조연현의 대외적 문필활동은 '친일'로부터 시작하였다는 것이다. 학생 시절에 교지나 『조광』 같은 잡지 등에 시를 몇편 발표한 것 외에 그는 1942년 당시 아직 기성문인의 대열에 끼지 못한 문학 청년이었을 뿐이었다. 다시 말하면, 다른 문인들, 예컨데 이광수나 최남선과 같은 기성 문인들에게 가해지는 억압이나 강요가 있었을 리 없다는 뜻이다. 말하자면 조연현은 '자발적인 친일 문학'으로 등단한 평론가에 속한다. 이 글에서 그는 '대동아 전쟁의 승리와 의의'를 열정적인 어조로 역설하면서 "아세아의 각 민족을 일본화하는 일", "일본정신에 참가 내지 동화하는 정도까지 고양하는 작업"이야말로 수세기에 걸친 서구의 압박과 침략을 벗어나는 "아세아의 자각전(自覺戰)"이라고 말한다. 이제 다음의 글을 보자.

    (2) 일제 말기의 저 불행한 계절에 [……] 우리의 민족과 생존은 있었으나 [……] 8·15 해방이 올 때까지 우리의 문학은 우리 민족의 양심과 함께 침묵 속에 빠져갔다 [……] 1941년 이후 [……] 『인문평론』은 『국민문학』이라 개제하여 한일 양국어로 계속 속간되었으나 그것은 이미 비겁하게 타협된 하나의 치욕에 불과했던 것이다.

이 글은 해방 이후 남한의 모든 문학도들의 필독서였던 조연현의 『현대문학사』 중 제5장의 일부이다. 여기에서 그는 1941년 이후 해방 때까지의 문학을 "일본의 군화 소리가 우리의 언어와 문자를 없애고, 일본식 창씨개명을 강요"하였던 "암흑기", "공백기"로 명명하면서, 『국민문학』으로 제호를 바꾼 대표적인 친일 문학지 『인문평론』을 가리켜 "비겁하게 타협된 하나의 치욕"이라고 말한다. 바로 그 『국민문학』 1943년 8월호에 일본어로 「자기의 문제로부터」라는 평론을 쓴 사람이 자기 자신이라는 사실은 물론 "침묵 속에 빠져갔다." 조연현의 친일문학 행위는 그 외에 『동양지광』 1942년 12월호에 역시 일본어로 쓴 「니체적 창조」, 43년 1월호에 「문학자의 입장」이란 글로도 표현되었다.

사회적 지명도나 영향력이 상대적으로 미미한 문학청년 시기의 글이라고 생각해서였을까, 조연현이 그 뒤에 자신의 이런 행위를 공개하거나 반성하거나 한 흔적은 전혀 없다. 오히려 그는, 다른 많은 친일 행위자들이 그러했듯이, 일제 말기의 자신의 모습을 "망국의 한 사람으로서 기약없는 여정 (「최초의 해외여행」)" 이라느니, 고향에서 면서기로서 "국민 계몽을 위한 군내 순회공연"을 나선 것을 가지고 일본인 경찰서장의 노염을 사서 신변의 위협을 느꼈다느니 (「私事錄」) 하는 식의 얼토당토 않은 미화를 하고 있다. 그런가 하면 1962년의 일본 여행기에서 그는 한 일본 신문기자의 글을 읽고 "다른 나라 사람들이 우리를 깔볼 때는 그냥 넘어갈 수도 있는데 일본 사람이 우리를 깔볼 때는 언제나 참기가 어렵다"고 쓰는가 하면, 히로시마의 원폭(原爆)자료관을 방문하고는 "그러한 참화를 일본이 초래하였다는 데 대해서는 아직도 절실한 반성의 표시는 별로 보이지 않는 것 같았다"고 말한다. 참으로 편리한 것이 사람의 말이고 생각이다.

> (3) 36년 동안 조선의 신문학은 [……] 부르조아 심리주의를 반영한 부르조아 리얼리즘의 기초 위에 지반을 닦고 있었던 것이다. [……] 그러나 이러한 [……] 문학이 도달한 세계는 [……] 비애와 [……] 환멸과 [……] 회의의 세계였던 것이다. [……] 해방 이후 조선은 전혀 다른 현실이 현실화 되어지고 있다. [……] 그러면 부르조아 리얼리즘으로는 도저히 해결되어지지 않는 이 새로이 현실화된 여기에 대응할 문학적 과제는 무엇일까? 그것은 부르조아 리얼리즘을 대신하는 프로 리얼리즘일 것이다 ……. 해방후의 조선이 부르조아 민주주의 혁명이라는 명제 아래 실상은 세계 역사의 가장 전위적인 프로레타리아 계급적 혁명의 코스로 달리고 있으며 그것은 또한 하나의 세계사적 필연에의 길이기 때문이다.

이 글은 앞의 (1)의 글을 쓴 지 겨우 3년 7개월 후, 그러니까 1946년 1월 『예술부락』 창간호에 발표한 평론이다. 이 글은 당시 문학론의 주류를 이루고 있었던 「조선 문학가동맹」의 강령, 즉 진보적 민주주의 문학론의 한 전형이라고 할 수 있다. 필자의 이름을 가리고 본다면, 그 글의 필자가 조연현임을 알아 맞출 사람은 거의 없을 것이다. 분단 이후 남한 반공문학의 효장이었고 관변문학의 이론적 대부였으며 모든 진보적 문학 활동에 대한 엄격한 검열관이었던 그가 이러한 글을 썼었다는 것은 상상하기 어려운 일이다. 그러나 그것이 사실이다.

그렇다면 그는 해방 직후의 정세에서 자신의 오류를 깨닫고 "프로레타리아 혁명의 세계사적 필연성"을 자신의 문학론의 지주로 삼았던 것일까? 그것이 자신의 문학과 인생 전부를 건 치열한 반성과 모색의 결과가 아니었음은 다음의 글을 읽는 순간 금방 드러난다. (「새로운 문학의 방향」이라는 위 (3)의 글은 그의 전집에서도 물론 빠져 있고 다른 어떤 회고에서도 기록되지 않는다).

> (4) 김동리(金東里)씨가 변증법적으로 발전하는 역사를 표상할 세계관
>     을 갖지 못했다고 시대에 뒤떨어진 사람이라고 한 것은 아마 김동리
>     씨가 김동석(金東錫)씨처럼 마르크스나 레닌이 가졌던 공산주의자도
>     아니요 유물론자도 아니라는 말일 것이다. 공산주의만이 유일의 미
>     래요, 유물사관만이 최상의 종교인 김동석씨 같은 분에게는 그렇지
>     않은 일체의 인간은 다 뒤떨어져 보일 것이다. [……] 이러한 유물사
>     관에 중독된 정저와배(井底蛙輩)의 작가들에게는 [……] 이미 당연
>     한 일인지 모르나 우리들로서 볼 때는 한개의 희비극으로 밖에는 보
>     이지 않는다.

이 글은 1948년 1월 『구국』(救國)에 발표된 「순수의 본질」이라는 글로 그의 문명(文名)을 높이게 된 글이다. 이 글에서 조연현은 당시의 대표적 문학논쟁이었던 김동리―김동석 논쟁에서 좌익 문예이론가인 김동석을 공박함으로써, 비평가 기근에 시달리고 있었던 우익 문예진영의 대표적 평론가로 떠오른다. (3)의 글로부터 (4)의 글로의 급선회에는 어떤 사정이 개입해 있는 것일까? 앞서의 (3)의 글이 자신의 내면으로부터의 치열한 모색의 결과가 아니라 시류에 편승하는 기회주의적 속성의 결과에 지나지 않는 것이며 (4)의 글도 또한 그러한 것임은 당시의 문학과 사회정세를 살펴 보면 금세 알 수 있는 일이다.

조연현이 (3)의 글을 발표하는 1946년 1월의 시점에서 한국 문단은 그 한달 전, 그러니까 1945년 12월에 결성된 「조선 문학가동맹」 (이하 '문맹'으로 약칭)에 의해 주도되고 있었다. 좌우를 망라한 거의 모든 문인이 이 조직에 가담하였고 거의 모든 출판 언론 매체를 이 조직이 장악하고 있었다. 1946년 2월에 열린 「전국문학자대회」와 「조선문화단체총연맹」은 해방기의 문학적 과제를 "일본제국주의 잔재의 소탕, 봉건주의 잔재의 청산, 국수주의의 배격, 진보적 민족문학의 건설"로 강령화 했고 이것은 당시 문인들의 전폭적인 지지를 받고 있었다. 이 시점에서 문맹의 방향

과 강령에 반하는 어떠한 조직적, 개별적 행위들도 표면화 되지 않았다. 조연현은 문맹의 맹원으로 가입하지는 않았지만(그럴 만큼의 문단적 지위가 없었다고 보는 것이 옳을 것이다), (3)의 글은 이러한 사회적－문단적 정세를 배경으로 하고 있다고 보아야 한다.

그러나 1946년 후반 이후 정세는 급변한다. 이 시점으로부터 1948년 8월의 남한 단독정부 수립까지 약 2년의 기간은, 미군정－한민당－이승만의 3자 연합에 의해 진보적 민주주의 세력이 남한 사회에서 철저히 거세되고 배제되는 과정이다. 1946년 9월 박헌영, 이주하에 대한 체포령과 시인 유진오(兪鎭五)의 구속, 10월 문맹 지도부의 해주로의 이동, 1947년 3월 문맹 기관지『문학』의 판금 조치, 5월 미 군정청의 '남조선과도정부'로의 개칭, 8월「민주주의민족전선(民戰)」「전국노동조합평의회(全評)」의 폐쇄 및 관련자 1,000여명 검거, 그리고 문맹의 폐쇄 등 일련의 중요 사건들이 이어진다. 요컨대 1946년 후반 이후 진보적 민주 민족 계열의 활동은 미군정 통치의 공간에서 점차로 현실적 활동의 장을 상실해 가고 있었다.

그러한 과정에서 상대적으로 열세에 놓여 있었던 우익 문인들은 변화된 정치적 역학관계를 기반으로 새로운 문예조직을 건설하는데 그것이「전조선문필가협회(전문협, 1946. 3)」와 그 전위 조직인「조선청년문학가협회(청문협, 1946. 4)」의 결성이다. 이 두 단체의 조직 과정에는 우익 정치 세력의 강력한 후원이 개입되었고 이 단체들의 결성에 조연현은 중심적 역할을 함으로써 문단적 지위를 확보하였다.

그러니까 앞서의 (3)의 글은 조연현의 경력 속에서는 매우 예외적인, 그러나 그의 문단 권력 지향적 성향을 극명하게 보여주는 예이다. (4)의 글은 이미 빈사 상태에 빠진 좌익 문예이론의 활동에 대한 우익 측의 최후의 일격인 것이다. (4)의 글을 쓸 시점에서 조연현은 이미 우익 문예 진영의 중심 인물이 되어 있었던 것이다. 전문협과 청문협 두 단체는 결성 이후에도 이렇다 할 활동을 펼치지 못하다가 46년 후반 이후의 정치 정세에 힘입어 우익 정치 세력의 적극적 대변자로 기능한다. 마침내

1948년 12월에는 대통령, 국무총리, 국회의장 등이 참석한 「전국문화인 총궐기대회」를 통해서 "대한민국 정부에의 협력을 가장하고 있는", 이른바 '회색적' 출판 매체들을 고발함으로써 그때까지 진보적 색채를 띠고 있던 모든 언론 출판 매체를 '접수'하는데, 이 과정에서 조연현의 활약은 실로 눈부신 바가 있다.

월간 『문예』의 편집장, 『현대문학』의 주간, 최연소 예술원 회원, 「한국 문인협회」 이사장, 「한국 예술문화 윤리위원회」 위원장 등의 직책을 거치면서 한국 관변문학의 '반공주의'와 '순수문학론'을 전파하고 그 대표적 대변자로 활동한 조연현의 경력은 그가 남겨 놓은 모든 글들을 종합해 볼 때, 철저하게 정치 권력과의 결탁, 그것에의 예속을 통해서 가능한 것이었다. 그리고 그것은 문학외적인 어떠한 간섭도 배제하고 문학의 자율성과 순수성을 지킨다는 이른바 '순수문학론' 자체의 논리와도 정면으로 배치되는 것이었다. 조연현의 경력과 성장은 남한의 관제－어용문학의 행로, 그 이합집산의 족적을 그대로 증거한다. 또 한편 그것은 문학이 하나의 권력과 제도로서 정착되는 과정, 즉 문학사회학적 관점에서의 자료를 제공한다. 간략하게나마 그것을 살펴보자.

1948년 후반 이후의 정치적 정세에 힘입어 우익 문예활동의 공간은 크게 호전되었는데 그 중에 하나가 월간 『문예』의 창간이다. 미국 공보원, 국방부 정훈국 등에서 용지 및 인쇄 시설 제공, 약간의 현금 보조, 5백부 무조건 구입 등 파격적인 후원을 하는 가운데 49년 8월에 창간된 이 잡지는, 1954년 3월에 종간하기까지 남한 내에서 유일한 문학지였는데, 조연현은 이 잡지의 편집장으로서 실질적인 책임자였다.

이 잡지의 발간 책임자로서 문단의 중요 인물이 된 조연현의 문단 '권력가'로서의 비약은 6·25전쟁을 통해 이루어진다. 전쟁 발발 직후 인민군의 서울 점령 기간 동안 그는 피난을 못가고 서울 교외의 친척집에서 숨어 지내는데, 9·28 이후 군－검－경 합동수사본부의 '부역자 처리'를 둘러싼 살벌한 분위기에서 그는 '부역 문학인'을 심사하는 심사위원으로 참여한다.

이것이 무엇을 뜻하는가는 자명하다. 그가 동료 문인을 부역자로 몰아 법정에 세웠다는 뜻은 결코 아니다. 그의 회고에 따르더라도 이 심사 결과 사법적 처벌을 받은 문인은 없었다. 우리는 그 말을 믿는다. 그러나 해방 이후 대다수의 문인들은 겨우 몇 해 사이에 '문맹 가입→문맹 탈퇴→보도연맹 가입→보도연맹 탈퇴→문맹 재가입'이라는 험난한 정치적 격동의 와중에서 엄청난 시련을 겪고 있었다.

문맹에 가입했던 문인들 중 한강을 건너 피난을 가지 못했던 이른바 '잔류파' 문인들은, 인민군의 서울 점령 이후 자의든 타의든 '돌아온 문맹'에 다시 나가지 않을 수 없었고, 그것은 '전향 → 재전향 → 재재전향'이라는 곡예의 한 과정이었다. 이것은 무슨 아이들의 장난이 아니라 당장에 목숨이 왔다갔다 하는 일이었다. 이제 이 심사를 통해 인민군 점령 이후 서울에 남아 있었던 문인들은 '재 — 재전향'이라는 세계사상 유례가 없는 곡예에 목숨을 걸어야 할 판국이었고 그것은 조금의 과장도 없는 현실이었다.

이른바 '잔류파'의 모든 문인이 "숨을 죽이고" 있는 상황에서, '잔류파'이면서 한점의 '사상적 혐의'도 없이 심사위원으로 참여했던 문인은 김동리와 조연현 뿐이었다. 그들이 심사를 벌이고 있는 방 밖에서는 많은 문인들이 초조하게 결과를 기다리고 있었다고 조연현의 회고록은 밝히고 있다. 그가 원했든 원하지 않았든, 그가 이 일을 통해서 어떤 문단적 지위를 확보하게 되었는가는 짐작키 어렵지 않다. 이 사건 이후 한국의 모든 문인들에게는 '반공' 이외에는 어떠한 사상적 선택도 불가능했다.


남한 단독 정부의 수립과 6·25전쟁을 거치는 동안 한국의 문단은 「한국문화단체총연합회(문총)」와 「한국문학가협회(문협)」「종군작가단」 등의 조직으로 통일되었고 이 과정에서 조연현은 확고한 문단적 권력을 확보하였다. 한편 이 시기에 그는 「논리와 생리」(1947), 「문학의 이상과 현실」(1949), 「작가의 윤리」(1949), 「개념과 공식」(1948), 「순수의 본질」

(1948), 「현실성과 예술성」(1952), 「주제의 의의」(1953) 같은 글을 통해서 극단적인 반공주의와 순수문학론을 주창한다. 「전쟁과 문화―문화의식과 조국의식」이라는 글을 잠깐 읽어보자.

 "문화인이 진정으로 그의 조국에 대한 애정과 정열을 가지게 되는 데에는 문화의식과 조국의식이 같은 하나의 운명체로서 느껴져야만 되는 것이 기본적인 조건"이라고 그는 말한다. 그러므로 "그의 조국의 권력이 …… 위협과 침략을 당할 때 문화인은 그의 문화적인 신념과 진리를 사수하는 것과 똑같은 진정한 애정과 정열로써 조국을 위하는 모든 행위에 참가될 수 있는 것이다." 이 글은, 그가 1943년에 일제를 자신의 "국가"로 부르면서 "전쟁은 지구의 어디에서 일어난 하나의 사건이 아니라 우리들의 내부에서 일어난 자기투쟁이었다 ……. 국가의식이나 국민의식 등도 ……. 자기의 궁극을 파고들어 갈 때에만 자신의 전인격을 지배하게 되는 것이다(「자기의 문제로부터」)"라고 하면서 '성전(聖戰)완수'에 매진할 것을 부르짖은 글과 어디가 다른가? 반공주의와 이른바 순수 예술론의 기본 뿌리, 그것의 의도와 목표는 문학 부문에서도 이렇게 관철되고 있었고 조연현은 그 대표적인 인물이었다.

 1954년에 있었던 초대 예술원 선거에서 그는 34세의 최연소로 예술원 회원에 피선된다. 이 예술원 선거는 한국의 문단을 양분하는 결과를 낳는다. 선거 결과에 이의를 제기하는 일부 문인들이 「자유문학자협회」를 결성함으로써 이른바 '자유문학파'라느니 '현대문학파'라느니 하는, 문학 이전의 저급한 분열이 60년대의 한국 문단을 횡행하게 되는 것이다. 그러나 어쨌든 조연현은 1955년에 창간된 『현대문학』의 주간으로서, 또한 대학의 문학교수로서, 평론가로서, 문학사가로서 이후의 한국문학에 실질적이고도 강력한 영향력을 행사하였다.

 「내가 살아온 한국문단」이라는 회고록은 4・19와 5・16에 대한 그의 관점을 보여 주는 흥미로운 사례이다. 그는 "4・19가 일어나자 일반 저널리즘의 무질서한 격동에 편승하여 문단의 권위와 질서에 반발하는 각종의 사태가 빚어졌다"고 개탄한다. 그러한 사태는 (자신이 그 회원으로 있는) "예술원을 없애라는 것", (자신이 그 혐의를 받고 있는) "만송족(晩松族)에 대한 비난", (역시 자신도 그 명단에 들어 있는) "자유당 선거 유세를 했다는 허위 중상" 등으로 요약할 수 있다는 것이다. "그 중에서도 내가 입은 피해는 그 누구보다도 큰 것이었다"고 그는 말한다. "자유당 말기에 국회에서 안보법 개정안이 상정되었을 때 그 개정안을 지지하는 연설을 국회에서 한 일이 있었"다는 것이다. 그런데 그것을 가지고 "심지어는 돈을 받아먹었느니 어쨌느니 하는" 비방을 한다는 것이다. 자기는 "평소의 견해와 신념을 말했던 것"이며, "양심에 충실한 발언을 했던 것"이므로 "공산주의자가 아닌 사람으로서 나의 발언 내용을 비판할 수는 있으나 비방할 수는 없는 것"이다.

그러한 그가 5·16을 바라보는 시각이 어떠할 것인지는 불문가지이다. 다음의 글은 그의 '붓끝'이 시종일관 '칼끝'을 따라 움직여 왔음을 다시 한번 보여 준다.

> 5월 16일 새벽, 박정희 장군의 지휘로 한강을 넘어온 일군의 군대는 무능과 혼란 속에서 어디로 가고 있는지도 알 수 없는 위험한 우리의 조국과 현실 앞에 하나의 질서와 방향을 던져주는 신호가 되었다. 혁명의 성공으로 조국의 새로운 건설은 촉진하게 되었고, 혼란은 질서를, 분열은 통일을 가져왔다 [……] 혁명의 성공에 의한 이러한 새로운 현실적 조건은 [……] 문단에도 새로운 질서를 가져오게 했다. 그 새로운 질서란 문화계의 모든 파벌과 영웅주의를 해소시키는 각 분야별 단일 단체의 구성이었다.

아마도 4·19는 해방 이후 그의 경력 중에서 가장 위험한 고비였을 것이다. 친일 행위를 '반공'과 미국과 이승만 정권에의 충성으로 호도하면서 일신의 부귀와 영달을 도모했던 모든 친일 행위자들이 4·19의 폭발 앞에서 느꼈을 두려움, 5·16 쿠데타 앞에서 가졌을 안도감은 이 글에서 조금의 가감도 없이 반영되어 있다.

그가 이 글에서 말한 "문화계의 단일 단체"란 군사정권의 포고령 6호

에 의해 강제로 통폐합되어 1961년 12월 발족한「한국문인협회」(문협)
와 1962년 1월에 발족한「전국예술단체총연합」(예총)을 가리킨다. 조연
현이 문협의 결성에 준비위원으로 참여한 것은 말할 나위도 없다. 전문
학인이나 전예술인이 정권의 명령에 의해 단일한 단체 조직을 결성하는
것은 그가 그토록 증오하는 '공산주의 정권' 외에는 어디에도 없는 일이
거니와, 이 두 단체가 박정희 군사정권 아래서, 특히 유신 이후 및 전두
환, 노태우 정권 아래서 벌여 온 행적에 대해서 우리는 더 이상 자세히
쓸 흥미를 느끼지 않는다. 조금의 과장도 없이, 그것은 오로지 정권의
나팔수 역할이었고, 그것의 보상으로 주어지는 이권(利權)의 수수(受授)
와 그것을 둘러 싼 추잡한 다툼만이 그들이 '문화 단체'로서 해 온 일의
전부였다. 1971년에 조연현은 문협의 부이사장, 1973년에는 이사장으로
피선되었다.

(『청산하지 못한 역사』, 1994).

# 말의 숙명
— 이청준의 『소문의 벽』에 나타난 이중고(二重苦)

## 1.

　말(言語)이란 무엇인가? 아주 상식적인 생각으로부터 이야기를 풀어 보자. 우선, 말은 자신의 의사를 표현하고 그것을 남에게 전달하는 수단 이라고 한다. 곧, 말의 기능으로서 첫손에 꼽을 수 있는 것은 '의사소통 의 수단'이라는 것이다. 인간이 다른 동물과는 달리 사회적 존재로 규정 되는 것도 바로 말이 있기 때문이라고 할 수 있다. 또 한편 사람은 말을 통해서 세계를 이해하고 분석하고 인식하고 나아가서는 그것을 개조하 기도 한다. 다시 말하면, 말은 어떤 사물을 그것으로서 존재케 하는 근 거, 또는 어떤 대상을 인식하는 주체에게 그 대상의 본질을 실어나르는 운반자, 게다가 종종 그 사물을 변화시키는 동력이 되기도 한다. 이렇게 말을 부리고 쓸 줄 아는 인간의 능력이야말로 인간을 다른 동물과 구별 시켜주는 가장 뚜렷한 속성으로서 우리가 쉽게 수긍할 수 있는 것이다.
　그러나 다시 한번 생각해 보면 그러한 상식 속에는 매우 많은 허점이 숨어 있음을 알 수 있다. 말이 의사소통의 수단이기는커녕 오히려 가장 몹쓸 장애물이라는 생각은 불교나 노자(老子)의 가르침 속에도 잘 나타 나 있지만, 꼭 그런 옛사람의 말이 아니더라도, 그것은 우리가 일상적으 로 늘 경험하고 있는 것이기도 하다. 이것은 자신의 의사를 그럴 듯하게 잘 표현한다는 것과는 다른 문제로서, 인간의 언어가 애초부터 안고 있는 한계로부터 비롯된 것이다. 언어라는 것을 꼭 소리내서 하는 말이나 문자로만 한정하지 말고, 인간이 자신과 세계를 드러내는 모든 방식, 예컨대 예술이나 철학이나 과학 기타의 지식 등으로 넓혀서 생각해보자. 그 모든 언어행위들이 사실은 그 대상의 본질 (그것을 '진리'라고 하든, '도'라고 하든, '이데아'라고 하든)을 결코 온전히 드러낼 수 없다는 생각은 인간의 언어가 시작되면서 동시에 싹튼 것이라고 할 수 있다. 인간이 어떤 대상을 '그 무엇'으로 틀지우는 순간에 이미 '그 무엇'은 그것이 아닌 다른 것으로 되고 만다는 것, 결국 언어가 사물의 본질을 실어나르는 운반자이기는커녕 그 전달을 가로막는 장애물이라는 생각은 수많은 철학자와 예술가들을 괴롭혀 온 난제 중의 난제였다.

그렇다고 해서 물론 우리의 일상적 의사 소통행위가 매양 무슨 진리를 드러내기 위한 것으로만 이루어져 있는 것은 아니다. 그러나 나와 남 사이의 진정한 의사 소통을 가로막는 장애 요인은 이미 인간의 언어 속에 내장되어 있는 이러한 한계에서부터 시작되었다고 볼 수 있다. 그러나 그러한 한계에도 불구하고, 아니 그러한 한계에 대한 인식과 표현조차도 다시 언어를 통하지 않고는 불가능하다는 것이야말로 언어의 숙명적 이중성과 모순을 보여주는 것이다. 이런 모순을 안고 있는 한 언어는 인간이 세계와 사물을 이해하는 데에 썩 매끄럽게 완벽한 수난인 섯만은 아니다.

또 한편 언어는 그러한 모순에도 불구하고 여전히 남에게 전달되고 소통되어야 한다는 것을 기본적인 전제로 하고 있다. 어떤 식으로든 소통을 전제하지 않는 언어란 없다. 달리 말하면, 인간의 언어 속에는 이미 사회적 관계가 각인되어 있다. 우리의 일상적 언어 소통은 우리가 의식하든 안하든 매우 복잡하고 다양한 사회적 관계의 회로를 따라 이루어진다. 원활한 의사 소통이란 이 사회적 관계의 회로를 따라 언어의 입—출력이 자유롭게 이루어지는 상황을 말한다.

그런데 사실상 그런 자유로운 상황이란 말처럼 쉬운 일이 아니다. 왜냐하면 이 사회적 관계의 회로를 작동시키는 기본 동력은 늘 어떤 특정한 목표나 이해관계를 지니고 있기 때문이다. 한 가지 예를 들어보자. "지구는 돈다"라는 진술이 있다. 이 진술은 어떤 목표나 이해관계를 가지고 있는가? 이 진술의 밑바닥에 깔린 사회적 관계는 무엇인가? 과학적이고 객관적인 사실을 단순히 표명하고 마는 데에 그치는 이런 진술이 대체 무슨 목표나 이해관계를 담고 있다는 말인가?

그러나 과연 이 진술은 누가, 어디서, 언제 하든, 특정한 목표나 이해관계와 상관없는 '객관적 진술'일까? 그렇지 않다. 갈릴레오가 법정을 나오면서 이 진술을 할 때에는 과학적 진리에 대한 자신의 신념을 표명하는 것이고, 선생님이 교실에서 이 말을 할 때에는 교사로서의 그의 임무라는 목표가 주어져 있는 것이며, 하루 빨리 제대를 하고 싶은 병사가 이 말을 할 때에는 빨리 세월이 가주기를 바라는 그의 소망이 배어 있는 것이다. 얼핏 보아 아무런 의도나 이해관계가 담겨 있지 않은 듯한 이러한 객관적 진술에마저도 사실은 매우 복잡하고 다양한 사회적 관계가 얽혀 있는 것이다. 이렇듯이 사회적 관계의 회로를 벗어난 언어란 존재하지 않는다.

그런데 이 사회적 관계의 회로를 작동시키는 기본 동력을 누군가가 자신만의 특정한 목표나 이해관계를 관철시키는 데에 사용한다고 가정해보자. 누가 그럴 수 있겠느냐고 하겠지만 실은 인류의 역사란 바로 그 누군가가 또는 어떤 특정한 집단이 그것을 장악하고 사용해 온 역사라고 해도 과언이 아니다. 언어는 인간의 인간에 대한 지배의 도구이기도 한 것이다. 그러니까 언어가 인간적 소통의 수단인 한 그것은 또한 불평등하고 억압적인 사회적 관계의 회로를 따라 움직일 수밖에 없는 구조를 지닌 것이기도 하다.

그런데 작가란 무엇인가? 작가란 바로 언어의 이런 양면성과 모순을 누구보다도 온몸으로 겪고 있는 사람이다. 그는 그러한 모순을 침묵으로서가 아니라 바로 말을 통해서 헤쳐 나가야 할 숙명에 처한 사람이다. 그것이 예사롭지 않을 고통임은 자명한 일이다. 그러나 작가의 길을 선택한 이상 그것은 그에게 지워진 회피할 수 없는 숙명이다.

2.

우리나라 소설가들 중에서 이청준은 가장 많이 그러한 문제를 자신의 소설의 주제로 삼아온 작가이다. 그의 일련의 소설들이 '언어사회학 서설'이라는 부제를 갖고 있는 것이라든가, '소설 속의 소설'이라는 형식을 통해서 소설을 쓸 수 없는 소설가나 작품을 완성시키지 못하는 예술가를 등장시키는 것 등이 바로 이청준 소설의 그러한 특징을 잘 보여준다. 『소문의 벽』도 예외가 아니다. 이 소설 속에는 '박준'이라는 소설가가 등장한다. 박준은 자기가 미쳤다고 '주장'하며 자진해서 정신병원에 입원한다. 그는 누군가에게 늘 쫓기고 있다는 강박관념에 사로잡혀 있다.

이 소설은 잡지의 편집장으로 등장하는 화자가 박준의 그러한 강박관념과 진술 공포증의 원인을 추적해 가는 구조로 짜여져 있다. 한편의 소설 속에 <바깥 이야기>와 <안 이야기>를 입체적으로 구성하여 독자의 긴장과 흥미를 유발시키면서, 주제의 집중화를 꾀하는 것은 이청준이 매우 자주 사용하는 기법인데, 이제 우리는 이 소설의 <바깥 이야기>와 <안 이야기>가 어떻게 짜여져 있으며 그 결과 드러나는 주제는 무엇인지를 추적해 보자.

### 1) 바깥 이야기

1-1. 잡지의 편집장인 '나'는 자신의 일에 대해 요즘 심한 회의를 느끼고 있다. 그 일은 창의력과 독자에 대한 책임을 요구하는 일인데 "그것은 언제까지나 완성되어질 수 없고 또 결코 완성되어져서는 안될 일이기 때문이다."

1-2. 한밤중 귀가길에 '나'는 누군가에게 쫓기고 있다고 다급하게 구원을 청하는 남자를 만나고 그를 자기 방으로 데려온다. 방에 들어온 그는 쫓기고 있다는 말은 거짓말이며 자기는 "미친 사람"이라고 말한다. 사내의 기괴한 행동은 밤새 꺼놓은 전등불을 어느샌가 다시 켜놓는 등

의 행위로도 나타난다.

　1-3. 사내의 수상쩍은 행동을 그냥 넘길 수 없던 '나'는 근처의 정신병원을 찾아가 그 사내가 박준이라는 소설가라는 사실을 알아내고 그의 행적을 추적한다. 박준을 담당한 의사로부터 그는 박준이 '진술 공포증'을 갖고 있다는 것을 알아낸다.

　1-4. 잡지의 문학 담당 기자인 '안 형'으로부터 나는 박준의 소설이 잡지에 실릴 수 없었던 까닭이 '시대양심'을 그려내지 못했기 때문이라는 말을 듣는다.

　1-5. 박준의 인터뷰 기사와 소설을 읽고 '나'는 박준의 진술 공포증이, 갑자기 '전짓불'을 들이대며 어느 편인가를 진술하게 하던 6·25전쟁 중의 '원초적 공포'로부터 비롯된 것임을 알게 된다. 그러나 의사인 김박사는 '나'의 충고를 무시하고 박준에게 마지막 방법으로서 '전짓불의 공포'를 충격요법으로 실행한다. 박준은 발작을 일으키고 종적을 감춰버린다. 나는 분노를 느끼며 "박준을 괴롭히고 있는 전지불은 비단 박준 그 한 사람만 지니고 있는 것이 아니었다"고 생각한다.

　위의 <바깥 이야기>는 이 소설의 화자인 '나'와 박준, 문학 담당기자인 '안 형'과 의사인 '김박사'간의 관계들이다. 다음의 <안 이야기>는 위의 1-5 중에서 화자가 읽는 '박준의 소설'들이다.

### 2) 안 이야기

　2-1. 첫번째 소설 『괴상한 버릇』: 주인공 '그'는 부끄럽거나 난처한 일이 있을 때면 죽은 시늉을 하는 버릇이 있었는데 이 버릇이 오래 되다 보니까 아예 가사(假死)상태로 휴식을 취하는 지경에까지 이르렀다. 이 끔찍하고 망칙한 버릇때문에 마침내 아내의 구박을 받고 어느날 영영 가사의 잠에서 깨어나지 않게 되었다.

　2-2. 두번째 소설 『벌거벗은 사장님』: 사장님의 비행을 알게 된 운전기사가 그 비밀을 지키려다가 신경쇠약에 걸려 마침내 회사를 쫓겨나고

말았다는, <임금님의 귀>와 같은 우화.

2-3. 세번째 소설 : 주인공 G가 환상 속의 심문관에게 진술하는 진술서 형식의 소설. 주인공은 어느날 자신이 어떤 음모의 피의자로서 체포되어 심문관 앞에 놓여 있다는 환각에 사로잡힌다. 심문관의 정체는 알 수 없다. 그는 "그가 기억할 수 있는 모든 것을 진술할 것"을 요구 받는다. 그것이 음모 사건과 관계가 있는지 없는지는 심문관이 판단한다. "어떤 식의 진술이 자신의 결백을 증명하는 데에 가장 효과적일지를 알 수 없다." 그는 무작정 아무거나 진술해야 한다. 주인공은 6·25전쟁 중에 겪은 공포를 진술한다. 한밤중에 갑자기 문을 열어 젖히고 전지불을 들이대면서 국방군인가, 인민군인가를 물어올 때의 아득하고 절망적인 공포. 전지불 저 편의 사람이 누구인지를 알 수 없는 상황에서 단 한마디에 목숨을 걸어야 하는 절박한 상황이야말로 주인공의 뇌리에 깊이 각인된 기억이다. 심문관은 주인공이 진술하는 그러한 기억에 만족하지 않는다. 주인공은 다른 기억을 또 진술하지만 그것도 모두 전지불과 관련된 기억뿐이다. 마침내 심문관은 주인공에게 유죄를 선언한다. "우리들의 정체에 대한 불요부당한 의혹, 그리하여 끝끝내 정직한 진술이 불가능했던 점, 그것들은 용서받을 수 없는 음모의 가능성"이다. 주인공은 이미 형벌을 선고받고 이미 그 형벌을 집행 당하고 있다고 심문관은 말한다. "당신의 전지불과 나에 대한 두려움, 그것은 이미 스스로 선택한 당신의 수형의 고통이지요. 그리고 당신은 그렇게 선택한 수형의 고통 때문에 이미 반쯤은 미친 사람이 되어 있거나 앞으로도 계속 미쳐갈 게 틀림없읍니다. 당신은 우리들의 심판에 앞서 자신의 형벌을 그렇게 스스로 선고받고 있는 것입니다."


<안 이야기>들은 <바깥 이야기>의 진행에 따라 삽입되어 있는 형태를 띠고 있지만 이렇게 재구성하고 보면 이 마지막 2-3의 이야기야말로 모든 열쇠를 푸는 핵심임을 알 수 있다.

이 2-3의 소설 속의 주인공으로 하여금 '정직한 진술' 아니 진술 자체

를 거부하고 공포를 느끼게 하는 전지불이란, 물론 특정한 정치적 입장이나 이데올로기를 강요하는 어떤 물리적 폭력의 상징이다. 그것은 의사 소통행위의 바탕인 사회적 회로가 특정한 집단이나 세력의 이해관계에 맞도록 장악되어 있는 상황이며, 이러한 상황에서 진정한 소통이란 불가능할 수 밖에 없다. 언어는 그대로 지배의 도구로 화한 것이다. 2-1의 이야기에서 주인공이 빠지는 가사 상태의 잠이란 바로 이러한 상황의 난처함으로부터 도피하고 싶은 주인공의 욕구를 대변하고 있다.

그러나 그럼에도 불구하고 말하지 않고는 살 수 없는 것이 사람이다. 진술의 공포에도 불구하고 진술의 욕망을 누를 수 없는 인간의 조건은 박준이 쓴 두번째의 소설, 즉 이 소설의 <안 이야기>의 2-2로 나타난다.

그러나 원활한 의사소통을 가로막는 것은 다만 정치적 이해나 이데올로기만은 아니다. 그것은 얼마든지 다른 형태로 우리 주위에 산재해 있다. 언어가 의사소통의 수단이 아니라, 억압적 사회관계의 한 반영이라면 이미 진술이란 그 자체가 억압의 실현인 것인지도 모른다. 2-3의 소설에서 주인공이 환각을 느끼는 것은 언제 어디서인가를 유의해 보자.

> 좌석버스 속에는 한결같이 무겁게 입을 다문 시민들이 피곤한 어깨를 기대고 앉아 있다. 한데 G는 그 무거운 침묵과 얼굴이 보이지 않은 사람들의 어깨 뒤에서 갑자기 무시무시한 공포를 느끼기 시작한다. [……] 이상하게도 G는 버스만 타면 다시 전날과 똑같은 환상에 빠져들고, 그것은 며칠씩이나 끝이 나지 않고 있었던 것이다.

주인공은 모르는 얼굴들로 가득 찬 버스 속에서 갑자기 자신이 심문관 앞에 끌려 와 있는 듯한 환각에 빠진다. 이 익명(匿名)의 다수야말로 주인공에게는 또 하나의 공포인 것이다. 그것은 전혀 그 실체를 알 수 없는, 그러나 너무나 막강해서 이겨낼 수 없는 '소문의 벽'인 것이다. 그 소문의 벽이야말로 작가로 하여금 정직한 진술을 할 수 없게 하는 커다란 장벽인 것이다.

애초부터 그런 장벽 앞에 마주 서 있는 작가에게 또 다른 억압이나 폭력이 가해진다. 그 억압이나 폭력은 그가 어떤 진술을 어떻게 하든 그 것을 자기 멋대로 해석하고 자기 편의에 맞춰 이해하고야 마는 사회적 조건이다.

정도의 차이는 있지만 작가는 누구나 이러한 조건 속에 있다. 2-3의 이야기에서 심문관은 주인공의 진술이 "내용이 문제가 아니라 태도가 문제"라고 말한다. 주인공이 유죄일 수 밖에 없는 첫번째 까닭은 '그가 체포 당했다는 사실'이다. 유죄라서 체포 당한 것이 아니라, 체포 당했기 때문에 유죄인 것이다. 그가 음모를 꾀했으리라고는 심문관도 믿지 않지만, 음모의 혐의가 걸려 있으므로 그가 무슨 진술을 하든 그것은 음모의 '가능성'이 된다. 이 괴상한 논리의 도착(倒錯)은 말장난이 아니라 실제의 현실에서 얼마든지 실현되었고 지금도 실현되는 것들이다. (1950년대 미국 사회를 휩쓸었던 매카시즘은 이러한 도착이 현실로 나타난 전형적인 예이다).

그렇다면 저 정체불명의 심문관은 누구인가. 그것은 특정한 사람이나 계급일 수도 있고, 특정한 편견이나 이데올로기일 수도 있고, 또는 불특정 다수의 막연한 심리일 수도 있고 더 넓혀서 생각하자면 우리의 언어 행위 속에 내재해 있는 시회적 조건일 수도 있다.

이 소설의 <바깥 이야기> 속에서 문학 담당 기자인 '안형'은 그러한 심문관의 한 모습을 나타낸다. 그는 박준의 소설이 '시대양심'이나 시대의 요구를 올바르게 드러내지 못했으며, '말썽'의 소지가 있다는 이유로 그 소설을 발표하지 못하게 한다. 화자인 '나'로 하여금 "안형은 어떻게 그토록 오랫동안 자기의 해석만을 지켜올 수 있었단 말인가. 어떻게 그토록 남의 방법은 용납할 수가 없었단 말인가"하는 놀라움을 금치 못하게 하는 이 사람이야말로, 회의를 모르는 신념, 절차와 방법의 정당성을 사고하지 않는 목적 제일주의의 화신이며, 진정한 의사 소통의 회로를 가로막는 저 심문관의 한 얼굴이다. 자기 방식의 정당성만을 굳게 믿고 타인에 대한 배려를 소홀히 함으로써 마침내 소통의 회로 자체를 파국으로 몰고 가는 심문관의 또다른 얼굴은 의사인 김박사로도 대변된다.

<안 이야기>와 <바깥 이야기>가 서로 넘나드는 소설의 진행을 따라 우리는 <안 이야기>에서의 주인공이 처한 상황과 조건을, <바깥 이야기>에서의 박준이 처한 상황으로 대입해 읽을 수 있게 된다.

<바깥 이야기>에서의 박준의 인터뷰 기사는 <안 이야기>에서 우화나 상징으로 처리된 부분에 대한 '작가(박준)의 해설'이다. 이것을 통해 우리는 <안 이야기>의 내용을 분명하게 이해하면서 동시에 <바깥 이야기>에서의 박준의 내면을 알 수 있다. 여기에서 박준은 전지불 너머의 상대방의 정체와는 상관없이 작가는 정직한 자기 진술만 하면 된다고 말한다. 그러나 문제는 "전지불이 어떤 식으로든 선택을 요구"하는 것이라고 말한다. "아니 나에게는 어떤 선택의 여지조차 없다. 그런 것은 알지도 못한 채 나는 언제나 누군가의 편이 되어 있곤 하는 것이다." 이 전지불은 "구체적으로 소문 속에 존재하고 있다"고 그는 말한다. 이 '소문의 벽'이야말로 작가로 하여금 정직한 진술을 할 수 없게 만드는 원천적 조건, 어떤 진술을 어떻게 하든 그것을 자기의 편의와 목적에 맞추어 해석하고 '누군가의 편'으로 만들고 마는 사회적 조건이다.

그렇다면 작가는 침묵을 지킬 수 밖에 없는가? "그랬으면 좋겠지만 침묵을 지킬 수는 없다. 작가는 누가 뭐래도 진술을 끊임없이 계속하지 않고는 살아갈 수가 없는 족속이니까. 괴로운 일이지만 작가는 결국 그 정체가 보이지 않는 전지불의 공포를 견디면서 죽든살든 자기의 진술을 계속해 나갈 수 밖에 다른 도리가 없는 사람들이다. 만약 그럴 수마저 없게 된다면 그는 아마 영영 해소될 수 없는 내부의 진술욕과 그것을 무참히 좌절시켜 버리고 있는 외부의 압력 사이에서 미치광이가 되어 버리지 않고는 배겨날 수가 없을 것"이라고 그는 말한다. 이 말은 2-3에서 주인공이 심문관으로부터 받은 '형벌'과 일치한다. 그것은 작가의 숙명이다. 그것은 "스스로 선택한 고통"이며 스스로 받은 선고에 의해 그는 반쯤 미쳐 있거나 서서히 미쳐갈 수 밖에 없다. 그리고 그것은 이미

언어를 자신의 정직한 진술 도구로 삼은 자들이 받을 수 밖에 없는 숙명이며, 그 언어 행위의 안과 밖을 둘러 싼 모든 제약으로부터 결코 자유로울 수 없는 작가의 어깨 위에 지워진 이중의 고통인 것이다.

소설의 결말에 이르러 화자인 '나'는, "박준을 괴롭히고 있는 전지불은 비단 박준 그 한사람만 지니고 있는 것이 아니"라 자기 자신에게도 고통스런 것임을 깨닫는다. 따지고 보면 잡지를 편집한다는 것도 역시 자기 진술행위임에 틀림없으며 그것은 "결코 완성되어질 수 없는" 일인 것이다.

## 3.

이청준의 『소문의 벽』은 우리의 언어가 지닐 수 밖에 없는 이러한 근원적 모순, 그리고 그러한 언어의 발화가 안게 되는 사회적 제약에 관한 성찰을 파멸해가는 한 소설가의 이야기로 보여주는 작품이다. 철학적이고 사회학적인 이러한 주제들이 이야기의 입체적인 구성을 통해 흥미있고 긴장감있게 전달되는 것도 이 소설이 지닌 커다란 미덕이다. 파멸해가는 주인공 박준에 대해 연민을 느끼고, 그를 파멸로 인도하는 '소문의 벽'에 대해 화자인 '나'와 함께 분노를 느끼는 것은 이 소설의 독자로서 응당 가질 수 있는 반응이다. 그것은 인간의 자기 진술과 의사 소통이 억압적 회로나 불투명한 소문에 휩싸인 상태로 이루어져서는 안된다는 당위를 일깨워준다.

그러나 한편 성실한 독자라면 다음과 같은 의문도 함께 떠올릴만 하다 : 이 소설 속의 박준이 말하는 '정직한 자기 진술'의 의미는 무엇일까? 그것이 '어떤 입장이나 누구 편이라는 것의 선택이 강요되는' 그러한 상황에서도 두려움을 무릅쓰고 양심에 따라 말할 수 밖에 없는 작가의 숙명을 뜻하는 것이라면 우리는 작가의 그러한 말에 충분히 동의할 수 있다. '전지불 너머의 정체불명의 사람들'이나 '안형'이나 '김박사'가 보여주는 바와 같이, 오직 자신의 입장, 자신의 방법, 자신의 신념만이 최상의 것이고 다른 입장, 다른 방법, 다른 신념들은 일고의 가치도 없는 것으로 여기는 억압적 논리들 역시 박준의 '정직한 자기 진술'을 가로막고, 그를 파멸로 이끄는 원인이 되고 있다. 자신을 반성할 줄 모르는 신념이야말로 가장 무서운 폭력이며 자유롭고 대등한 의사소통을 가로막는 가장 큰 방해물인 것이다.

그런데 '전지불의 공포'를 빌어서 박준과 '나'와 그리고 이 소설의 작가가 말하고 있는 것은 혹시, '모든' 입장, '모든' 신념으로부터 '자유로운' 진술은 아닐까? 그러나 우리의 언어 자체가 이미 어떤 '특정한' 입장이나 '특정한' 신념을 표명할 수 밖에 없는 것이라면, 물리적 폭력이나 억압적 논리의 강요에 의한 것이 아닌, 언어 자체의 그러한 '요구'로부터도 자유로운 정직한 자기 진술이란 과연 가능한 것일까?

이 글의 앞 부분에서 말했듯이, 인간의 언어 속에는 이미 사회적 관계가 각인되어 있다. 인간의 언어 행위란 그 자체로 그의 사회적 존재를 드러내고 있는 것이다. 이 사회적 관계들이란 물론 무수히 많은 요인들로 구성되어 있고, 그에 따라 당연히 '진실'의 획득을 어렵게 하는 온갖 방해물들로 가득 차 있다. 그러나 만일에 언어가 오로지 그런 방해물들로만 가득 찬 것이라면 그것은 일면적인 생각일 뿐이다. 의사소통은 커녕 세계와 사물에 대한 인식과 성찰도 아예 없을 것이기 때문이다. 그러나 우리의 언어는 발화의 순간에 이미 발화자의 특정한 입장이나 특정한 신념을 표명한다. 그것은 언어가 발화자의 멋대로 주관적인 편의에 따라 발화된다는 뜻이 아니라, 오히려 그의 주관적 의지와는 아주 거리가 먼 사회적 관계 속에서 생성되고 소통된다는 뜻이다. 언어의 이러한 측면에 따라 언어는 인간의 인간에 대한 지배의 수단으로만 작용하는 것이 아니라 그 지배로부터의 해방의 수단이 되기도 한다.

그런데 박준은 작가의 정직한 자기진술을 가로막는 물리적 폭력, 정신적 억압, 잘못된 사회적 통념, 편견, 선입견, 억압적 논리의 부정적 측면에만 매몰된 나머지 언어가 지니는 그러한 해방적 기능에 대한 성찰이 부족했던 것은 아니었을까? 그는 정직한 자기 진술의 공간이란 것을

‘모든’ 입장과 ‘모든’ 신념의 선택으로부터 벗어나 있는 ‘진공상태’의 어떤 것으로 설정하고 있었던 것은 아니었을까? 그러므로 그의 파멸은 일차적으로는 물론 정직한 진술을 가로막는 물리적 폭력으로부터 비롯된 것이지만, 또 한편으로는 정직한 자기 진술의 공간을 그렇게 설정한 데에서 비롯된 것은 아니었을까?

이 소설이 지니는 주제의 깊이와 기법의 복합성은 이외에도 매우 많은 의문들을 불러 일으킨다. 좋은 소설은 인간과 세계에 대한 비판적 성찰로 우리를 인도한다. 단, 그 비판이 이 소설에서의 ‘안형’이나 ‘심문관’이나 ‘김박사’의 태도를 지녀서는 안된다는 전제 아래서 말이다.

(『독서와 논리』, 1994).

## 소외의 고통, 소통의 열망

　　―「서울 1964년 겨울」에 대하여


전통적인 소설 읽기의 방법으로「서울 1964년 겨울」의 줄거리를 요약하고자 하는 독자는 매우 난처한 상황에 부딪힐 것이다.

　　구청 병사계에 근무하는 말단 공무원인 '나'와 대학원생인 '안'이라는 청년이 어느 겨울날 밤 허름한 선술집에서 우연히 만났다. 두 사람은 요령부득의 대화를 나누다 다시 우연히 옆에 있던 중년사내와 함께 밖으로 나온다. 중년 사내의 간청에 따라 세 사람은 중국요리집에 가서 식사도 하고 근처에서 일어난 화재 사건도 구경한다. 그 과정에서 중년사내의 아내가 그날 병원에서 죽었다는 것, 사내는 사랑하던 아내의 시신을 해부용으로 병원에 팔고 몇푼의 돈을 얻었다는 것이 밝혀진다. 세 사람은 여관으로 가서 각자 방에 들었는데, 아침에 일어나 보니 사내는 간밤에 자살을 하고 말았다. '나'와 '안'은 그대로 여관을 빠져 나와 각자 갈길로 갔다.

이야기는 이것이 전부다. 좀더 세세한 사항을 덧붙일 수도 있겠지만, 그런다고 이야기의 기본 골격이 변할 것은 없다. 극적인 사건도 없고 치열한 갈등도 없다. 그렇다면 대체 무슨 이야기인가? 무엇이 이 소설을 60년대 소설의 새로운 전개를 알리는 신호탄으로 만들었으며, '감수성의 혁명'이라는 들뜬 비평적 용어를 가능하게 했는가?

## 1. 대상과의 거리두기 : 낯설게 하기

우선 이야기의 내용 보다 이야기를 전달하는 작가의 '화법'을 눈여겨 보자. 그 화법의 특징은 이 소설의 첫 문장부터 두드러지게 나타난다. 이 첫 문장의 주문(主文)은 "그날 밤, 우리 세 사람은 우연히 만났다"라 는 그 끝의 구문인데, 이 평범한 발언을 매우 긴박감 넘치는 것으로 만 드는 것은 그 앞에 제시된 몇개의 구문들이다.

"1964년 겨울을 서울에서 지냈던 사람이라면 누구나 알고 있겠지만" 이라는 첫 구문은, 이 소설의 무대가 되는 시간과 공간에 대한 설명을 독자의 공통적인 생활경험에 직접 호소함으로써 단박에 독자의 호기심 을 불러 일으킨다. 그리고는 이어서 "밤이 되면 거리에 나타나는 선술 집"에 대한 묘사가 서구어의 관계대명사식 어절을 통해 길게 제시된다. 작가는 길거리 선술집의 일반적 정황을 몇 가지의 특징적 인상만으로 그려낸다. 거기서 파는 음식 몇가지, 그 술집의 구조, 염색한 군용잠바를 입은 주인 …… 그것만으로도 그러한 선술집의 면모가 생생하게 독자 의 눈앞에 떠오를 수 있는 것은, 이미 첫 구문에서 작가가 독자의 상상 력의 공간을 활짝 열어 놓았기 때문이다. 다시 말하면, 공통적인 생활경 험에의 직접적인 호소애 따라 독자는 몇 가지의 기본 특징의 제시만으 로도 이미 그러한 선술집의 정경을 익히 그려낼 준비가 되어 있기 때문 이다. 선술집 정경을 묘사하는 긴 호흡의 구문을 통해 그 공간을 눈앞에 그려가던 독자는 곧이어, "그날 밤, 우리 세 사람은 우연히 만났다"라는, 지금까지의 흐름과는 갑자기 단절되는 짧은 호흡의 문장을 통해 그 만 남이 무언가 예사롭지 않은 사태를 암시하고 있음을 느낀다.

두번째 문장을 보자. 비교적 짧은 이 문장 속에서 가장 긴 수식을 받 고 있는 것은 "정체는 알 수 없지만 ……. 서른대여섯살짜리 사내"라는 구절이다. 아주 평범하고 '별 볼일 없는' 사내의 모습이 여실히 드러나는 한편으로 독자는 이 '별 볼일 없는' 사내가 가져 올 소설 안에서의 어떤 역할을 미리 암시 받는다.

이어서, 첫 단락의 마지막 문장인 세번째 문장을 통해서 독자는 '나'와 '안'이 주고 받은 대화, 그 대화에서 얻어진 두 인물에 대한 기초적인 정보를 전달받는다. 그런데 이 문장에서는, 이 소설의 화자인 '나'에 관한 정보가 대화의 상대자인 '안'의 입장에서 서술됨으로써("그는 내가 …… 구청 병사계에서 일하고 있다는 것을 알았을 것이다"), '나'는 소설 속에서 '안'이나 '중년사내' 이상의 기능이나 역할을 갖지 못할 것임이 암시된다. 다시 말하면, 일반적으로 일인칭 화자 시점 소설에서의 '나'가 지니는 우월한 위치를 이 소설의 '나'는 가지지 못하고 훨씬 객관적인 위치에 서게 되는 것이다. 결국, 독자가 보기에 이 소설에서의 '나'는 다른 등장 인물과 동등한 인물일 뿐이다.

단 세 개의 문장으로 이루어진 첫 문단에서의 이러한 경제적이고도 집약적인 언어 처리를 통해 작가는 소설 무대의 시간과 공간, 등장 인물에 대한 설명을 압축적으로 제시하는 한편, 독자로 하여금 그러한 무대의 사실성을 생생하게 실감할 수 있게 하는 효과를 창출해 낸 것이다. 가령, "때는 1964년 겨울밤, 장소는 서울의 어느 골목길 선술집이었다. 나는 그 술집에서 어떤 사람을 만났는데 그 사람의 이름은 무엇이었고, 술집은 어떠어떠하게 생겼고 이야기를 나누다 보니까 그 사람의 나이는 얼마고 직업은 무엇이고 ……" 하는 방식의 서술이었다면 그러한 효과가 일어날 수 있었을까?

이 세 문장에서 일관된 특징은, 작가가 어떤 대상을 묘사하려고 할 때 그것을 매우 '낯설게', '거리를 두고' 그려낸다는 것이다. 논의의 편의상 우리는 이 소설의 첫 장면을 예로 들었지만, 그러한 경우는 이 소설의 도처에서, 그리고 김승옥의 다른 소설에서도 자주 발견되는 사례들이다.

그런데 작가가 어떤 대상을 '낯설게', '거리를 두고' 그려낸다는 것은 무슨 뜻일까? 그것은, 어떤 사물을 인식하는 '주체'가 인식되는 '대상'을 자기의 '의식' 속에서 일정하게 거르고 변형시켰다는 뜻이다. 이것은 물론 인간의 인식과정에서 항용 일어나는 일이기는 하지만, 그러한 인식 과정을 거쳐 그 대상을 '표현'하는 단계에서는 매우 판이한 결과들이 일어날 수 있고, 그것이 예술의 여러 사조들을 만들어 내기도 하는 것이다. 그러니까, 인식 주체와 대상 사이의 거리가 크면 클수록, 다시 말해서, 주체의 '의식'의 개입폭이 크면 클수록, '표현'된 대상은 우리의 일상적 감각과는 매우 다른 것, 아주 낯설은 것으로 나타날 수가 있고, 경우에 따라서는 그렇게 표현된 대상이 그것의 '본질'을 아주 정확하게 드러낼 수도 있는 것이다. 그런데 물론 문학은 이러한 표현을 무엇보다도 말(言語)을 통해 수행하는 것이다. 문학 작품의 가치는 그러한 수행의 결과에 달린 것이기도 하다. 이 소설에서 이야기의 내용보다는 우선 '화법'을 눈여겨 보자고 한 까닭도 거기에 있었다.

　김승옥의 소설을 두고 많은 논자들이 한국 소설의 새로운 지평을 열었다고 말하는 것은, 대체로 그의 이러한 언어 처리 수법, 즉 치밀한 의식적 / 지적 조작을 통해 대상 사물의 인상(印象)과 본질을 한두마디의 언어로 압축 / 요약함으로써 그것을 구체적 / 감각적으로 재현하는 능력이 뛰어났기 때문이다. 특히 그의 또다른 소설 「무진기행」은 그러한 능력이 작품 전체를 일관하는 예이다. 그 중에서 한가지 예만 들어보자.

　　　'옛날에 손금이 나쁘다고 판단받은 소년이 있었다. 그 소년은 자기의 손톱으로 손바닥에 좋은 손금을 파 가며 열심히 일했다. 드디어 그 소년은 성공해서 잘 살았다.' 조는 이런 얘기에 가장 감격하는 친구였다.

　독학으로 고등고시에 합격하여 지금은 고향의 세무서장이 되어 있는, 주인공의 친구인 조(趙)라는 사람에 관한 이 간략한 묘사는, 조의 인물됨을 더할 수 없이 풍부하게 압축하고 암시해 줄 뿐만 아니라 그러한 사람에 대한 주인공의 심리적 반응까지도 전달해 준다.

## 2. 소외(疎外)의 고통, 소통(疎通)의 열망

그러나 작가의 이러한 언어 처리 능력에 대한 언급이 다만 뛰어난 수사학적 기법만을 의미하는 것으로 그친다면, 우리의 논의는 결코 충분하다고 할 수 없다. 「서울 1964년 겨울」에서 '나'와 '안'이 주고 받는 저 요령부득의 대화, '나'의 눈을 스쳐가는 밤거리의 풍경들, 중년 사내의 돌발적인 행동과 죽음, 이것들이 보여주는 것은 무엇일까?

현대 도시의 삶은, 인간과 인간, 인간과 자연, 인간과 사물 사이의 관계에 이전 시대와는 질적으로 다른 변화를 불러 일으켰다. 농촌 공동체의 윤리와 질서, 가치관에 의지하여 삶을 유지하던 '개인'은, 이제 수없이 많은 인구가 집중된 거대한 도시에서 낯선 타인과의 끊임없는 경쟁을 통해 살아가야 하는 낱낱이 단자화(單子化)된 '개인'으로 바뀌었다. 개인의 삶의 실현은 공동체적 가치관에 따르는 것에 의해서가 아니라, 오로지 그 자신의 욕망과 그 자신의 능력에 달린 것이 된다. ("서울은 모든 욕망의 집결지입니다"라고 이 소설에서 '안'이 말하는 것을 상기하자). 말할 것도 없이 이것은 피곤한 삶이고 고독한 삶이다. 거대한 대중은 있지만 진정으로 기댈 수 있는 집단은 없다. 철저하게 합리적인 계산과 손해 보지 않겠다는 방어의식만이 타인과의 관계를 지배하는 율법이 된다. 인간과 인간 사이의 단절과 소외는 현대의 도시생활이 안겨 준 새로운 고통이다.

그러나 인간은 어떤 식으로든지 타인과의 관계를 만들지 않고는 살아갈 수 없는 동물이다. 소외(疎外)의 고통이 크면 클수록 소통(疎通)의 열망도 커진다. 그러나 무엇으로, 어떻게 타인과의 진정한 소통을 이룰 것인가? '마음을 열고 대화를 나누는' 타인과의 진정한 만남은 어떻게 가능할까? 만일에 우리가 "이것만은 진정으로 나만의 것이다"라고 말할 수 있는 것을 가지고 있다면, 그리고 그것을 남에게 보여줄 수 있다면, 그렇다면 혹시 타인과의 진정한 소통이 가능하지 않을까? 그런데 과연 그 '진정으로 나만의 것'이라고 말할 수 있는 것은 어디에 있는가? 그것이 가능하기나 할까?

현대의 거대한 도시들을 움직이는 것은 상품의 대량 생산과 유통, 소비들이다. 이 속에서 모든 것, 인간과 자연을 포함한 일체의 모든 것들은 철저하게 상품화의 과정에 편입된다. 모든 것들이 대량 생산과 유통의 과정에 편입되는 이 속에서는 인간의 기본적 감정조차도 상품화, 획일화, 유형화된다. 인간과 자연, 인간과 다른 사물과의 관계에서도 상품화의 과정은 절대적인 것으로 자리잡는다. 결국 현대 도시의 삶에서 인간은 자신과의 관계에서뿐만 아니라 다른 모든 것들과의 관계에서도 본래적인 순수한 형태의 끈을 상실하고 철저한 소외를 겪는다. '진정으로 나만의 것'이라고 말할 수 있는 영역, 그러한 관계들은 이 도시의 삶 속에서는 점점 더 찾기 어려운 것이 된다.

이러한 사실들을 염두에 두고 이제 소설로 돌아가 보자. '나'는 '안'이라는 동갑내기의 청년을 우연히 선술집에서 만나 '그렇고 그런 자기소개'를 나눈 뒤에 무료히 술잔만 비우고 있다. 마침 눈앞에 띈 군참새가 대화를 이어갈 빌미를 제공한다. 파리를 사랑하느냐는 뜻밖의 질문에 상대방은 진지하게 대응한다. 그러나 그것은 우연에 지나지 않는 것, 일상 속에서 곧 잊혀질 일에 지나지 않는다. 그러니까 '나'는, "이런 술집이란, 집으로 돌아가는 길에 잠깐 한잔하고 싶은 생각이 든 사람이나 들어올 데지, 마시면서 곁에 선 사람과 무슨 애기를 주고 받을 만한 데는 되지 못하는 곳"이라고 생각하는 것인데, 그런 '나'의 발길을 잡는 것은, "꿈틀거리는 것을 사랑하십니까?"라는 '안'의 질문이다.

'꿈틀거리는 것'의 의미가 무엇이든, 그 질문은 이 도시의 고단한 삶 속에서 '나'라는 청년이 홀로 간직하고 있는 어떤 소중한 추억, 자기만의 어떤 영역을 환기시킨다. '나'는 갑자기 "의기양양해져서" 꿈틀거림에 대한 자신의 추억을 장황하게 펼친다. 그 발언 속에는 시골에서 올라와 고달픈 도시의 삶에 부대끼며 힘들게 살아가는 한 청년의 서글픈 고독, 그 고독을 위무하는 자기만의 은밀하고도 안쓰러운 몸부림, 그리고 그것을 누구에겐가 털어놓고 이해받고 싶은 욕망 같은 것이 배어있다. 그러나 상대방의 반응은 뜻밖에도 냉담하다. 그것을 음탕한 것으로, 꿈틀거림을 전혀 모르는 것으로 일축하는 것이다. 그러니 다음과 같은 거칠고 격렬한 '나'의 반응 역시 무리가 아니다.

개새끼, 그게 꿈틀거리는 게 아니라도 괜찮다, 하고 나는 생각하고 있었다.

잠시 후에 '안'은 그것도 꿈틀거림일 수 있겠다고 인정하지만, "예를 들면 …… 데모" 같은 것에서 꿈틀거림을 찾는 '안'과, 그것을 "모르겠습니다, 라고 할 수 있는 한 깨끗한 음성을 지어서 대답"하는 '나' 사이에는 이미 건널 수 없는 강이 가로 놓인 것이다. 속을 털어 놓을 수 있는 대화의 가능성은 잠깐 반짝이다가 꺼져 버렸다. 침묵이 오래 계속된다. "나는 이젠 자리를 떠나야 할 때가 되었다고 다소 서글픈 기분으로 생각했다. 결국 그렇고 그렇다. 또 한번 확인된 것에 지나지 않다"고 생각하는 '나'는, 철저한 계산과 방어의식만이 인간관계의 율법이 된, 소외와 단절이 피할 수 없는 숙명처럼 된 현대 도시생활의 한 전형을 보여준다.

그러나 사태는 급전된다. '안' 역시도 소외와 단절에 둘러 싸인 인간이다. "난 우리 또래의 친구들을 새로 알게 되면 꼭 꿈틀거림에 대한 얘기를 하고 싶어집니다. 그래서 얘기를 합니다. 그렇지만 얘기는 오분도 안돼서 끝나 버립니다"라고 '안'이 말할 때, 거기에는 현대 도시의 삭막한 인간관계 속에서 진정한 소통을 꿈꾸는 수많은 개인들의 욕망이 배어 있다. '나'는 물론 그 뜻을 바로 이해하지는 못하지만, 적어도 방금 전에 그들 사이에 가로 놓였던 '건널 수 없는 강'이 아주 건널 수 없는 것만은 아니라는 가느다란 희망을 발견한다.

장난스럽게 던진 한마디에 '안'이 놀라운 반응을 보이면서 둘은 '진정으로 나만의 것'이라고 할 수 있는 것을 열어 보이는 대화를 나눈다. ("그건 말이 됩니다. 그 사실은 완전히 김형의 소유입니다"라는 '안'의 대사를 상기하자). 보기에 따라서 그것은 초라하고 우스꽝스럽기조차 한 것이지만, 이 도시의 삶이 수많은 개인들에게 허용하는 '삶의 의미 영역'이 얼마나 협소하고 옹색한 것인가, 이 도시의 삶에서 우리와 사물 사이의 진정한 관계맺음이란 얼마나 어려운 것인가를 보여주는 것이기도 하다. ('안'은, 밤거리에 나오는 이유를 '그 뭔가가, 그러니까 생(生)이라고 해도 좋을' 어떤 것에 있다고 말한다. 그는 '사물의 틈에 끼어서가 아니라 사물을 멀리 두고 바라보면서' '해방감'을 느끼는데, 그것의 '의미'를 함께 찾아보자고 '나'에게 제의한다).

타인과의 진정한 소통이란 말할 것도 없이 상대방에 대한 배려와 존중을 전제로 하는 것이다. 이제 "우리의 말투는 점점 서로를 존중해 가고 있었"고 동시에 말을 시작할 때는 서로 양보하기도 하는 관계로 된다. 그것은 물론 우리가 이 도시의 일상에서 숱하게 행하는, 이해관계로 얽힌 의례적인 담화나 체면치레용 대화의 관습으로부터 멀리 벗어나 있는 것이다. '나'와 '안' 사이의 이 희귀하고도 우연한 소통은 그러나 중년 사내의 등장에 의해 또다른 국면을 맞는다. 자신의 비통함과 쓸쓸함을 어떻게든 위무받고 싶은 사내의 간절한 욕망은, 그러나 '나'와 '안'에게는 다만 귀찮고 부질없는 우연에 지나지 않는다. 밤거리의 풍경들을 바라보는 '나'의 시선에는 시종일관 '무심함'이 배어 있다. 그 무심함은 심지어 사람의 목숨과 재산이 오락가락하는 긴박한 상황인 화재현장에서도 유지되며, 그것은 중년사내에 대해서도 예외가 아니다.

타인에 대해서, 그의 삶과 감정에 대해서 우리는 어디까지 개입할 수 있을 것인가? 타인에 대한 배려가 그의 삶에 대한 또다른 간섭이 되지 말라는 보장이 어디 있는가? 현대 도시의 삶이 우리에게 확인시키는 삶의 방식은 바로 그것일지도 모른다. 그렇다면 '나'와 '안'이 사내에게 베풀 수 있는 최대한의 배려는 아마도 그를 그냥 옆에서 지켜보는 것 이상이 되지 못할지도 모른다. "혼자 놓아두면 죽지 않을 줄 알았읍니다. 그게 내가 생각해 본 최선의, 유일한 방법이었읍니다"라는 '안'의 말에서, 우리는 그러한 삶의 방식, 소외의 고통과 소통에의 욕망이 서로를 강화하여 마침내는 인간 대 인간의 관계가 낱낱이 흩어지고, 인간과 사물 사이의 어떤 진정한 의미도 수립되지 않는 현대 도시 생활의 절망적인 상황을 만난다.


## 3. 진정한 소통의 가능성을 위하여

김승옥의 「서울 1964년 겨울」은 바로 이러한 도시적 삶의 특징적인 면모를 극도로 함축적인 묘사와 절제된 대사로 드러내는 작품이다. 그러나 동시에 우리가 읽어야 할 것은 이 작품의 표제에 드러나 있는 구체적인 시간과 공간의 의미이다. 1960년대 초는 4·19 혁명으로 고양된 삶의 열망과 집단적 일체감이 5·16 군사 쿠데타에 의해 무참히 짓밟히고, 군사정권의 경제개발 계획이 다른 모든 가치들을 억누르며 진행되는 시기였다. 4·19의 좌절이 가져온 깊은 상처('데모'에서 '꿈틀거림'을 찾는 '안'의 대사가 대화의 전체 맥락에서 언뜻 지나가는 말투로 처리되는 것을 눈여겨 보라)와 급속한 산업화의 진행은 사회의 구조와 개인의 일상, 의식 모두를 질적으로 변화시키기에 충분한 것이었다. 「서울 1964년 겨울」은 바로 이러한 사회적 변화를 배경으로 새롭게 형성되는 우울한 삶의 경험들을 드러내고 있는 것이다.


그러나 이 암울한 색조(色調)만이 전부인 것일까? 이것이 60년대적 삶의 '전면적 진실'인 것일까? 하는 것을 우리는 마지막으로 이 작품에 대해 물어야 한다. 그렇다고 이러한 질문이, 작가가 이 작품에서 아무런 '출구'나 '해결책'을 제시하지 못했다고 비난하는 것으로 오해되어서는 안된다. 훌륭한 소설이 보여주는 '전망'은 비현실적인 '희망'이나 공상적인 '화해'와는 전혀 다른 것이다. 그것은 시대와 형편에 따라서는 극도의 '절망'으로 제시될 수도 있다. 문제는 절망이라 하더라도 그것을 드러내는 방식, 즉 인물과 환경의 설정, 사건의 배치 등에 관련된 작가의 관점이다.

그렇다면 위의 질문을 달리 해 보자 : '나'와 '안'은 철저히 개인화된 인물, 자신의 의식 내면에서만 진정성을 추구하는 인물, '바깥'으로의 시선을 스스로 단절시킨 인물들이다. (밤거리의 풍경들에 대한 '나'의 시종일관 무심한 시선). 이러한 인물들이 현대 도시 생활의 경험을 함축하는 전형적인 '개인'들임은 앞서 논의한 바와 같지만, 그러나 이런 개인들 사이의 진정한 소통은 과연 이 작품에서 보이는 바와 같은 '일시적인 우연', 그리고 철저하게 '개인적인 차원' 말고는 다른 가능성이 없는 것일까? 그리고 그랬을 때에 그것을 과연 진정한 소통, 낱낱이 분해된 개인들 사이를 엮는 진정한 연대(連帶)라고 말할 수 있을까?

'안'과 '나' 사이의 우연하지만 희귀한 소통은 그러나 또 다른 우연인 중년사내에게로 확대되지는 않는다. 그럴 가능성은 애초부터 배제되어 있다. "그럴 수밖에 없다. 그것이 이 도시에서의 우리의 삶의 진실이다"라는 것이 아마도 작가의 말일 터이고, 그 말은 사내의 죽음에 대하여 "그게 내가 생각해 본 최선의, 유일한 방법"이라는 '안'의 말속에 녹아들어 있다. 그것은 '나'와 '안'의 만남을 일회적(一回的)인 우연으로 설정한 이 작품 자체의 내적 논리에서는 필연이겠지만, 사회 구조와 개인의 일상을 전체적인 관점으로 그려내야 할 작가의 임무에 비추어 보면 하나의 한계가 된다. 이러한 한계를 극복하고, 급속도로 진행되는 산업사회의 구조적 모순을 분석하고 그 안에서의 새로운 인간관계, 진정한 연대의 수립 가능성을 모색하는 소설의 실천은, 이 작품의 작가에게 뿐만 아니라, 한국 소설에 부과된 숙제이기도 하였다.

『독서와 논리』, 1994

# 대지적(大地的) 상상력의 역사화
### ―「청산댁」을 중심으로

　역사의 무정한 손길이 인간의 삶 한가운데를 관통하면서 그의 운명을 날카롭게 찢고 지나갈 때, 서사 작가는 그 피로 물든 대지, 아니 이제는 굳어져 흔적조차 사라진 맨 땅 위를 더듬고 파헤치고 반추한다. 무릇 '소설'의 본령이 그러하고 '소설가'의 이름을 짊어진 자의 운명이 그러하다.

　1972년에 발표된 조정래씨의 초기작 「청산댁」은 그러한 진술에 잘 합치되는 작품이면서, 또한 25년에 걸친 이 작가의 창작 활동에서 꾸준히 유지되고 있는 문학적 주제가 무엇인가를 잘 알 수 있게 하는 작품이다. 빈농 출신의 한 여성이 겪는 고난에 찬 삶과 그 역경으로부터 형성되는 성격을 묘사한 이 작품은 조정래씨의 소설을 남다르게 하는 주요한 특질을 매우 풍부하게 함축하고 있는 것으로 보인다.

　'청산댁'의 삶을 관통하는 역사적 환경들은 알다시피 우리 최근세사의 그것이다. 식민지, 징용, 제2차 세계 대전, 해방, 한국전쟁, 분단, 월남전쟁 등 그녀의 삶을 훑고 지나가는 이 모든 역사적 조건들은 물론 당대의 모든 한국인의 삶을 규정짓는 것이기도 하였다. 그러나 우리가 주목해야 할 것은 이 주인공의 삶을 통해 반영되는 그러한 역사적 조건들의 세목이 아니라, 오히려 그 역사적 환경으로부터 형성되는 주인공의 삶 그 자체이다. 어떠한 삶이 이 작품에서 창조되었는가?

이 작품의 주인공 '청산댁'은 우선, 삶의 자유로운 전개와 인간적 욕망의 실현을 위한 기본적인 조건의 결핍으로 인하여 고통받는 인물, 따라서 가장 일차적인 의미에 있어서의 노동하는 인물이다. 그러나 물론 그녀의 삶을 옥죄고 있는 구체적인 조건은, 일반적인 의미에서의 노동의 소외라기보다는 특수한 역사적 단계의 산물로서의 그것, 즉 일제 식민지 말기 농촌경제의 구조적 보편성에 직접적으로 맞닿아 있다. 인물이 이렇게 특정한 시간과 공간 속에 놓인다는 것은 인물과 성격의 구체적이고 개별적인 형상화를 목표로 하는 소설 문학에서는 무엇보다도 긴요한 일이다.

그러나 빈농 계급에게 주어진 이러한 사회적 억압만이 그녀의 운명을 규정하고 있는 것은 아니다. 무엇보다도 그녀는 여성에게 주어진 가장 뿌리깊은 성적 억압을 동시에 받고 있는 것이다. 남편의 강제 징용 중에 지주로부터 당하는 강간과 남편의 전사 이후 동네 청년에게 당하는 강간 사건을 통해 이 주인공은, 이중의 억압에 시달리는 피지배계급내 여성의 위치를 그의 운명으로서 구현하는 소설적 힘을 부여받는다. 그럼으로써 보다 큰 테두리에서 그의 삶을 규정하고 있는 역사의 운행은 이 주인공의 개별적 삶 속에 깊이 각인 되는 것이다.

위에서 우리는 이 작품의 주인공 '청산댁'이 가장 일차적인 의미에 있어서의 '노동하는 인물'임을 말했거니와, 다시 이 진술에 비추어 본다면, 이때에 노동하는 인간의 기본적 대상은 말할 것도 없이 대지(大地)이다. 그는 대지에 긴박되어 있다. 대지는 그의 무궁한 가능성이면서 동시에 영원한 한계이다. 대지는 인간의 벌거벗은 욕망과 삶의 직접성이 펼쳐지는 장소이면서 동시에 인간의 무한한 욕망과 그 척박함이 맞부딪쳐 끊임없는 긴장을 일으키는 장소이기도 하다. 조정래씨의 모든 소설에서 가장 빛나는 대목은 언제나, 이렇듯 대지에 두 발을 디딘 자의 일상과 그의 욕망, 그 욕망의 성취와 좌절을 그리는 데에서 온다. '대지적 상상력'이라고 일컬을 만한 이것은 조정래씨의 소설의 한 주요한 특질이면서 그의 소설 속에서 살아 있는 인간의 숨결을 뿜어 나오게 하는 원천이기도 하다.

장편『태백산맥』에서도 그와 같은 실례는 얼마든지 발견할 수 있다. 이 작품에서 가장 생동하는 인물은 우익 깡패인 '염상구'나 농민 출신의 빨치산들인데, 그들의 이 생동감은 가령 빨치산 대장인 '염상진'이나 중도적 지식인 '김범우' 혹은 좌익 지식인 '정하섭' 등의 추상성에 비하면, 도저히 비교가 안 될 정도의 것이다. 전자의 인물들이야말로 이 대서사를 이끌어가는 가장 중요한 동력인 것이다. 인간의 벌거벗은 욕망과 대지의 척박함 사이의 끊임없는 긴장 — 이 '대지적 상상력'이야말로 이들의 삶의 직접성과 그 강인한 생명력을 묘사하는 원천인 것이며 바로 그 점에 있어서 조정래씨의 소설은 그만의 독특한 경지를 이루어 내고 있는 것이다.

우리는 조정래씨의 이와 같은 작가적 미덕이 그의 초기작인 「청산댁」에서도 이미 유감없이 발휘되고 있음을 발견할 수 있다. 가령 다음과 같은 대목을 보자.

청산댁은 등짐부터 익혔다. 키에 맞게 지게다리를 잘라내고 작은 물건부터 지기 시작했다. 등받이가 등에서 겉돌고 누가 뒤에서 잡아당기기라도 하듯 한사코 뒤로만 넘어가려고 했다. [……] 걸음걸이가 어지간히 잡히자 많은 짐을 지고 일어서는 연습을 해야 했다. 우선 많은 짐을 올려 새끼로 틀어맨 다음 지게를 버티고 있는 지게 작대기를 얼른 빼면서 오른쪽 어깨로 받친다. 그리고 등을 등받이에 붙이면서 오른쪽 팔과 왼쪽팔을 번갈아 빨리 꿰야 한다. 이때 지게 작대기도 따라서 양손으로 옮겨져야 하고 두 다리는 무릎이 반으로 꺾이면서 앞으로 밀리는 지게의 무게를 지탱해야 한다. 양쪽 어깨의 멜끈이 얹히기 무섭게 오른쪽 무릎은 땅에 닿아야 하고 왼쪽 다리는

ㄱ 자로 꺾여 있어야 되며 동시에 왼쪽 손은 지게막대기 윗부분을, 오른손은 그 아랫부분을 잡고 버텨야 한다. 그런 다음에 앞으로 밀리는 힘을 두 팔로 지게막대기에 의지하며 일어서야 하는 것이다. 어느 정도 몸에 익을 때까지 몇 번을 뒤로 벌렁 나가넘어졌는지 모르며 얼마나 지게 밑에 깔려서 버둥댔는지 모른다. 어쩌면 일어서기보다 더 힘들고 어려운 게 지게를 받칠 때인지도 모른다. 자칫하다가는 지겟다리가 땅에 닿기도 전에 벌렁 뒤로 넘어가거나 앞으로 쑤셔박히기가 일쑤였다.

이것은 지게를 지는 행위에 대한 자세한 묘사라는 차원을 넘어 서 있다. 물론 간결하고 사실적인 묘사의 핍진성도 그것대로 살 점이기는 하나 그보다 눈여겨볼 것은 이러한 묘사를 인물의 성격과 그 변화로 연결시키는 작가적 기법이다. 이 장면은 '지주를 한 주먹으로 때려눕히던 믿음직한' 남편이 전쟁에 나가 죽은 직후 '청산댁'이 새로운 각오로 삶을 개척해 나가는 시기의 모습인데, 바로 이 장면을 분기점으로 해서 주인공의 성격과 행동은 엄청난 변화를 보이는 것이다. 이 장면 이전, 그러니까 남편이 살아 있던 동안의 그녀의 삶은, 비록 지주로부터 강간과 핍박을 당하거나 절대적 빈곤에 내몰리거나 아들이 불구자가 되거나 하는 등의 고난으로 점철되어 있기는 하지만, 절대적인 존재인 남편의 운명에 종속되어 있다.

그녀를 짓누르는 이 모든 고통에 대해 그녀가 적극적인 행동을 보이는 경우란 이 장면 이전에는 어디에도 없다. 예컨대, 두 번에 걸친 강간 사건의 경우만 보아도 이 점은 확연해진다. 지주로부터의 강간은, 매우 무력한 상태에서 이루어지며 그 사건의 결과에서도 그녀는 끊임없는 죄의식과 "감나무에 목을 맬 작정"의 죄책감에 시달릴 뿐이다. 그러나 두 번째의 강간 사건의 경우, 그것은 "고개를 돌리며 훅 울음을 터뜨"릴 뿐인 첫 번째의 무력함과는 달리 "낫으로 성칠이 이놈 등줄기를 찍어야 된다"는 강력한 주체적 의지를 동반하고 있다.

뿐만 아니라 이 경우에서 '성칠'이는 지주인 '허주사'와 같은 악독함을

지닌 인물이 아니라 그 나름의 선량함과 농민적 정서를 담지한 인물로
써 결코 독자의 혐오감을 유발하는 인물이 아닌 것이다. 따라서 이 사건
의 결과도 가령 '성칠'의 결혼 소식을 듣고 '청산댁'이 느끼는 감정, "마
음이 허전한 것도 서운한 것도 아니었다. 그렇다고 시원한 것은 더구나
아니었다. 종잡을 수 없는 마음으로 종일 서성이며 보냈다"라는 구절에
서 보듯, 첫 번째의 것과는 판이한 것이다. 소극적이고 수동적인 상태에
서 나오는 수치감과 죄의식이 아니라 자신의 운명을 스스로 장악하려고
하는 인간만이 가질 수 있는 감정을 지닌 인물─'청산댁'은 이런 인물로
변모한 것이다.

　이 변모는 물론 절대적 존재로서의 남편이 사라지고 "두 자식을 굶겨
죽일 수는 없다"는 절박한 상황에서 유래한 것이지만, 인물의 내적 성격
변화를 지게를 지는 외면적 행위의 묘사로서 드러내는 이러한 기법이야
말로 우리 소설 문학이 자랑해도 좋을 만한 본때 있는 모습이 아닐 수
없다. 위의 인용문을 다시 한번 잘 읽어보면, 우리는 그것이 다만 처음
지게를 지는 사람의 고초를 서술한 것이 아니라, 바야흐로 자신의 힘과
능력만으로 대지에 두 발을 딛고 일어서야 하는 이 인물의 정황을 고스
란히 상징하고 있음을 알게 된다.

　이러한 변모의 계기를 거쳐 강인한 생명력으로 삶을 일구는 그녀의
모습에서 우리가 보는 것은 이기적이고 탐욕스런 인간의 면모가 아니
라, 참으로 자연과의 투쟁을 자신의 손으로 수행한 자만이 가질 수 있는
자부심과 긍지인 것이다. 이 작품의 비극적 결말에서도 우리는 그것을
확인할 수 있다. 월남전쟁에 참여한 아들의 죽음이라는 절망적 사태 앞
에서 그녀가 보이는 최초의 행동은 '눈에 파란 불을 켜고' 읍사무소 직원
의 양복 깃을 틀어잡은 채 까무러치는 등의 광란적 행동이다. 그 길로
집을 뛰쳐나가 실성한 사람처럼 돌아다니다가 사흘 후에 돌아 온 그녀
의 모습은 이렇게 표현된다.

　청산댁은 사색이 깃 들어 있었다. 눈은 멍하니 허공을 더듬고 있
었다.
　청산댁을 보자 며느리는 다시 울음을 터뜨렸다. 청산댁은 표정 없
는 얼굴로 며느리 품에서 손자를 옮겨 안았다.
　"울지 말아라. 무신 소양이 있냐. 자석 땀새 이빨 앙물고 살어사
쓴다. 방앳간에 가서 쌀 찧어 오니라. 나는 솔잎 뜯으로 갈란다. 니
남편은 송편을 억씨게 좋아했니라."


　'청산댁'의 저 표정 없는 얼굴과 간명한 대사는 물론 체념도 아니고
허무도 아니다. 그것은 대지와 직접 대면하여 노동함으로써 자신의 삶
을 일구어 온 자, 말의 진정한 의미에서의 자기 운명의 주인인 자만이
내보일 수 있는 태도이다.

　인간의 개별적 삶과 사회적 운명의 상호관계를 다루는 소설 문학의
본질이 작가 특유의 '대지적 상상력'에 의해 보기 좋게 구현된 하나의
사례로 나는 이 작품을 드는 데에 조금의 주저도 없다. 앞에서도 이미
말한 바 있지만, 조정래씨의 소설 속에서 가장 빛나는 대목이나 생동하
는 인물들은 이러한 작가적 전략이 잘 수행되는 데에서 나온다.

　약간의 비약이 허용된다면, 우리는 이 작품에서 이 작가의 훗날의 성
취인『태백산맥』의 몇몇 인물들의 모델을 발견할 수도 있을 것이다. 예
컨대, '청산댁'은 순종적인 농촌 아낙으로부터 강인한 빨치산 전사로 변
모하는『태백산맥』의 '외서댁'을 연상시킨다. 그런가 하면 지주의 동생
을 대리하여 징용에 나갔다가 해방과 함께 돌아 와 지주에게 폭행을 가
하고 6·25전쟁에 참전하여 전사하는 '청산댁'의 남편은『태백산맥』에
서의 어느 인물의 모델일 것인가를 생각해 보는 것도 흥미로운 일이다.

　그러나 이러한 경우는 비단 인물에게만 해당되는 것도 아니고 또 이
작품에만 해당되는 것도 아니다. 70년대 이래의 조정래 씨의 소설은 당
대의 어느 작가들 보다 앞서서 사회적 모순과 분단모순에 대한 깊은 관
심을 드러내 보여 준 것이었다. 「황토」(1974) 「빙하기」(1974) 「동맥」
(1974) 「유형의 땅」(1981) 「불놀이」(1982) 등이 그러하다. 이러한 작품

들에서 보여 준 사회의 구조적 모순과 분단 현실에 대한 역사적 천착이
『태백산맥』이라고 하는 거대한 대하를 형성케 한 여러 지류의 역할을
한 것이다. 그 밑바탕에는 작가 특유의 '대지적 상상력', 그리고 그것을
추상적인 형태로가 아니라 바로 우리 역사의 구체적 운행과 결합시키는
작가 자신의 역사의식이 자리잡고 있음은 다시 말할 것도 없다.

(『한국대표 중단편 소설 50』, 1995).

# IV

"우리는 오히려 '불안'에, 즉 경계의 불안정성에 머물러야 한다. 어디에 명료한 선을 그을 수 있단 말인가. 분명히 차이는 존재하지만 명확한 선을 그을 수는 없다. [……] 그것은 우리를 불안하게 한다. [……] 우리가 경계를 알지 못하는 것은 아무런 경계선도 그어져 있지 않기 때문이다."

— 가라타니 코오진 (1986)

# 저 슬픈 장엄한 고개 너머

— 작가 조정래와의 대담

소설 『태백산맥』이 거의 마무리 단계에 접어들 때니까 벌써 7, 8년 전의 일인데, 그때에 나는 작가와 함께 경제학자 박현채 선생을 '두목'으로 모시고 지리산 일대를 5박 6일간 다녀온 적이 있다. 박선생은 우리의 '두목님' 호칭을 흔쾌히 받아들이며 거침없이 두목 행세를 했으려니와, 아무튼 평소 존경해 마지않던 학자와, 문학의 대선배와 함께 한 이 여행은 내게는 잊지 못할 소중한 추억이다.

그러나 실인즉 그 여정의 일행은 우리 셋만이 아니었다. 내가 보기에 박선생은 수십 번도 더 왔을 그 산길들의 가는 곳마다에서 자신의 젊음을 바쳤던 그 시절의 사람들을 만나고 있었고, 작가는 작가대로 『태백산맥』의 등장 인물들과 대화를 나누고 있었다. 그 산행의 내내 우리는, 길을 걷거나 술을 마시거나 이야기를 나눌 때에 슬그머니 옆에 다가와 귀를 기울이는 보이지 않는 사람들의 모습을 뚜렷이 느끼고 있었다. 이렇듯 때가 때이고 장소가 장소고 사람들이 사람들이었던 만큼, 우리는 잠자는 시간만 빼고는 줄창 술을 퍼부었는데 평계인즉슨 '진혼주'였다. 박선생은 술잔을 들다가도 문득 생각난 듯이 농담조로, 그러나 꼭 농담만은 아닌 것도 같은 표정으로 옆을 돌아보며 "어이, 자네도 한잔하소"

라고 말하고는 했다.

그러나 물론 술만 마신 것은 아니었다. 『태백산맥』의 구성과 인물 형상에 지대한 영향을 끼친 이 경제학자는 그 소설에서의 사소한 인물들과 사건들에 이르기까지 끊임없는 지적과 충고를 아끼지 않았고, 작가는, 그때까지 내가 알기로 『태백산맥』에 관한 한 어느 누구의 지적도 아랑곳하지 않던 태도와는 확연히 다른 모습을 보이고 있었다.

끊임없이 이어지는 두 사람의 대화를 지켜보면서 나는 그 모습이 흡사 옛 설화에 자주 등장하는 모티브, 즉 '사랑에 빠진 젊은이와 지혜로운 노인'의 한 장면 같다는 엉뚱한 생각을 하고 있었다. 그때에 작가 조정래에게 있어 『태백산맥』이란 목숨을 건 사랑과도 같은 것이었다. 작가는 결말에 이르고 있는 그 작품의 끝처리를 위해 잔뜩 고심을 하고 있었는데, 그것은 흡사 온갖 정성을 다 바친 연인에게서 마지막 허락을 받아내기 위해 조바심하는 청년처럼 보였다. 박선생은 박선생대로, 산전수전 다 겪고 사랑의 좌절도 겪을 만큼 겪은 노선배처럼 세심하고 자상한 바가 있었다.

그것은 단순히 역사소설을 쓰는 작가가 당대의 역사를 살았던 한 인물의 경험담을 듣는 수준의 것이 아니었다. 작품에 대한 작가의 집념과 애정이 서질했고 그 사랑의 완성에 쏟는 '노선배'의 기대가 남달렸고, 무엇보다도 지나간 역사의 실체를 바로 밝히려는 합일된 마음이 보기에 좋았다. 그 산중에서 들었던 박선생의 빨치산 체험담이 『태백산맥』의 '학생 빨치산' 조원제로 되살아나는 장면이나, 그 말 많던 '역사투쟁'에 대한 박선생의 일장 강의가 작품 속에서 다시 재현되는 장면을 읽을 때마다, 나는 혼자만의 감회에 젖곤 한다. 그러나 뭐니뭐니해도 내가 잊을 수 없는 것은, 바로 다음의 장면이다.

마지막 날 밤 우리는 세석평전의 산장에서 또다시 대취했다. 새벽빛이 어스름히 비쳐 올 때 밖으로 나간 나는, 지팡이를 짚고 세석평전의 그 너른 언덕을 홀로 망연히 바라보고 있는 박선생을 발견하고 옆으로 다가갔다. 한참 침묵이 흐르던 중 문득, 무어라 말할 수 없는, 아득한 우물 밑바닥으로부터 웅웅거리며 울려오는 듯한 목소리가, 비통한 한숨 사이를 비집고 새어 나왔다.

"쩌그서 …… 다 죽었어야 …… 경남도당이 …… 몽땅 몰살을 해부렀어…… 저 언덕이 …… 시체로 다 덮였어 ……"

'네에 ─'하고 멋대가리 없는 대답을 뱉어 놓고는 나 역시 말없이 앞만 바라보고 있다가, 무언가 이상한 느낌이 들어 박선생의 얼굴을 바라보았다. 그 얼굴이 흘러내리는 눈물로 번질거리고 있었다! 지난 밤의 대취와 광란 이후 우리가 아직 깊은 잠에 빠져 있는 동안, 그는 홀로 일어나 새벽 햇빛을 받고 있는 저 언덕을 바라보며 오랫동안 눈물짓고 있었던 것이었다. 이론에 있어서나 실천에 있어서나 씩씩하고 대차기로야 당대에 그의 오른편에 나설 자가 없을 이 사나이가, 진달래 흐드러지고 아침 햇살 화사한 그 아름다운 언덕을 바라보며 잔인한 역사를 조상(弔喪)하던 그 장면 앞에서 나는 그만 가슴이 뻐근해지면서 말없이 그 자리를 물러 나왔다. 진실로 역사를 온 몸으로 산 사람만이 뿜어낼 수 있었던 그 슬프고도 장엄한 광경은 오래도록 내 뇌리에 남았다.

생각해 보면 지나간 80년대는 그러한 슬픈 장엄함으로 가득찬 시대이다. 꽃다운 목숨들이 자기를 둘러싸고 있는 단단한 돌벽을 향하여 일직선으로 달려나가 산산히 부서졌다. 이 슬픈 장엄함에 대한 경의를 포함하지 않는, 80년대에 대한 어떠한 비판─찬양─회고─반성도 나는 다 가짜라고 생각한다. 80년대의 대열 속에 자신의 젊음을 바쳤던 세대는 집단적 일체감이, 유사종교적 최면이 아니라, 진실로 가슴 벅찬 행복이며 긍지일 수 있음을 실감할 수 있었던 세대이다. 그리고 그것은 그들의 앞 세대나 뒷 세대가 누리지 못했던, 못하고 있는 체험이다. 소설 『태백산맥』의 완성에 이 80년대적 체험이 총체적으로 개입되어 있음은 말할 여지가 없고, 그런 뜻에서 이 작품은 80년대의 저 슬픈 장엄함에 바치는 최대의 경의이며 그 시대가 자랑해도 좋을 성과이다.

그러나, 이제 우리가 나날의 삶에서 목격하고 있듯이, 그러한 시대는 다시 오지 않을 것이 아마도 분명하다. '도대체 어쩌다 이렇게 되었더란 말이냐' 하고 한탄할 사이도 없이 깃발은 사라지고 자본의 잔망스런 나팔소리는 도처에서 귀를 찢는다. 하나의 시대가 조락의 경사길을 굴러내리는 조짐은 그 산행의 시절에도 이미 뚜렷이 감지되고 있는 것이었다. 나는 아무런 안전장치도 제어장치도 없이 속절없이 파멸을 향해 치닫는 이 세계 앞에 아득한 절망만을 되풀이하거나, 도대체 문학이 무엇을 할 수 있는가 하는 진부하고 고색창연한 물음 앞에서 여전히 한 발자욱도 못 나간 채, 술이 있으면 마시고, 길이 있으면 걷고, 밤이 되면 자고 했다. 그러나 아는지 모르는지 작가와 경제학자는 여전히 의연하고 씩씩했다. 작가는 『태백산맥』의 완료 이후 바로 또 다른 대하소설 『아리랑』의 취재와 집필로 들어갈 것임을 밝혔고, 박현채 선생은 "암, 그래야지. 붓 놓으면 쓰러진다"고 작가를 격려하고 있었다. 솔직히 나는 반신반의했다. 거의 탈진상태에 이른 작가의 건강이 못 미더웠고, 무엇보다도 하루가 다르게 변해 가는 수상쩍은 세태의 동향이 작가의 정열과 의지를 야금야금 갉아먹을지도 모른다는 걱정이 앞섰다.

그런데, 웬걸, 나는 작가에게 또 '한 방 먹었다'. 『태백산맥』의 완료와 함께 작가는 곧바로 『아리랑』의 집필을 위한 취재 여행, 나중의 그 자신의 회고에 따르면 "동남아 세 번, 미국 세 번, 중국 두 번, 소련 두 번, 일본 두 번, 다 합치면 지구를 몇 바퀴 돌고도 남을" 여행길에 나섰다. 마침내 『아리랑』의 첫 회분이 그 '징게 멩게 뜰'을 묘사하는 유장한 문체와 함께 「한국일보」 지면에 등장하였을 때, 나는, 아아 드디어 시작하는구나 하는, 안도감과 불안이 뒤섞인 묘한 느낌과 함께 오래 전 세석평전에서의 그 아침을 떠올렸다. 어처구니없게도, "붓 놓으면 쓰러진다"고 작가를 격려하던 박선생은 당신이 먼저 쓰러져 기나긴 의식불명의 상태를 헤매고 있었다.

참으로 이상한 세월이다. 봄도 아니고 겨울도 아닌, 도대체 정체불명의, 속은 썩었는데 겉은 '비까번쩍'한, 오래된 악취가 이제는 오히려 환각적인 향기로 진동하는 이 90년대의 세월은, 험난한 싸움의 지난 세월을 '깡다구' 하나로 버티며 헌걸차게 싸워 온 '전사'들을 소리소문도 없이 해치우는 것이다. 도무지 이 앞에서는 장사가 없는 듯이 보였다. 적어도 내게는 그렇게 보였다. 그러나 진짜 장사는 따로 있었다.

오랫동안 나는 작가를 만나지 못했다. 자기 스스로 빗장을 닫아 걸고 못을 박아 버린 그 '글감옥' 속에서 그를 불러낼 사람은 아무도 없었다. 어쩌다 출판기념회나 수상식 같은 데서 우연히 얼굴을 마주쳐도 그는 간단한 안부 인사만 나누고는 서둘러 감옥으로 '자진 귀환'하고는 했다.

그렇게 몇 년이 지난 지금 내 앞에는 『아리랑』전 12권 중 11권이 놓여 있다. 그 책들을 바라보는 내 마음은 무겁다. 이 무거움에는, 소설이 신문에 연재 될 때에 드문드문 읽다가 그만 두어 버렸던 것에 대한 미안함, 『아리랑』을 쓴다고 했을 때, 글쎄 될까, 하고 작가를 '의심'했던 것에 대한 미안함, 무정한 세월만 탓할 줄 알았지 이런 옹골찬 작품을 제때제때 읽어내는 총기와 부지런함은 갖출 줄을 몰랐던 내 자신의 아둔함에 대한 자책 같은 것들이 두루두루 뒤엉켜 있다. "이 양반, 장사네, 장사야." 피를 말리는 작가의 고통에다 대고 명색 평론가라는 내가 하는 소리는 기껏 그 정도였다. 벼락치기 공부에는 그런대로 이력이 났다는 자신감도 작용해서 언젠가 평론을 써야 할 그때 가서 한꺼번에 읽겠다는 심보로 나는 『아리랑』의 독서를 차일피일 미루고 있었다.

제1부까지의 독서를 끝낸 상태에서 만나자고 작가에게 전화를 했을 때 그는 "이 달 말까지 마지막 원고를 넘겨야 하니까 저녁 시간은 낼 수 없고 점심이나 하자"고 했다. 그것은 게으르고 불성실한 후배에게는 분에 넘치는 대접이었으므로 나는 얼른 약속을 했다. 『태백산맥』과는 또 다른 형태의 '내공'이 『아리랑』의 전편에 꽉 차 있었고, 나는 이 '물건'에 벌써 잔뜩 흥분하고 있었다.


여러 번 목격한 것이지만 볼 때마다 새삼스러운 것은 작품에 몰두하고 있을 때의 그의 얼굴 표정이다. "소설 쓰기는 노동이야. 노동 중에서도 중노동"이라고 그는 자주 말하지만 실제로 그의 얼굴은 옆에서 보는 사람이 더 피곤할 정도로 지쳐 있다. 그러나 그 피곤함은 가령, 불규칙과 무계획이 몸에 배인 나 같은 사람이 보여주는 피곤함의 표정과는 아주 다르다. 그 피곤함의 이쪽 켠에는 완전한 무심이 보인다. 지금 쓰고 있는 작품 이외의 다른 모든 것에는 완전히 끈을 놓아 버린 그 방심의 표정, 설령 좌중의 화제에 따라 정치 얘기를 하거나 심지어 여자 얘기를 하거나 간에, 입으로는 말을 하지만 마음은 저 혼자 속에서 노는 그런 표정을 나는 그 전에 그에게서 자주 보아 왔고 다른 작가들에게서도 많이 보았다. 나는 작가들의 그런 표정을 좋아한다. 한가지 일에 집중하고 있는 사람이 드러내는 얼굴의 그 맑음이 좋다.

도산 공원 앞의 한 찻집에 마주 앉았을 때 나는 또다시 피곤함과 무심이 빚어내는 그 맑음을 발견하고 아주 반가웠다. 두서없는 얘기들이 오가다가 "참, 박현채 선생은 …… 좀 …… 어떠신가요?" 하고 내가 묻자 그는 단박에 어두운 얼굴로 "글쎄 말이야, 그 참 ……" 하고 말을 잇지 못했다. 우리는 시원한 찻집의 유리창 밖으로 늘씬한 젊은 여자들이 활기차게 걸어가는 것을 잠시 묵묵히 바라보았다. "밥이나 먹지. 이 건너편에 곰탕 잘 하는 집이 있어" 하면서 그가 자리를 털고 일어섰다.

"어서 오십시오. 사장님" 하는 곰탕집 주인의 인사를 듣고 자리에 앉으며 내가 "웬 사장님?" 했더니 작가는 "뭐 대순가?" 했다. 곰탕집 주인이 작가를 못 알아본다고 해서 섭섭해 할 이유는 추호도 없지만, 곰탕집 주인이라고 해서 작가를 알아보지 못할 이유 또한 추호도 없는 것이다.

아무튼지 간에 '사장님'이 보증하는 곰탕이었던 만큼 맛이 썩 괜찮았는데, 국물을 훌훌 들이키던 작가가 입을 닦으면서 "중국 가 봤어?" 하고 불쑥 물었다. "예, 몇 년 전에 한 보름 ……" 하고 대답하자 "어땠어?" 하고 다시 물었다. "아유, 엉망입디다. 돈 앞에 장사 있겠어요?" 하고는 나는 아차, 했다. 그것이 설사 여행자의 눈에 비친 일말의 진실이라 하더라도 절대로 그런 식으로 말해서는 안 된다고 나는 늘 생각하고 있었다. 그것은 가령 내가 사회주의의 역사와 그 실패에 대해서까지 한 시간 이상 '썰'을 풀 수 있느냐의 여부를 떠나서, 그 땅과 사람들에 대한

최소한의 예의의 문제라고 늘 생각하던 것이었다. 그런데 이런 망발이
라니.

무슨 생각을 하는지 잠시 침묵하던 작가가 "사회주의는 말이지 ……
역시 그 …… 인간의 악마성에 대한 인식이 부족했던 것 아닐까?" 하고
띄엄띄엄 말을 꺼냈다. 나는 내 기분은 싹 감추고 이 기회를 놓칠세라
바로 따라 붙었다. "어떤 점에서요? 계속하시죠." "그 왜 있잖아. 인간이
란 건 교활하고 악랄하고 비루한 구석도 많고 그게 인간인데 …… 사회
주의가 그걸 ……"

나는 사회주의의 인간관에 대한 이 오래된 논쟁보다는 다른 걸 묻고
싶었다. 마침 작가가 얘기의 물꼬를 터 준 것은 그지없이 고마운 일이었
다. 어차피 순서없이 진행하기로 한 것, 에라 모르겠다, 막바로 본론으로
들어갔다.

"그 악마성 얘긴데요. 『태백산맥』에서도 그랬지만 『아리랑』을 읽으
면서 또 느낀 것은, 선생님 작품에서는 부정적인 인물의 형상화가 아주
도드라진다는 것이에요. 『태백산맥』의 염상구가 대표적이지만 『아리
랑』에서도 가령 장칠문이나 백종두 같은 악인들의 묘사는 생동감이 넘
치고 선명합니다. 상대적으로, 긍정적인 인물은 추상성을 벗기가 어렵
고요. 소설이란 장르가 원래 그렇게 돼 먹은 것일까요?"

작품 얘기가 나오자 그의 눈이 반짝거리면서 익숙한 표정으로 돌아
왔다.

"소설이란 게 원래 그런 건지는 잘 모르겠고, 나는 그래, 부정적 인물
이나 악인을 그릴 때가 훨씬 쉽고 시간도 안 걸려. 왜냐하면 그들은 인
간의 적나라한 모습을 가지고 있거든. 그 대신에, 긍정적 인물은 그 긍
정성이란 게 정신적인 면이나 보통 인간으로는 넘볼 수 없는 어떤 극기
같은 것을 포함하고 있기 때문에 추상적이 되기가 쉬워요. 그러나 부정
적이든 긍정적이든 인물의 전형성을 확보하기 위해서는 그들이 가진 인
간적인 면모를 그려야 하는 게 당연하지. 부정적인 인물을 너무 지나치
게 부정적으로만 그릴 때는 오히려 독자들로부터 외면을 당한단 말이

야. 염상구가 나쁜 짓만 하는 건 아니거든. 약한 사람 도와 줄 때도 있고 저 스스로 약한 모습을 보일 때도 있거든. 그래서 그 인물이 살아나는데, 그런데 긍정적 인물이나 영웅적인 인물은 자꾸 추상적이 되고는 해. 이걸 극복 해보려고 무진 몸부림을 쳐요. 그들의 회의, 부정적인 면모, 이런 걸 담아볼려고 하는데도 잘못하면 전형성이 아니라 이중 인격자가 돼버리니 참 어렵지. 긍정적 면모가 훼손될까 봐 저어하다보니 리얼리티가 떨어지고 리얼리티를 추구하자니 성격이 뒤죽박죽 돼고 ……『아리랑』에서 필녀가 송수익하고 산길을 가다가 비를 맞고 둘이 옷을 벗는 장면이 있거든? 이 장면에서 참 고민 많이 했어. 송수익이 그냥 필녀를 범하는 걸로 할까 하다가, 차마 그럴 수 없잖아? 아이구, 고민 많이 했네. 결국 송수익이 죽어가면서 필녀의 손을 잡아주며, “무정타 말게” 하는 말로 그 여자의 순정을 받아들이는 걸로 끝냈는데, 그래도 그게 아닌 것 같아, 좀 찜찜해 …….”

악인을 그리는 것이 훨씬 쉽고 시간도 안 걸린다는, 어떤 ‘소설기술론’에도 안 나오는 생짜배기 체험담은 흥미로웠다. 작품 얘기를 하는 그의 표정은 볼 만 하다. “무정타 말게” 하는 마지막 대목에서는 아예 손을 천천히 들어올리면서 반쯤 지긋이 눈을 감는 것이었다. “그게 어때서요? 그게 더 좋은 걸” 하고 나는 절대로 아부성이 아닌 말을 했고 그는 입을 활짝 벌리고 우하하하 하고 웃었다. 웃음을 신호로 우리는 곰탕집을 나와 찻집으로 자리를 옮겼다.


녹음기를 틀어 놓고 수첩을 꺼내 들고 하는 ‘대담’에, 작가는 익숙할지 몰라도 나는 전혀 아니다. 그래도 어쨌든 녹음기도 틀고 수첩도 꺼내고 사진기까지 대령했다. 그러나 말짱 헛것이었다. 사정을 얘기하자면 길지만, 작가나 나나 단추가 두 개 이상 달린 기계 앞에서는 천성적인 공포를 느끼는 사람들이었다는 것만 말해 두자. 결국 한바탕 웃고 나서 작가는 “어이, 대충 해 부러” 하고 말했고 나는 “그럽시다. 까짓 거” 하고 호기를 부렸다. 이 대담 아닌 대담이 있고 나서 몇 주일 뒤에 도하각 신문에는 『아리랑』의 완간 소식과 함께 그의 인터뷰 기사가 큼지막하게 실렸다. 이것은 나에게는 불운이자 행운이었다. 신문기자들이 나보다 녹음기와 사진기를 능숙하게 다룰 줄 안다는 것은 내게 불운이었고, 그들보다는 내가 글 쓸 시간이 더 있었다는 것은 행운이었다.

마침 그 무렵에 세상을 떠난 한 원로 작가에 대한 얘기를 나누다가 그는 문득 "지금까지 가장 잘 지켜 온 분은 황순원 선생 같애" 라고 했고 나는 그 말에 동의했다. 『아리랑』의 집필 동기와 의도에 대한 질문에 그는, 우리 민족의 우수함을 입증하고 싶었고 사회주의자들도 민족의 독립을 위해서 싸웠다는 것을 보여줌으로써 그들을 역사의 지평 위로 끌어 올리고 싶었다고 말했다. '민족'에 대한 그의 일관된 강조에 대해서 나는 개인적으로도 그렇고 대담자의 임무로 봐서도 그렇고 좀 더 분명한 얘기를 듣고 싶었다. 그는 대번에 흥분했다.

"민족주의는 불필요하게 논의는 많으면서 성과는 하나도 없는 논의야. 히틀러 식의 게르만 민족주의를 빌어서 민족주의 무용론이나 해체론을 펴는 것은 제3세계를 말아 먹으려는 제국주의의 이론에 지나지 않아!"

"민족주의가 다양한 형태와 내용을 가진다는 것은 사실이지만 또 한편 그것이 인류사적 전망을 지닌 이념일 수 있을까요?"

"민족문제가 엄연히 이 삶의 현실에 존재하는데 무슨 쓰잘 데 없는 소리! 세계 평화와 인류 공영도 각 민족의 존엄성과 주체성이 확보되는 전제 위에서 가능한 것이지."

더 나갔다가는 그가 나를 제국주의자로 몰아 붙일까 봐 겁나기도 하고 또 그 말에야 전적으로 동의하는 바이기도 해서 나는 얼른 꼬리를 사렸다. 오늘의 주제는 『아리랑』이라는 것을 나는 자꾸 까먹고 있었다.

"아직 1부까지 밖에는 못 읽어서 죄송합니다만, 아주 흥미로웠던 것은 개화기 풍속의 재현입니다. 성냥이라든가, 남포불이라든가, 자전거라든가 이런 일상 풍속을 어떻게 다 찾아내셨습니까? 우리는 변변한 풍속사 한 권이 없는데……"

"현재까지 나와 있는 역사책은 다 읽었다고 자신 해. 그래도 안 되는 건 취재를 통해서지. 옛날 노인들 말도 듣고. 취재를 하다 보면 상상력만으로는 도저히 안 돼는 것들이 마구 튀어 나오지. 그 보람은 해 보지 않은 사람은 몰라."

이때다 싶어 나는 『아리랑』의 첫 권을 집어 들고 미리 접어두었던 부분을 펼쳤다.

"여기 이동만이가 인력거를 타고 만경까지 가는데 왕복 인력거 삯이 10원이란 말이에요. 그런데 여기 앞 부분에 보면 감골댁이 군산 50리길을 왕복하면서 받아내려는 돈이 2원이에요. 2원이면 '논 반마지기 값'이라고 나와 있거든요? 그런데 인력거 삯이 10원이라면 논 닷마지기 값이 되는데, 아무렴, 인력거 삯이 그렇게나 될까요? 혹시 …… 오자 …… 아닌가?"

돼먹지 않은 꼼꼼함을 흉내내다가 나는 무참하게 되었다. 내 사설을 참을성 있게 빙긋이 웃으면서 듣고 있던 작가는 내 말이 끝나자 "그게 사실이야. 10원이 맞아" 했다. 긴가민가 하는 나에게 작가는 당대의 상황에서 인력거가 갖는 사회경제적 의미에 대한 설득력 있는 설명과 함께 "그렇지 않아도 그 부분에 대해 출판사 편집부에서도 실수가 아니냐는 문의가 있었다"고 덧붙였다. 그런 부분에 결코 소홀히 하는 작가가 아님을 나는 또 깜박했던 것이다.

"『아리랑』의 인물 형상은 『태백산맥』의 인물들을 연상시키는 바가 있는데요. 이런 인물들의 유형 비교는 어떨까요?"

"어떤 평론가가 잡지에 그런 식으로 글을 쓴 걸 봤는데 한마디로 작가로서는 불쾌해. 나는 『아리랑』을 쓰면서 『태백산맥』은 내 마음 속에서 다 지웠어. 완전히 다른 인물들이고 다른 환경들이야."

'아리랑론'은 나중에 쓰자, 이쯤에서 '작가론' 쪽으로 방향을 돌리자고 나는 마음 먹었다. 몇 달 전에 나는 작가의 선집 해설을 위해 그의 초기 작들을 여러 편 다시 읽을 기회가 있었다. 그 중에서도 「청산댁」은 아주 좋은 작품의 하나라고 생각하는데, 나는 그 생각을 조정래 소설의 한 원형질로서의 '대지적 상상력'이라는 말로 풀어 쓴 적이 있다. 그 얘기를 하자 그는 "그래, 내 소설의 원형은 모성이야. 여자야" 하고 동의했다. 내친 김에 나는 평소의 의문을 짚기로 했다.

"선생님의 작품에서는 70년대의 작품들과 80년대의 작품들─가장 대표적인 건 물론 『태백산맥』이겠는데요─사이에 대단한 비약이 있습니다. 이런 비약 혹은 단절은 선생님 연배의 다른 작가들에게서는 찾아보기 어려운 것인데요."

"우리 세대가 반공 교육 제1세대 아니요? 우리 세대의 사회적 경험은 육이오와 분단에 원초적인 규정을 당해 버렸다구. 학교 교육이 그랬고 개인사가 그랬어. 인민군을 묘사해도 극단적인 '짐승'으로 그려야 하는 것이 하나의 문학적 관행이었다 이 말이여. 작가가 자기 시대의 문학적 관행을 넘기란 참으로 힘든 것이지. 그러다가 소년기에 4·19 겪고 80년대 광주 보고 미 문화원 불타고……. 이런 과정의 변화를 적극적으로 내면화하고 수용하게 되었을 때 어떤 비약이 생기는 것이지. 그걸 못하면 그만 그 상태로 주저 앉는 것이고……."

"자신의 70년대 작품을 지금 읽으면 기분이 어떠십니까?"

이 질문에 작가는 껄껄 웃다가 잠시 심각한 표정을 지었다.

"등단작인 「누명」은 지금 내가 봐도 기특해. 하하하. 그 시절에 그런 정도라도 쓰다니 용하다 싶어. 그런데 부끄러운 것도 있어."

"「불놀이」 같은 것?"

"아니, 그것만 해도 그래도 괜찮아. 그 전에 여순 사건을 다룬 단편 한두편에서 아주 도식적으로 쓴 게 있어. 잡혀 갈까 봐 '간첩은 반드시 잡아야 한다'는 둥 뭐 그런 귀절을 집어넣고……. 그런데 그런 작품도 말썽이 돼서 정보부에 끌려 가고……. 한심하지……."

자신의 작품에 대해 어떤 때에는 지나치다 싶을 만큼의 자부심과 고집을 거침없이 드러내는 작가의 이런 발언은 예상 밖이었지만, 그런 만큼 잔잔한 감동과 신뢰를 안겨 주기에 충분한 바가 있었다. 작가의 70년대 작품과 80년대 작품 사이에 존재하는 연속과 단절의 그 폭넓은 역동성을 잘 정리하면 꽤 쓸만한 작가론이 되겠다는 내 나름의 '꿍심'도 마음 한 켠에 잘 접어 두었다.

"많은 작가들이 흔히 대하 소설을 쓰는 과정에서, 전혀 계획하지 않았던 인물이 작품 안에서 저 혼자 살아 움직이는 것을 경험한다거나, 작품 창작을 통해 어떤 '구원'을 받는다거나 하는 말을 하는데, 선생님 경우는 어떻습니까?"

그는 내 얼굴을 한참 동안 바라보면서 멍한 표정을 지었다. 그러다가는 "그 참, 이상해. 나는 그런 게 없어" 하고 말했다. "없어요?" 하고 내가 재차 묻자 그는 "응, 없어. 나는 재능이 부족한가 봐" 하고 말했다.

"작가의 의도와 다르게 등장 인물이 제멋대로 살아 움직인다는 걸 나는 영 실감을 못해. 요즘은 먹고, 자고, 쓰고 하는 게 하루일인데 하루 평균 3~40매를 써요. 이건 나한텐 말 그대로 노동이고 기하학이야. 피라밋 쌓을 때 돌 하나 어디 들어갈 지 다 계획하고 하듯이 나는 소설을 그렇게 써요. 작품 창작을 통해서 영혼의 구원을 받는다? 모를 소리야. 실감이 안 돼. 대학 갈 때 나는 나 같이 가난한 집 자식이 자본이 제일 안 들고 가장 잘 할 수 있는 일이 뭘까 생각했더니 문학이더란 말이야. 대학은 소설 쓰는 데에는 하나도 도움이 안 되는 곳이었지만 아무튼 나는 문학에 목숨을 걸고 딤벼 들었어. 목숨 걸고 할 일이라고 생각했지 이걸 통해서 내가 무슨 정신의 구원을 받는다, 그런 생각은 해 본 적이 없어."

이 불굴의 '문학 노동자'는 80년대 이래의 노동운동을 다룬 또 하나의 대하 소설을 비롯해서 앞으로 장편 12편을 더 쓸 계획이 있다고 밝힘으로써 나를 완전히 기죽였다. "그 전에 『아리랑』 쓰겠다고 하셨을 때 제가 못 미더워 하던 거 기억 나세요?" 하고 물었더니 "그럼, 기억나고 말고. 그래도 봐. 이렇게 해냈잖아. 아주 빨리 썼어." 자기 가슴을 탕탕 치면서 그는 그 특유의 말울음 소리 같은 웃음을 시원하게 터뜨렸다. 큰일을 잘 해낸 사람은 그만 정도의 통쾌한 자랑을 얼마든지 해도 좋을 권리가 있다고 믿는 나는, 덩달아 웃으면서 그 말에 동의했다. "어때? 앞으로 장편 12편 쓰겠다는 내 말 인제는 믿어?" 하고 그는 웃으면서 말했다. "글쎄요, 그건 아무래도 좀 심한데 ……." 나는 여전히 토를 달았다. "허허, 이 친구. 두고 봐. 두고 보라구." 이 경우에는 단연코, 두고 보자는 사람 무서운 것이다.

사진기의 후래쉬가 어찌된 셈인지 영 작동을 안 해서 혹시 바깥에서는 찍힐까 싶어 가까운 도산 공원으로 자리를 옮겼다. 영동 쪽에만 오면 동서남북이 헷갈리는 나는 도산 공원도 생전 처음이었다. "근사하네. 이런 공원이 있었구만." 하고 나는 공원을 둘러 보며 감탄을 했고, 작가는 "그러게 …… 도산이라 …… 흠 …… 도산 …… 도산은 공원도 있는데……" 하고 중얼거렸다. "그래요. 그렇군요. 그것 참" 하고 나는 금새 알아듣고 맞장구를 쳤다. 우리는 그 공원의 도산 동상만큼은 조형 예술로서 영 말씀이 아니올씨다 라는 점에 전적으로 의견의 일치를 보고, 동상 옆 벤치에 앉아서 풀밭을 배경으로 사진을 찍기로 했다.

희한하게도 사진기는 경쾌한 소리를 내며 잘도 돌아갔다. "알 수 없는 조화네." 작가가 낄낄 웃었다. "어쨌거나 찍혔으면 됐지, 뭐." "다 찍었는데 필름을 어떻게 빼나?" "아, 거, 자동으로 다 돌아가게 돼 있잖아. 차르르르 하면서 말이야." "글쎄요. 그런 것 같은데 아무 소리도 안 나네요." "이리 줘 봐." 우리는 고개를 맞대고 사진기를 이리저리 둘러 보았지만 속수무책으로 포기했다. "이게 말입니다. 원래 좋은 물건은 자동이 아니라구요. 사람 손이 많이 가는 것일수록 튼튼하고 좋은 물건인 것이거든요." 눈꼽만치도 자신 없는 이론이었지만 나는 단호하게 선언했다. 그러자 작가가 대꾸했다. "오랫만에 맞는 말씀 했다."

함께 웃다가 웃음이 그치고 이제는 별로 할 말도 없어 묵묵히 앉아 있는데, 어디선가 비둘기 한 떼가 우리가 앉은 곳에서 몇 발짝 떨어진 자리에 날아 와 앉았다. 유모차에 아기를 태운 젊은 부인 하나와 아장아장 걷는 아이 둘이 비둘기 사이로 들어가 모이를 뿌렸다. 그 빈틈없는 완벽한 평화의 정경은 그런대로 보기에 좋았다. 작가도 그 광경을 물끄

러미 바라보고 있었다. 그때 나는 작가가 어느 순간부턴가 아주 깊은 생각에 빠져들고 있다는 것을 눈치채었다. 아, 저 얼굴. 텅 비었으면서도 틈 하나 없는 그 얼굴은 내 뇌리에 깊이 박혔던 박현채 선생의 그 슬픈 장엄함과, 경우는 달라도 어딘가 아주 닮은 데가 있었다. 저 얼굴을 찍어야 하는데, 아차, 필름이 떨어졌구나, 나는 속으로 조바심을 치다가 이내 포기하고, 슬그머니 일어서서 그 자리를 비켜 나와 혼자서 어슬렁거리며 공원 안을 돌아 다녔다.

공원 입구에서 작가를 다시 만났다. "인제 다 끝났지?" 작가는 작별의 손을 내밀며 말했다. "언제 뭐 시작이나 했던가요?" "그려, 그려. 알아서 혀." 우리는 무슨 독립투사들처럼 굳세게 악수를 나누었다. 나는 저만치 세워 놓은 내 차가 보이는 쪽으로 돌아섰다. 그 길은 내게는 아주 멀리 보였다.

(『실천문학』, 1995).

나는 너다 *

— 고종석 소설집『제망매』에 부쳐

## 1. 질투에 대하여

박정희와 전두환의 시절보다 그 뒤부터 지금까지가 더 견디기 힘들다
고 하면 말이 되는 걸까? 아무튼, 요즘의 나로 말하면 그렇다. 그러나
곰곰 생각하면 이것은 박정희나 전두환의 탓도 아니고, 김대중이나 김
영삼의 탓도 아니고, 고르바초프나 옐친의 탓은 더구나 아니고, 전적으
로 내 탓이다. 박정희의 시절에 나는 아주 젊었었고, 전두환의 시절에는
아직 젊었고, 그 뒤부터 지금까지는 늙었다고야 할 수는 없겠지만, 젊음
이 부럽고 샘이 나서 미칠 지경에 와 있는 것은 사실인 것이다. 견디기
힘든 것은 늙어간다는 자각이 아니라, 바로 이 부러움과 시샘, 보다 정
직하게 말하면 질투다.

'거칠 것이 없는 젊음'이란 말은 거짓말이다. 적어도 내 젊은 시절의
경험으로는 그랬다. 거칠 것이 너무 많아서 숨도 쉴 수 없을 것 같았고,
그걸 평계로 적당히 나태하고 적당히 불성실해도 용서가 될 것 같았고,
(같은 것이 아니라 실제로 그걸 평계삼아 불성실했다), 가끔씩 아니 아주 자
주, 박정희만 이 세상에서 사라져도 금세 숨통이 트일 것 같았다. "야,

---

* 이 구절은 물론 황지우의 시 제목을 빌어 온 것이다. 사람이 사람에 대한 애정
을 표시하는 데에 이 말만큼 사무치는 말이 따로 없지 않을까 나는 생각한다.

너희들은 좋겠다. 뭐든 할 수 있으니”하고 말하는 선배나 어른들이 있으면 나는, 입밖에 내지는 못했지만, 속으로는 쌍욕을 퍼부어댔다. 그런데 어느 날 학생들과 함께 술을 마시다가, 나는 내 선배나 어른들이 했던 말과 똑같은 말을 주절거리는 나 자신을 깨닫고 참으로 참담해지고 말았다. 그런 말을 듣는 쪽의 반응이 어떠하리라는 것을 내가 모를 리가 있겠는가. 그런데 고약한 것은 내가 이 점을 반성하기는커녕 점점 더 진심으로 자주 그런 말을 한다는 것이다. 그러니 나한테서 그런 말을 듣는 후배들이나 학생들은 그게 정말로 나의 진심임을 알아주면 좋겠다. 그래야만 우선 내가 옛날에 선배들에게 행했던 무례를 조금은 용서받을 것 같다.

그러므로 ‘거칠 것이 없는 젊음’이란 맞는 말이다, 라고 말하려는 것이 아니다. 그 말은 여전히 거짓말이다. 언제 어디서나 젊은이는 힘들고, 나이든 자는 이제 힘이 빠져서 힘들다. 내가 말하려는 것은 나이든 자가 젊은이에게 보내는 무한한 부러움, 시샘, 회한, 질투 따위의 감정이 지니는 진실성이다. 하기야 감정이란 다 진실과 관련되어 있긴 하다. 그러나 질투나 시샘만큼 진실한 감정이 있을까? 거기에는 ‘힘’이 빠져 있다. 다시 말해, 나이든 자, 학식 많은 자, 돈 많은 자들이 그렇지 못한 사람들을 앞에 놓고 하는, 잰체하거나 난체하거나 겸손한 제 하는 일체의 포즈가 빠져 있는 것이다. 요컨대 날 것 그대로의 감정이며, 날 것 그대로이므로 짧고 격렬하며, 짧고 격렬하므로 진실에 가깝다. 물론 그것은 바르다거나 바람직하다거나 논리적이라거나 한 것과는 거리가 멀다. 그런데 진실한 것이 꼭 올바르거나 논리적인 것이어야 할 필요가 있을까?

올바르거나 논리적인 것과는 그다지 관련이 없지만, 진실한 것은 사람의 마음의 평온과는 아주 깊이 관련되어 있다. 남이 나에게 보내는 것이든, 내가 남에게 내비치는 것이든, 어떤 진실한 감정 앞에서 우리는 어떤 무심의 경지로 나아가기 보다는 훨씬 더 많이 마음이 흔들리고 때로는 충격을 받는다. 그것이 짧고 격렬할 수 밖에 없는 까닭이 거기에 있다. 오래 지속되었다가는 마음은 물론이고 몸도 배겨나기 어려운 것이다. 더구나 질투와 같은, 썩 바람직하지 않은 것임이 틀림없는 감정의 경우에는, 진실이든 무어든 간에, 오래 끌어서 덕될 것은 아무 것도 없다. 나이든 자를 일컫는 말 중에 '노회(老獪)하다'는 말이 있는데, 이 말은 그 부정적인 어감에도 불구하고 나에게는 사람이 마땅히 이르러야 할 어떤 경지를 가리키는 것이 아닌가 하는 생각조차 든다.

## 2. 자기혐오

질투나 시샘이 어떤 특정한 사람이나 특정한 사안을 향한 것이라면 그런 대로 다스릴만한 것일지도 모른다. 그러나 그 대상이 '젊음'과 같은 어찌해 볼 수 없는 것일 경우에 문제는 심각하다. 이 경우는 반드시 그 화(禍)가 자기자신에게로 돌아오는 것이다. 그 화의 이름은 자기혐오이다. 나한테는 고질의 편두통이 있다. 목숨에 지장이 있는 것은 아니므로 평소에 별로 신경은 안 쓰고, 또 딱히 치료법이 있는 것도 아니므로 더더욱 신경을 안 쓰고 살지만, 다만 걱정은 두통 그 자체가 아니라 두통이 시작되려고 할 때의 그 공포다. 갑자기 귀밑이 뜨끔거리고 욱신거리기 시작하면, "아아, 온다. 난 이제 죽었다"하는 공포가 엄습하고, 그 공포는 두통의 내습 속도와 강도를 더욱 높여서 한 사나흘을 머리를 들 수 없을 정도로 초죽음이 되게 만드는 것이다. 두통에 대한 공포가 두통을 부르는 이 어처구니없는 악순환을 겪고 나면 자신에 대한 혐오까지 겹쳐서 그만 살기가 딱 싫어진다.

젊음에 대한 질투의 감정도 그와 유사하다. 무슨 특별한 계기가 있거나 특별한 사람이 있어서 그런 것이 아니라, 불쑥, 느닷없이, 사람을 덮쳐서는 짓밟고, 흔들고, 할퀴고는, 마침내 가장 두려운 지점, 즉 자기혐오에 이르는 것이다. 내가 박정희나 전두환의 시절보다도 요즈음을 더 견디기 어려워하는 까닭, 제 감정을 제 스스로에게도 감출 줄 아는 노회의 경지를 추앙하는 까닭이 거기에 있다.

몇 년 전에 내 연구실로, 방학중에 중국 여행을 다녀온 학생들이 들렀

을 때도 그랬다. 한 달 동안이나 그 넓은 땅 여기저기를 돌아다니다 왔
으니 얘기거리도 많았다. 한참 재미나게 얘기를 듣고 난 내가 기껏 한다
는 말인즉, "그래, 너희들은 참 좋겠다. 아이구, 우리 때는 중국이라니,
꿈도 못꿨다, 야." …… 진심으로 부러웠고 또 부러웠다. 학생들이 돌아
가고 나서 혼자 앉아 창 밖을 내다보다 문득 상념에 빠져들었다. 그게
문제였다.

리영희 선생의 『우상과 이성』, 『8억인과의 대화』를 읽으면서, '지구
상에서 가장 가보고 싶은 나라는?'이란 설문지가 있으면 서슴없이 "중
국, 아니 중화인민공화국"이라고 써넣고 싶었던, 때때로 만리장정의 그
행군을 생각하면 막혔던 가슴이 탁 트이고 온 몸에 피가 끓는 것만 같았
던 시절이 떠올랐고, 그러자 갑자기 피가 도는 게 아니라 끊겼던 필름이
돌기 시작했다. 사람이 숨이 끊어질 때면 자신의 전 생애가 눈앞에 좌르
륵 펼쳐진다는 얘기를 어디선가 들은 것 같은데, 숨이 끊어질 순간이 아
닌데도, 지난 이십 년의 세월이 대단히 고약한 영상으로 떠오르기 시작
했다. 좋지 않은 징조임이 분명했지만 이미 피하기에는 늦었다. 내 편두
통이 그렇듯이.

청년 시절에 엄청난 혁명적 열정에 불타오르다가 중년이 넘어 이제는
안락한 직장의 의자에 앉아 지나간 자신의 열정을 쓸쓸히 회고하는 남
자의 영상을 이 대목에서 떠올린다면, 당신은 내 신파에 속았다. 아니다.
그게 아니다. 차라리 그랬다면 좋겠다. 쓸쓸한 회고에는 어느 정도의 달
콤함도 섞여 있기 마련이고 그런 달콤함은 각자의 나이에 맞추어 즐길
권리가 있다. 나는 운동권도 아니었고, 도서관에서 내일을 기약하는 학
도도 아니었으므로 그런 정도의 회고가 특별히 자극적일 까닭은 없었
다. 뭘 얼마나 살았다고 아이들 앞에서 노인 흉내를 냈을꼬, 하는 좀 창
피한 생각이 머리를 쳐들더니, 편두통이 그렇듯이 온갖 잡념이 졸가리
없이 튀어나오기 시작했다. 그 산란한 생각들을 다 옮겨 적을 수도 없고
그럴 필요도 없다. 어쨋든 그 모든 생각들은 단 하나로 집결하였으니,
마침내 내가 가장 두려워하는 그 엄청난 자기비하, 자기혐오의 시간이

왔다.

　할 수만 있다면 그 자리에서 당장 나를, 나와 관계된 모든 흔적을 싹 지워버리고 싶은 이러한 자기혐오는, 설명할 재간이 없다, 당해 본 사람만이 안다. 이런 날에 술을 마시는 것은 극히 위험하다. 터무니없이 남에게 시비를 걸거나, 무지무지하게 잘난 척을 해서 회복불능의 '쪼다'가 되거나, 아무튼 사회적으로 생매장을 당해도 쌀만큼의 불상사를 초래하게 되는 것이다. 방법은 따로 없다. 편두통과 마찬가지로, 일단 아무도 없는 곳으로 피해서 이불을 쓰고 드러눕는 것뿐이다. 잠이 오면 좋고 안 오면 어쨌든 올 때까지 기다린다. 그것이 내 방법이었다.

　그날은 어떠했던가? 어디 가서 쓰고 누울 수 있는 상황이 아니었다. 이런 증세를 아마 정신과 의사들은 우울증이라거나 그런 비슷한 것으로 진단을 내리겠지만, 내가 이 세상에서 절대로 믿지 않는 부류를 딱 둘만 들라면 정신과 의사와 그 다음에는 교육학자를 들것이므로, 무슨 상담 따위는 아예 고려의 대상이 아니었다.


## 3. 편지

　그때에 갑자기 내 맘속에서 고종석이 떠오른 것이 무슨 까닭이었는지는 나도 모르겠다. 평온치 못한 마음이 무슨 생각을 한들 거기에 특별한 까닭이 있겠는가. 잡념에 빠지다가 자기혐오의 수렁에 빠졌으니 다시 잡념으로 치유하자, 뭐 그런 생각이 있었던 게 아닐까? 어쨌거나, 그것은 중요하지 않다. 중요한 것은 그때에 그 친구가 갑자기 떠올랐다는 것이다. 평소에 데면데면하던 사람을 잔뜩 흥이 오른 술좌석에서 우연히 만났을 때 공연히 더 반갑고 살갑게 느껴지면서 마구 감정이 과장되는 그런 경험. 고종석을 생각하자 그런 느낌이 들면서 마음속에 불이 들어온 듯 환해졌다.

　그러나 그때에 전화를 해서 금방이라도 불러낼 수 있는 곳에 그가 있었다면 나는 그러지 않았을 것이다. 그와 나 사이가 평소에 데면데면했다는 뜻은 아니다. 나는 물론 그를 좋아했고, 내 바램이 아주 엉뚱한 것이 아니라면, 그도 나를 싫어하지는 않았겠지만, 그렇다고 속 깊은 얘기를 나눌 만큼의 가까운 사이는 아니었다는 말이다. 나로서는 그러고 싶었지만 그럴 기회가 별로 없었다. 게다가 가까운 친구라면 진짜 가까운 곳에서 금세라도 불러낼 수가 있었다. 그러나 내 자신이 꼴도 보기 싫도록 마음이 바닥으로 '다운'된 상태에서 친구가 다 무슨 소용인가. 이 상태의 특징은, 누구라도 붙들고 실컷 떠들고 싶은 갈증 같은 감정과, 사람의 종자라면 마주 대하기도 싫은 감정이 마구 헝클어져 종잡을 수 없는 상황을 만들어 내는 것이다. 그러니 내가 어찌할 수 있었겠는가.

'파리에 있는 고종석'을 생각하자 무슨 조화인지 마음이 한결 누그러지고 조금씩 정돈이 되었다. 누구든지 만나서 막 끌어안고 싶은 심정과 아무도 보고 싶지 않은 심정이 뒤죽박죽인, 요컨대 말이 안 되는 그런 상태였으므로, 그리고 그런 상태에서 내가 떠올릴 수 있는 유일한 상대가 마침 고종석이었으므로, 나는 본인이 퍽 놀랠 거라고는 생각하면서도 (나 스스로도 내가 왜 이럴까, 하긴 했으니까), 그야말로 '뜬금 없이' 고종석에게 편지를 썼던 것이다. 그 편지에 무슨 말을 썼던지는 잘 기억나지 않는다. 질투니 자기혐오니 그런 말은 물론 없었다. 그냥 잡담이었을 것이다. 편지를 주고받을 만큼 가까운 사이는 아니었는데도, 게다가 사적인 편지를 써 본 게 언제였던지 가물가물할 만큼 그 행동이 이제는 낯설은 것이었는데도, 왠지 그 친구라면 낄낄 웃고 '에구, 낫살이나 든 사람이 복에 겨워서 못하는 소리가 없구만' 하고 넘어가 줄 것 같았다. 그거야 내 생각이고 확인할 길도 없는 것이지만, 아무려나 나는 편지를 쓰고 다시 변덕이 날까 봐 얼른 고종석의 파리 주소를 알아내어 그 길로 냅다 부쳐 버렸다.

질투의 진정성을 믿는 만큼 나는 충동적인 행동도 그러하다고 믿는다. 그렇지 않다면, 충동적인 행동 뒤에 오는 대부분의 후회는 있지도 않을 것이다. 그러나 이 경우에는 후회는 생기지 않았다. 며칠 후에라도 곧 만날 가능성이 있는 사람이었다면 아마 그랬을지도 모른다. 그러나 그럴 가능성은 희박해 보였고, 혹시라도 고종석을 다시 만날 기회가 있으면 그런 일쯤은 내 기억 속에서도 그 친구의 기억 속에서도 사라지겠거니 하는 마음이 그 충동을 더욱 가속시켰을 것이다. 어쨌거나 그러는 동안에 그럭저럭 시간이 흘러 지랄같던 마음이 그런 대로 진정이 되었다.

잔뜩 먹고 나면 트림 나오듯이, 이 고약한 우울증의 진정 신호는 피― 하고 새는 웃음이다. 말할 수 없이 쑥스러운 기분이 그렇게 나타나는 것이다. 그 신호가 오면 일단 안심이다. 그러나 남들 앞에 보일 것은 절대 못된다. 그날도 그랬다. 생각해 보면 나 혼자 북치고 장구치고 다 한 것이다. 고종석이야 무슨 죈가? 아니 죄가 아니라 도대체 무슨 상관인가? 아무튼 여지없이 피― 하고 웃음이 나왔다. 병은 내가 일으켰는데, 응급처치는 고종석이 했다. 나는 고마웠다. 무언가 빚을 진 느낌이었다. 언젠가 이 빚을 갚아야겠다는 생각까지 들었다. 그런데, 고종석 당자로서야 아무 것도 모른 채 아무 상관도 없이, 덜 떨어진 한 선배의 일시적인 정신적 혼란을 수습한 꼴이 아닌가. 그렇다면 고종석이 덕을 베푼 것이다. 자기도 모르는 채 남에게 베푸는 덕만큼 큰 덕이 어디 있는가?그 덕을 누가 베풀게 했는데? 내가 한 것 아닌가. 그렇다면 고종석이 나에게 고마워해야 하나? 이렇게 말도 안 되는 생각으로 여유를 찾은 것을 보면, 내 우울증이 확실히 진정됐다는 것은 분명했다. 그러나 더욱더 분명해진 것은, 그쪽에서야 어떨지 모르겠으나, 나로서는 고종석이 아주 가까운 아주 보고싶은 친구로 여겨졌다는 것이다.


## 4. 좌파를 부끄럽게 하는 우파

그가 파리로 떠나기 전에 그와 내가 몇 번이나 만났는지는 기억에 없다. 많지는 않을 것이다. 그것도 전부 술자리에서 여러 사람들과 함께였을 것이다. 내 눈에 비친 그의 인상은, 이 '인상'이라는 말이 다소의 무책임을 허용하는 것이라면, 그가 아주 수줍음이 많은 사람이라는 것, 수줍은 사람이 대개 그렇듯이, 사람에 대한 속 깊은 애정이 아주 많은 사람이라는 것, 또 그런 사람이 대개 그렇듯이, 남 앞에서 입에 발린 소리는 죽었다 깨나도 못할 사람이라는 것, 그것 때문에 당연히 손해를 꽤 많이 보아 왔을 것이라는 것, 명민한 사람이 대개 그렇듯이, 자존심이 하늘을 찌르고 또 그 높이에 비례해서 상처의 깊이가 매우 깊을 것이라는 것, 그러니 만큼 천상 글쓰기 이외에는 이 세상에서 허용된 자리가 그리 많지 않을 사람이라는 것, 따위였다.

한편 '그의 눈에 비친 나의 인상'에 대한 나의 인상은, 역시 다소의 무책임을 전제하고 말한다면, 이미 '그에 대한 나의 인상기'에서 드러났듯, 대단히 통찰력이 부족한 인간이라는 것, 그런데도 겁 없이 평론을 하는 용감무쌍한 사람이라는 것, 용감무쌍한 사람들이 대개 그렇듯이, 뒷감당도 못할 큰소리를 펑펑 해대는 사람이라는 것, 지식의 빈곤과 사유의 궁핍을 '교본'을 들이댐으로써 감추려 하는 저 짜증나는 좌파 집단의 한 사람이라는 것, 따위였다.

물론 그가 나에게 그렇게 말한 적은 없고, 나도 그에게 그렇게 말한 적이 없다. '그에 대한 나의 인상'은 말 그대로 인상이고, '나에 대한 그의 인상'에 대한 나의 인상은 순전히 추측이다. 그러나 아마 그렇지 않을까 생각한다. 그리고 나는 그것이 하나도 꺼림칙하지 않다. 그가 나에게 실제로 "형은 이런 사람이야"라고 말했어도 그랬을 것이다. 실례를 무릅쓰고 말한다면, 가령 조갑제나 김종필 같은 사람이 내게 그렇게 말했다고 하자. 나는 분에 겨워 밤잠을 못 잘 것이다. (그 사람들과 일면식도 없다는 것이 다행이다).

그의 첫 장편 「기자들」이 나왔을 때 나는 반가운 마음에 얼른 평론 하나를 썼었다. 앞에서 말했듯 나는 그때 겁 없이 용감무쌍한 평론가였으므로, 별로 시원치 않은 잔소리를 몇 마디 집어넣기는 했지만, 대체로는 그 풍부한 인문적 소양과 활달하면서도 재기 넘치는 문장에 홀딱 반해 버렸다. 이 최악의 한국 제도교육 속에서 그 나이에 어떻게 이런 다양한 지식의 습득이 가능했을까 하는 감탄은, 워낙에 내가 견문이 좁고 제대로 된 '임자'를 못 만난 탓에 그런 것이려니 해도, 그가 아무리 감추려고 해도 감출 수 없이 드러내는 인간과 세상에 대한 안 쓰런 애정은 아둔한 비평가의 눈에도 한눈에 보였다.

그는 우리 나라의 어떤 '좌파들' 보다도 더 좌파적이었고, 어떤 '우파들' 보다도 더 우파적이었다. 인간과 세상의 진보를, 아니 진보의 험난한 좌절들을 진실로 가슴 아파하는 사람이라는 뜻에서 그는 충실한 좌파였고, 많은 좌파들을 부끄럽게 만들 줄 안다는 의미에서 또한 충실한 우파였다. 좌파를 부끄럽게 하는 우파는 몇 안 된다. 대부분의 좌파와 우파는 다만 서로에게 분노를 일으킨다. 이 분노가 커지면 좌파는 좌파가 아니고 우파는 우파가 아니다. 그냥 아무 것도 아니다. 그런데 묘하게도 이쯤 되어야 매우 선명하게 좌파와 우파가 대립하는 것처럼 보인다. 고종석은 나에게 그것을 깨우쳐 주었다. 그것을 깨우쳐 준 사람이 어찌 고종석 뿐이겠는가 만은, 우선은 그런 사람이 많지 않고, 또 많다고 해도 내가 그것을 고마워하지 않을 까닭은 없다.

그가 불란서로 떠나기 얼마 전에 인사동의 술집에서 만났던 날이 생각난다. 평론가 김태현, 시인 최영미 등과 함께였을 것이다. 꽤 늦은 시간이었는데, 한겨레 신문의 김선주 논설위원이 나타났다. 두 사람의 얘기 속에서 나는 고종석이 신문사에 사표를 내고 불란서로 떠나려 한다는 것, 김선생은 그를 만류하러 황급히 나온 것이라는 것을 알았다. 마음 변해 떠나려는 애인을 붙드는 여인도 그러지는 않았을 것이다. 그 이상으로 간곡했고 애절했다. 그러나 추하지가 않았다. 추하기는커녕 감동적으로 아름다웠다. 고종석은 진정으로 미안해했고, 그러나 뜻을 꺾지는 않을 것 같았고, 김선생은 진정으로 안타까워했다. "어떻게 좀 해 봐요. 젊은 사람들끼리 말 좀 해 봐. 어떻게 이 친구 마음을 좀 돌려 봐." 아무 상관도 없는 우리에게까지 큰 소리로 호소하던 김선생의 목소리가 아직도 귀에 쟁쟁하다. 사람과 사람이 살면서 그렇게 곡진한 정으로 맺어지기는 흔치 않은 일이다. 그것이 매우 행복한 일인 것은, 당사자들뿐만 아니라 옆에서 그것을 보는 사람들까지 행복하게 만들기 때문이다. 그러나 어쨌든 고종석은 파리로 떠났고, 나는 그 대책 없는 '출분'에

(본인이야 고생바가지를 각오한 것이었겠지만) 일종의 대리쾌감이랄까, 아무튼 은근한 상쾌함까지 느꼈다.

그뿐, 나는 그를 잊었다. 그 뒤에 나는 그의 장편에 대한 평을 썼고, 언젠가 서울에 한 번 들렀을 때 만취 상태에서 잠깐 얼굴을 스치고는 다시 잊었다. 그리고 앞에서 말한 충동적인 편지를 썼고, 또 다시 잊었다. 그러나 물론 아주 잊은 것은 아니었다. 누군가 "파리하면 제일 먼저 떠오르는 것은?"하고 물으면 에펠탑이나 루브르 보다는 "예, 거기에 내가 꽤 좋아하는 후배가 하나 살고 있지요"하고 대답할 정도는 되었다.

## 5. 페르 − 라세즈

파리에 갈 기회가 그렇게 빨리 올 줄은 몰랐다. 사실을 말하면, 기회가 온 것이 아니라 내가 어거지로 만든 것이기는 하지만, 어쨌거나 작년 여름에 나는 파리에서 열흘을 머물렀다. 교외의 한 허름한 호텔에서 혼자 묵으면서, 아무 의무도 없이 약속도 없이 지내는 것은 그런 대로 달콤했다. 떠나기 전날에야 나는 서울에서 챙겨온 고종석의 전화번호를 꺼냈다. 그는 도착하는 즉시 전화를 안 한 나를 탓했고, 지금 당장 달려오겠노라고 했다. 그 말이 빈말이 아니있음을 나는 곧게 믿지만, 또 설사 빈말이었다 하더라도 눈물이 날 정도로 고마웠다. "지금은 좀 피곤해. 이따 저녁때 시간 있으면 만나자." 못 된 나는 가능한 대로 냉랭하게 말했다. "그래요. 그럽시다, 그럼. 오늘은 뭘 봤어?" "페르 − 라세즈." 나는 마치 기다렸던 질문에 자신 있게 손을 든 학동처럼 활기차게 말했다. "응, 그랬구나. 우리 집이 그 근천데 ……. 그럼 이따 저녁때 봐요." 통화는 끊겼다.

「빠리 꼬뮨 전사들의 벽」을 꼭 봐야겠다고 마음먹은 것은 고종석의 소설의 어느 대목 때문이었을 것이다. 내게는, 80년대 초 노명식 선생의 『불란서 혁명에서 빠리 꼬뮨까지』를 몇 번씩이나 되풀이 읽던 기억, 도대체 '도합' 몇 명이 죽는가 세어 보자고 다시 책을 펴들던 기억 (그때가 광주항쟁 직후였다), 그러나 그 책에서 무언가 미진하고 허전하던 것이 마르크스의 『불란서 혁명사 3부작』을 읽고 속이 확 뚫리는 듯 했던 기억이 남아 있다. 그러나 그것이 나를 「꼬뮌 전사들의 벽」까지 인도하지는 않았다. 나는 부지런히 어딘가를 찾아다니고 '답사'를 하고 하는 것을 잘 즐기지 못한다. 타고난 게으름을 어쩔 수가 없다. 파리에서도 박물관이나 명소를 찾아 왔다갔다 하는 것보다는 한 군데 죽치고 앉아서 오가는 사람들 구경하는 것이 훨씬 재미있었다. 그러니 「꼬뮌 전사들의 벽」을 찾아간다는 것은 나로서는 대단한 발심이었다. 그게 고종석 때문이었다. 고맙게도.

그곳은 아주 좋았다. 요란하지 않아서 좋았고, 사람들이 앞서 간 사람들을 추도하는 형식이 조촐함을 통해서도 얼마나 크게 감동적일 수 있는지를 보여주어서 좋았다. 델라크로아의 웅장한 그 그림보다는, 글쎄, 「꼬뮌 전사들의 벽」의 이 조촐함과 소박함이 훨씬 더 처절했다.

저녁에 몽파르나스 역 앞의 한 까페에서 마주 앉았을 때 그는 아주 피곤해 보였다. 우리는 저녁을 먹었고 당연히 술을 아주 많이 마셨다. 무슨 애기를 했던지는 기억에 없다. 서울의 친구들 애기, 문학 애기, 사는 애기, 그저 그렇고 그런 애기들이었을 것이다. 내가 그 동안 기회가 없어서 못했던, 아니 워낙 숫기가 없어서 못했던, 그에 대한 '애정고백'을, 낯선 곳을 핑계로 술기운을 핑계로 했던가, 안 했던가? 안 했다면 이 자리를 빌어서 하고 싶다. 그럴 만한 매력이 있는 친구다. 나는 또 그날 그에게, 자기도 모르는 새에 그가 나에게 베푼 몇 가지 고마운 일들에 대해 감사를 표했던가? 안 했던 것 같다. 제가 무슨 '부동(不動)의 원동자(原動者)'라고, 저는 움직이지도 않으면서 남을 움직이는가. 그러나 아무튼 고마운 것은 고마운 것이다.

그날 밤 우리는 웨이터가 의자를 걷어올리고 청소를 하는 시각까지 마셔댐으로써, 과연 '서울 문단'의 주량을 국제적으로 입증한 후에 자리에서 일어섰다. 그가 나에게 택시를 잡아주고 아마 행선지를 일러주었을 것이다. 그 순간 나는, 마치 고종석의 한 소설의 주인공이 낯선 이국의 한 도시에서 서울의 명동에 서 있는 듯한 착각을 일으키던 그 장면 (그것은 아름답고 쓸쓸한 장면이었다)에서와 같은 착각을 일으켰다. 그러나 물론 절대로 아름답거나 쓸쓸하지는 않고, 대단히 주책 맞았다. 나는 기사에게 우리말로 이렇게 소리쳤던 것이다. "갑시다. 아저씨! 우리 집으로! 합승은 안 돼!"

고종석은 내게 국제전화로 자기 소설집의 발문을, 아주 미안해서 어쩔 줄 몰라 하며 부탁했지만, 나는 두말없이 그 청을 받아 들였다. 사실은 내가 고맙고 또 미안하다. 고맙다는 것은 이런 까닭이다. 아마 평론을 써달라고 했으면 나는 사양했을 것이다. 평론은 커녕 그 어떤 글도 나는 이 몇 년간 거의 쓰지 못하고 있다. 그게 특별히 괴롭지는 않다. 그러나 글을 쓰지 못하는 기간이 길어지면서 은근히 불안해지는 것은 사실이다. 고종석의 활달하고 자유로운 글쓰기를 지면으로 대할 때마다 부럽기도 하면서 우울증이 다시 도지기 시작했다. 그러므로 이 글은 내가, 정확히 기억할 수는 없어도, 근 이년쯤만에 처음 쓰는 글이 아닌가 싶다. 게다가 관례적 형식을 마음대로 벗어나도 좋을 만한 것이니, 더더욱 반갑다. 고종석은 또 저도 모르는 새에 내게 고마운 일을 했다. 고종석의 이 소설집이 많이 팔려서 그가 나에게 술을 한잔 살 수 있으면 좋겠다.

미안하다는 것은 이렇다. 그러려고 한 것은 물론 아닌데, 이 글에서 나는 고종석이 아니라 죄다 내 얘기만 한 것 같아 좀 미안하다. 그러나 눈 밝은 독자라면, 이 글에다 내가 붙인 제목과 그 제목에 대한 주석에서 이미 이 글이 온통 내 얘기만은 아님을, 그래서 내가 '좀' 미안하지 '크게' 미안해 하는 것은 아님을 눈치채었을 것이다.

(고종석 소설집 『제망매』, 1997).

# 국문학을 넘어서

인쇄일 초판 1쇄  2000년 11월 25일
           2쇄  2015년 04월 05일
발행일 초판 1쇄  2000년 11월 25일
           2쇄  2015년 04월 15일


지은이 김 철
발행인 정찬용
발행처 **국학자료원**
등록일 1994.03.10, 제17-271호

서울시 강동구 성내동 447-11 현영빌딩 2층
Tel : 442-4623~4 Fax : 6499-3082
www. kookhak.co.kr
E- mail : kookhak2001@hanmail.net
가 격 12000원


★저자와의 협의 하에 인지는 생략합니다.